ullstein

LYDIA SCHMÖLZL, geboren 1989 in Hamm, hat Medienwissenschaften und English Studies in Bonn und New York studiert. Ihre Geschichten sind mitten aus dem Leben gegriffen und zeichnen sich durch viel Humor, Romantik und Fernweh aus. Nur rosarotes Schi-Schi sucht man vergeblich. Heute ist sie Inhaberin einer Kommunikationsagentur und lebt mit ihrem Mann und zu vielen Schuhen in Köln.

Lydia Schmölzl

WAS NICHT WAR KANN JA NOCH WERDEN

Roman

Ullstein

Besuchen Sie uns im Internet:
www.ullstein.de

Originalausgabe im Ullstein Taschenbuch
1. Auflage Oktober 2022

Umschlaggestaltung: Favoritbuero, Bettina Arlt
Titelabbildung: Illustration © Naomi Wilkinson
Gesetzt aus der Albertina powered by pepyrus
Druck und Bindearbeiten: CPI books GmbH, Leck
ISBN 978-3-548-06700-1

Für alle, die ihren Platz in der Welt noch suchen, und für diejenigen, die uns ein wenig Platz in ihrer eigenen Welt einräumen, um ihn zu finden.

Und für meine Prinzessinnen.

1

Wann ist eigentlich der perfekte Moment, um seine gesamten Lebensentscheidungen infrage zu stellen? Der Gedanke überfällt mich relativ unerwartet zwischen Frischetheke und Weinsortiment.

Manche würden argumentieren: Wenn der Chef dich bei der Beförderungsrunde mal wieder übergeht wie der Veganer den Mett-Igel.

Andere würden sagen: Wenn du mit 50 plötzlich den überwältigenden Drang verspürst, dir einen Mustang zu kaufen und mit deiner Sekretärin zu schlafen. Wobei das vielleicht eher auf Männer zutrifft.

Ich bin weder männlich noch annähernd 50, und deswegen hat mein Kopf anscheinend beschlossen: Der perfekte Moment ist jetzt! Mitten im Real und getriggert von nichts Geringerem als einem leeren Regalbrett im Kühlsortiment. Es ist nicht irgendein Regalbrett. Nein. Auf diesem Brett hat mich sonst in beruhigender Regelmäßigkeit ein goldgelbes Rund erwartet, das auch dann noch einen angenehmen Abend verhieß, wenn der ganze restliche Scheiß den

Bach runterging. Aber nicht heute. Ich muss der Tatsache ins Auge blicken.

Der Ofenkäse ist ausverkauft.

»Fuck!«

Genervt rücke ich meine schwarze Wildlederhandtasche zurecht und sehe mich mit größer werdender Hilflosigkeit um. Die Abwesenheit des Milcherzeugnisses wäre nur halb so wild, wenn sich für heute Abend nicht Elisa und ihr »Hubby« angekündigt hätten. Hubby ist das, was Göttergatte für die Generation meiner Eltern war. Ein Wort, das sich als harmloser Kosename tarnt, aber eigentlich ein Code für einen exklusiven Klub ist. Der Klub der glücklich Verheirateten, in dem man Dinge sagen kann wie: »Ja, mein Hubby und ich waren ja dieses Jahr über Ostern auf Sylt. *Traum-haft*, sag ich dir. Ist um die Jahreszeit eeecht unschlagbar.«

Dann wird dem Gegenpart kurz die Kniescheibe getätschelt und weiter geht's im Text. Die Verhältnisse wurden geklärt. Elisa und ihr Hubby sind drin, ich bin draußen. Nicht nur, weil ich mir lieber das Käsemesser in den Augapfel rammen würde, als über Ostern nach Sylt zu fahren, sondern auch, weil ich nicht mal könnte, wenn ich wollte. Hab halt keinen Hubby. Und dummerweise auch keinen Sugardaddy. Oder ein stehendes Abo bei Camp David, und jeder weiß, dass der Besitz mindestens eines dieser Dinge Grundvoraussetzung für ein Kurzvisum auf der nordfriesischen Snob-Insel ist.

Ein Blick auf meine Handyuhr lässt mich nervös mit den Zähnen knirschen. Selbst wenn ich zum Feinkostladen sprinten würde, müsste ich meine Mittagspause um mindestens fünfzehn Minuten überziehen. Und ein Sprint auf den hohen Hacken, die ich heute passend zur Lederimitathose gewählt habe, ist ungefähr so wahrscheinlich wie die Entdeckung von intelligentem Leben im Sendeprogramm von RTL 2.

Also die Antipasti aus dem Supermarkt? Elisa wird es egal sein. Aber Christoph, ihr »Hubby«, wird den Unterschied sofort bemerken. Und dann muss ich mir wieder das zehnminütige Getue reinziehen, währenddessen er mehr als deutlich macht, dass es ihn große Überwindung kostet, seine Geschmacksnerven mit so einem minderwertigen Produkt zu beleidigen. Letztes Jahr auf der Hochzeit von Mira und Kevin hat er allen Ernstes bei der Kellnerin darum gebeten, den Roséwein, den das Brautpaar gestellt hatte, gegen eine Flasche Grauburgunder tauschen zu dürfen. Er würde sie selbst zahlen, das wäre selbstverständlich, aber diesen Wein, also nein, den könne er beim besten Willen nicht trinken, er wolle immerhin morgen noch eine Runde um die Alster joggen, und bei diesem Gebräu würde man die Kopfschmerzen ja schon durchschmecken.

Mit Ofenkäse wäre mir das nicht passiert. Ofenkäse ist meine sichere Bank. Für gemütliche Abende auf der Couch ebenso gut zu verwenden wie für spontane Besuche von Freunden. Und komischerweise selbst für spontane Besuche von Christoph. Obwohl er nicht in das Reich der Delikatessen gehört, macht er was her. Auf ein Holzbrett gestellt, frisches Baguette dazu, ein paar Paprika – fertig. Er gibt nicht vor, etwas zu sein, das er nicht ist, und trotzdem sind am Ende alle zufrieden. Die Christophs dieser Welt, weil sie denken, dass Käse und Rotwein sie kultiviert erscheinen lässt, und die Freyas dieser Welt – also ich –, weil sie keine Arbeit damit haben und unbescholten mehrfach gesättigte Fettsäuren in sich hineinmampfen können.

Missmutig schmeiße ich ein paar Peperoni mit Frischkäsefüllung, Oliven und eingelegte Tomaten in meinen Korb, wo sie sich zum Baguette und den zwei Flaschen Rotwein gesellen. Einen teuren für meinen Besuch und einen leckeren für mich. Dann reihe ich mich in die Kassenschlange ein und gebe mein Bestes, nicht eine dieser Personen zu sein, die alle drei Sekunden mit bedeutungsschwangerem Blick auf das Handydisplay starren und ungeduldig seufzen. Aber mal ganz ehrlich, *wie* langsam kann man seine Einkäufe bitte einpacken?! Wenn du so weitermachst, ist deine Vollmilch zu Quark geworden, bis du hier raus bist, Gisela! Gib Gas! Es gibt Menschen, die haben noch ein paar Jahre bis zur Rente.

Jetzt riskiere ich doch einen Blick auf die Uhr und werde sofort mit einer Welle Adrenalin bestraft. Fünf vor zwei. Wenn ich die Retusche für den neuen Webheader heute nicht mehr fertigkriege, wird Justin mir den Kopf abreißen. Normalerweise würde ich heute einfach so lange bleiben, bis ich und vor allem mein Chef zufrieden sind. Aber seit ich vor einer Stunde nichtsahnend einen Anruf entgegengenommen habe, ist klar, dass meine Abendplanung anders aussehen wird. Elisa hatte diesen Unterton in der Stimme. Ein Ton, bei dem sich seit der Unizeit meine Nackenhaare vor freudiger Erwartung aufstellen. Denn wann immer Elisa diese gewisse Klangfarbe in ihre Stimme legt, verheißt das

Abenteuer. Ein Trip nach Namibia, ein Wochenende im Ferienhaus ihrer Eltern auf Malle, ein Gerücht über einen Prof, der mit einer Studentin schläft. Irgendetwas, das uns aus dem Alltag der Vorlesungsfolien und pappigen Mensa-Mahlzeiten hinaus und in die Abwechslung hineinkatapultieren würde. Deswegen war ich ihrem Spontanbesuch heute Abend auch eigentlich gar nicht so abgeneigt. Guter Gott, wie sehr ich etwas Abwechslung gerade gebrauchen könnte! Kurz bevor wir auflegten dann das Ende meiner Hoffnung.

»Ist doch okay, wenn Christoph auch mitkommt, oder?!«

Die Kassiererin macht einiges an Zeit wieder gut. Wir verstehen uns, Schwester. Sie schießt meine Einkäufe in einer Geschwindigkeit über die Kasse, dass ich mir ziemlich sicher bin, dass die Oliven zwischendurch die Schallmauer durchbrechen. Ich klatsche meine Karte vor das Lesegerät und bin aus dem Laden, bevor die Frage nach dem Kassenzettel überhaupt aufkommen kann.

Fünf Minuten später sitze ich hechelnd und schwitzend wieder vor meinem Bildschirm. Verdammt, warum ist es schon so heiß? Der April in Hamburg hat nass und grau zu sein. Vor allem dieses Jahr! In zehn Tagen werde ich dreißig, und ich hätte gerne entsprechende atmosphärische Untermalung. Ein Monsun wäre nett. Meteoritenhagel hatten wir in diesen Breitengraden auch schon lange nicht mehr. Stattdessen knallt die Sonne in einer solchen Intensität vom niveablauen Himmel, dass ich die Programm-Icons auf meinem Computerbildschirm nur noch erahnen kann.

Seufzend stehe ich auf und gehe zu dem großen Panoramafenster hinüber, um die Sonnenrollos runterzulassen. Unter mir erstrecken sich die Landungsbrücken. Dahinter schimmert die Elbe im nachmittäglichen Sonnenschein. Menschen in leichten Wollmänteln und mit großen Sonnenbrillen flanieren an der Uferpromenade entlang und wecken in mir mal wieder die Frage, wo genau in meinem Leben ich eine Ausfahrt verpasst habe. Warum bin ich jetzt nicht da unten und schlürfe überteuerten Latte macchiato aus einem weißen Pappbecher, auf dem mein Name falsch geschrieben steht?! Gut, über den Kaffee in der Agentur kann ich mich eigentlich nicht beschweren. Er kommt immerhin aus einem Vollautomaten, der teurer war als meine neue Wohnzimmercouch. Und er ist umsonst. Genau wie das Wasser und hin und wieder mal ein Kasten Bionade oder Club-Mate. Hey, die Medienbranche mag sich nicht durch hohe Gehälter, vernünftige Wochenarbeitszeit oder Sozialleistungen hervortun, aber wenigstens leidet hier niemand an Dehydration. Und manchmal gibt es kostenloses Obst.

Langsam lasse ich die dünne Kordel durch meine Finger gleiten und sperre die Sonne und andere Menschen aus. Mein Blick schweift durch den großen Raum, in dem außer mir eigentlich noch mein Kollege Josh und Alisa, unsere Praktikantin, sitzen. Heute bin ich alleine. Josh ist auf einem Kundentermin, und Alisa hat sich mit einer Magen-Darm-Grippe krankgemeldet. Schwer zu sagen, wem gerade mehr zum Kotzen zumute ist.

Ich halte inne. Ich wollte das alles, oder? Den coolen Job, die Freunde, die am Wochenende nach Sylt fahren, die völlig überteuerte Wohnung in Hamburg, das Schnelllebige ... nie anhalten, nie zurückschauen, nie bereuen. Unwillig schüttele ich den Kopf, wie um ein lästiges Insekt zu vertreiben. Natürlich wollte, nein, *will* ich das! Und ich stehe kurz davor, das nächste Häkchen hinter die Checkliste meines Lebens zu setzen.

Wenn man dem Flurfunk glauben darf, wird Justin die Agentur bald verlassen. Gab da wohl irgendwelche brisanten Verwicklungen mit der Tochter des Geschäftsführers. Die ist zwar bereits 23, also ist mein Vorgesetzter wenigstens kein Perverser, besonders smart scheint er aber ebenfalls nicht zu sein. Mir ist es recht! Wenn Justin aus dem Weg ist, habe ich nicht nur einen Migränefaktor weniger, sondern bin meinem großen Ziel auch einen gewaltigen Schritt näher. Creative Director in einer Hamburger Agentur. Etwas, das man mit Fug und Recht als Karriere bezeichnen kann.

Einem spontanen Impuls folgend, gehe ich zurück zu meinem silbernen Mac und öffne ein jungfräuliches Browserfenster. Meine Anmeldedaten sind zum Glück hinterlegt, größtenteils weil unsere Social-Media-Managerin vor einem Jahr auf die geniale Idee gekommen ist, uns alle als Administratoren hinzuzufügen, damit jedes Agenturmitglied spontan von dem spannenden Arbeitsalltag berichten kann. #agencylife.

Ich habe noch nie was gepostet, aber jetzt kommt es mir zugute, denn mein Passwort weiß ich beim besten Willen nicht mehr. Das prägende Königsblau des sozialen Netzwerks empfängt mich wie ein alter Bekannter. Ganz von selbst bewegt sich mein Mauszeiger zum linken Bildschirmrand und klickt auf das Folterinstrument Nummer eins. Das, neben dem die ganzen Werbeanzeigen, lustigen Katzenvideos und inspirierenden Sprüche-Kacheln fast angenehm sind: die Erinnerungs-Funktion.

Mein Gesicht verzieht sich, als hätte ich gerade in etwas Saures gebissen, während ich durch die heutige Auswahl scrolle. »An diesem Tag vor acht Jahren« habe ich mich anscheinend »großartig« gefühlt, weil ich mit Elisa auf einer Studentenparty der Agrarwissenschaftler war. An die Party selbst erinnere ich mich gar nicht mehr, aber das spricht vermutlich eher für den Abend als dagegen. Je weiter ich zurückgehe, desto größer wird der Wunsch, mich vor Scham in mir selbst zu verkriechen. 2010 hat man Facebook noch anders genutzt. Kurze Textschnipsel, in denen so informative Sachen stehen wie »wünscht sich, das Wetter wäre besser« oder »fragt sich, was sie zur VoFi später anziehen soll«, geben mir einen Einblick in meine komplexen Gedankengänge von vor über zehn Jahren. Bilder kamen erst später hinzu, und es dauerte noch viel länger, bis man ein Gefühl dafür entwickelt hatte, was man in den sozialen Medien posten sollte und was man lieber dem digitalen Kaminfeuer zugeführt hätte. Deswegen grinst mir eine wesentlich jüngere, wesentlich weniger gestresste Freya aus diversen verpixelten Schnappschüssen entgegen. Meine blonden Haare trug ich damals noch nicht als Long-Bob, sondern schlicht long. Nur vorne nicht. Da hielt ich es für eine gute Idee, mir einen geraden Pony zu schneiden, der fransig über meine grünen Augen fiel. Augen, die noch in einem absolut faltenfreien Gesicht residierten.

Ich lege den Kopf schief. Sah eigentlich gar nicht so schlecht aus, das mit dem Pony. Vielleicht sollte ich mir den mal wieder schneiden lassen. Die Abwesenheit der Falten war natürlich auch etwas Erfreuliches, aber noch ist mein Leidensdruck nicht groß genug für Botox. Mein Sparkonto übrigens auch nicht. Zwei Fingerzuckungen bringen mich fünf Jahre weiter an die Gegenwart heran. Ich sitze mit riesiger Sonnenbrille auf der Nase auf einer Wiese und proste einem großen dunkelblonden Mann neben mir mit meinem Astra zu. Ein Peng schießt mir durch die Brust.

Ich habe ganz vergessen, Thorsten zu erzählen, dass wir heute Abend Besuch kriegen! Schnell greife ich nach meinem Handy und wähle die Nummer meines Freundes. Er hebt nach dem zweiten Klingeln ab.

»Hey, Frey«, sagt eine dunkle Stimme gut gelaunt in den Hörer. Innerlich zucke ich leicht zusammen. Zu Beginn unserer Beziehung fand ich diese Wortspiele mit meinem Namen noch niedlich. Mittlerweile schaffe ich es an guten Tagen, sie zu ignorieren. An schlechten inspirieren sie mich zu einem Gesichtsausdruck, der stark an »Grumpy Cat« erinnert.

Bevor ich etwas sagen kann, redet Thorsten schon weiter: »Supergut, dass du anrufst. Ich war gerade bei meinem Bankberater. Er denkt, dass wir eventuell schon in einem Jahr bereit für den Kredit sein können, wenn wir die Sparrate nur um 200 Euro im Monat erhöhen und das Geld aus dem Bausparvertrag auf Fonds umverteilen.«

»Natürlich will er, dass wir die Sparrate erhöhen. Er ist Bankberater«, murmele ich, während ich mich vor meinem geistigen Auge von Nudeln und Wasser leben sehe. Ganz zu schweigen von meinem *Vogue*-Abo, das ich bisher immer elegant an meinem Freund vorbeischmuggeln konnte.

Am anderen Ende der Leitung tritt eine kurze Pause ein. Dann sagt Thorsten mit veränderter Stimme: »Sorry, dass ich mir Gedanken um unser Geld mache. Im Gegensatz zu anderen hier.«

Ich unterdrücke ein Stöhnen. Es ist nicht so, dass ich mir keine Gedanken um mein Geld mache. Nur meistens drehen die sich eher um die Fragen: Wie kann ich mehr davon bekommen, und wie viel kostet eigentlich ein Flug nach Auckland/San Francisco/Fidschi/zum Mars?

Ich beschließe, eine Taktik anzuwenden, mit der Generationen von Politikern überaus erfolgreich gefahren sind: viel reden, ohne dabei wirklich was zu sagen. Schon gar nix Verbindliches: »Ich finde es wirklich super, dass du dich da so kümmerst. Es ist nur gerade echt stressig hier, und wenn ich das Wort ›Bankberater‹ höre, schüttet mein Körper zusätzliches Kortisol aus. Aber wir können gerne ein anderes Mal darüber reden.«

»Wie wär's mit heute Abend?«

Diesmal bin ich diejenige, die zögert.

»Freya, du willst das mit dem Haus doch auch, oder?!«

Es ist eine rhetorische Frage. Für die ich keine gute Antwort, aber eine sehr gute Ausrede parat habe.

»Deswegen rufe ich eigentlich an. Elisa und Christoph kommen heute zum Abendessen vorbei.«

Thorsten stöhnt auf. »Muss das sein?«

»Sie ist meine Freundin, Thorsten.«

»Sie ist anstrengend.«

»Tja, tut mir leid, dass meine Sozialkontakte so eine Anstrengung für dich darstellen.«

»Könnt ihr nicht in ein Restaurant gehen?«

Wut köchelt in mir hoch. »Weißt du, ich wohne auch in dieser Wohnung. Kann mich nicht erinnern, dass ich mich beschwere, wenn Kevin und Max jede zweite Woche zum Zocken vorbeikommen.«

Ich kann vor meinem inneren Auge sehen, wie Thorsten sich müde mit der Hand über die Augen reibt. Das ist eine neue Geste in seinem Repertoire. Er bringt sie mit Vorliebe zum Einsatz, wenn ich darüber rede, dass ich gerne mal eine Löwenaufzuchtstation in Afrika besuchen würde. Oder wenn ich ihn frage, ob wir nicht mal wieder richtig feiern gehen wollen. Mit Vortrinken und Tanzen, bis die Sonne wieder aufgeht.

»Siehst du, deswegen brauchen wir ein Haus. In unserer Wohnung fehlen einfach Rückzugsräume«, sagt er jetzt resigniert.

»Sei um 19 Uhr fertig«, schnappe ich und lege auf.

Die Unterhaltung hätten wir noch zwei Stunden weiterführen können, und ich habe keine zwei Stunden. Eigentlich habe ich nicht einmal die zwei Minuten, die das Gespräch gedauert hat.

Ich hoffe wirklich, der aufgeregte Unterton vorhin in Elisas Stimme bedeutet, dass sie beschlossen hat, eine Ausbildung zur Jetpilotin anzufangen, und noch eine erste Offizierin sucht. Ich weiß momentan nicht viel, aber zu den Dingen, bei denen ich mir absolut sicher bin, zählt Folgendes:

Ein Haus kaufen ist etwas, das nur Erwachsene tun. Und irgendwie wird es schwieriger, erwachsen zu sein, je älter man wird.

2

Als ich die Agentur schließlich verlasse, ist es bereits Viertel nach sechs. Und auch das klappt nur, weil ich Justin eine Menge unbezahlte Überstunden und meine unversehrte Seele versprochen habe. Anscheinend ist das Logo der Hamilton-Hotelkette – einer meiner größten und wichtigsten Kunden – auf dem Webseitenheader ganze zwei Pixel zu weit rechts. Und der Schatten auf der Poolanlage wirkt »zu düster«. Es ist ein Schatten! Was soll er tun?! Konfetti werfen?! Pixel und Schatten – manchmal glaube ich, mein Arbeitseinsatz in der Agentur ist ebenso umsonst wie der Kaffee. Wie oft habe ich Justin schon spannende Kampagnenideen gepitcht? Wie oft Fotobriefings geschrieben, die die Hotels mal lebendig wirken lassen statt wie Fake-Fassaden in einem 60er-Jahre-Western? Irgendwann retuschiere ich einfach einen Ball totes Steppengras in eins der Bilder. Vielleicht wird dann deutlich, was ich meine.

Dabei weiß ich genau, dass die Kundin meine Ideen liebt. Woher? Bei unserem letzten Meeting war ich als Grafikerin des Projekts dabei und habe Justin aus der Scheiße gerissen, als die Geschäftsführerin Idee um Idee abgebügelt hat. Seitdem laufen auf diesem Globus eine Menge Influencer mit T-Shirts durch die Gegend, auf denen steht: *If you come to Hamburg, you come to Hamilton.*

Zuerst war die Kundin wenig begeistert, da sie dachte, Influencer wären eine ansteckende Krankheit und Englisch generell überbewertet. Aber ich weiß exzentrische Frauen anzupacken – immerhin bin ich mit meiner Mutter aufgewachsen. Gebracht hat mir beides nichts. Jetzt sitze ich eben doch wieder da und verschiebe Pixel. Bald, Freya, bald!

Zwei Stufen auf einmal nehmend, sprinte ich zur Hochbahn-Haltestelle hinauf und verrenke mir den Kopf bei dem Versuch, die digitale Anzeige zwischen den anderen Menschen ausfindig zu machen. Ich kann froh sein, wenn ich es schaffe, vor Christoph und Elisa anzukommen. Früher kam man grundsätzlich eine Stunde zu spät, wenn man irgendwo eingeladen war. Jeder, der pünktlich erschien, war entweder ein Nerd oder hatte nichts Besseres zu tun. Nicht, dass jemals irgendjemand mit 18 etwas Besseres zu tun gehabt hätte, als mit den Freunden abzuhängen. Irgendwann ist das anscheinend aus der Mode gekommen. Ich vermute, es war ungefähr zu der Zeit, in der man angefangen hat, sein Gemüse auf dem Markt zu kaufen und statt nach Malle auf die Lofoten zu fliegen.

Meine Bahn steht bereits auf dem Gleis, als ich oben ankomme. Wenigstens etwas, das heute rundläuft. Ich schlüpfe hinter einer Frau, deren Hut zu groß und deren Hund zu klein ist, hinein. Als die Türen sich mit einem leisen Knall schließen, fällt mir auf, dass ich meine Einkäufe im Büro vergessen hab.

Mein Blutdruck ist immer noch jenseits gesunder Gefilde, als ich 25 Minuten später in unsere Straße in Hohenfelde abbiege. Nicht nur, dass ich Elisa und Christoph heute Abend ein nahrhaftes Essen bestehend aus einer halben Tafel Milka, einem dötschigen Apfel und einer Flasche abgelaufenem Salatdressing kredenzen kann, ich habe nicht einmal Wein, um mir Christoph erträglich zu trinken. Wobei, da müsste noch eine Flasche Wodka im Gefrierfach sein ...

Die Abendsonne taucht unsere ansonsten eher eintönig graue Straße in warm oranges Licht, und ich beschließe spontan, beim Kiosk anzuhalten und zwei Flaschen Bitter Lemon und eine Packung Erdnüsse zu kaufen. In unseren Zwanzigern war Wodka Lemon das Go-to-Getränk. Irgendwo müsste ich auch noch ein paar Cocktail-Schirmchen haben, die Thorsten mal für eine Sommer-Balkon-Party gekauft hat. Wir könnten uns auf den Balkon setzen, und ich kann mein Missgeschick als gewollt darstellen. Mit Decken und Kerzen kann ich dann vielleicht sogar über den Fakt hinwegtäuschen, dass ich mit der Außenbepflanzung dieses Jahr ein wenig spät dran bin.

Wesentlich besser gelaunt, schließe ich fünf Minuten später die Tür zu unserer 75-Quadratmeter-Wohnung auf. Man könnte den Einrichtungsstil als modern-maritim beschreiben. Für Thorsten war es ein Segen, als die Weltbevölkerung vor ein paar Jahren beschlossen hat, dass Europaletten nicht nur in die Logistikbranche, sondern auch in jede

Wohnung gehören. So konnte er seinen Basteltrieb ausleben und gleichzeitig etwas Sinnvolles tun. Das ist sehr wichtig für meinen Freund. Thorsten gehört nicht zu den Menschen, die etwas einfach aus Spaß machen. Wenn er joggen geht, dann tut er das, um fit zu bleiben. Fernsehen schaut er fast ausschließlich, um sich weiterzubilden oder informiert zu bleiben. Und sein Lesegenuss beschränkt sich auf eine Auswahl diverser Nachrichten-Apps und gesunder Rezepte von einflussreichen Bloggern. Eine Ausnahme bildet lediglich seine Spielkonsole. Aber hey, jeder hat ein Laster. Selbst ein IT-Consultant bei Airbus. Wobei ich argumentieren würde, dass in dem Fall schon der Job als solches zählt.

Seitdem haben wir jedenfalls eine Garderobe, ein Weinregal sowie einen Couchtisch aus alten Paletten. Natürlich fachmännisch abgeschliffen und lackiert. Ich habe den dekorativen Teil zur Inneneinrichtung beigetragen. Große gerahmte Schwarz-Weiß-Fotografien, die Strandlandschaften und Dünen zeigen, grob gewebte Teppiche auf dem grauen Laminat-Boden sowie ein ganzes Bataillon verschiedener Zimmerpalmen und Rankenpflanzen verwandeln unser Ess-Wohnzimmer in ein gemütliches Strandhaus, dem nur das Meer vor der Tür fehlt.

Meine Laune hebt sich noch weiter, als mir bereits im Flur ein verführerischer Duft in die Nase weht. Ein Lächeln stiehlt sich auf mein Gesicht, während ich die unbequemen Schuhe abstreife.

»Du hast dein Aioli gemacht«, sage ich sanft und trete von hinten an meinen breitschultrigen Freund heran, um ihm die Arme um die Taille zu legen. Er ist gerade dabei, den

Knoblauch-Dip in kleine bunte Schälchen zu füllen. Im Ofen bräunt ein Aufback-Baguette.

»Ich wusste gar nicht, dass wir noch eins hatten«, sage ich und deute auf den Ofen, während ich von ihm ablasse und mich gegen die Arbeitsplatte lehne.

»Hatten wir auch nicht. Habe ich vorhin eingekauft.«

»Du warst einkaufen?«

Thorsten zuckt mit den Schultern und hantiert im Kühlschrank herum. »Wenn du schon Gäste einlädst, müssen wir ja auch was anbieten.«

Meine Laune kriegt einen Dämpfer. »Woher wolltest du wissen, dass ich nicht eingekauft habe?«, frage ich spitz.

»*Hast* du denn eingekauft?!«

Ich knirsche mit den Zähnen. Egal was ich jetzt antworte, am Ende wird Thorsten als Sieger aus diesem Gespräch gehen. Wann ist das eigentlich passiert? Dass wir von Gesprächspartnern zu Gesprächskontrahenten geworden sind? Dass es Gewinner und Verlierer gibt, statt einfach Thorsten und mich? Früher war das nicht so. Damals, als wir uns in meinem fünften Semester an der Uni kennengelernt haben und kurz darauf zusammengekommen sind, da haben wir unsere Schwächen gegenseitig ausgeglichen, statt … Ich schüttele den Gedanken ab. Vielleicht ist das alles nur in meinem Kopf. Am Ende hat er ja recht. Ich habe die Einkäufe tatsächlich vergessen. Und er hat mir den Arsch gerettet. Also ist es eigentlich doch noch so wie früher.

Ich glaube, ich möchte Thorsten einen Kuss geben. Im nächsten Augenblick *weiß* ich, dass ich ihm einen geben möchte. Denn als er den Kühlschrank wieder schließt und sich endlich zu mir herumdreht, hält er ein Glas mit Weißwein und beschlagenen Rändern in der Hand, in dem die Eiswürfel verlockend klirren.

»Tut mir leid, dass ich heute Mittag so doof war.« Er drückt mir das Glas in die Hand und einen Kuss auf die Stirn. Für beides bin ich mehr als empfänglich.

Ich schüttele den Kopf und hebe den Blick, um ihm in die dunkelblauen Augen sehen zu können. Wie bei mir zeigen sich auch bei ihm langsam die ersten Lachfältchen, auch wenn Thorsten mehr Gesichtspflegeprodukte besitzt als ich. Schätze mal, dass die Kosmetik-Branche in ihrer Werbung vielleicht doch ein bisschen lügt. Schocker.

Seine dunkelblonden Haare sind wie immer ein bisschen verwuschelt. Als hätte er versucht, sie zu kämmen, aber bei der Hälfte die Lust verloren. In seinem beigen Leinenhemd und der blauen Stoffhose sieht er aus, als würde er jeden Moment seine Jacht betreten und in den Sonnenuntergang segeln.

»Kein Thema«, sage ich und nippe an dem Wein, der herrlich kühl meine Speiseröhre hinabfließt. Ganz plötzlich bin ich genervt von dem Gedanken an Besuch. Wie schön wäre es jetzt, mich mit Thorsten in die Sonne zu setzen, eiskalten Wein zu trinken und vor allem das gesamte Aioli für mich zu haben.

Thorsten schüttelt den Kopf. »Doch, es ist ein Thema. Eins, das mir am Herzen liegt. Und genau deshalb will ich darüber nicht mit dir streiten. Es ist nur«, er zieht die Schultern leicht hoch und macht einen Schritt auf mich zu, um mir die Hände auf die Hüften zu legen, »ich bin mittlerweile

32. Ich will einfach wissen, wo es hingeht. Die nächsten Schritte …« Er lässt das Ende des Satzes in der Luft hängen. Als wäre es ein Lückentext in der Schule, und er würde es mir überlassen, die fehlenden Stellen einzufügen.

»Wie wär's, wenn die nächsten Schritte uns auf den Balkon führen?«, frage ich unschuldig und klimpere ihn aus großen Augen an.

Thorsten streift mich mit einem Blick, der deutlich macht, dass er den Witz verstanden hat, ihn nur nicht lustig findet. Ich atme tief ein und aus, so wie meine Mutter es mir beim Yoga beigebracht hat. An allen sieben Chakren vorbei. Leider hat keins von denen eine Antwort. »Können wir das bitte nicht jetzt tun?«, frage ich resigniert.

»Was genau tun wir denn?«

»Über etwas diskutieren, von dem wir wissen, dass es in Streit endet.«

Unvermittelt lässt Thorsten mich los und wendet sich ab, um sich ebenfalls ein Glas Wein einzuschenken. Die Stelle, an der seine Hände gelegen haben, fühlt sich kalt und entblößt an.

Ohne mich anzusehen, sagt er: »Wie gesagt, ich will nicht mit dir streiten. Ich bin nur an einem Punkt in meinem Leben, an dem ich meine Zukunft ein wenig detaillierter planen will. Und ein Haus zu bauen oder zu kaufen klingt doch nach einem guten Plan. Ich verstehe dich einfach nicht. Ich dachte, das willst du auch.«

»Will ich ja auch.« Meine Stimme hat einen flehenden Unterton angenommen. »Zumindest in einer Version meiner Geschichte.«

Thorsten nimmt einen Schluck aus seinem Glas. Da ist es wieder, das müde Über-die-Augen-Streichen. Wenn er so weitermacht, wird selbst die kombinierte Power von Nivea for men und gesegnetem Schlaf alarmiert die weiße Fahne schwenken.

»Und was zur Hölle soll das jetzt wieder heißen?«, fragt er.

Ich zucke hilflos mit den Schultern. »Es gibt Tage, an denen ich mir das mit dem Haus vorstellen kann. Und den Opel in der Einfahrt, die Latte-macchiato-Wandtattoos und die Fußmatte mit ›Hier leben, lieben und streiten‹ direkt dazu …«

»Aber?«

Schnell nehme ich noch einen Schluck aus dem Glas. »Aber es gibt auch Tage, an denen ich die Haibestände auf Fidschi zählen will.«

Thorsten sieht mich an, als würde er mich gerade zum ersten Mal sehen. Und als wäre ich keine blonde Frau von 29 Jahren, sondern ein rappender Kabeljau.

»Kennst du das nicht?«

»Das kann ich mit absoluter Sicherheit verneinen. Mich hat noch nie der Drang gepackt, in der Karibik lebensgefährliche Fische zu zählen.«

»Fidschi liegt nicht in der Karibik«, werfe ich schwach ein.

»Vergiss es«, sagt Thorsten. »Wann wirst du endlich erwachsen, Freya?!«

»Ich hätte nächste Woche noch einen Termin frei. Vielleicht probiere ich, es da unterzukriegen.«

Thorstens Mund wird schmal. Er greift mit solcher Wucht nach dem Aioli, dass ich Angst habe, er würde es aus Versehen über die Arbeitsplatte schmettern wie einen Knoblauch-Volleyball. »Denk dran, das Baguette gleich rauszuholen.«

Damit rauscht er aus der Küche und schmeißt die Balkontür hinter sich zu, dass die Scheiben klirren. In mir klirrt auch einiges. Vor allem Wut und das Gefühl, nicht verstanden zu werden. Was kann ich dafür, dass ich noch nicht so weit bin?! Es ist nicht so, als könne ich einen Schalter umlegen und in den Happy-Family-Mode springen. Ich bin keins seiner beschissenen Computerspiele! Frustriert puste ich mir eine Haarsträhne aus der Stirn. Natürlich kann ich mir vorstellen, morgens nicht mehr von »Emil dem Teufelskind« geweckt zu werden, das in der Wohnung über uns wohnt, mit Vorliebe um sieben Uhr dreißig in der Wohnung Bobbycar fährt und nicht einen Tag gealtert zu sein scheint, seit Thorsten und ich vor vier Jahren hier eingezogen sind. Und selbstverständlich hätte ich gerne einen Garten, statt meine Sonnenliege im Sommer unter vollem Körpereinsatz auf den Balkon zu wuchten und daran zu denken, alle fünfzehn Minuten ein paar Zentimeter nach links oder rechts zu rutschen, damit die Sprossen der Balkonbalustrade mich nicht in ein Zebra verwandeln.

Aber … ich weiß, was auf dieses Haus folgen wird. Denn Häuser sind Rudeltiere. Sie treten zwar nicht mit anderen Häusern im Schlepptau auf, aber dafür mit Erwartungen. Niemand kauft ein Haus, um endlich mal Platz für die ganzen alten Kochtöpfe oder Wintermäntel zu haben. In jedem

Haus, bei jeder Besichtigung gibt es diesen einen Raum, der nur eine logische Verwendung zulässt. Und die ist nicht: begehbarer Kleiderschrank.

Sosehr ich mich auch anstrenge, ich kann mir diese Idylle, diese Persil-Märchenvorstellung, momentan einfach nicht ausmalen. Sie war nie Bestandteil meiner Pläne.

Und Pläne hatte ich. Viele und immer. Pläne, aus meiner Heimat, einem verschlafenen Kaff zwischen Münsterland und Ruhrgebiet, abzuhauen. Pläne von einer tollen Karriere. Einem aufregenden Leben.

Aber in letzter Zeit habe ich das Gefühl, dass sie durcheinandergewirbelt sind wie in einem riesigen Puzzlekarton. Und ich weiß einfach nicht mehr, welches verdammte Teil passt. Es gibt immer eine Ecke zu viel oder eine Lücke zu wenig. Und wenn ich sie mit Gewalt zusammenpressen will, wird das Gesamtwerk nachher ... einfach falsch sein.

Der Timer am Backofen gibt ein hohes »Ping« von sich. Zeit für eins meiner Lieblingsspiele: Wer ist schneller – Freya oder die Brandblase?! Ich verliere jedes verdammte Mal. Aber ich bin auch jedes verdammte Mal zu faul, die Topflappen zu suchen. Aus Fehlern zu lernen wäre ja auch irgendwie zu einfach.

»Au! Fuck, das ist heiß!« Das Baguette landet in einem Schauer aus Krümeln auf dem Herd, während ich mir den Daumen in den Mund stecke.

Es gab mal jemanden, der mich verstanden hätte. Der Pläne und starre Regeln verabscheut hat. Vor so langer Zeit. Lange bevor ich Thorsten kennengelernt oder in Hamburg gewohnt habe. Als ...

Die feinen Härchen auf meinen Unterarmen stellen sich auf. Meine Gedanken wandern in eine bestimmte Richtung. Sie begeben sich auf einen Pfad, der schon lange nicht mehr begehbar ist.

Energisch nehme ich einen Schluck Wein und knalle mein Glas auf die Arbeitsplatte. Ich bin noch nicht bereit für irgendwelche nächsten Schritte, und das wird Thorsten akzeptieren müssen! Vielleicht ist es doch gut, dass Elisa heute vorbeikommt. Wenn es eine Person auf diesem Planeten gibt, die ein Garant für verrückte Ideen ist, dann ist es meine beste Freundin. Wenn Thorsten ihr erst mal zwei Stunden zugehört hat, wird er mich wieder für vernünftig halten. Und dann wird alles gut!

Ich weiß, dass etwas faul ist, als Elisa statt eines Wodka Lemon nur ein Wasser will.

»Sorry, aber es ist so heiß, ich bin völlig dehydriert. Es ist heiß für April, oder?«

Meine Freundin steht in einem umwerfenden roten Maxikleid vor mir, darüber nur eine Jeansjacke, an ihren pedikürten Füßen braune Wedges, und fächelt sich theatralisch Luft zu. Wir stehen in der Küche, während die Männer es sich bereits auf dem Balkon gemütlich gemacht haben.

»Mhm«, sage ich und werfe ihr nicht eine, sondern zwei hochgezogene Augenbrauen zu. Aber Elisa fächelt die Anspielung zusammen mit der Luft einfach weg. Ich weiß nicht, ob sie sie wirklich übersieht oder nur so tut. So oder so verknoten sich meine Eingeweide vorsorglich zu einem harten Angstball, der so kalt ist, dass er auch Elisas rote Stirn binnen Sekunden schockfrosten könnte.

Ohne ein weiteres Wort wende ich mich ab und drehe den Wasserhahn auf. Ich mag 29 sein, aber für regelmäßige Wasserkäufe oder, Gott bewahre, einen Soda Stream bin ich eindeutig zu jung. Als ich Elisa ihr Wasser reiche, lächelt sie mich dankbar an, leert das Ding in einem Zug und wedelt dann mit dem leeren Glas vor meinem Gesicht herum.

»Do that again, please?!«

Das ist früher schon ihre Catchphrase gewesen. Aber statt an mich war sie an Barkeeper gerichtet. Und statt um Wasser ging es um Tequila. Stumm fülle ich das Glas noch einmal auf, drücke es Elisa in die Hand und mustere sie aus zusammengekniffenen Augen. Wenn eine Frau mit 18 keinen Alkohol trinkt, ist sie vernünftig. Wenn sie mit 30 keinen trinkt …

»Bist du schwanger?«

Die Frage ist raus, bevor ich sie einfangen kann. Dasselbe gilt für Elisas Glas. Es zerspringt auf dem Küchenboden und duscht meine Füße in einem herrlich erfrischenden Sprühregen. Eine Wohltat, die ich kaum registriere, denn Elisas Gesicht antwortet mir, bevor ihr Mund es tut.

Als wir an der Uni waren, haben Elisa und ich uns manchmal vorgestellt, was wäre, wenn wir jetzt schwanger würden. Ich habe dieses Gedankenspiel gehasst. Denn ich kannte die Antwort: Mein Leben wäre vorbei. Ich könnte nicht mehr tun, was ich tun will. Könnte nicht mehr die Person werden, die ich einmal gerne sein will. Alles würde verblassen, vor dem einzig Wichtigen: ein Kind großzuziehen.

Kein Spaß mehr, keine Partys, keine freie Wahl, keine Karriere, keine verantwortungslosen Entscheidungen, die man trifft, nur um nachher sagen zu können: Ja, das war dumm ... aber irgendwie auch geil. Alles einfach ... vorbei. Elisa hat damals ähnlich gedacht und argumentiert, aber in ihren Augen blitzte schon immer dieser kleine Funke. Dieses unbestimmte »aber irgendwann«.

Als ich meiner Freundin jetzt in die Augen blicke, sehe ich diesen Funken – multipliziert mit tausend. Dummerweise fühle ich mich immer noch genau wie damals.

3

Wenn mein Leben eins von Thorstens Spielen wäre, würde ich genau jetzt zum letzten Speicherpunkt zurückgehen. Laptopklappe zu, Affe tot.

Wie in Trance nippe ich an meinem Wodka Lemon und beglückwünsche mich im Stillen dazu, noch am Kiosk gehalten zu haben, auch wenn ich die Einzige bin, die vom Bitter Lemon und seinem klaren Kompagnon Gebrauch macht. Christoph trinkt in einer solidarischen Geste mit Elisa nur Wasser. Er redet auch die ganze Zeit davon, »dass wir schwanger sind«. Plural. So als hätte er auch mit Morgenübelkeit, die den ganzen Tag dauert, Dehnungsstreifen und natürlich der Geburt an sich zu tun und sein Beitrag hätte sich nicht auf einen gut getimten Schuss beschränkt.

Thorsten sitzt neben mir in unserer Lounge-Ecke auf dem Balkon. Irgendwas an ihm stört mich. Aber ich kann nicht einordnen, was genau es ist. Auf jeden Fall nicht das Gespräch von eben. Zwischen meinem nächsten Schluck und einem abwesenden Nicken in Elisas Richtung werfe ich ihm aus dem Augenwinkel einen kritischen Blick zu. Mit leuchtenden Augen und strahlendem Lächeln hört er Elisa dabei zu, wie sie von Mutterpässen und Schwangerschaftsyoga erzählt, leicht vorgebeugt, mit der nächsten einsichtigen Frage bereits auf den Lippen. Dann trifft mich die Erkenntnis: Thorsten sieht genauso aus, wie ich jetzt aussehen sollte. Wie es sich für eine Frau von fast 30 Jahren gehört, wenn ihre beste Freundin ihr erzählt, dass sie schwanger ist – geplant.

Ich habe gerade keinen Spiegel zur Hand, aber ich bin mir ziemlich sicher, dass ich eher aussehe wie jemand, dem man gerade eröffnet hat, dass »Sharknado« kein Spielfilm, sondern eine Dokumentation ist und wir demnächst alle von fliegenden Haien in Wirbelstürmen gefressen werden.

Ich habe das Gefühl, meine adäquate Reaktion vortäuschen zu müssen wie andere Frauen einen Orgasmus. Beides ist scheiße! Warum kann ich mich nicht freuen? Also so richtig?! Ich habe ein bisschen gekreischt, Elisa umarmt, noch einmal mit ihr zusammen gekreischt. Dann ist sie rausgegangen, und ich habe das kaputte Glas aufgefegt und dabei die ganze Zeit gegen das Gefühl gekämpft, dass es nicht nur ein dummes Wasserglas war, das hier gerade in Scherben zersplittert ist.

»Bitte, bitte, Freya, stell dir mal vor, wie perfekt das wäre!«

Ich schrecke auf. Elisa ist so aufgekratzt, dass sie auf ihrem Sitzkissen hin und her rutscht und um ein Haar die alte Weinflasche mit der dekorativen Kerze im Hals von der Ablage neben sich fegt. Mit flehendem Blick sieht sie mich an. »Wär das nicht einfach unglaublich geil?«

»Was jetzt?«, frage ich und nehme verstohlen noch einen

Schluck von meinem Longdrink. Ich habe so das Gefühl, den werde ich brauchen.

»Wenn du auch schwanger wärst!«

Bingo! Leider rettet mich der Schluck nicht, sondern flüchtet prompt die falsche Röhre runter. Als ich mit meinem Hustenanfall fertig bin, sind immer noch alle Augen auf mich gerichtet.

»Ich, ähm, ich weiß nicht«, stammele ich mit einem schiefen Grinsen. Dabei weiß ich sehr genau. No fucking way!

»Wie soll ich ohne Wein und Sushi überleben?!«, versuche ich, das Ganze mit einem Scherz abzutun, den ich nicht einmal selbst witzig finde.

»Ach, das denkt man immer nur, dass das schwierig wäre. Ich habe gar keinen Bock mehr auf Sushi und Wein«, winkt Elisa ab.

Für mich ja eher ein weiterer Grund, der gegen eine Schwangerschaft spricht. Ich presse die Lippen zu einer schmalen Linie zusammen und versuche, das brennende Gefühl in meiner Brust- und Magengegend niederzukämpfen, das plötzlich dort aufkeimt. Hoffentlich will sie das Thema nicht weiterverfolgen.

Aber Elisa ist bereits beim nächsten Punkt: einem ausführlichen Vortrag darüber, wie gesund sie sich seit Beginn der Schwangerschaft ernährt und dass sie sich noch nie besser gefühlt hat. Das Brennen in meinem Inneren wird stärker. Es tut fast körperlich weh, und ich muss dem Impuls widerstehen, nach unten zu schauen und sicherzugehen, dass ich mein Oberteil nicht an der Kerze entflammt habe.

»Wisst ihr schon, was es wird?«, versuche ich, mich doch noch irgendwie produktiv an dem Gespräch zu beteiligen.

Elisa schüttelt den Kopf. »Nee, das erfahren wir erst so in fünf Wochen. Es ist noch recht früh, und wir haben lange überlegt, ob wir es überhaupt schon wem erzählen, aber ich wollte dich unbedingt einweihen«, strahlt sie. »Außerdem ist es ganz egal. Hauptsache, gesund.«

Dieses Brennen, dieser undefinierbare Schmerz – und ganz plötzlich auch eine dumpfe Angst. Ich pflastere mir ein Lächeln ins Gesicht. »Natürlich.«

Elisa wird einen Hauch ernster. Sie beugt sich vor und leert ihr mittlerweile viertes Glas Wasser. »Außerdem wollte ich es dir auch so bald wie möglich sagen, weil ... also der Trip nach Rom, den wir im Sommer machen wollten. Den muss ich leider absagen.«

Fühlt sich an wie eine Ohrfeige.

»Ja? Äh ... wieso?«, frage ich vorsichtig, stark darauf bedacht, nicht eifersüchtig oder missgünstig zu wirken, obwohl beides gerade sehr reale Gefühle in mir sind. Als ich das letzte Mal nachgeschaut habe, hatten Airlines oder Italiener nichts gegen Schwangere.

»Na ja, Christoph und ich wollten noch mal einen Urlaub zu zweit machen.« Sie wirft ihrem Mann einen so liebevollen Blick zu, dass ihre Morgenübelkeit sich spontan auf mich überträgt. Wie durch Watte merke ich, dass Thorsten nach meiner Hand greift, die leblos auf meinem Knie liegt.

»Bevor es für die nächsten Jahre Urlaube zu dritt werden. Und der Sommer bietet sich da einfach an«, redet Christoph weiter, die Augen unverwandt auf Elisa gerichtet.

»Klar. Klar, versteh ich total.«

»Dann können wir doch zusammen Urlaub machen, Schatz?«, hakt Thorsten ein. »Nur vielleicht nicht Rom. Ist mir etwas zu touristisch. Wie wär's mit der Schweiz?«

Ich bin in der Hölle.

»Klar. Schweiz. Großartig. Wer braucht schon Gelato, Pizza und Michelangelo, wenn er Wanderschuhe, Blasen und Holzmichel haben kann«, sage ich mit einem zuckersüßen Lächeln in seine Richtung.

Thorsten lässt meine Hand los, aber wie zuvor merke ich es kaum.

»Du, da kann ich euch Genf total empfehlen. Ich war da vor ein paar Jahren mal geschäftlich und …«, nimmt Christoph den Faden auf, und zum ersten Mal in meinem Leben verspüre ich so etwas wie Dankbarkeit für ihn. Das Gespräch geht ohne mich weiter.

Ich beobachte die Frau, die seit der Uni meine beste Freundin ist, dabei, wie sie mit derselben Leidenschaft über diese Schwangerschaft spricht, mit der wir früher über unsere Reisen oder unsere Pläne für Zukunft und Karriere geredet haben. Während ich der Bewegung ihrer Lippen folge, ohne auch nur ein Wort zu hören, fühle ich mich ihr plötzlich seltsam fremd. Als wäre sie ohne mich weitergezogen. Als wären all die Dinge, die wir vorher gemeinsam erlebt haben, plötzlich weniger wert und nicht mehr relevant für sie. Sie hat mir nicht einmal erzählt, dass sie plant, schwanger zu werden. Es ist eindeutig, ich gehöre nicht mehr dazu. Ich bin raus.

Der Abend endet damit, dass ich dann doch das ganze Aioli für mich habe. Elisa darf es aufgrund der rohen Eier nicht essen, Christoph mag kein Aioli (Alien, ich habe es immer gewusst!), und Thorsten ist viel zu sehr von dem gefangen genommen, was meine Freundin erzählt, um sich mit Banalitäten wie Essen aufzuhalten.

Als ich die beiden zur Tür bringe, merke ich, dass ich leicht schwanke. Großartig, ich habe einen sitzen und stinke nach Knoblauch, während Elisa von innen heraus leuchtet und neues Leben in die Welt bringt. Deutlicher kann man die zwei Seiten der »Frau mit 30« wohl nicht gegenüberstellen.

Als Christoph vorgeht, um den Wagen zu holen, habe ich endlich noch einmal zwei Minuten allein mit meiner Freundin.

»Ich freu mich für dich«, beteure ich das wenig Offensichtliche. Ich weiß nicht, wem ich das mehr versuche einzureden.

Elisa legt den Kopf schief und macht ein schnalzendes Geräusch mit ihrer Zunge. »Schon okay«, sagt sie mit einem nachsichtigen Lächeln.

»Wirklich«, setze ich hinterher.

Plötzlich macht meine Freundin einen Schritt auf mich zu und greift nach meiner Hand. »Frey, ich kenne dich jetzt seit fast zehn Jahren. Du brauchst mir nichts vorzumachen. Und es tut mir leid, dass ich dich vorhin so vorgeführt habe mit dem gleichzeitig schwanger sein. Ich weiß, das war nie Teil deines Plans.«

Ich zucke mit den Schultern.

»Nur … Pläne können sich ändern, weißt du?«

»Meine nicht«, sage ich mit mehr Nachdruck, als ich fühle. Elisa nickt. Vielleicht bilde ich es mir ein, aber ich habe das Gefühl, einen Schatten über ihr Gesicht huschen zu sehen. »Pass auf, dass du es nicht verpasst.«

»Was? Meine fruchtbaren Jahre?« Das ironisch gemeinte Grinsen entgleist mir sofort. Von den Schienen katapultiert von dem heißen Brennen, das mit Wucht in meine Brust zurückkehrt.

Elisa lächelt, ganz ohne Gesichtskrämpfe. »Alles.« Sie drückt meine Hand. »Du bist in letzter Zeit irgendwie so … verbissen. Als würdest du nicht mehr nach rechts oder links schauen. Pass einfach auf, dass du nicht hängen bleibst.«

Das Einzige, was hängt, ist mein Kiefer. In diesem Moment ertönt eine Autohupe von unten. Elisa drückt erst meine Hand, dann mich und ist Sekunden später in einem Wirbel aus rotem Stoff verschwunden.

4

Sechzig Prozent aller Meetings wären besser E-Mails geblieben. Das ist kein persönliches Empfinden, sondern ein Fakt. Wenn ich erst mal in der Rolle bin, in diesem Laden was zu entscheiden, werde ich alle Besprechungen pauschal auf dreißig Minuten begrenzen. Und jeder, der mehr als zehn Wörter auf eine PowerPoint-Folie schreibt, kriegt eine Abmahnung. Wenn ich will, dass mir jemand etwas vorliest, mache ich mir eine alte Bibi-und-Tina-Kassette an.

Mein 30. Geburtstag kam und ging letzte Woche relativ unbemerkt von der Welt. Mir stand nicht der Sinn nach einer großen Party, deswegen war Elisa zum Brunch da – übrigens eine wesentlich weniger lustige Angelegenheit, wenn man den Sekt bei den Mimosas weglässt. Dann ist es nämlich nur Orangensaft.

Die Gespräche drehten sich größtenteils um ihre Schwangerschaft, was auch hieß, dass ich größtenteils stumm blieb. Da kann sie noch so oft beteuern, dass sich zwischen uns nichts ändern wird und sie keine dieser Mütter sein wird, die nur noch über Bauklötzchen und Windelwunden reden. Es hat sich ja schon geändert. Erst die Partys, dann der Trip nach Rom und als Nächstes wird unsere Freundschaft auf der Abschussliste stehen. Dieser Gedanke hat dazu geführt, dass ich nach dem dritten Glas Virgin-Mimosa spontan in Tränen ausgebrochen bin und es als überschwängliche Freude maskieren musste.

Abends war ich mit Thorsten bei unserem Lieblingsitaliener. Das ist auch etwas, das man erst mit 30 hat – einen Lieblingsitaliener. Früher war mein Lieblingsitaliener jeweils der Lieferdienst, der am wenigsten Mindestbestellwert hatte.

Ich sitze auf meinem Stammplatz, ganz hinten rechts mit Blick zum Fenster, in unserem Meetingraum, der mich immer eher an ein Terrarium erinnert. Das Einzige, was hier nicht aus Glas ist, sind die pappigen Besprechungskekse, die mindestens seit letztem Montag unangetastet auf dem Tisch stehen. Kein Wunder. Niemand will glutenfreie Dinkelplätzchen. Da kann ich gleich in einen Zwieback beißen.

Heute wird mein Tag. Heute werde ich allen beweisen, dass mein Weg gut und richtig war und dass sich meine unermüdliche Arbeit dafür auszahlt.

Ich zwinge mich, tief durchzuatmen, und fummele nervös an meinem Bleistiftrock herum. Wir warten noch auf unseren Geschäftsführer Björn. Das und die Kekse sind heute die einzigen Konstanten. Justin ist bereits seit zwei Wochen nicht mehr aufgetaucht. Laut unserer Personalsachbearbeiterin hat er ein Sabbatical genommen. Glaube ich keine Minute dran, aber der Fakt bleibt: Justin ist weg. Egal, ob er auf Bali oder der Tochter vom Chef herumhüpft. Die Stelle als

Art-Director ist frei. Und ich bin die Einzige aus der Agentur, die für den Job infrage kommt. Diejenige, die am meisten Überstunden macht und alleine im letzten Jahr fünfzehn Projekte betreut und gerockt hat. Die Einzige in der Grafik, die seit mehr als zwei Jahren hier ist. Vom Drucker mal abgesehen.

Ich bin mir sicher, dass Björn heute auch den anderen sagen wird, dass Justins Sabbatical ausgedehnterer Natur ist. Warum sonst sollte unser hoher Geschäftsführer zu einem Grafik-Meeting dazukommen? Direkt nachdem der Termin vor zwei Tagen in meinem Kalender aufploppte, habe ich mich darum bemüht, ein Einzelgespräch mit ihm zu bekommen, aber er ist erst heute wieder in der Agentur. Das Geschäftsführerleben ist hart. Ständig wird er von irgendwelchen Kunden zu irgendwelchen Veranstaltungen eingeladen. Deswegen habe ich erst heute Nachmittag einen Termin mit ihm. Aber auf die zwei Stunden kommt es auch nicht mehr an. Heute bekomme ich meine Beförderung. Deswegen auch der Bleistiftrock. Ein stechender Schmerz fährt durch meinen rechten Zeigefinger. Fuck! Ich bin mit dem Nagel an der dummen Rocknaht hängen geblieben. Hoffentlich reißt das Ding jetzt nicht komplett auf, und ich muss meinem Boss später in Unterwäsche die Hand schütteln. Denn die ist weit weniger ansehnlich als das Oberbekleidungsstück, das ich aus den Untiefen meines Schranks gefischt habe. Übrig geblieben vom letzten Vorstellungsgespräch in just diesem Raum. Irgendwie symbolisch.

Josh wirft mir über den Rand seiner Hornbrille ein genervtes Augenrollen zu. »Als hätten wir nicht genug anderes zu tun, oder?«

Mit einem gequälten Grinsen nicke ich ihm zu, während ich mich mit meinen übrig gebliebenen Fingernägeln unter dem Tisch an einem Heftstichmuster versuche. Energische Schritte im Flur werden laut. Ich glätte meinen Saum. Da ist nichts mehr zu machen.

Moment. Verwirrt runzele ich die Stirn. Da sind mehr Schritte zu hören, als zwei Beine produzieren können! Ich sitze mit dem Rücken zum Flur, deshalb kann ich trotz der riesigen Glasscheibe, die die Wand ersetzt, nichts sehen, ohne mich umständlich zu verrenken. Aber das muss ich auch nicht. Denn die Antwort auf meine Frage spiegelt sich in Joshs Gesicht. Nicht etwa in seinen Brillengläsern. Nein. Direkt in seinen Gesichtszügen. Was immer sich dort nähert, ist weiblich und attraktiv. Als ich das letzte Mal nachgeguckt habe, traf keins dieser Adjektive auf Björn zu.

»Guten Morgen, Team!« Wie immer rauscht mein Chef in den Raum, als würde er ihm gehören. Was ja auch irgendwie der Fall ist, schätze ich. Nicht wie immer folgt ihm ein circa zwölfjähriges Mädchen mit blau gefärbten Haaren, einem Piercing im rechten Nasenflügel und einem frechen Grinsen auf den Lippen. Ich dachte, Björns Tochter wäre mit Justin beschäftigt?! Außerdem hatte ich sie nicht so »alternativ« in Erinnerung.

Björn lässt seinen Blick durch die Reihe der Versammelten schweifen, bevor er sich an seinem Platz vorne links niederlässt. An mir bleibt sein Blick eine Sekunde länger hängen als an den anderen, und es ist dieser Moment, in dem er mir ein wohlwollendes Kopfnicken zuteilwerden lässt, der mich ein klein wenig entspannt. Selbstbewusst erwidere ich sein Nicken. Es ist alles in Ordnung. Die Frau, die bei genauerer Betrachtung wohl eher Mitte 20 ist, ist seine Nichte, Geliebte, Ernährungsberaterin oder was auch immer. Alles wird gut. Ich kriege den Job. Ich verdiene den Job. Ich …

»Kommen wir direkt zum Punkt. Ich will euch Mimi vorstellen. Unsere neue Art-Direktorin.«

… benötige dringend medizinischen Beistand. Unwillkürlich schnappe ich nach Luft. Fünf Gesichter mit gerunzelter Stirn wenden sich zu mir, und ich tarne das Ganze als Hustenreiz.

»Heuschnupfen«, röchele ich schwach.

Das kann nicht sein! Das ist ein Fehler. Ein Aprilscherz … siebenundzwanzig Tage zu spät. Ein … ein …

»Ich denke, dass uns allen ein frischer Blick guttun wird. Wir waren in letzter Zeit einfach ein wenig festgefahren in unserer Denke«, referiert Björn ungerührt weiter. »Immer dieselben Kunden, fast alle aus der Hotellerie- oder Veranstaltungsbranche. Das heißt auch, immer ähnliche Kampagnen.«

Meine Zähne knirschen, während mein Kiefermuskel sie zu Mehl zermalmt. Woran liegt das mit den Kampagnen denn bitte?!

»Wir fischen einfach in unserer eigenen Suppe herum, und ich denke, jetzt ist genau der richtige Zeitpunkt, um auf Angriff zu schalten und auch die jungen Highperformer da draußen anzugehen. Start-ups, junge Unternehmen, die ganze Sparte. Mimi kommt mit besten Empfehlungen diverser großer Agenturen, und wir sind stolz, sie als neues Teammitglied begrüßen zu dürfen.«

Wie ist das bitte möglich?! Trotz meiner anfänglichen Fehleinschätzung kann die Frau da vorne nicht viel älter als 24 sein. Als ich 24 war, war ich froh, einen Praktikantinnenjob zu haben. Natürlich unbezahlt. Man will ja nicht dreist sein. Und obwohl ich mich freue, dass die Generation nach mir da anscheinend besser fährt, bleibt eine Frage, die vor meinem inneren Auge wackelt wie ein WordArt aus den 90ern: Warum nicht ich?!

Ich habe alles für diesen Job gegeben. Wie oft saß ich bis 21 oder 22 Uhr oder sogar noch länger im Büro und habe auf den Bildschirm gestarrt, bis selbst Augentropfen nicht mehr helfen konnten? Ich habe Verabredungen platzen lassen, mich von Schokokeksen und Kaffee ernährt (das war keine so große Entbehrung) und sogar so getan, als würde ich das alles auch noch gerne machen! Und alles, was ich bekomme, ist ein Kopfnicken?! Ich habe Kaffeemaschinen getroffen, die in dieser Agentur mehr Anerkennung kriegen! Ein Kunde hat nach dem ersten Schluck Espresso mal spontan applaudiert. Und ich bekomme ein NICKEN?! Ich knete so doll an meinem Rocksaum, dass sich in meinem Schritt ein kleines Säckchen aus Stoff bildet.

Mimis Vorstellung höre ich nur noch mit halbem Ohr. Es ist das übliche Blabla: Sie freut sich auf viele kreative Projekte, wir sollen sie nicht als Chefin, sondern als Teammitglied sehen, ihre Tür steht immer offen. Whoop-di-doo! Wenigstens hat sie eine Tür zum Offenlassen. Während ich weiter im Teambüro gefangen bin.

Ironischerweise fällt dieses Meeting in meine Halbe-Stunde-Regel. Nach exakt 18 Minuten sind wir entlassen. Bevor Björn den Flur entlang in sein Büro entschwinden kann, eile ich ihm hinterher und tippe ihm auf die Schulter.

»Freya«, sagt er, halb erstaunt, halb alarmiert, bevor ich auch nur einen Ton gesagt habe.

Ich versuche, mich aufzurichten, Selbstbewusstsein ein- und Stress auszuatmen.

»Warum?«

Mehr bringe ich nicht heraus, mehr brauche ich nicht herauszubringen.

Björns von vielen Sonnenbankstunden gegerbtes Gesicht fällt ein bisschen weiter in sich zusammen. »Hör mal, ich weiß deine Arbeit wirklich zu schätzen. Du bist eine gute Grafikerin, und du hast hier in den letzten Monaten wirklich viel Einsatz gezeigt.«

Ich nicke. »Warum dann? Dir muss doch klar gewesen sein, aus welchem Grund ich das Meeting mit dir wollte. Was ich mir davon versprochen habe. Warum also? Warum nicht ich?«

Björn seufzt und wirft mir einen taktierenden Blick zu. Als wäre ich eine tickende Zeitbombe, und er würde überlegen, ob er mich mit dem blauen Draht entschärfen kann oder zur sofortigen Detonation bringt.

»Du bist zu alt.«

Ich explodiere.

»Vielleicht ist das ein Zeichen«, sagt Thorsten sanft.

»Ein Zeichen, dass mein Chef ein Arschloch ist und ich

ein Trottel bin vielleicht«, murre ich und beiße in meinen Veggie-Burger, dass mir Saft und Soße über die Finger rinnen und meinem schönen Bleistiftrock endgültig den Todesstoß versetzen.

»Ein Zeichen, dass du dich anderen Dingen zuwenden solltest, statt deine Energie in dem Laden zu verschwenden?«, fragt Thorsten, seine Stimme das Pendant eines Menschen, der über sehr dünnes Eis tappt.

Ich lasse meinen Burger sinken. »Wirklich, Thorsten? Wirklich?!«

Mein Freund lässt die Pommes fallen, die er sich gerade in den Mund stecken wollte, und hebt abwehrend die Hände.

Wir sitzen auf unserer hellgrauen Stoffcouch und brechen das heilige Gelübde, das wir vor drei Monaten bei der Anschaffung abgelegt haben. Kein Essen auf dem Sofa! Bei dem alten waren wir weniger streng. Mit dem Ergebnis, dass man den Bezug am Ende als frühes Jackson-Pollock-Gemälde hätte verkaufen können. Aber heute musste es sein. Und es musste Fast Food sein! Ich war sogar fast so weit, zum ersten Mal seit fast fünfzehn Jahren wieder Fleisch zu essen.

»Was habe ich jetzt schon wieder getan?!«, fragt Thorsten defensiv. Dabei weiß er genau, was er getan hat. Und ich weiß es auch.

»Lass es mich so formulieren: Deine Freundin ist gerade knapp an einer Beförderung vorbeigeschlittert – völlig unberechtigterweise, by the way – und deine Idee ist es, mir ein Kind in den Bauch zu vögeln, damit ich mich endlich meiner wahren Bestimmung widmen kann: Kinder aufziehen und zu Hause sein?!«

Thorsten sieht aus wie jemand, der gerade wiederholt versucht, betrunken seinen Wohnungsschlüssel ins Schloss zu stecken und immer wieder scheitert. Der Anblick macht mich noch wütender.

»Wenn ich nicht deine Freundin wäre, sondern dein bester Freund, was würdest du mir dann raten?«, bohre ich weiter.

Völlig unvermittelt tritt ein harter Zug auf sein Gesicht. »Du bist aber nicht mein bester Freund! Du bist nun mal meine Freundin, Freya, auch wenn ich in letzter Zeit nicht mehr das Gefühl habe, dass da ein großer Unterschied besteht!«

Thorsten knüllt seine Pommestüte zusammen und schmeißt sie auf den Tisch.

»Was zur Hölle ...?«, begehre ich auf, werde aber sofort von ihm unterbrochen.

»Du willst kein Haus, du willst keine Kinder, du willst nicht ... ach, egal! Aber seit Neuestem willst du nicht einmal mehr über diese Dinge reden! Manchmal habe ich das Gefühl, du bist nur noch hier, weil es bequem für dich ist.«

»Bequem?«, frage ich ungläubig. »Und was ist bitte bequem daran, jeden Abend mit denselben Anspielungen und Fragen bombardiert zu werden, während es in meinem Leben gerade ganz andere Probleme gibt?!«

»Ich bin also ein Problem für dich.«

»Herrgott, du weißt, wie ich das meine!«

»Nein, weiß ich nicht. Ich habe keine Ahnung, was du

meinst, wenn du Fische auf Hawaii zählen willst. Wenn du dich weigerst, über wichtige Sachen zu reden, und dich stattdessen stundenlang in Nebenkriegsschauplätzen verlierst. Ich habe keine Ahnung, was du mit irgendwas meinst. Schon lange nicht mehr.«

Mit diesen Worten steht Thorsten auf und stürmt aus dem Raum. Kurz darauf höre ich die Wohnungstür ins Schloss fallen.

Ich lasse mich schwer gegen die Sofalehne plumpsen. Seit Elisas Ankündigung ist es, als würden große Luftballons in unserer Wohnung unter der Decke schweben. Luftballons mit Schnullern, Windeln und Fragezeichen, die nur Thorsten und ich sehen können. Sie mag sich für ihre unbedachte Äußerung entschuldigt haben, aber der Schaden war schon angerichtet. Thorsten ist auf den Babyzug aufgesprungen. Ich bin zehn Minuten zu spät am Gleis aufgetaucht und hab nur noch die Rücklichter gesehen.

Meine Beine wiegen zehn Tonnen, als ich langsam aufstehe, die Assietten zusammenschiebe und in die Küche bringe. Gott, ich bin müde! Manchmal glaube ich, dass das die einzige Emotion ist, die ich überhaupt noch in mir trage: Müdigkeit. Und dieses Gefühl von … Endgültigkeit. Als wäre das gute Leben jetzt unwiederbringlich vorbei. Und stattdessen liegt vor mir … ja … was? Keine Beförderung auf jeden Fall. Ein Haus? Kinder?

Langsam gehe ich zurück ins Wohnzimmer, nehme ein Weinglas und den dazugehörigen Inhalt aus unserem Paletten-Regal und gönne mir einen guten Schluck, bevor ich zurück auf die Couch krieche.

Irgendwie läuft das alles nicht so, wie ich mir das mal vorgestellt habe. Ich greife nach meinem Handy, mein Daumen navigiert wie von selbst zur Facebook-App und der Erinnerungsfunktion. Ein neuer Tick, der sich seit dem Nachmittag in der Agentur zu einem Guilty Pleasure entwickelt hat. Früher »Gute Zeiten, schlechte Zeiten«, jetzt mein eigenes Leben. Drama ist in beiden ausreichend vorhanden. Nachdenklich scrolle ich durch die Posts, während ich an meinem Wein nippe. Damals war mein Leben gut. Ich scrolle weiter und weiter, bis Texte und Bilder verschwimmen.

Schließlich bleibe ich an einem Bild hängen, das mich im Vordergrund zeigt. Es muss irgendwann nachts und draußen entstanden sein, denn mein Gesicht ist dermaßen überbelichtet, dass ich aussehe wie ein sehr weißes Alien. Ich habe meine alte Digitalkamera damals überallhin mitgeschleppt. Das waren noch Zeiten, als man Handys zum Telefonieren und Kameras zum Fotografieren genutzt hat. Eine fast schon antike Vorstellung. Neben dem günstigen Digital-Modell, das meine Mutter für mich bei Aldi erstanden hat, hatte ich auch noch eine richtige Kamera. Eine analoge. Für besondere Momente, die ich früher überall finden konnte. Mein Blick wandert zu den gerahmten Strand-Fotografien an unserer Wohnzimmerwand. Gekauft für 40 Euro in irgendeinem artsy-Onlineshop, weil ich das Fotografieren zu dem Zeitpunkt schon aufgegeben hatte. Es hat für mich immer mehr an Wert verloren hat, je zugänglicher es wurde.

Ich wende mich wieder meinem Handy zu. Die Menschen im Hintergrund des Fotos sind nur schemenhaft zu erkennen. Drei Jungs und ein Mädchen. Drei von ihnen erkenne ich sofort. An zwei erinnere ich mich gerne. Einer ruft bei mir sehr gemischte Gefühle hervor und der vierte ... Ich halte mir das Handy näher ans Gesicht und zoome in das Bild, was nur dazu führt, dass es stärker verpixelt. Eine ganz leise Erinnerung klingelt da ... Aber der Name will mir beim besten Willen nicht mehr einfallen. Wann zur Hölle habe ich dieses Foto gemacht?

Das Gesicht des Mädchens ist rund, hat eine niedliche Stupsnase und jede Menge Sommersprossen, die sich mehr schlecht als recht abdecken ließen. Mara war meine beste Freundin. Von der Grundschule bis zum Abi. Dann kam das Leben dazwischen. Sie studierte in Dortmund, ich ging nach Hamburg. Sie heiratete, bekam Kinder, ich ... nicht.

Früher haben wir alles zusammen gemacht, über alles geredet, bei einer Flasche ekelhaftem Bacardi Breezer bis in die Morgenstunden auf ihrer Schlafcouch gehockt. Jetzt beschränkt sich der Kontakt auf eine WhatsApp-Nachricht zum Geburtstag und eine zu Weihnachten.

Mein Blick springt nach links. Zu dem schmalen Gesicht mit dem blonden Flaum, der sich kaum als Bart bezeichnen darf, und den grasgrünen Augen. Meine Mundwinkel zucken nach oben. Chris. Manchmal glaube ich, man kann sich nie wieder so verlieben wie beim ersten Mal. Wenn das Herz erst einmal gebrochen wurde, verliebt man sich nicht mehr so vollständig, so verzehrend, so leidenschaftlich. Alles, was danach kommt, ist irgendwie gedämpfter.

Ich beiße mir auf die Lippen, bis es wehtut, sperre das Handy und werfe es neben mich auf die Couch.

Ist das alles wirklich schon mehr als zehn Jahre her? Manchmal fühle ich mich immer noch wie dieses achtzehnjährige Mädchen. Aber alles um mich herum entwickelt sich mit rasanter Geschwindigkeit, ohne dass ich schon irgendwas von dem erreicht hätte, was ich mir damals vorgenommen habe, ohne dass ich schon die Person bin, die ich immer sein wollte. Jeder weiß, wenn die Freundinnen anfangen, schwanger zu werden, ist das das Ende einer Ära. Und sie lässt sich nie wieder zurückholen. Oder?!

Mein Blick streift Thorstens Laptop, der zugeklappt neben mir auf der Couch liegt. Unwillkürlich werde ich an einen Gedanken erinnert, der mir an dem Abend kam, als Elisa hier war.

Wenn mein Leben ein Spiel wäre, würde ich zum letzten Speicherpunkt zurückkehren.

Warum eigentlich nicht?

5

12 Jahre früher (Freya)

Meine Haare kleben mir im Nacken wie Weingummischnüre. Selbst eine Sardine in der Büchse würde das holzvertäfelte Vereinsheim als »etwas zu eng und feucht« beschreiben. Immer wieder drängen sich Menschen an mir vorbei oder rempeln mich an, und ich passe mich ihren Bewegungen an wie eine Schlange. Hoffnungslos übersteuerte Musik hämmert mit Wucht aus den Boxen. Etwas, das mich stören würde, hätte ich nicht einen eingebauten Soundfilter: die Flasche Asti, die ich zum Vorglühen mit Mara getrunken habe. Apropos, wo ist die überhaupt? Wollte sie nicht nur kurz aufs Klo? Wie lange ist das jetzt her? Zehn Minuten, fünfzehn?

Ich stelle mich auf die Zehenspitzen und werde praktischerweise von der wogenden Körpermasse um mich herum gestützt, während ich über dem Meer blondierter Strähnchen versuche, meine Freundin ausfindig zu machen. Ich entdecke sie vorne an der Theke, wo sie mit Jan redet, einem gemeinsamen Kumpel, der ebenso gut aussehend wie schlecht für sie ist. Für jede Person mit Brüsten eigentlich – und auch für die meisten ohne. Allerdings wurde das bis vor

Kurzem auch noch über meinen Freund gesagt. Und bisher war der nur schlecht für meine Handyrechnung.

Mit der Geschwindigkeit einer gemeinen Gartenschnecke kämpfe ich mich durch die Menge, Kopf hocherhoben, um nicht von irgendwelchen wirbelnden Armen getroffen zu werden. *Boom Boom Pow*, der Song von den Black Eyed Peas, der gerade gespielt wird, soll nicht zu einem Synonym für einen Knock-out-Schlag in mein Gesicht werden.

Ich kann nicht verstehen, wieso unser Freundeskreis immer noch zu den ätzenden Dorfpartys geht. Chris, Mara, Jan und ich sind alle schon seit mindestens zwei Monaten 18. Wir sollten die Klubs in Dortmund oder Münster auschecken. Dann könnte ich auch endlich mal High Heels tragen. Auf dem Land ist das nur dann ratsam, wenn eine Sturmflut droht und man sich schnell im Morast verankern möchte.

»Freya!«, sagt Jan und wirft mir ein strahlendes Lächeln zu, bevor er sich die gefühlten drei Meter, die seinen und meinen Oberkörper trennen, zu mir hinabbeugt und mich an sich drückt. »Ich dachte, du wolltest nicht kommen.«

»Wollte ich auch nicht! Die hier hat mich überredet«, sage ich mit nur halb gespielter Gernervtheit, beuge mich dabei aber zu Mara und drücke ihr einen fetten Knutscher auf die Schläfe. Sie wehrt sich halbherzig.

Jan antwortet irgendwas, aus dem ich nur die Worte »billig« und »viele Bekannte« heraushöre, bevor ich mich abwende, weil genau das die Gründe sind, aus denen ich gerne woanders wäre. Mein Blick gleitet unfokussiert über die Menschen hinweg, als die Spannung im Raum sich plötzlich ändert. Es ist nur eine Nuance, fast nicht zu bemerken, wenn man nicht darauf achtet. Einige Gespräche verstummen, dafür wird das Grundrauschen aus leisem Gemurmel intensiver. Köpfe werden gedreht. Und ich weiß, was das bedeutet. Chris ist hier.

Ich wende mich genau in dem Moment in Richtung Eingangstür, in dem sie hinter ihm ins Schloss fällt. Seine dunkelblonden Haare fallen ihm wie immer fransig um die Augen – gleichzeitig weich und widerspenstig –, und ich weiß aus intensiver Feldforschung, dass es nicht möglich ist, mit den Fingern hindurchzufahren, dafür aber umso schöner (und lustiger), sie ordentlich durchzuwuscheln. Ich bin die Einzige, die das darf, und dass ich in mindestens fünf Gesichtern um mich herum den Wunsch danach ablesen kann, gibt mir einen Kick.

Als Kapitän der Fußballmannschaft, in deren Vereinsheim diese illustre Feierlichkeit stattfindet, braucht Chris gute fünf Minuten, bis er alle Typen ge-high-fived und alle Mädchen um den Verstand gebracht hat. Dann steht er endlich vor mir.

»Na, hast du deinen Auftritt genossen?«, frage ich mit einem Hauch Ironie.

Seine irritierend grünen Augen funkeln im Licht der Stroboskop-Lichter. Selbstbewusst, belustigt und wild geben sie mir zusammen mit seinen halb hochgezogenen Mundwinkeln die Antwort auf meine Frage. Er ist nicht nur absolut zufrieden damit, wer er ist, sondern auch damit, wo er ist. Bewundernswert.

Als er eine Hand hebt, sie mir in den Nacken legt und mich sanft küsst, sind all meine negativen Gedanken weggewischt. Es gibt nur uns inmitten der zuckenden Lichter. Niemals werde ich zugeben, wie lange ich ihm hinterhergeschmachtet habe, bis wir vor einem Monat ein Paar wurden. Wie ich ihn und unsere Situation in jedem Song gehört habe. Ich glaube, Oasis hat uns gestalkt. Jedes Lied handelt von Chris und mir. Basta!

»Ich freue mich auch, dich zu sehen«, raunt er mir zu und mimt meinen ironischen Tonfall. Tausend Ameisen marschieren in Formation über meine Wirbelsäule.

Immer wieder kommen und gehen Leute aus unserer Stufe, Chris' Fußballverein oder Menschen, die man eben kennt. Von dieser einen Party oder dem einen Sommer, als wir jeden Tag am See gechillt haben. Sie rollen heran und ziehen sich zurück wie Wellen in der Brandung, ein stetiger Strom an Menschen, die die letzte Party vor Schulbeginn mitnehmen wollen. Unser letztes gemeinsames Jahr. Dann kann ich endlich raus. Weg. Neue Menschen treffen und das Leben leben. Das echte Leben, das direkt hinter der Stadtgrenze warten muss. Nicht direkt dahinter. Da ist nur eine Bushalte. Aber vielleicht fährt ja eine der Linien weiter als bis nach Dortmund und direkt in meine Zukunft.

»Hey, ich hab 'ne Idee«, hauche ich Mara zu, während ich den Barkeeper beäuge, der im echten Leben Chris' Fußballtrainer ist – besser für ihn, wenn ich mir die Flaschen und Gläser ansehe, mit denen er hantiert, und die in Todesangst erstarren würden, wenn sie nicht bereits leblose Objekte wären. Eine Flasche Rum ist eben kein Fußball.

Sie rollt mit den Augen. »Bitte nicht! Deine Ideen bringen mich immer in Schwierigkeiten.«

»Geh mal rüber und flirte mit Georg«, säusele ich.

»Wie bitte?!« Mara reißt die Augen auf.

Ich weiß, dass Georg meine Freundin gut findet. Wer kann es ihm auch verübeln? Sie sieht mit ihren braunen Locken, den großen blauen Augen und ihrer alabasterfarbenen Haut erschreckend wie eine dieser Porzellanpuppen aus, die sich Frauen über siebzig gerne auf die Wohnzimmercouch setzen. Nur weniger creepy.

»Schnell!«, drängele ich und bugsiere Mara zu der Stelle, an der Georg sich gerade über die Theke beugt, um die Bestellung eines Typen aufzunehmen, mit dem ich vor zehn Jahren mal im Schwimmverein war. Wow, he did NOT age well!

»Freyyyy«, bettelt Mara.

Zu spät. Sie befindet sich bereits in Georgs Dunstkreis. Wie ein Hai das Blut wittert er meine Freundin und duscht sie in einem Schwall Komplimente und Aufmerksamkeit. Ich beiße mir auf die Lippen, um ein Kichern zu unterdrücken. Dann wende ich mich meinem eigentlichen Plan zu.

Mit flinken Schritten husche ich an das Ende der Theke, wo man durch eine hochklappbare Verlängerung des Holztresens hinter die Bar gelangt. Ich werfe einen letzten Blick zu Georg, aber der ist vollkommen eingenommen von Mara. Sein Oberkörper ist so weit zu ihr rübergebeugt, als würde er jeden Moment über die Theke kriechen wollen.

Blitzschnell lasse ich mich in die Hocke fallen und mache einen krabbenähnlichen Ausfallschritt zur Seite. Ich knie direkt hinter einem hüfthohen Holzschrank, von dem ich weiß, dass er vorne offen ist. Vorsichtig strecke ich den linken Arm aus und taste über das Regalbrett, bis meine Fingerkuppen gegen kühles Glas stoßen. Ohne nachzudenken, greife ich zu, ziehe die Flasche heraus und lasse sie in einer fließenden Bewegung in meiner Handtasche verschwinden. Dann trippele ich zurück auf meine Seite der Bar, richte mich auf und schaue direkt in das verwunderte Gesicht des Schwimmverein-Dudes.

»Freya? Was machst du hinter …«

»Wenn du still bist, trinkst du den Rest des Abends umsonst«, zische ich ihm zu, und sein Mund klappt wieder zu wie der eines überdimensionierten Goldfischs.

Ich nicke zufrieden. »Komm mit … äh … sorry, wie heißt du noch mal?«

»Mike.«

»Komm mit, Mike.«

Durch meine Adern pumpt das Adrenalin. Ich bin ganz kribbelig vor Freude darüber, dass mein Plan aufgegangen ist, als ich mich zurück zu Chris und Jan drängele. Unterwegs sammele ich Mara ein, die jetzt gar nicht mehr so unglücklich darüber scheint, mit Georg zu reden.

»Lasst uns abhauen!« Ich strahle in die Runde.

Jan sieht mich zweifelnd an. »Du willst schon nach Hause?!«

»Nicht nach Hause, Trottel! Woandershin!« Mit einem konspirativen Halblächeln halte ich meine Tasche in die Mitte und lasse meine Freunde einen Blick hineinwerfen.

»Woher hast du …«, setzt Mara an, aber ich schneide ihr mit einem warnenden Blick das Wort ab.

»Nicht hier.« Dann lasse ich meinen Blick noch einmal

über meine Freunde – und Mike – gleiten. »Diese Party ist tot. Lasst uns woandershin. Es ist das letzte Wochenende unseres Sommers!«

Mara und Jan werfen sich einen Blick zu, zucken mit den Schultern und schwenken Richtung Ausgang. Als ich ihnen folgen will, greift eine Hand nach meinem Arm.

»Kein Fan meiner Party, hm?«

Chris' Blick ist herausfordernd. Er lässt mich los und verschränkt die Arme vor der Brust, seine schlanken Muskeln zeichnen sich eindeutig unter den kurzen T-Shirt-Ärmeln und an seinen Unterarmen ab. Chris nimmt sich nicht nur auf dem Fußballfeld, was er will, er lebt auch abseits davon gerne intensiv. Dazu gehört eine Leidenschaft für Feiern und Events jeder Art, sodass ihm regelmäßig die Aufgabe zuteilwird, die Partys seines Vereins zu organisieren. Und das macht er gut – im Rahmen der Möglichkeiten. Und die sind hier nun mal begrenzt. Ich bezweifle, dass die Partys von Hugh Hefner berühmt geworden wären, wenn er statt in der Playboy-Mansion im Kleingartenverein Werne an der Lippe gefeiert hätte.

»Kein Fan von prähistorischen Vereinsheimen und überteuerten Drinks«, gebe ich zurück und hebe mein Kinn. Herausforderung angenommen.

Chris streicht sich die Haare aus der Stirn und lehnt sich lässig an die Theke. Mein Puls betrügt mein gefasstes Äußeres. »Meine Freundin ist also die Robin Hood der Party-Gänger?«

»Deine Freundin ist gelangweilt.«

»Und dein Freund hätte gerne ein neues Trikot. Etwas, das nicht passieren wird, wenn du die Drinks abziehst.«

»Ich gehe jede Wette ein, dass hier niemand was dagegen hätte, wenn du ab morgen ohne Trikot spielst.«

»Niemand?« Seine Stimme ist einen Hauch tiefer geworden. Er beugt sich zu mir hinab, um mir direkt in die Augen zu sehen.

Ich sehe mich betont auffällig um und tue, als würde ich überlegen. »Nö, denke nicht.«

Chris richtet sich schmunzelnd auf. Dann greift er nach meiner Hand und verschränkt seine Finger mit meinen. »Du hast Glück, dass ich ein Faible für Bonnie-und-Clyde-Geschichten habe.«

Ich schenke ihm ein boshaftes Grinsen, bevor ich ihn an den Haaren zu mir hinabziehe.

Unterdrückt lachend laufen wir zu unseren Fahrrädern und sind keine fünf Minuten später auf dem Weg zu unserem geheimen Lieblingsort. Die breiten Straßen sind hier, knapp außerhalb der Stadt und um diese Tageszeit, wie leergefegt. Straßenlaternen stehen so weit auseinander, dass es aussieht, als hätte ein Riese mit ihnen Darts gespielt und sie eher zufällig in der Landschaft verteilt.

Mara, Jan und Mike fahren voraus. Chris und ich halten uns an den Händen und geben uns abwechselnd einen Push nach vorne. Ich genieße den warmen Fahrtwind, der mir die Haare aus dem Gesicht streicht und wie alles an dieser Nacht samtweich ist.

Als wir uns einem kleinen Stück Wald nähern, das wie

eine Insel aus den umliegenden Feldern und Wiesen hervorsticht, bremsen wir ab. Ohne dass es jemand ansprechen muss, schieben wir die Fahrräder ein Stück abseits des Weges und verstecken sie im hohen Gras. Nicht, dass einer von uns ernsthaft Angst hätte, die Polizei könne hier vorbeikommen – vor allem nicht, wenn zwei Kilometer weiter eine der berüchtigten Vereinsheim-Partys steigt –, aber sicher ist sicher. Dann schleichen wir an dem zwei Meter hohen Bauzaun entlang. Ich hatte schon immer die Vermutung, dass die Stadt nicht *wirklich* Wert darauf legt, Menschen aus dem kleinen Naturschutzgebiet herauszuhalten. Ich meine, den Zaun kann man einfach aus seinen Betonfüßen herausheben und hinter sich wieder hineinstecken. Es fühlt sich eher an wie ein freundlicher Hinweis ohne ernsthafte Konsequenzen. So wie: »Schokolade ist kein Hauptnahrungsmittel.« Oder: »Bitte fahr nicht auf dem Gepäckträger deiner Freunde mit.« Warum werden die dann bitte noch gebaut?! Ich jedenfalls habe öfter betrunkene Freunde als Schultaschen darauf festgeklemmt. Ein Schlagloch, und die Tasche geht fliegen. Wobei – das gilt manchmal auch für die betrunkenen Freunde.

Chris hebt den Zaun aus seinem Fuß, schlüpft hindurch und hält ihn für uns offen. Dann schleichen wir durch das lichte Unterholz, bis wir an das Ufer des kleinen Sees kommen, der in der Mitte des Waldstücks liegt. Während Mara die alte karierte Decke, die wir Anfang des Sommers dort deponiert haben, aus ihrem Versteck hinter einem Busch zieht, entfernen Jan und Chris Stöcke und Steine von der Lichtung.

Wir lassen uns im Kreis auf die Decke fallen. Ich lege meinen Kopf in Chris' Schoß, ziehe die Flasche Rum aus meiner Tasche und schicke sie auf ihre Reise in die Runde.

»Das war eine gute Idee«, flüstert Chris, während die anderen trinken, die obligatorischen Würgegeräusche machen und dann ein Gespräch über die besten Partys des Sommers beginnen. Er hat sich ein wenig zu mir hinuntergebeugt, sodass sein Gesicht von herabfallenden Haaren zusätzlich beschattet wird. Seine Finger spielen sanft mit meinen Haaren.

»Wann hatte ich jemals schlechte?«, frage ich neckend.

Um seinen Mund spielt ein faules Halblächeln. »Immer so organisiert, immer so selbstbewusst.«

Ich hebe eine Hand an seine Schläfe, um die Haare zurückzustreichen. »Sagt der Richtige.«

»Im Vergleich zu dir bin ich ein Grundschüler mit Zahnspange und Teddy-Tornister.«

»Das sah vorhin aber ganz anders aus.«

Chris zuckt mit den Achseln. »Viele Mädels stehen auf Teddy-Tornister.«

»Idiot«, grinse ich und gebe ihm einen Klaps gegen den Kopf. Chris zuckt zur Seite, nur um meinen Blick direkt wieder aufzufangen, etwas wie Verwunderung spiegelt sich darin. »Ich mag das hier. Uns.«

»Ja, ich auch«, sage ich lächelnd.

»Irgendwie dumm, dass wir gewartet haben bis zu unserem letzten Schuljahr.«

Unwille regt sich in mir wie ein quengelndes Kind, das sofort von Mutter Zuversicht getröstet wird.

Alles wird gut.

Wir haben noch ein Jahr.

Alles wird gut!

Wer weiß, was in einem Jahr ist? Du, Freya, du weißt das! Du wirst in Hamburg sein und Fotografie und Design studieren! Klappe, Gedanken! Dass ich leider ausgerechnet in dem Moment den perfekten Studiengang finde, in dem ich auch den perfekten Freund finde, war so nicht geplant.

Alles wird gut?!

»Du warst noch nicht bereit für mich«, necke ich, statt anzusprechen, was ich irgendwann bald ansprechen muss.

»Stimmt«, raunt er. »Vermutlich nicht. Vielleicht bin ich es auch immer noch nicht.«

»Ich glaube schon.«

»Es wäre besser, diesen Moment einzufrieren und mir keine Chance zu geben, es zu versauen.« Er hält meinen Blick, als würde er mich testen wollen. Keine Herausforderung, kein dummer Spruch. Er meint, was er sagt.

»Niemals. Ich will wissen, was die Zukunft bringt«, sage ich fest. Die Sekunden ziehen vorüber, ohne dass einer von uns etwas sagt, es wagt, das Band zu reißen, das sich wortlos zwischen uns knüpft. Sein Blick bohrt sich in meinen, die Augen im spärlichen Licht fast schwarz.

»Hey, Turteltauben! Bock auf ›Ich hab noch nie‹?«

Es ist, als ob mein Kopf mit einem Schlag die Wasseroberfläche durchbricht. Jans anzügliches Grinsen wischt den letzten Rest von dem, was auch immer das gerade war, schneller weg als ein fünflagiges Zewa.

Ich verdrehe die Augen. Das Spiel zielt einzig und allein darauf ab, sich mit Sexgeschichten gegenseitig zu übertrumpfen. Und das ist unspektakulär. Wir leben in Werne. Wir haben immer in Werne gelebt. Die aufregendste Sexgeschichte in unser aller Leben ist die Missionarsstellung. Punkt.

»Lass uns einfach so quatschen«, sage ich bestimmt und richte mich halb auf, um mir die Flasche Rum aus Jans Hand zu schnappen. Uargh, das schmeckt grauenvoll. Ich hätte direkt noch 'ne Flasche Cola mitgehen lassen sollen.

Während die anderen in ein Gespräch über ihre Kurse für das nächste Jahr und ihre Pläne für die Zeit bis zum Abi verfallen, lasse ich meinen Blick über die stille Wasseroberfläche gleiten. Ich bin noch ein Jahr hier. Warum kommt es mir trotzdem manchmal so vor, als würde ich diesen Moment bereits in einer Rückblende erleben? Warum habe ich das Gefühl, dass ich schon lange nicht mehr hier bin und mir jede Sekunde deswegen doppelt intensiv einprägen muss?! Und wieso will ich sie mir überhaupt einprägen, wenn ich doch unbedingt wegwill? Unvermittelt kommt mir ein Song von Kid Rock in den Sinn: *Now nothing seems as strange as when the leaves began to change. Or how we thought those days would never end.*

Ich drehe mich zu meinen Freunden um.

»Lasst uns ein Foto machen.«

In den Tiefen meiner Tasche krame ich nach der lädierten Digitalkamera. Auch mein Handy kann theoretisch Fotos machen, aber die Qualität ist zum Vergessen. Deswegen ist die kleine silberne Kamera mein ständiger Begleiter. Es gibt nichts Ärgerlicheres, als eine gute Fotogelegenheit verstreichen zu lassen. Ich stelle den Blitz ein, drehe das Objektiv zu mir und halte sie mit beiden Händen über den Kopf. Jan, Mara, Chris und Mike gruppieren sich hinter mir zusammen. Dann drücke ich auf den Auslöser. So! Diesen Moment werde ich nie wieder vergessen!

6

Jetzt

Ich weiß nicht, ob das alte Haus tatsächlich anders aussieht oder ob es aussieht, wie es immer ausgesehen hat, und nur mein Blick darauf jetzt ein anderer ist.

Ich knete das Lenkrad meines kleinen Toyota Yaris, bis das Kunstleder knirscht, und warte darauf, dass mir entweder mein pochendes Herz direkt durch den Hals in die Hand springt oder aber das Universum mir ein gigantisches Zeichen sendet. In diesem Moment wird die Haustür aufgerissen, und ein gellender Schrei richtet die Härchen an meinen Armen auf. Ist das jetzt ein Zeichen des Universums, wenn eine Ü-50-Hippiefrau Geräusche ausstößt, die ansonsten Fledermäusen vorbehalten sind? Oder nur ein Zeichen, dass ich zu lange nicht mehr zu Hause war?!

Während meine Mutter über die sandige Auffahrt auf mich zueilt, nutze ich die letzten Sekunden in meinem kleinen grauen Rückzugsort für einen ungestörten Blick auf das, was sich vor mir auftut. Als ich ein Kind war, war dieses Gebäude meine ganze Welt. Dieses und die anderen, die sich u-förmig daran anschließen. Das Wohnhaus aus rotem Backstein links, die Scheune mit dem großen grünen Holztor in der Mitte und die Ställe und Speicher rechts. Auf einem Bauernhof aufzuwachsen klingt nach frischer Milch, Übernachtungen im Heu, roten Bäckchen und Ferienfreizeit. Genau so lange, bis einen nach zwei Wochen niemand abholt und zurück in ein Vorstadthaus mit normal proportioniertem Garten fährt, in dem das größte Tier das Meerschweinchen der Schwester ist. Und Übernachtungen im Heu sind auch eine dumme Idee. Es gibt Stellen, da *will* man kein Heu! Im Falle eines Menschen sind das genau genommen eigentlich alle Stellen.

Die Fahrertür wird so enthusiastisch aufgerissen, dass das sich bildende Luftvakuum mich beinahe aus dem Auto saugt. Wäre auch nicht schlimm, denn die weit geöffneten Arme meiner Mutter sind da, um mich aufzufangen.

»Freya Talia Thun! Bist du es wirklich?!«

Beim Klang meines vollen Namens zucke ich zusammen. Insbesondere so, wie meine Mutter ihn ausspricht – mit der Betonung auf jeder zweiten Silbe –, klingt er wie ein Zauberspruch für depressive Hexen: *»Freya Talia Thun, ich wünsche mir eine Karriere in der Gosse und eine Beziehung in der Schwebe. Hex, hex!«*

»Hey, Mama«, murmele ich, während mein Oberkörper bereits aus dem Auto hängt und mein Unterkörper dank eines State-of-the-Art-Dreipunktgurtes fest auf dem Fahrersitz verankert bleibt. Ihr vertrauter Geruch nach Patschuli und frisch gebackenem Brot weht mir in die Nase, und fast gegen meinen Willen entspannen sich meine Muskeln. Ich genehmige mir eine zweite Dosis. Dann befreie ich mich erst von ihr, anschließend von dem Gurt und steige schließlich ganz aus dem Auto. Diesmal richtig herum, mit den Beinen zuerst.

Meine Mutter hat einen Schritt zurück gemacht und die Hände an die Wangen gelegt. Sie mustert mich mit einem Gesichtsausdruck, den ich bisher nur in Naturdokus auf N24 gesehen habe – wenn die Forscher einen seltenen Schneeleoparden entdeckt haben.

Ich schlucke. Eine Welle der Schuldgefühle spült über mich hinweg. Vielleicht hätte ich mich doch mal überwinden sollen. Sie öfter besuchen. Aber jedes Mal, wenn ich den Entschluss gefasst hatte, wenn ich schon fast im Auto saß, kamen die Erinnerungen wieder hoch. Auf kleinen Spinnenbeinen krabbelten sie an meinen Füßen entlang bis in meinen Nacken, und ich …

»Ich wusste, dass du kommen würdest«, sagt meine Mutter und dreht sich zum Wohnhaus um. »Habe ich es nicht gesagt, Thomas?!«

Ich folge ihrem Blick und sehe meinen Vater in der Haustür stehen. Mit verschränkten Armen und unergründlichem Gesichtsausdruck blickt er zu uns hinüber.

Der Kopf meiner Mutter schnellt wieder zu mir. »Ich hatte so ein Gefühl, weißt du? Und unsere weibliche Intuition trügt uns nie«, sagt sie mit einem verschwörerischen Unterton und streicht sich dabei über den unteren Bauch. Meine Mutter – Sibylle – glaubt, dass Frauen viel mehr mit ihren Genitalien denken sollten. Ich glaube, wenn Frauen das auch noch täten, wäre die Welt dem Untergang geweiht.

Eine Hippie-Mutter ist auch so etwas, das nach Spaß klingt, aber harte Arbeit ist. Wie eine nahtlose Sommerbräune, eine harmonische Beziehung oder eben ein Leben auf dem Bauernhof. Einen Hippie anzutreffen war, in den frühen 90ern, als ich geboren wurde, an sich schon ein Phänomen. Besonders in Deutschland. Und ganz besonders in einer westfälischen Kleinstadt, in der das exotischste der Cuba Libre der einzigen Bar der Stadt ist.

Auf einem Bauernhof und mit Sibylle als Mutter bin ich etwas anders aufgewachsen als die meisten meiner damaligen Freunde. Statt mit Barbie und Annabelle habe ich mit Lotte und Hiltrud gespielt. Lotte und Hiltrud waren Milchkühe.

Bis ich zehn war und von Max aus der 5c in die Mülltonne gestopft wurde, war ich überzeugt, dass der Mond weiblich ist, auf den Namen Luna hört und viel mehr bestimmt als nur, wann genau man in der Nordsee schwimmen kann. Als ich dreizehn war, konnte ich meine ungewöhnliche Erziehung mal zum Vorteil nutzen und all meinen Freundinnen die Angst vor ihrer ersten Periode nehmen. Immerhin hatte Sibylle mir dieses besondere Phänomen bereits im zarten Alter von sieben Jahren erklärt. Das Blut bedeutet, dass ich eine Göttin bin, die in der Lage ist, Leben zu erschaffen. Und deswegen ist es auch nichts, dessen man sich schämen oder das man verbergen muss. Das ging genauso lange gut, bis Max (zu dem Zeitpunkt in der 7c) mich erneut in die Mülltonne gesteckt hat, nachdem sich ein großer rotbrauner Fleck auf meinem Jeansrock ausgebreitet hatte. Heute würde ich Max ganz gerne selbst mal in die Mülltonne stecken. Oder ihm einfach für einen Monat eine Menstruation verpassen. Möchte mal sehen, wie viel Macho noch übrig ist, wenn er vier Tage am Stück das Gefühl hat, sich mit dem Uterus in ein Stoppelfeld gesetzt zu haben. Ich mag mit meiner Mutter in wenigen Punkten übereinstimmen, aber da hatte sie ausnahmsweise mal recht. Der Einzige, der in dem Moment peinlich war, war mein Mitschüler! Ich betrachte es noch heute als Karma, dass er kurz darauf sitzen geblieben ist und ich danach nie wieder von ihm gehört habe.

»Wie lange bleibst du denn?«, fragt Sibylle, während ich meinen kleinen Trolley aus dem Kofferraum wuchte.

Unangenehme Bilder blitzen vor meinem inneren Auge auf.

»Ich ... ähm ... weiß nicht genau.«

Der Koffer macht laute rasselnde Geräusche auf dem Schotter, während ich ihn mehr zum Haupthaus schleife als rolle.

»Ich hoffe, ich störe nicht?«, frage ich mit hochgezogener Augenbraue und werfe meiner Mutter einen Seitenblick zu. Sie trägt eine weite Hose mit verwaschenem Blumenprint und dazu ein weißes, eng anliegendes Top. An ihren mit Sommersprossen übersäten Armen klingelt eine Myriade bunter Armreife. Wüsste ich es nicht besser, ich würde sagen, sie ist keinen Tag älter als 40. Was *weird* ist, da ich mich in meiner momentanen Gefühlslage und mit den Ringen unter meinen Augen auf das exakt gleiche Alter schätzen würde.

Sibylle bleibt stehen. Aus Reflex tue ich es ihr gleich. Dann nimmt sie mein Gesicht in ihre kühlen Hände und sieht mich aus ihren dunkelgrünen Augen an. Ich mag ansonsten eher nach meinem Vater kommen, aber die Augen habe ich von ihr. »Freya, du bist meine Tochter. Du störst nie.«

Ein warmes Gefühl explodiert in meiner Brust und rieselt von dort durch meinen gesamten Körper. Vielleicht war es doch eine gute Idee, nach Hause zu kommen.

Es war eine schlechte Idee, nach Hause zu kommen. Ich stehe in der Tür zu meinem alten Zimmer. Nur ist es nicht mehr mein altes Zimmer. Der Raum vor mir hat mit meinem schicken Jugendzimmer ungefähr so viel gemein wie eine Hüpfburg mit einer Raketen-Abschussrampe.

Sibylle steht neben mir, eine Aura zwischen peinlicher Berührtheit und Besitzerstolz umwabert sie wie einer dieser bunten Schals, die sie so gerne trägt.

»Ähm … Mama … was … ähm?«

Die Worte verlassen mich. Natürlich war ich in den letzten zehn Jahren mal hier, um meine Eltern zu besuchen. Aber die Besuche waren immer eher kurzer Natur, morgens hin, abends zurück. Oder Thorsten war dabei, und wir haben uns ein Hotel genommen, weil ich aufgrund meiner Kundschaft in der Werbeagentur fast überall einen Rabatt bekomme und es seltsam fand, mit meinem erwachsenen Freund in meinem Kinderzimmer zu schlafen. Die letzten zwei Jahre bin ich dann nicht mehr zu Besuch gekommen …

Ich weiß nicht, warum, aber ich bin immer davon ausgegangen, dass mein Zimmer noch so aussieht, wie ich es zurückgelassen habe. Stattdessen erinnern lediglich zwei Dinge daran, dass ich hier die ersten 19 Jahre meines Lebens verbracht habe (was immerhin noch knapp über die Hälfte ist): Mein alter *fatboy* im Erker gegenüber der Tür und drei riesige gerahmte Fotoaufnahmen, die ich gemacht haben muss, als ich ungefähr 18 war. In ihrer ganzen schwarz-weißen Pracht hängen sie rechts an der Wand und nehmen einen großen Teil selbiger ein. Das linke Bild zeigt den Hof, oder genauer gesagt die Dächer des Hofs, während sich darüber ein gigantisches Gewitter zusammenbraut. Die Wolken strahlen eine unwirkliche Dichte aus. Kaum vorstellbar, dass sie nur aus Regen bestanden. Es sieht eher aus, als wäre Gott der Staubsaugerbeutel geplatzt.

Die mittlere Aufnahme ist ein Schnappschuss, den ich von Mama und Papa gemacht habe. Sibylle steht in einem der langen weißen Kleider, die sie damals so oft getragen hat, mitten auf einer der großen Wiesen, die zu unserem Hof gehören. Ihr Kleid bauscht sich in einer Windböe, und sie lacht über irgendwas, das ich hinter der Kamera mache. Mein Vater steht etwas weiter im Hintergrund, seine Augen sind auf uns fixiert, und selbst über die Entfernung und Jahre hinweg kann ich die Liebe sehen, die in seinem Blick liegt.

Das letzte Bild ist ein Foto von mir. Eins der wenigen Porträts, die ich von mir gemacht habe – und ein wirklich großer Sprung von den verwackelten, überbelichteten Prä-Selfie-Selfies, die ich mir in den letzten Tagen auf Facebook reingezogen habe. Ich sitze mit angezogenen Beinen auf genau dem *fatboy*, der auch jetzt noch an derselben Stelle im Raum steht, und starre, scheinbar gedankenverloren, aus dem Fenster. In Wahrheit habe ich natürlich nur auf das Klicken des Selbstauslösers gewartet.

Zögerlich mache ich einen Schritt in den Raum. Diese Fotos hatte ich ganz vergessen, dabei habe ich sie jeden Abend vor dem Einschlafen und jeden Morgen nach dem Aufwachen gesehen. Mein Bett stand genau darunter. Ich atme scharf ein, als eine weitere Erinnerung mich trifft. Es gab noch ein Bild! Mit drei Schritten bin ich durch den Raum und starre den leeren Fleck rechts neben meinem Porträt an. Sogar der krumme Nagel, an dem ich es befestigt hatte, ist noch da.

»Wo ist das vierte Bild?«, frage ich leise und drehe mich gerade noch rechtzeitig zu meiner Mutter herum, um den erschrockenen Ausdruck zu sehen, der über ihr Gesicht huscht.

»Ich muss es wohl verlegt haben. Tut mir leid, Schatz.«

Verlegt? Wie verlegt man bitte ein Bild von Form und Ausmaß einer Esstischplatte?! Eine Sekunde überlege ich, weiter nachzubohren, entscheide mich aber dagegen. Es gibt drängendere Fragen.

»Mama, was ist das hier?«

Mit einer ausholenden Geste schließe ich den gesamten Raum ein. Mein Prada-Marfa-Poster ist verschwunden, mein Bett ist verschwunden, mein Schreibtisch auch … Im Prinzip sind alle Möbel verschwunden. Dafür sind Dinge eingezogen, die *ohne* Möbel eigentlich keinen Sinn ergeben. Unter den drei Bildern an der Wand liegen große Samtkissen in Karminrot, Tannengrün und Ocker scheinbar wahllos auf dem nackten Holzboden. Kerzen von der Größe kleiner Baumstümpfe stehen auf goldenen Tellern überall im Raum, wo die riesigen Zimmerpflanzen auf ihren Hockern noch

Platz gelassen haben. Die Topfpalmen kriegen also Stühle, aber ich nicht? An der linken Wand hängt ein riesiger Wandteppich, der ein stilisiertes Auge zeigt. Um das Auge herum sind feine Striche mit Kugeln am Ende gewebt, sodass es aussieht, als ob jemand Hunderte Cake-Pops in die Iris gesteckt hätte.

»Das ist unser Yoga- und Meditationsraum«, sagt Sibylle und dreht sich mit ausgebreiteten Armen um die eigene Achse. »Großartig, oder?«

Meine Handtasche rutscht mir von der Schulter und landet mit einem unangenehmen Ruck in meiner Ellenbeuge. »Großartig wäre jetzt nicht das erste Wort, das mir in den Sinn kommt«, nuschele ich und versuche, die ganzen fremden Eindrücke in mich aufzunehmen.

Sibylle hält in ihrer Kreiselbewegung inne und kommt auf mich zu. In einer einzigen fließenden Bewegung lässt sie sich auf eins der zugegebenermaßen sehr plüschig aussehenden Kissen sinken und bedeutet mir, dasselbe zu tun. Ich lasse meine Tasche fallen. Und mich direkt daneben. Wesentlich weniger elegant, aber dafür mit knackenden Kniegelenken. Während ich versuche, eine einigermaßen bequeme Position zu finden, nimmt meine Mutter meine Hände in ihre.

»Das muss seltsam für dich sein, dein Zimmer so zu sehen. Aber du bist nur so selten zu Besuch gekommen. Die letzten Jahre gar nicht mehr. Und es ist nicht gut, zu lange an der Vergangenheit festzuhalten.«

In Ermangelung meiner Hände puste ich mir eine Haarsträhne aus dem Gesicht und werfe einen weiteren Blick durch den Raum. »Ihr müsst ja nicht an der Vergangenheit festhalten, aber hättet ihr nicht wenigstens an einem Bett festhalten können ... oder einem Stuhl?«, frage ich.

Sibylle schüttelt tadelnd den Kopf, was in krassem Kontrast zu ihren weichen Gesichtszügen steht. »Während der Meditation ist es egal, wo du bist. Du findest deinen Frieden.«

»Schon, aber meine Meditation sieht meistens so aus, dass ich zwei Gläser Wein trinke und dann schlafe. Und dafür wär so eine Matratze schon nett.«

Ich habe es geschafft. Auch in der Pubertät hatte ich bereits ein gruseliges Talent dafür, selbst meine Zen-Mum aus der Ruhe zu bringen.

»Wenn du vielleicht vorher angerufen hättest?!«, sagt sie eine Spur schärfer und weniger melodisch.

»Also, sehe ich das richtig: Betten und Tische sind blöd, aber Handys sind okay? Sind das nicht die größten Störenfriede?«

Sie lässt meine Hände los. »Freya, ich weiß nicht, was du erwartet hast. Du bist seit zwei Jahren nicht mehr hier gewesen. Sollte ich dir einen Altar errichten? Einen Schrein, in dem sich nichts verändern darf?!«

»Hast du für ihn ja auch«, sage ich und deute auf einen großen goldenen Buddha, der direkt neben meinem beigen *fatboy* in seinem eigenen Sandkasten hockt.

Meine Mutter presst ihre Lippen zu einer schmalen Linie zusammen und steht ruckartig auf. Anscheinend habe ich die Eleganz direkt zusammen mit der Ruhe aus ihrem Körper lamentiert. Gut, dass sie den Meditationsraum schon fertig hat.

»Vielleicht kommst du erst einmal in Ruhe an und richtest dich ein. Im Hauswirtschaftsraum müsste noch ein alter Futon sein. Den kannst du dir holen. Ich bin unten und mache Tee.«

Das Letzte, was ich von meiner Mutter höre, ist das Klimpern ihrer Armreife.

7

»Ich wette, du hast dir das auch anders vorgestellt, oder? Da lehrt man die gesamte Menschheit inneren Frieden, und am Ende sitzt man trotzdem mit dem blanken Hintern im Sand. Muss doch unangenehm sein.«

Mein Gesprächspartner antwortet mir nicht. Schätze, er ruht zu sehr in sich selbst. Ich werfe mich auf meiner neuen Bettstatt zwischen Buddha und Meditationskissen herum und schaue den aufwirbelnden Staubkörnern dabei zu, wie sie im schwindenden Licht des Tages tanzen.

Jetzt bin ich also hier. Zurück. Ich betrachte die drei Bilder an der gegenüberliegenden Wand. Es ist seltsam. Habe ich mich in Hamburg noch gefühlt, als wäre ich genau das Mädchen von damals, während alle anderen um mich herum sich verändern, kann ich mich jetzt auf dem Foto kaum erkennen. Ich meine, ich *weiß*, dass ich das bin. Ich erinnere mich genau an den Tag, an dem die Aufnahme entstanden ist, und trotzdem *sehe* ich mich nicht mehr in dem Bild. Was ist aus diesem motivierten, energiegeladenen Mädchen mit den großen Träumen geworden? Mein Blick huscht zu dem leeren Fleck daneben und dann umgehend weiter, als hätte er sich verbrannt.

In Hamburg haben sich die Dinge schnell von schlimm zu schlimmer entwickelt. Ich weiß nicht, ob Thorstens und meine Beziehung erst vor Kurzem Risse bekommen hat oder ob sie schon lange gebrochen war und wir es nur nicht gemerkt haben. So wie die zerstörte Leere einer Party-Location, die cool aussieht, solange es dunkel ist und keiner zu genau hinsieht. Aber wenn man am nächsten Tag zurückkehrt …

Heute Morgen war es dann so weit. Das Tageslicht ist unbarmherzig auf die Scherben der langen Nacht gefallen. Oder, weniger poetisch, auf Thorsten, der neben mir lag, als ich aufgewacht bin, und mich unverwandt angestarrt hat. Als würde er versuchen, ein Buch in einer anderen Sprache zu lesen. Eigentlich musste es keiner von uns aussprechen. Wir brauchen eine Pause. Zeit, um die Köpfe freiblasen zu lassen und eine Weile das zu machen, was wir beide wollen, ohne den anderen im Nacken. Und dann können wir noch einmal neu verhandeln.

Ich wusste nicht, dass ich zu meinen Eltern fahren würde, bis ich das Ortseinfahrtsschild passiert hatte und wenige Minuten später auf die Hof-Einfahrt abgebogen war. Vielleicht ist mein Auto seiner Zeit voraus und besitzt bereits einen voll funktionstüchtigen Autopiloten. Oder vielleicht sind Menschen in diesem Punkt doch noch besser ausgestattet als Maschinen.

Ich dachte, wenn ich erst einmal hier bin, am Ausgangspunkt, fällt es mir leichter herauszufinden, wo genau alles schiefgegangen ist. Ich will doch nur glücklich sein, so wie die anderen. Und was bekomme ich stattdessen? Einen *fucking* Meditationsraum!

Mit einem Stöhnen richte ich mich auf und streiche mir die Haare aus dem Gesicht, um sie mir zu einem hohen Zopf oben auf dem Kopf zusammenzubinden, der mich aussehen lässt wie eine dieser kleinen Glitter-Palmen, die früher im Kinderschnitzel steckten. Warum kann man mit einem Zopf immer besser denken? Es ist fast, als ob einem die Haare nicht nur die Sicht, sondern auch die Gedanken verhängen.

Ich war unfair vorhin. Zu Mama, zum Meditationsraum und auch zu dir, Kumpel. Ich werfe Buddha einen entschuldigenden Blick zu. Vermutlich ist es die Übermüdung, aber ich glaube, er zwinkert mir zu.

Natürlich kann ich nicht erwarten, dass meine Eltern mein Zimmer nach all den Jahren einfach so lassen, wie es war. Das hier ist ihr Haus, und wenn Mama eben einen ganzen Raum für Räucherstäbchen und Sonnengrüße haben will, dann sei ihr das gegönnt. Es sieht ja sogar ganz nett aus. Der dunkelbraune Holzboden verströmt Ruhe, und die goldenen Nuancen, die sich überall im Zimmer wiederfinden, geben ihm tatsächlich einen transzendenten Touch. Nur bin *ich* hier nicht mehr zu finden. Es ist ein weiterer Schritt weg von der Person, die ich mal kannte, wenn ich in den Spiegel geschaut habe.

Von einem neuen bedrohlichen Knacken meiner Knie begleitet, erhebe ich mich von meinem Halbbett. Vielleicht sollte ich bei der nächsten Yoga-Session mal wieder mitmachen.

Wenigstens die Holztreppe, die vom ersten Stock runterführt, knarzt noch auf den gleichen Stufen. Ich höre die gedämpften Stimmen meiner Eltern bereits im Flur. Genauer gesagt höre ich eigentlich nur Sibylle: »Bitte, Thomas, du hattest immer das bessere Verhältnis zu ihr. Sie hört auf dich! Und wenn das kein Zeichen des Universums ist, weiß ich auch nicht mehr.«

»Du immer mit deinen Zeichen«, brummt mein Vater. Bei seiner Stimme fängt etwas tief in meinem Herzen zaghaft an zu glühen. Ich glaube, er ist sauer auf mich. Ich weiß nicht genau, was mir den entscheidenden Tipp gegeben hat. Vielleicht die Tatsache, dass er vorhin ins Haus verschwunden ist, bevor ich auch nur »Hallo« sagen konnte. Mit einem tiefen Atemzug straffe ich meine Schultern und biege um die Ecke.

Das Gespräch verstummt augenblicklich. Toll, seit dreißig Minuten hier, und schon sind beide Elternteile genervt von mir. Dass meine Mutter sauer auf mich ist, erkenne ich an dem schmalen roten Strich dort, wo früher mal ihr Mund war. Dass mein Vater sauer ist, erkenne ich ... eigentlich gar nicht. Er ist ein sehr konstanter Typ. Mein Vater könnte ein Haus mit Pool gewinnen und zehn Minuten später erfahren, dass es von Termiten zerfressen ist und auf einem Blindgänger steht – sein Gesichtsausdruck würde unverändert bleiben. Trotzdem weiß ich es. Ich spüre, dass da viel Ungesagtes zwischen uns steht. Und das sagt eine Menge, bei einem Mann, der selten etwas sagt.

»Hallo, allerseits«, zwitschere ich, um Lockerheit bemüht, und gehe durch die große Wohnküche auf meine Eltern zu.

»Tee?«, fragt Mama mit hochgezogener Augenbraue und hält mir eine Tasse hin, in der augenscheinlich kleine Stücke Baumrinde schwimmen. »Heiße Liebe« oder »Spanische Orange« sucht man in Sibylles Küche vergeblich.

»Gerne, danke«, sage ich und nehme tapfer einen Schluck. Ich bin entschlossen, den Haussegen wieder geradezurücken und Buße für mein Verhalten zu tun. Meine Geschmacksknospen bestätigen mir, dass ich bezüglich der Buße auf einem guten Weg bin. Unschlüssig drehe ich die Tasse in den Händen und sehe abwechselnd von Sibylle zu Thomas und wieder zurück. Mein Vater erwidert stumm meinen Blick. Es ist meine Mutter, die das Schweigen bricht – mit einem sehr langen, sehr lauten Seufzer. »Kommt, wir setzen uns auf die Terrasse. Unter freiem Himmel redet es sich immer besser.«

Als ich durch die Schiebetür im Wohnzimmer auf die großzügige Holzveranda trete, die rundherum von Hochbeeten und wilden, buschigen Blumen und Sträuchern begrenzt wird, muss ich einen Moment stehen bleiben und tief einatmen. Mama und Papa gehen vor und setzen sich auf die hölzernen Gartenstühle, die um einen ausladenden Tisch gruppiert stehen. Tausend Sinneseindrücke strömen auf mich ein: Der Blick, der erst in einem Kilometer Entfernung von einem Bahndamm begrenzt wird und dem vorher nichts als Wiesen im zaghaften ersten Grün und ein paar gescheckte Kühe im Weg sind. Der Geruch nach Bärlauch, Kresse und Maggikraut gemischt mit der Süße der ersten Sommerblumen. Das unaufhörliche Zwitschern der Vögel und ansonsten – nichts. Kein Gehupe, Gezeter, keine schiefen Gitarrenklänge von der Studenten-WG nebenan oder Gepolter von Emil dem Teufelskind, aus der Wohnung über uns. Das Glühen in meinem Herzen wird stärker.

»Es tut mir leid«, sage ich laut und drehe mich zu meinen Eltern herum. Schwer zu sagen, wer von uns dreien überraschter ist. Schnell, bevor dieser plötzliche Mut mich wieder verlassen kann, gehe ich zum Tisch und lasse mich auf einen Stuhl fallen. »Es tut mir leid, dass ich euch in letzter Zeit nicht besucht habe. Und dass ich euch nicht vorgewarnt habe, dass ich kommen würde. Aber dann ist Elisa schwanger geworden, und ein Kind hat den Job gekriegt, den ich wollte, und Thorsten hat plötzlich nur noch über Häuser, Finanzierungen und Kita-Plätze geredet, und dabei war doch vor Kurzem das Leben noch schön, und es gab Pickel statt Pränatal-Diagnostik und …« Ich sehe am Gesicht meiner Mutter, dass sie nicht mehr hinterherkommt, also fasse ich zusammen: »Es tut mir leid.«

Zwei Sekunden lang ist nichts zu hören außer dem Gezwitscher der Vögel.

»Also, das Kind von Elisa hat deinen Job bekommen?«

Ich brauche einen Moment, bis mir klar wird, dass die Worte von meinem Vater kommen. Und noch einen, bis ich realisiere, dass er einen Witz gemacht hat. Papa hat eine seltsame Art zu lachen: Er wird immer röter im Gesicht, als würde er es mit aller Macht zu verhindern versuchen, bis das Lachen in einem allumfassenden Prusten aus ihm herausbricht. Und obwohl eigentlich nichts von meinem Gesagten lustig war, stimme ich erleichtert mit ein.

Ich bin bei meiner zweiten Tasse Baumrindentee, als die Stimmung am Tisch langsam wieder ernster wird. Wie ein gebranntes Kind haben meine Eltern und ich bisher alle Themen umschifft, die irgendwie kontrovers sein könnten – zum Beispiel meine Anwesenheit –, und uns stattdessen über die schlimme Pollensaison, den Pensionseintritt meines ehemaligen Schulleiters und die neue Frisur der Nachbarin ausgetauscht. Aber als Sibylles verträumtes Lächeln zusammen mit den letzten Sonnenstrahlen verschwindet, weiß ich, dass die Schonfrist vorbei ist.

»Liebling, ich freue mich, dass du hier bist«, setzt sie an. Leichte Falten erscheinen auf ihrer Stirn. »Aber warum genau *bist* du hier?«

Mein Blick fällt auf meine Hände, die ich im Schoß verschränkt halte. Plötzlich wird mir kalt im Schatten des Hauses.

»Ich werde mal ein paar Decken holen«, brummt Papa, dem die Gänsehaut auf meinen Unterarmen nicht verborgen geblieben ist. Ich vermute allerdings, das ist nicht der einzige Grund für seinen Rückzug. Unangenehme Gespräche waren noch nie sein Ding. Auch da komme ich nach ihm.

»Ich musste einfach mal aus Hamburg raus«, sage ich leise.

»Also nur ein Tapetenwechsel?«, fragt Mama weiter.

Ich nicke und versenke mein Gesicht in der Tasse.

»Weißt du, wenn du vielleicht doch mal angerufen hättest vorher ... oder zwischendurch ...«

Here we go. »Ich habe doch zwischendurch angerufen«, verteidige ich mich.

»Ja, aber du hast nie über die wirklich wichtigen Dinge geredet. Immer nur über deinen Job.«

»Mein Job ist wichtig für mich«, beharre ich.

Sibylle seufzt. »Ich wünschte, du würdest dich nicht immer so abkapseln und mal darüber reden, was dich wirklich bewegt. Die Dinge, die du in dich hineinfrisst, fressen auf Dauer dich.«

Manchmal frage ich mich, ob meine Mutter halbtags in einer Glückskeks-Fabrik arbeitet.

Hilflos hebe ich die Hände. »Ich weiß nicht, was du von mir hören willst. Ich habe mich doch entschuldigt.«

»Warum warst du seit zwei Jahren nicht mehr hier?«

Ich zucke zurück.

»Ich meine, nicht, dass du uns vorher besonders oft mit deiner Anwesenheit beehrt hast, aber so gar nicht mehr?«

»Ich hatte einfach viel zu tun. Mit meinem Job«, sage ich schwach und in einem Tonfall, der mir nicht einmal in meinen eigenen Ohren mehr Glaubhaftigkeit verleiht.

»Urlaub hast du nicht?«, fragt Sibylle spitz.

»Das verstehst du nicht. Du und Papa, ihr wart immer hier auf dem Hof. Du weißt nicht, wie es in der echten Welt ist! Wo man Deadlines hat und Chefs und Kunden«, schnappe ich.

Die Lippen meiner Mutter werden wieder schmal.

»Wenn man sich so verhält in deiner ›echten Welt‹, dann lebe ich auch wesentlich lieber in meiner!«

»Bitte sehr, Schatz.« Papa ist aus dem Nichts aufgetaucht und hält mir eine grobe Strickdecke entgegen, die ich mir dankend um die Schultern lege.

Wie auf ein stummes Kommando steht meine Mutter auf, genau in dem Moment, in dem mein Vater sich wieder hinsetzt.

»Ich werde mal ins Bett gehen«, sagt sie und greift nach meiner leeren Tasse. »In ›meiner Welt‹ beginnen die Tage früh.«

Mit diesen Worten verschwindet sie ins Innere des Hauses. Aber nicht, ohne meinem Vater vorher noch einen vielsagenden Blick zuzuwerfen.

Ein paar Minuten lang sitzen wir einfach schweigend nebeneinander und sehen dem Mond dabei zu, wie er sich über dem Bahndamm materialisiert. So ruhig es hier draußen ist, so aufgewühlt ist es in meinem Inneren. Ich muss bescheuert gewesen sein, zu denken, dass ich hier ein wenig Abstand und Ruhe zum Nachdenken und zur Neuorientierung finden kann. Meine Mutter ist wie ein sehr langer Fingernagel mit Eigenleben, der so lange an einem Mückenstich kratzt, bis alles offen und wund ist.

Schaudernd wickele ich die Decke fester um meine Schultern und werfe meinem Vater einen kurzen Blick zu. Er sieht vollkommen gelassen aus, wie er da zurückgelehnt in seinem Stuhl sitzt, die Arme locker auf den Lehnen. Ich weiß, dass er hier noch die nächsten Stunden so sitzen könnte. Vielleicht hat mein Vater in seinen Meditationsfähigkeiten sogar meiner Mutter einiges voraus.

»Papa, ist alles in Ordnung bei euch?«

Ganz wie ich erwartet habe, zuckt mein Vater bei der unerwarteten Störung zusammen. Er setzt sich zurecht.

»Wie kommst du darauf, dass etwas nicht in Ordnung wäre?«, fragt er in seinem üblichen brummenden Ton.

»Ich habe gehört, was Mama vorhin zu dir gesagt hat. In der Küche. Dass du mit mir reden sollst?«

Sein Mundwinkel hebt sich um einen Millimeter. »Ach, du kennst doch deine Mutter. Alles muss sofort bis ins kleinste Detail durchgekaut und ausgesprochen werden …«, sagt er vage und wirft mir einen fast verschwörerischen Blick zu. »Sie denkt, es ist schlecht für die Gesundheit, Dinge zurückzuhalten.«

Ich nicke nachdenklich. »Und was denkst du?«

»Ich denke, es gibt für alles seine Zeit. Zum Reden und auch, um einfach mal still zu sein.«

»Aber du warst wütend auf mich, weil ich mich nicht bei euch gemeldet habe. Ist das nicht etwas heuchlerisch?«

Überrascht sieht er auf und wendet sich mit seinem Oberkörper ganz zu mir. »Du denkst, ich war deswegen wütend? Weil du uns nicht besucht hast?«

Ich zucke mit den Schultern. »Nun … äh … ja, weswegen sonst?«

Papa schüttelt lächelnd den Kopf. »Nein, Schatz, deine Mutter war wütend, weil du dich nicht gemeldet hast. Wobei wütend nicht das richtige Wort ist … verletzt vielleicht eher.«

Ein Stich fährt durch meine Brust.

»Ich war wütend, weil du weggelaufen bist. Und ich glaube, dass du das immer noch tust. Nur weiß ich nicht, wovor.«

Ich schnaufe. »Ich bin zur Uni gegangen und in eine andere Stadt gezogen, wo ich Freunde, einen Job und einen ...« Ich stolpere kurz. »Wo ich Thorsten habe. Das kann man wohl kaum als *weglaufen* bezeichnen.«

Papa wirft mir einen durchdringenden Blick zu, dann geht ein kleiner Ruck durch seinen Körper, und seine Augen wandern zurück zu den stillen Wiesen. »Wie du meinst.«

Ich nicke mit Nachdruck, obwohl er mich nicht ansieht. Wir fallen zurück in unser Schweigen, aber es ist eine Spur unangenehmer.

»Und was hast du jetzt vor?«

Die Frage trifft mich unvorbereitet. Und direkt in die Magengrube. Worte *sind* Waffen! Aber sie sind viele Waffen in einer. Sie sind das Schweizer Taschenmesser der Waffen! Sie können schneiden, stechen, kneifen und anscheinend boxen.

»Ich ... ähm ... was meinst du?«, stammele ich, um Zeit zu schinden.

»Wie lange wirst du hierbleiben? Anscheinend ist das ja ein längerer Besuch, wenn du sogar den Futon hervorholst.«

»Ich dachte ... ein paar ... Wochen, vielleicht?«

»Ist das eine Frage?«

»Ja?«

Mein Vater schüttelt unbestimmt den Kopf, den Blick immer noch abgewandt. »Na gut, dann ...« Er sammelt sich einen Moment und streicht sich mit der Hand über den grauen Bart. »Freya, deine Mutter und ich werden nicht jünger, und in letzter Zeit fällt mir die Arbeit hier schwerer. Die Knochen.«

Er wirft mir ein gequältes Halblächeln zu. Ich hingegen kann nicht einmal mit einem Zehntel-Lächeln antworten. Ich weiß nicht, was die Knochen meiner Eltern mit der Länge meines Besuchs zu tun haben, aber es kann nichts Gutes sein. Ich bin kein Hund. Ich esse nicht einmal Fleisch. Für mich bedeuten Knochen nie etwas Gutes.

»Deine Mutter denkt natürlich, es wäre irgendein Zeichen des Universums, dass du ausgerechnet jetzt zurückgekommen bist.«

»Ausgerechnet jetzt?«, frage ich nervös.

»Ach Freya, was soll ich dir sagen?«

»Du könntest mit der Wahrheit anfangen.«

Papa nickt und tätschelt vorsichtig meine Hand. »Wir werden den Hof verkaufen.«

8

12 Jahre früher (Chris)

Meine Freundin ist definitiv am heißesten, wenn sie denkt, dass niemand sie beobachtet. Wenn ich nur eine Fliege an der Wand bin. So wie jetzt. Mit einem leicht abwesenden Gesichtsausdruck starrt sie aus dem halb geöffneten Autofenster in die Ferne, während der Fahrtwind ihren Duft bis zu mir auf die Rückbank trägt. Orange und etwas Individuelles, irgendwie Herbes.

»Also, wer kauft gleich das Gras?«, dröhnt Jan neben mir, beugt sich zu Freya vor und packt sie an den Schultern, um sie zu schütteln. Ich sehe ihre Augen trotz der großen Sonnenbrille vor Vorfreude blitzen.

»Wir natürlich«, sagt sie und stupst Mara an, die die undankbare Aufgabe hat, uns zu unserem Campingplatz an der holländischen Nordsee zu fahren. Es ist September, aber jemand hat vergessen, dem Wetter Bescheid zu geben. Es hat sich bisher kaum abgekühlt. Deshalb hatte ich keine großen Probleme, die anderen davon zu überzeugen, dass ein spontaner Campingtrip genau das Richtige ist, um vor dem Herbst noch mal rauszukommen. Mir hätte auch Duisburg gereicht. Einfach weg.

»Hat irgendwer eine Einkaufsliste gemacht?«, fragt Mara, ohne ihren Blick von der Straße zu nehmen. Ich stöhne. Mara sagt immer so erwachsene Dinge.

»Bier, Grillzeug, Gras. Hab ich was vergessen?«, antworte ich.

»Chips! Wenn wir Gras rauchen, brauchen wir Chips!«

Und dann sagt sie so etwas.

»Milch wäre auch nicht schlecht«, murmele ich und denke an die Packung Lions, die in meiner Tasche im Kofferraum vermutlich gerade zu einem riesigen Ball zusammenschmilzt. Ich packe nie viel, aber ohne mein Frühstück, ohne mich. Georg, mein Trainer, wäre entrüstet, wenn er wüsste, dass ich auf seine Ernährungstipps scheiße. Aber Georg ist auch entrüstet, dass niemand aus der Mannschaft seine Leidenschaft für Lacoste-Hemden teilt. Deswegen gebe ich nicht viel darauf.

»Ich dachte, die hätte Freya uns schon gezapft«, sagt Jan grinsend und knetet erneut an ihren Schultern herum. Etwas, das in mir sofort den Impuls auslöst, sein Gesicht auch mal als Knetmasse zu nutzen. Das ist natürlich übertrieben. Jan ist mein bester Kumpel, und Freya und ich sollten es sowieso ruhig angehen lassen. Ich habe keinen glorreichen Lebenslauf, wenn es um Beziehungen geht.

Meine Freundin wirbelt herum und zieht die Sonnenbrille von der Nase. »Ernsthaft, du Trottel?! Hast du eine Idee, wie das Melken auf einem Hof funktioniert?! Das wird schon seit Jahren nicht mehr von Hand gemacht. Ich weiß gar nicht, wie das geht.«

Ich beiße mir auf die Lippen, um ein Grinsen zu unterdrücken. Sie hasst es, auf den Bauernhof angesprochen zu werden. Wenn andere sie als »Bäuerin« sehen. Ihre Worte, nicht meine. Ich verstehe überhaupt nicht, wieso. Ich finde es heiß, dass sie keins dieser Püppchen ist, die Angst davor haben, sich die Fingernägel abzubrechen. Das ist auch für andere Aspekte des Lebens nicht verkehrt, die im weitesten Sinne mit »Melken« zu tun haben. Kurz überlege ich, einen entsprechenden Witz zu machen. Aber gerade die Tatsache, dass Freya bei so ziemlich nichts zimperlich ist, hält mich davon ab. Ein blaues Auge würde meine Gesamtsituation auch nicht verbessern.

»Ihr baut das Zelt auf, und wir fahren in den Ort und kaufen Vorräte«, schlägt Freya vor, als endlich die letzte Isomatte auf dem unordentlichen Stapel gelandet ist, der entfernt an einen Scheiterhaufen erinnert.

»Sollte nicht zumindest eine von uns hierbleiben, um sicherzugehen, dass sie unsere Klamotten auch richtig verteilen?«, fragt Mara mit einer besorgt hochgezogenen Augenbraue in Richtung Freya.

Ich rolle mit den Augen und nehme ihr den Rucksack aus der Hand. Würde es nur um Jan gehen, würde ich ihr zustimmen. Bei dem besteht die Gefahr, dass er die Zeltheringe aus Versehen auf den Grill wirft.

Dann wende ich mich Freya zu. Wie immer, wenn ich so nah vor ihr stehe und sie mich mit diesen intelligenten grünen Augen ansieht, beschleunigt sich mein Puls. Meine Atmung wird schneller. Und ich muss mir auf die Lippen beißen, um sie nicht sofort zu küssen. Ich würde nie etwas anderes tun, als sie zu küssen, wenn Gott nicht so gnädig gewesen wäre, mir Zähne zu geben, damit ich meine Lippen aufhalten kann.

Jetzt legt sie auch noch die Hände an meine Hüften, um mich näher an sich heranzuziehen. Ihre Wange schmiegt sich an meine.

»Ich freue mich darauf, wenn wir heute Abend allein im Zelt sind«, flüstere ich ihr ins Ohr. Sie lacht leise. Ein wunderschöner Klang.

»Zeltwände sind für gewöhnlich ziemlich dünn. Sicher, dass das eine gute Idee ist, wenn Mara und Jan direkt nebenan sind?«

Ein weniger schöner Klang. Fuck! Oder eben genau nicht fuck! Die Dezibel-Zahl eines gebrauchsüblichen Orgasmus kam in meinen Vorstellungen von diesem Wochenende nicht vor. Das wird anstrengend. Aber eigentlich ist es auch egal. Es ist mir wirklich egal. Sex mit ihr ist mir nicht das Wichtigste, stelle ich schockiert fest. Schnell lasse ich sie los und gebe ihr einen Klaps auf die Schulter. »Vergiss das Bier nicht.«

Sie wirft mir einen Blick zu, der genauso irritiert ist wie meine Hormone, bevor sie nickt und zu Mara in das Auto steigt.

»Also, ich spüre noch gar nix. Ihr?«, fragt Jan. »Aber ist schon seltsam, wie krass viele Sterne da im Universum so leben können, oder? Ich meine, wieso stoßen die nicht ständig aneinander. Oh, meint ihr, da gilt rechts vor links?«

Mara bricht vor Lachen auf ihrem Campingstuhl zusammen. »Sterne«, stößt sie schließlich zwischen zwei Kieksern hervor, »leben doch nicht!«

Ich grinse den beiden im Schein des langsam erlöschenden Grills zu und nehme einen Schluck von meinem Bier. Freya sitzt zwischen meinen Beinen direkt auf dem Boden, und ich sehe an dem Zucken ihrer Schultern, dass auch sie mühsam ein Lachen unterdrückt. Natürlich habe ich vergessen, einen Campingstuhl mitzubringen. Natürlich! Nach einer Stunde auf einer umgedrehten Bierkiste habe ich beschlossen, dass das Muster des Bodens jetzt tief genug in meinen Arsch graviert ist, und bin auf die Erde umgezogen. Obwohl sie sehr wohl an einen Stuhl gedacht hat, hat Freya sich sofort zu mir gesetzt. Als sei es das Selbstverständlichste der Welt, dass sie nun einmal da ist, auch wenn ich am Boden bin.

»Wir sollten zum Meer gehen!«, ruft Jan plötzlich.

»Mega Idee!« Mara ist definitiv high. Anders ist der Enthusiasmus nicht zu erklären.

Freya stöhnt auf. Jan ist einer dieser Menschen, die auch noch das letzte bisschen Möglichkeit aus einem Tag quetschen wollen. Das ist der Grund, warum wir schon seit Jahren befreundet sind, schätze ich, denn eigentlich bin ich genauso. Ich kann eine sich mir bietende Möglichkeit einfach nicht verstreichen lassen. Und wenn ich es doch mal tue, fressen die Fragen mich hinterher auf: Was, wenn ich das großartigste Erlebnis aller Zeiten verpasse? Was machen die anderen jetzt gerade? Sollte ich dabei sein? Natürlich sollte ich dabei sein! Was ist, wenn dieses Neue besser ist als das Alte? Denn ganz ehrlich, das ist es doch meistens! Nur wenn ich bei ihr bin, wird dieses Karussell langsamer. Ich weiß, dass das der Moment ist, in dem es gefährlich wird. Trotzdem sage ich: »Geht ihr ruhig. Freya und ich passen auf das Zelt auf.« Dann beuge ich mich vor und frage: »Es sei denn, du willst mit?«

Jan zieht ein genervtes Gesicht. »Komm schon, Alter. Es ist nur lustig, wenn wir alle zusammen gehen!«

»Nein, echt, mich bewegt hier heute nichts mehr weg«, erwidere ich möglichst unbeeindruckt, während in meinem Kopf der übliche Kampf einsetzt. Verpasse ich ein einmaliges Erlebnis, wenn ich nicht mitgehe? Vielleicht finden wir einen lange verloren geglaubten Schatz im Sand verbuddelt?! Aber irgendwas hält mich ab. Oder irgendjemand. Irgendjemand, der praktischerweise auch halb auf mir sitzt und mich sicher an Ort und Stelle verankert. Und es ist eh viel wahrscheinlicher, dass wir am Strand kein Gold, sondern nur Becks Gold finden – leer!

»Geht mal ohne uns«, sagt Freya, als mir noch ein anderer Gedanke kommt: Wenn Jan und Mara gehen, nehmen sie ihre Ohren vermutlich mit. Und das bedeutet freie Bahn für die nächste Stunde.

»Wie ihr meint«, sagt Jan, während Mara neben ihm steht und aussieht, als würde sie vor Aufregung am liebsten auf und ab hüpfen. »Langweiler.«

Ich wusste, dass dieses Wort einen schmerzhaften Stich in mir auslösen würde, und trotzdem trifft die Heftigkeit mich unvorbereitet.

Die beiden sind noch nicht ganz weg, da setze ich mich zurecht und versuche, Freya mit mir hoch- und dann möglichst schnell ins Zelt und wieder runterzuziehen. Rein körperlich natürlich. Bestenfalls.

»Lass uns noch einen Moment sitzen bleiben«, sagt sie stattdessen und legt den Kopf in den Nacken. »Er ist nicht so der philosophische Typ, aber mit einem hatte Jan recht. Es sind echt verdammt viele Sterne da oben. Fällt einem in der Stadt nie so auf.«

Ich lächele angesichts der gnadenlosen Übertreibung, Werne, unser Heimatkaff, als Stadt zu bezeichnen. »Vielleicht solltest du einfach öfter mal einen Moment stehen bleiben und nach oben sehen.«

Sie bewegt ihre Schultern und bringt mich dazu, den Blick vom Himmel abzuwenden. Was ich in ihrem Gesicht lese, kann ich nicht deuten. Sie sieht vorsichtig aus, fast ein wenig entfremdet.

»Was?«, frage ich.

»Weißt du schon, was du nächstes Jahr machen willst? Nach dem Abi?«

Ich werfe ihr ein Lächeln zu, das hoffentlich nicht so schief aussieht, wie es sich anfühlt, und schaue wieder nach oben. »Nee, keine Ahnung.«

Sie rückt ein Stück von mir ab. »Willst du nicht ... keine Ahnung ... mehr?«

Meine Laune sinkt. Seit Wochen höre ich nichts anderes. Jetzt fängt meine Freundin auch damit an?

»Es muss doch mehr geben als den Wochenmarkt, ein

Weinfest im Jahr und die Frage, ob man am Wochenende besser nach Münster oder Dortmund zum Feiern fährt.«

»Was ist, wenn ich ›Nein‹ sage? Verlässt du mich dann?«, frage ich provokant und ohne sie anzusehen. Ich spüre, wie sie sich versteift. Und ein winziger Teil von mir verspürt Genugtuung dabei.

»Sei nicht scheiße. Natürlich verlasse ich dich nicht«, sagt sie leise, aber ich höre an ihrer Stimme, dass da ein leiser Zweifel ist. Noch ist er leise. Aber ich bin mir fast sicher, dass er lauter werden wird. Und schwieriger zu ignorieren. Wie ein Radiowecker, den man erst unbewusst in seine Träume einbaut, sicher, ihn ignorieren zu können. Bis er einen unaufhaltsam in die Realität zieht. Ich hätte nicht nachgeben sollen. Ihr und mir selbst. Vor zwei Monaten an diesem Abend am See, als ein Kuss unsere Beziehung besiegelt hat. Ich hätte es beim Flirten und bei den Blicken und dem sehnsüchtigen Ziehen in meinem Inneren belassen sollen. Was nie zusammengesetzt wurde, kann nie zerbrechen.

Ich beuge mich vor und greife nach ihrer Hand.

»Ich will mich einfach nicht so auf irgendetwas einschießen, verstehst du? Dieses ganze Planen und Auf-morgen-Warten ist doch scheiße. Ich will nicht einfach ›mehr‹. Ich will am liebsten alles erleben.«

»Alles?«, fragt sie ironisch.

»Ja, alles«, sage ich mit Nachdruck. »Meine Eltern sind nie aus Werne weggekommen. Das ist nichts für mich. Ich will die Welt sehen, Karriere machen – oder auch nicht. Hauptsache, *etwas* erleben, weißt du?«

Ich bin mir nicht sicher, ob ich zu ihr durchgedrungen

bin, aber wenigstens haben ihre Fragen wieder mehr als ein Wort: »Hast du schon einen Plan, wie genau du *alles* dann machen willst?«

»Habe ich doch eben gesagt. Ich bin kein Fan von Plänen. Ich werde erst mal studieren gehen, denke ich. Irgendwo in einer richtigen Stadt. Nicht eine, die nur so tut. Und dann … wer weiß?! Ich will einen Job, der mir die Freiheit gibt, mein Leben so zu leben, wie ich will. Keine Grenzen!«

Meinen Eltern gehört der Schreibwarenladen in unserer Stadt. Und während ich nie um Geld für das nächste Paar Sneaker bangen musste, konnten wir auch nie große Sprünge machen. Schon alleine, weil meine Eltern durch den Laden eben an Werne gebunden sind. Leitz-Ordner und Eddings werfen nicht genügend Geld für die Outbacktour in Australien ab, von der mein Vater immer geträumt hat.

Bittere Galle steigt in mir auf. Ich hasse es. Diese Enttäuschung, die sich in die Züge meines Vaters gebrannt hat und in den letzten Monaten tiefer und tiefer geworden ist. Und meine Mutter, die danebensteht, sich bei ihm entschuldigt und auf mich einredet. Der Erste aus der Familie, der es auf die Uni schaffen könnte. Der Erste, der etwas aus sich machen kann. Woo-fucking-hoo!

»Wie wäre es mit Hamburg als Studienort?«, fragt Freya plötzlich. Sie will es beiläufig klingen lassen, aber ich höre die Frage hinter der Frage genau raus. Ich schlucke und boxe die unbestimmte Angst, die in meinem Bauch wächst, erneut nieder.

»Schon möglich«, sage ich etwas zu harsch.

»Wir müssen nicht jetzt darüber reden«, antwortet sie gepresst.

Ich schüttele den Kopf und schmiege mich in ihre Hand. »Tut mir leid.« Tief sauge ich die Luft in meine Lungen und versuche, mich zu fangen. »Was wären denn die Vorteile eines Studiums in Hamburg?«, frage ich neckend.

Sie steigt sofort auf mein Spiel ein: »Da wären die Elbe, Reeperbahn, St. Pauli … und du hättest bereits das heißeste Mädchen der Stadt zur Freundin.« In gespielter Arroganz wirft sie sich die Haare über eine Schulter, wird aber währenddessen von einem hinreißenden Lachanfall geschüttelt.

Ich stimme in ihr Grinsen mit ein. Jetzt ist nicht der Moment für Pläne, Entscheidungen oder Ängste. Sanft lege ich die Hände an ihren Hals und ziehe ihren Kopf näher zu mir.

»Lass uns den Moment nicht mit Gerede von der Zukunft zerstören.«

9

Jetzt (Freya)

Irgendwas klingt, als würde Luft aus einem Partyballon entweichen. Unwillig blinzele ich gegen die Helligkeit im Zimmer an. Wie oft muss ich Thorsten noch sagen, dass ich es extrem nervtötend finde, dass er morgens lieber von der Sonne geweckt wird als von seinem Handy, wie ein normaler Mensch? Das ist noch lange kein Grund, die verdammten Vorhänge ständig offen zu lassen.

In der Sekunde zwischen sterbendem Traum und erwachendem Kaffeedurst stürzen die Erinnerungen auf mich ein: Mimi, die Art-Direktorin; Elisa, die Schwangere; Thorsten, der Möchtegernbauherr; Freya, die Geflohene – toll, mein Leben ist ein Tarot-Kartenset.

Ich schlage die Augen auf. Und presse sie direkt wieder zu. An meine Füße schließt sich ein weiteres Paar Beine an. Und durch diese Beine blickt der leicht rot angelaufene Kopf meiner Mutter, die vornübergebeugt im herabblickenden Hund verweilt.

»Morgen«, sagt sie schroff.

»Morgen.« Ich reibe mir über die Augen. Vielleicht

träume ich ja noch. Bitte, bitte, lass mich noch träumen! »Äh, was machst du da?«

»Sonnengruß«, kommt die knappe Antwort, während sie nacheinander die Beine nach vorne schwingt und sich mit hoch über den Kopf gestreckten Armen in den Stand aufrichtet.

Ich stütze mich auf die Unterarme. »Aber ...«, ich will gerade fragen, ob das ausgerechnet jetzt und ausgerechnet hier sein muss, doch dann erinnere ich mich an meine Vorsätze von gestern. Ihr Haus, ihre Regeln ... zumindest noch. Eine weitere Erinnerung prescht an die Oberfläche meines Bewusstseins. Eine, die mich noch rabiater aus der Welt des Halbschlafs reißt als Sibylles mangelndes Gefühl für Privatsphäre. Ich setze mich auf.

»Mama, kann ich mal mit dir reden?«

Alles, was ich ernte, ist ein kurzer Blick über die Schulter, während Sibylle in der Haltung des Kindes die Knie anwinkelt und den Kopf absenkt, sodass es jetzt aussieht, als würde sie nicht mit mir, sondern mit ihrer Vagina sprechen. »Ach, plötzlich willst du also mit mir reden?«

Ich schlucke die Antwort herunter, die mir auf den Lippen liegt, und sage stattdessen vorsichtig: »Papa hat da gestern so was gesagt.«

Ob Sibylle reagiert, kann ich nicht sehen, denn ihr Kopf steckt nach wie vor zwischen ihren Kniescheiben. Sie sagt auf jeden Fall nichts. Ich beiße mir auf die Lippen, aber es muss raus. »Ihr wollt den Hof wirklich verkaufen?«

Nach der Ankündigung letzte Nacht war ich so baff, sprachlos und schockiert, dass es nur eine logische Konsequenz gab: schlafen gehen. Oder zumindest ins Bett – äh, auf den Futon – gehen. Wo ich anschließend noch ungefähr drei Stunden wach gelegen und mir gewünscht habe, ich hätte doch alles haarklein mit Papa durchgesprochen. Durch meinen Kopf rasen so viele Frage- und Ausrufezeichen, dass mir schwindelig wird.

Wann wurde das beschlossen?!

Wieso wurde ich nicht eingeweiht?!

Was wollen sie dann machen?!

Was wird aus dem Hof?!

Wieso … einfach wieso?!

Meine Mutter atmet ein letztes Mal geräuschvoll aus, bevor sie sich – Gott sei Dank – in den Schneidersitz aufrichtet, zu mir herumdreht und mich erwartungsvoll ansieht.

»Wann wolltet ihr mir das sagen?«, beginne ich. »Wenn ich jetzt nicht zufällig vorbeigekommen wäre, hätte es mir dann die Benachrichtigung von DHL übermittelt, wenn euer Weihnachtspaket zurückgekommen wäre?!«

Meine Mutter wirft mir einen Blick zu, der deutlich macht, dass ich mir die Antwort eigentlich gerade selbst gegeben habe. »Das ist nichts, was man über das Telefon bespricht, Freya. Findest du nicht auch?«

Ich entnehme ihrem Tonfall, dass sie kein gesteigertes Interesse daran hat, eine erneute Eskalation zu vermeiden. Anders als Papa ist meine Mutter noch nie vor einem vernünftigen Streit davongelaufen. Ich beschäftige mich damit, die Decke um mich herum zu ordnen, um eine Antwort zu umgehen.

Sibylle seufzt. »Es war kein spontaner Entschluss, eher ein Prozess. Wie du weißt, ist dein Vater zwei Jahre älter als ich. Und selbst mit der Digitalisierung, der Technologie und den FÖJ-lern, die uns viel Arbeit abnehmen, ist es ein harter Job, einen Bauernhof zu führen. Insbesondere einen Milchbetrieb. Gerade in diesen Zeiten. Der Verdienst ist nicht mehr, was er mal war. Und du weißt, ich bin keine dieser ›Früher war alles besser‹-Persönlichkeiten. Aber man muss der Realität ins Auge blicken. Wir haben in den letzten Jahren mehr Minus als Plus gemacht.«

Meine Mutter fummelt am Saum ihres weiten Hosenbeins herum. Fast als wäre es ihr peinlich, darüber zu sprechen.

»Warum habt ihr denn nichts gesagt?«, frage ich, während das schlechte Gewissen an mir nagt. Wie kann es sein, dass ich davon nichts wusste? Der Hof ist mein Zuhause, meine Heimat, mein sicherer Hafen, den ich einfach lange nicht mehr angesteuert habe. Ich hätte doch … ja, ich hätte was? Helfen können? Mit meinem Nettoverdienst konnte ich mir ja gerade mal selbst helfen. Eher mit … warmen Worten? Einem Care-Paket? Schokotalern vom letzten Weihnachten, die den Härtegrad eines durchschnittlichen Granitblocks haben? Ich balle die Hände zu Fäusten. Plötzlich fühle ich mich unglaublich hilflos. Und wenn es eins gibt, was ich überhaupt hasse, ist es, mich hilflos zu fühlen!

Meine Mutter winkt ab. »Ich wollte es dir sagen. Schon vor Monaten. Aber Thomas wollte unser Problem nicht zu deinem machen. Und …« Plötzlich sieht sie unsicher aus. Als hätte sie fast ein Geheimnis ausgeplaudert.

»Und?«, bohre ich nach.

»Und dein Vater hatte die Sorge, dass du es nicht verstehen würdest. Ihn nicht in diesem Entschluss unterstützen würdest. Auch wenn ich gesagt habe, dass er sich da kaum Gedanken zu machen braucht, da du offensichtlich nicht sehr an alldem hier hängst, denn du kommst ja eh nie zu Besuch.«

Ich erwarte einen Mic-Drop. Einen Tusch. Einen fallenden Vorhang. Irgendwas, das das Ausmaß dieser Worte stimmungsvoll untermalt. Aber nichts passiert. Es ist so still, dass ich mich selbst atmen höre und spontan frage, ob diese rasselnden Geräusche in meiner Lunge normal sind oder ob ich mal zum Arzt sollte.

Mein anscheinend absolut regungsloses Gesicht inspiriert meine Mutter dazu, fortzufahren: »Du wohnst seit elf Jahren nicht mehr hier. Wie du ja nie müde wirst zu erwähnen. Und wenn du doch mal zu Besuch kommst, dann immer mit Ablaufdatum. ›Nur kurz‹, ›Nur wegen‹, ›Nur für‹.« Sie malt Anführungszeichen in die Luft. »Ich weiß nicht, warum mich das überrascht. Wir wissen alle, dass du nicht besonders gut darin bist, dich um die Sorgen und Belange von anderen zu kümmern.«

Ich weiß nicht, wie ich es ausgerechnet jetzt schaffe, ein Spiegelbild des Buddhas in der Ecke zu bleiben. Zumindest äußerlich. Vermutlich liegt es größtenteils daran, dass meine Zunge verlernt hat, sinnvolle Worte zu formen. Wie genau bewegt man Lippen, Stimmbänder und Zunge, damit »Sind eigentlich alle bekloppt geworden?« herauskommt?!

Sibylle wird angesichts meiner Schockstarre langsam

nervös. Sie dreht die Armreife an ihrem Handgelenk in einer Geschwindigkeit, dass ich befürchte, sie könnten jeden Moment von ihrem Arm schießen und durch den Raum segeln, wie bei diesem Propellerspielzeug, das ich als kleines Kind hatte.

»Du hast dein eigenes Leben in Hamburg. Habe ich verstanden, aber … ich meine, hättest du dich ein bisschen mehr dafür interessiert, was hier so los ist, dann hätten wir vielleicht eine andere Lösung finden können. Du hättest zumindest mal mit Thomas reden können und ihm sagen … Ich weiß nicht, das hier war auch dein Zuhause, oder?«

Täusche ich mich, oder *will* meine Mutter, dass ich mich einmische? Versucht sie, mich wütend zu machen? Will sie, dass ich ausraste und meine Eltern damit konfrontiere, wie sehr ich *nicht* will, dass sich auch hier, in meinem sicheren Hafen, alles verändert?

»Mama, kann es sein, dass du den Hof gar nicht verkaufen willst?« Meine Stimme klingt belegt und eingerostet.

»Es ist zu viel Arbeit für deinen Vater.«

»Das ist nicht wirklich eine Antwort, oder?«

»Und die ganzen Nachteile, die ein Hof mit sich bringt. Weißt du, wann wir das letzte Mal im Urlaub waren?! Da hat man in Griechenland noch mit Drachmen bezahlt.«

»Immer noch keine Antwort.«

»Tut nichts zur Sache. Es ist entschieden.«

Stimme und Stimmung kippen. »Was willst du dann jetzt von mir? Was soll ich deiner Meinung nach tun? Ihr wollt also einfach aufgeben? Einfach so? Alles, wofür ihr gearbeitet habt, was ihr euch aufgebaut habt, wegwerfen? Bitte schön.«

Ich stehe auf und deute auf das wunderschöne Erkerfenster in meinem Rücken. »An wen verkauft ihr überhaupt? Muss ich in Zukunft hier vorbeifahren, zu diesem Fenster hinaufstarren und mir ausmalen, welche Person in meinem Zimmer lebt?«

»Wann bist du denn das letzte Mal hier vorbeigefahren? Unser Hof ist ja keine Tankstelle, an der man zufällig vorbeikommt und mal anhält, um sich ein Snickers zu holen.« Meine Mutter steht mir in puncto verbalem Schlagabtausch in nichts nach. Von irgendwem muss ich es ja haben. »Du wohnst nicht mehr hier, und du warst ewig nicht mehr hier. Fertig.«

»Fertig?!«

Gar nix ist fertig, außer mein Nervenkostüm!

»Fertig!«, beharrt Sibylle.

Ich brauche kein Yoga, um morgens wach zu werden. Anscheinend reicht schon ein Yoga*raum*. Vorausgesetzt, meine Mutter ist drin.

»Und was deine andere Frage angeht«, fährt sie fort. »Nein, du brauchst nicht hier vorbeizufahren und dich zu fragen, wer jetzt in *meinem* Yogaraum lebt. Wir werden sehr wahrscheinlich an eine Wohnungsbaugesellschaft verkaufen. Niemand, der da nicht reinwächst, kauft zurzeit einen kompletten Bauernhof. Und die, die hineinwachsen, wenden sich ja ebenfalls ab.« Sie wirft mir einen vielsagenden Blick zu.

Es dauert einen Moment, bis die Bedeutung ihrer Worte

zu mir durchsickert. »Es wird alles abgerissen?!« Meine Stimme hallt schrill und durchdringend in den Raum.

Sibylle zieht ihre Füße heran und steht auf. Dann nickt sie bestätigend. »Die wollen hier ein Neubaugebiet draus machen. Ist anscheinend eine gute Wohngegend.«

Natürlich ist es eine gute Wohngegend. Es war ja auch lange unsere Wohngegend. Bis meine Eltern beschlossen haben, dass sie zumindest für sie nicht mehr gut genug ist. Okay, ich war ihnen in diesem Punkt ein paar Jahre voraus. Aber das ist etwas anderes. Von Kindern wird erwartet, dass sie irgendwann wegziehen. Kein Kind wird da glücklich, wo die Eltern leben. Bin mir ziemlich sicher, dass das eins der Zehn Gebote ist.

»Was ist denn hier los?«

Ohne dass ich es bemerkt habe, ist Thomas in der Tür aufgetaucht und blickt nun alarmiert von einer Frau zur anderen. Der Ausdruck absoluter Schockiertheit auf meinem Gesicht gibt ihm offensichtlich den entscheidenden Hinweis.

»Ihr redet über den Hof?«

Meine Mutter wirft verzweifelt die Hände über den Kopf. »Ich hab es versucht! Jetzt bist du dran.«

Sie stürmt an meinem Vater vorbei, der seiner Ehefrau bestürzt hinterherschaut. Dann schüttelt er leicht den Kopf und kommt ein paar Schritte auf mich zu. Mein Herz klopft immer noch wild gegen meinen Rippenbogen. Ruckartig drehe ich mich zum Fenster und starre verbissen und ohne wirklich etwas zu sehen hinaus.

Es ist nicht zu spät, um nach Fidschi zu fliegen und endlich die Haibestände zu zählen, sage ich mir. Gegen meine Mutter wirken 1500 Kilo Unterwasserräuber mit multiplen Zahnreihen eigentlich ganz possierlich.

»Was ist das bloß zwischen euch beiden?«

Ich zucke missmutig mit den Schultern.

»Was hat sie gesagt?«

Papa zieht den *fatboy* heran und lässt sich schwer darauffallen. Es ist, als ob sein brummender Tonfall allein die Spannung in meinen Muskeln ein wenig löst. Plötzlich merke ich, dass ich die letzten dreißig Sekunden die Luft angehalten habe, und atme geräuschvoll aus.

»Ach, nichts Besonderes eigentlich. Nur, dass das Zuhause meiner Kindheit vom Antlitz der Erde radiert wird wie ein Rechenfehler. Endlich mehr Platz für eingezäunte, TÜV-geprüfte Spielplätze und kubische weiße Einfamilienhäuser vom Charme eines Feta-Würfels. Das haben wir gebraucht!«, schnaufe ich, aber die Schärfe weicht bereits aus meiner Stimme. Ich weiß nicht, woran es liegt, aber es fiel mir schon immer leichter, mit meinem Vater rationale Gespräche zu führen, als mit meiner Mutter. Ich drehe mich in seine Richtung.

Er nickt, als habe er nichts anderes erwartet. »Du darfst deiner Mutter nicht böse sein. Es war meine Idee, dir erst mal nichts davon zu erzählen, bis alles unter Dach und Fach ist.«

»Das hat sie auch gesagt«, gebe ich grummelig zu. »Aber, ganz ehrlich, Papa, warum?«

Vorhin hatte ich das Gefühl, dass meine Mutter mit dem Gedanken, den Hof zu verkaufen, auch nicht ganz glücklich ist. Sie wirkte so ... unbuddhaisch. Ihre Aussagen passen nicht zusammen, ergeben kein stimmiges Bild. Aber ich kann mir schwer vorstellen, dass es auf dem Mist meines Vaters gewachsen ist, den Hof zu verkaufen. Immerhin sind die Ländereien ungefähr seit Erkaltung der Erdkruste im Besitz seiner Familie. Unserer Familie. Mein Vater war der Bauernsohn, meine Mutter die freiheitsliebende Hippie-Braut, als sie sich auf einer Ferienfreizeit am Chiemsee kennengelernt haben. Damals war mein Vater 18 und meine Mutter 16. Direkt nach der Schule ist sie dann zu ihm gezogen. Als meine Mutter 20 war, haben die beiden geheiratet, kurz darauf ist mein Opa gestorben und mein Vater Vollzeit ins Familienunternehmen eingestiegen.

»Solange ich mich erinnere, gab es in meinem Leben vorwiegend diesen Hof. Und so hat es mir immer gefallen«, antwortet mein Vater bedächtig. »Aber in letzter Zeit ist es alles etwas viel geworden. Die Arbeiten gehen mir nicht mehr so schnell von der Hand wie früher. Das Geschäft ist mühsamer geworden, der Verdienst geringer, und ich ... habe einfach das Gefühl, dass es Zeit wird für etwas Neues. Für den nächsten Schritt.«

Ich schlucke. Dann stimmt es also. Mein Vater ist die treibende Kraft. Aber er tendiert dazu, das Negative überdeutlich zu sehen und das Positive zu vergessen. Meine Mutter ist genau andersherum. Gott, manchmal ist es ätzend, seine Eltern zu verstehen.

»Deine Mutter ist zum Glück sehr verständnisvoll. Sie hat gesehen, dass mir die Arbeit zunehmend schwerer fällt, und ohne jemanden, der den Hof übernehmen möchte«, er hebt beruhigend die Hand, um zu zeigen, dass das kein Vorwurf ist, »ist es die logische Konsequenz zu verkaufen.«

Ich habe mehrere Probleme damit.

Erstens: Sibylle = verständnisvoll?

Sibylle ist vieles: verträumt, idealistisch, zugegeben auch sanft (meist eher zu den Kühen als zu mir), aber meine Mutter ist so verständnisvoll wie eine Löwin, der man erklärt, dass man ihre Jungen wirklich nur mal ganz kurz knuddeln will.

Zweitens: Es ist unfair!

Ja, ich bin mit 18 gegangen und nie wirklich zurückgekehrt. Bis jetzt. Aber jetzt fühlt es sich an, wie etwas weggenommen zu bekommen, das man eigentlich nicht haben wollte. Bis man es eben in den Händen von jemand anderem sieht. Das fängt im Sandkasten mit der Schippe an und hört anscheinend mit 30 und dem Zuhause der Kindheit immer noch nicht auf. Ich bin noch nicht fertig mit alldem hier. Ich brauche wenigstens einen Ort, der stabil und fest ist. Zuverlässig. So, wie ich es kenne.

»Nach Hause kannst du nie zurück«, murmele ich, und mein Blick verliert sich in der Fensterscheibe hinter meinem Vater.

»Was hast du gesagt, Schatz?«

Ich blinzele. »Ach, nur so ein blöder Spruch, den ich mal irgendwo aufgeschnappt habe.« Meine Sicht wird wieder klar. »Dass man nie wirklich zurück nach Hause kann. Weil sich alles ständig verändert, und wenn man zurückkommt, ist es nicht mehr so, wie man es kennt.«

Wieder nickt mein Vater mehr zu sich selbst als zu mir,

während er sich langsam aus dem weichen Sitzmöbel herauskämpft.

»Da ist was Wahres dran. Wenn man sein Zuhause als einen Ort betrachtet.«

»Hm?«

Er ist bereits am Türrahmen, bevor er sich umdreht, um mir zuzuzwinkern. Dann scheint ihm noch etwas einzufallen. Verlegen reibt er sich den Nacken. »Du solltest dich anziehen. Sibylles Freundinnen werden jeden Moment hier sein.«

»Freundinnen?«

Wer trifft sich morgens um halb zehn mit seinen Freundinnen? Ich bin froh, wenn meine Freundinnen *abends* um halb zehn Zeit für mich haben.

»Oh, ich dachte, das hätte sie auch schon erzählt. Deine Mutter gibt hier ein paarmal die Woche Yogaunterricht für ein paar Freundinnen. Und du wohnst in ihrem Trainingsraum.«

»Yogaunterricht«, murmele ich fassungslos, während ich über die neu asphaltierten Straßen des Wohngebiets marschiere. Mein Kopf ist gleichzeitig absolut voll und restlos leer. Ein physikalisches Phänomen.

»Yogaunterricht!«, rufe ich, den Kopf in den Nacken gelegt und flehend nach oben blickend. Auf dem kleinen Spielplatz links neben mir wirft eine Mutter mir besorgte Blicke zu und misst mit den Augen den Abstand zwischen mir und ihrem pausbäckigen Kind auf der Schaukel. Ich kann es ihr nicht verübeln. Mir blieb kaum genug Zeit für eine Katzenwäsche, geschweige denn ein ordentliches Outfit, bevor das Obergeschoss unseres Hauses von unverschämt vital aussehenden Frauen zwischen 30 und 60 bevölkert wurde. Neben Yogamatten in Pastellfarben waren sie durchweg bewaffnet mit glücklichen Gesichtern und haben am laufenden Band Dinge gesagt, wie: »Das sollte man wirklich viel öfter machen.« Oder: »Ach, Bärbel, ich soll dich von Klaus grüßen. Dein Kirschkuchen hat ihn vom Hocker gehauen.«

Ich bin mir ziemlich sicher, dass meine ehemalige Deutschlehrerin unter den Damen war, und das Letzte, was ich jetzt gebrauchen kann, sind schockiert aufgerissene Augen und die gespielt besorgte Frage: »Freya, Mensch, das ist ja ewig her. Ich wusste gar nicht, dass du wieder zu Hause wohnst?«

Frau Körber war schon immer die größte Klatschtante der Stadt. Ich schätze, das kommt davon, wenn man sich beruflich damit beschäftigt, völlig abwegige Dinge in Texte hineinzuinterpretieren.

Deshalb habe ich das Grauen durch den sicheren Schlitz der Badezimmertür am Ende des Flurs beobachtet und mich nach unten geschlichen, sobald die Luft rein war. Leider befand sich mein gesamtes Gepäck noch in meinem Zimmer. Mit dem Ergebnis, dass ich jetzt in Jogginghose, Papas alter Softshell-Jacke und – um meine Demütigung zu komplettieren – Mamas gelben Gummistiefeln durch die Vegetation stapfe. Ich kann von Glück reden, wenn mich niemand einkassiert.

Ich lasse der Frau auf dem Spielplatz ein Lächeln zuteilwerden, das sie dazu veranlasst, aufzustehen und neben ihrem Sprössling an der Schaukel Aufstellung zu beziehen. Mit gesenktem Kopf laufe ich weiter.

Zehn Minuten später biege ich auf eine von Wernes Hauptstraßen ab, die in Hamburg als verkehrsberuhigte Zone durchgehen würde. Vereinzelte Bäume säumen die herrlich breite Straße, die sich sanft einen kleinen Hügel hinaufwindet. Wenn ich rechts weitergehen würde, käme ich irgendwann zum Stadtkern. Einem spontanen Impuls folgend, wende ich mich nach links, die Anhöhe hinauf bis zu einer Kreuzung, deren Ampeln man zwischen 10 und 15 Uhr auch als Lichtinstallation im Gemeindemuseum ausstellen könnte. Zwei schnelle Blicke nach rechts und links, und ich husche einfach hinüber. Ein irrationales Grinsen schleicht sich auf mein Gesicht. Früher kam ich mir immer unglaublich rebellisch dabei vor. Seht her! Euer lächerliches System kann mich nicht aufhalten. Seit ich in Hamburg lebe, habe ich gelernt, dass es besser ist, mich an den Farbcode zu halten, wenn ich nicht von ambitionierten Rennradfahrern oder rücksichtslosen BMW-Schmierlappen über den Haufen gemetert werden will.

Hinter der Kreuzung erhebt sich der Stadtwald. Eine Zuflucht für Rentner mit Dackeln, Jogger mit Kopfhörern und Jugendliche mit Joints. Früher kam ich nur her, wenn unser Sportlehrer mal wieder von einer Kreativitätsblockade geplagt wurde und uns statt einer interessanten Sportstunde einen Waldlauf als Trainingseinheit präsentiert hat. Denn praktischerweise liegt meine alte Schule direkt gegenüber. Mein Blick gleitet hoch zu den Baumwipfeln, die sich zartgrün von dem blassblauen Himmel abheben. Es ist immer noch recht früh, und außer mir scheint sich noch niemand hierherverirrt zu haben. Ich halte im Schritt inne und atme tief durch, gefühlt zum ersten Mal, seit ich gestern Morgen in Hamburg aufgewacht bin. Ist das wirklich erst 24 Stunden her?!

Okay, gehen wir das Ganze noch mal durch. Meine Eltern verkaufen den Hof, weil die Arbeit zu viel wird und die Einkünfte zu gering sind. Ich wohne seit elf Jahren nicht mehr dort. Hatte auch nicht geplant, dort jemals wieder zu wohnen. Hier. Wo man zwar Lieferando nicht kennt, dafür aber die sexuelle Neigung der Cousine des Metzgers. Was ich geplant hatte, war ein Atelier in einer Großstadt, eine Beziehung, die auch nach Jahren noch gleichermaßen aufregend wie liebevoll ist, und endlich diesen Glow im Gesicht zu erreichen, der vom regelmäßigen Genuss diverser Sommersalate und Beauty-Behandlungen zeugt. Gut, das hat jetzt alles nicht so geklappt. Meine Beautybehandlung besteht aus einem Peeling der Aldi-Hausmarke, und der einzige »Glow« in meinem Gesicht ist eine fettende T-Zone. Vom Atelier fang ich gar nicht erst an.

Unbewusst haben meine Beine mich weiter die Straße hinunter und in Sichtweite meines alten Gymnasiums getragen. Der flache graue 70er-Jahre-Bau mit den orangen Deko-Elementen erhebt sich wie ein Pixelfehler aus seiner grünen Umgebung.

Warum fällt es mir so schwer, mich einfach damit abzufinden? Mich sogar für meine Eltern zu freuen? Sie starten den nächsten Schritt ihres Lebens. Können endlich grundlos morgens um sechs Uhr aufstehen und im Zug ungestraft über ihre Magen-Darm-Aktivitäten reden. Wieso empfinde ich exakt dasselbe wie, als Elisa mir von ihrer Schwangerschaft erzählt hat? Dass ich Freude vortäuschen muss, sie irgendwo abzapfen, wo es eigentlich gar nichts mehr zu holen gibt, wie Harz aus einem längst vertrockneten Baum ziehen zu wollen?

Gedankenversunken komme ich an dem rot-weißen Gatter zum Stehen, das den Schulhof von der Straße abgrenzt. Ein Blick auf mein Handy verrät mir, dass es kurz vor zehn ist. Die Schüler sind also vermutlich gerade im Unterricht.

In einer fast schon zärtlichen Geste streiche ich über das kalte Metall und lasse meinen Blick über die Schulgebäude gleiten. Damals war die Welt noch in Ordnung. Seit ich mein Abi gemacht habe, hat sich allerdings auch hier einiges verändert. Die alten Tischtennisplatten sind verschwunden und haben einer richtigen Sitzecke mit Bänken Platz gemacht. Auch die Platten wurden schon ausschließlich zum Sitzen genutzt, aber jetzt holt man sich wenigstens keine Blasenentzündung mehr. Etwas seltsam finde ich, dass von den zwei Basketballkörben, die auf dem Schulhof stehen, anscheinend nur einer erneuert wurde. An dem anderen baumelt aber zumindest noch ein rostiger Strang Kette, also, da kann man nicht meckern. Und sie stehen sich eh nicht gegenüber.

Mein Blick gleitet zu dem Neubau, der schon während meiner Schulzeit errichtet und durch einen gläsernen Gang mit dem Originalgebäude verbunden wurde. Eine Erinnerung schießt durch meinen Kopf. Der ganze Gang gefüllt mit bunten Luftballons am Tag unseres Abigags. Wochenlang drangen aus unserem Stufenraum nur die Geräusche von Luftpumpen, um den Streich vorzubereiten, der eigentlich keiner war, sondern nur ein riesiger Spaß. Für alle außer mir.

Mit zwei schnellen Schritten trete ich durch das Gatter und laufe auf die Eingänge zu. Die Fenster aller Unterrichtsräume zeigen nach hinten, sodass ich nicht Gefahr laufe, zum Thema geflüsterter Klassenraumgespräche bei Präpubertierenden zu werden, wenn ich in meinem momentanen Aufzug über das Schulgelände schleiche.

Von einem Schauer Nostalgie begleitet, drücke ich mein Gesicht an die getönte Glasscheibe der Schwingtür und schirme es mit meinen Händen gegen die Sonne ab. Alles genau gleich, stelle ich zufrieden fest. Rechts an der Wand hängen die Oberstufenboards, die auch im 21. Jahrhundert noch aus Kork sind. Direkt daneben der Vertretungsplan. Jeden Morgen war das mein erster Stopp, getrieben von der innigen Hoffnung, dass einer der Lehrer spontan von einem Magen-Darm-Virus befallen worden ist. Am besten einer, der einen Leistungskurs unterrichtete. Und am besten ohne passende Vertretung. In dem Fall stand hinter der entsprechenden Klasse oder Stufe das hoffnungsvolle Wort »Selbststudium«. Kein Wort in der Geschichte der Wörter wurde jemals freier interpretiert. Im wahrsten Sinne.

Soll ich reingehen? Schnell überprüfen, ob auf dem Kunstflur immer noch meine schlechte Interpretation von Van Goghs »Sternennacht« hängt? Lautes Hundegebell hinter mir lässt mich herumfahren.

»Oscar! Hier!«

Die Haare an meinen Armen stellen sich auf. Es ist weder der Fakt, dass ich erwischt wurde, noch die Tatsache, dass ein 30-Kilo-Labrador ungebremst auf mich zuspringt, die mich zu Eis erstarren lässt. Ich kenne den Hund. Und vor allem sein Herrchen.

10

12 Jahre früher (Freya)

Maras Ellbogen in meinen Rippen reißt mich mitten aus dem Refrain von Oasis' »Champagne Supernova«. Hastig ziehe ich mir den Stöpsel aus dem Ohr. Ich bin stolz auf meine Konstruktion, die mir schon so manche Geschichtsstunde erträglicher gemacht hat. Wenn man die Kabel des MP3-Players unter dem Rollkragenpulli bis nach oben führt, sorgt das in Verbindung mit langen Haaren dafür, dass man auch mitten in der russischen Revolution den »Killers« lauschen kann.

»Was?«, flüstere ich, aber Mara deutet nur auf ihren zerknautschten Collegeblock, den sie ein Stück in meine Richtung geschoben hat.

Bock auf Weihnachtsmarkt in der Freistunde???

Grinsend nicke ich ihr zu. Mara spiegelt die Geste, zieht den Block zu sich und kritzelt etwas daneben:

Was ist mit den Jungs???

Ich nehme ihr den Stift aus der Hand:

Chris müsste Bio haben. Jan ist es eh egal.

Ich habe den Stift noch nicht ganz abgesetzt, als mein eigener Name mich hochschrecken lässt.

Herr Kottenfeld hat sich unbemerkt bis zur Mitte des Raums vorgekämpft und sieht mich mit einem Blick an, der zu gleichen Teilen aus Tadel wie Resignation besteht.

»Äh, sorry, was war die Frage?«

Brauche ich eigentlich nicht zu fragen. Dass er sie wiederholt, erhöht meine Chance auf die richtige Antwort auch nicht. Ich sollte einfach »42« sagen und auf das Beste hoffen.

»Wie hieß Lenin noch gleich mit bürgerlichem Namen, Frau Thun?«

Ich verdrehe genervt die Augen. Die Frage dient doch einzig und allein dem Zweck, mich vorzuführen.

»Wladimir?«, sage ich den ersten russischen Namen, der mir durch den Kopf schießt. Vereinzeltes Gelächter rieselt durch den Raum. Herr Kottenfeld stolpert fast über seine eigenen Füße.

»Das, äh, ist korrekt.«

»Ha!« Triumphierend recke ich eine Hand in die Höhe.

Kottenfelds Augen werden schmal. »Und weiter?«

Ich lasse den Arm sinken. »Och, Herr Kottenfeld, gönnen Sie mir doch den Erfolg«, maule ich.

Kopfschüttelnd wendet er sich ab und nimmt seinen Monolog wieder auf. Ich ziehe Maras Block zu mir.

Lass uns gleich in der Aula treffen. Ich texte Chris.

»Glühwein und Lumumba um 12 Uhr mittags also?«, fragt Chris, während er seinen Rucksack fallen lässt und sich neben mich auf einen der ausrangierten Schultische setzt, die das Mobiliar des »Pädagogischen Zentrums« bilden, wie unsere Aula hochgestochen heißt. Pädagogisch ist etwas übertrieben. »Hausaufgaben-vor-der-ersten-Stunde-noch-schnell-abschreiben-Zentrum« wäre ein passenderer Name.

»Also kommst du mit?«, frage ich strahlend, während ich meine Haare wieder zu einem hohen Dutt zusammenbinde. Meine Musikkonstruktion hat für heute ausgedient. Größtenteils weil die Batterien meines MP3-Players ausgedient haben. Batterien sind wie Gehirne. Immer dann leer, wenn man sie am meisten braucht.

»Natürlich komm ich mit. Kann ich als Feldversuch zur Wirkung von Ethanol verbuchen.«

»Wäre das nicht eher Chemie als Bio?«, fragt Mara, die vor uns auf einem der viel zu kleinen Stühle sitzt und gefährlich weit nach hinten kippelt.

Chris winkt ab und lässt seinen Blick suchend über die Horde bunter Tornister und bemützter Köpfe gleiten.

»Weißt du, was Jan gerade hatte?«, frage ich und halte ebenfalls Ausschau. Ich habe nur Chris geschrieben, weil mein Guthaben schon wieder fast bei null ist und ich keinen Bock habe, meine letzten zwanzig Euro des Monats in eine neue Handykarte zu stecken.

»Sport, glaube ich. Oder Deutsch?«

»Wenn er Sport hatte, können wir noch ewig warten. Er ist der einzige Mensch, der die Duschen in der Halle wirklich nutzt«, seufze ich.

»Dafür ist er auch der einzige Mensch, der nach der Stunde nicht riecht wie ein Puma-Käfig«, wirft Mara ein.

»Er ist auch der einzige Mensch, der nach einer halben Stunde Fußball aussieht wie ein römisches Dampfbad von innen«, sagt Chris grinsend.

Als er meinen Blick auffängt, zieht er einen Mundwinkel hoch. »Ganz egal, wie ich rieche, du … magst mich so oder so, korrekt?«

Ich zucke kurz zusammen. Für einen winzigen Moment hat es geklungen, als hätte er ein anderes Verb nutzen wollen. Eins, das mit »l« anfängt. Wir haben sie noch nicht gesagt. Die verhängnisvollen drei Wörter. Und ich werde nicht die Erste sein, ganz sicher nicht.

Bald ist er so weit, ich kann es spüren. An den langen Blicken, die er mir immer dann zuwirft, wenn er denkt, ich würde es nicht bemerken.

Während ich ihm eine sarkastisch hochgezogene Augenbraue schenke, beißt er sich leicht auf die Unterlippe – eine unbewusste Geste irgendwo zwischen unterdrücktem Lachen und Herausforderung –, die ich schon oft an ihm beobachtet habe und die mir immer wieder intensive Gänsehaut beschert.

»Wenn wir eh noch warten, kann ich auch noch kurz aufs Klo«, sage ich und hüpfe vom Tisch. Eigentlich muss ich nicht, aber es gibt zwei gute Gründe, die dafürsprechen:

1. Niemand, wirklich niemand, *will* auf einem Weihnachtsmarkt auf Toilette gehen. Es gibt nichts, was die Feststimmung schneller ruiniert als die feuchte Kälte eines Toilettenwagens, auf dem das Klopapier dünner ist als ein Unterwäschemodel.
2. Wenn ich nicht gehe, werde ich Chris küssen müssen. Es ist diese Geste und sein kleines Zögern vor dem Wort »magst«. Und wir sind beide keine Fans von überschwänglichen Zuneigungsbekundungen in der Öffentlichkeit.

Weil sie näher sind, und meistens relativ leer, entscheide ich mich für die Toiletten auf dem Schulhof. Schon während ich die Tür öffne, schlägt mir der Geruch entgegen. Nicht der übliche Toilettengeruch, als ob das nicht schlimm genug wäre, nein, der unverwechselbare Gestank von Zigaretten. Genervt stoße ich die Tür komplett auf und marschiere zur zweiten Kabine von rechts.

»Du bist ein widerlicher Perversling!«, rufe ich und hämmere mit der Faust an die Tür. »Weißt du, dass wir auf dich warten?!«

Jemand macht sich von innen am Schloss zu schaffen. Zwei Sekunden später schwingt die orange Tür auf, und ich blicke in Jans haselnussbraune Augen.

»Wieso wartet ihr auf mich?«, fragt er.

Ich schaue mich schnell um, dann greife ich nach der Zigarette in Jans Hand und nehme einen kurzen Zug. Eigentlich rauche ich nicht. Ich hasse den Geruch, ich hasse den Geschmack. Aber hin und wieder …

Als ich sie Jan zurückgebe, nimmt er einen letzten Zug und schmeißt sie achtlos hinter sich in die Toilettenschüssel.

Ich verziehe angewidert den Mund. »Musst du das eigentlich immer hier machen?«

Er zuckt unbeeindruckt mit den Schultern. »Wenn meine Mutter mich erwischt, kann ich mir die Playsi zu Weihnachten abschminken.«

Jans Mutter ist Bio-Lehrerin an unserer Schule. Ein Fakt, der über seinem Leben schwebt wie ein Gewitter.

»Dann geh halt aufs Männerklo!«

»Geht nicht. Da wurde ich schon mal erwischt. Das waren unangenehme zwei Wochen.« Bei der Erinnerung verzieht er gequält das Gesicht.

»Du bist 18! Meinst du nicht, es ist an der Zeit, ihr einfach zu sagen, dass du rauchst?«

»Spinnst du?! Ich will mein Leben noch ein bisschen genießen. Außerdem rauche ich nicht.«

»Ach so, sorry, dann steht deine Speiseröhre in Flammen und der Qualm kommt daher?!«

Jan verdreht die Augen und klopft mir nachsichtig auf die Schulter. »Ich genehmige mir hin und wieder eine gepflegte Zigarette wie ein Gentleman.«

»In einer Kabine auf der Frauentoilette? Stimmt. Wer kennt nicht die alten Filme, in denen die Patriarchen auf der Schüssel hocken, um in Ruhe an ihrer Marlboro zu nuckeln.«

Jans Lippen verziehen sich zu einem schmalen Grinsen. Dann presst er sich an mir vorbei und schlendert zum

Waschbecken. »Also, wieso wartet ihr jetzt auf mich? Und wer ist überhaupt wir?«

»Chris, Mara und ich. Wir wollen zum Weihnachtsmarkt. Hast du Zeit?«, frage ich und drehe mich mit verschränkten Armen zu ihm um.

Er zuckt mit den Schultern. »Klar, warum nicht?«

»Von wegen gut riechen und Sport«, sage ich eine halbe Stunde später zu Mara, während die Jungs die nächste Runde Glühwein holen. »Stinkt wie ein Aschenbecher und teert seine Lunge auf dem Klo.«

»Absolut ekelhaft«, sagt sie mit einem Zwinkern in meine Richtung.

Ich stöhne. »Ab und zu! Ich rauche ab und zu *eine* Zigarette. Im Freien. Das ist ja wohl was anderes!«

»Glühwein war aus. Ich hoffe ›Heiße Liebe‹ ist auch okay?«

Mit einem anzüglichen Grinsen stellt Jan je einen Becher vor Mara und mir ab. Es könnte die Kälte sein, aber ich meine, einen leichten Rotschimmer auf den Wangen meiner besten Freundin zu entdecken.

»Glühwein war aus?«, frage ich ungläubig. »Auf einem Weihnachtsmarkt?!«

»Hast du etwa was gegen ›Heiße Liebe‹ einzuwenden?«, raunt Chris in mein Ohr.

»Ja, die müssen die nächste Fuhre erst erhitzen. Haben wohl nicht mit so guter Kundschaft am Mittag gerechnet«, lacht Jan, während ich meinem Freund ein Lächeln zuwerfe. Ein paar seiner blonden Haare schauen unter der grauen

Strickmütze hervor und fallen ihm so vor die Augen, dass sie seine grünen Iriden in zwei gleichermaßen stechende Hälften teilen. Ich kann es einfach nicht anders beschreiben. Er ist zum Sterben sexy. Ich glaube, die wahre »Heiße Liebe« ist mein kochendes Blut. Moment! Liebe? So was denken wir nicht, Freya. Nicht, bevor er es gesagt hat!

»Heiße Liebe also, hm?«, raune ich ihm ebenso leise zu wie er vorhin mir.

»Schokolade, Rum ... was gibt es Besseres?«, antwortet er unbekümmert und bricht den Blickkontakt ab. Ein feiner Stich fährt durch meine Brust.

»Also, was wünscht ihr euch zu Weihnachten?«, frage ich laut und wende mich wieder meinen Freunden zu.

»Playstation 3«, sagt Jan ohne Zögern, »wollte ich schon letztes Jahr, aber meine Mutter war der Meinung, dass das Glück ihres Sohnes keine 600 Euro wert ist.«

»Zu Recht«, murmelt Mara in ihren Becher und erntet ein abfälliges Schnauben von Jan. »Keine Ahnung. Ich habe eigentlich keine besonderen Wünsche. Geld, schätze ich. Wenn ich mir nächstes Jahr neue Möbel für meine Wohnung kaufen muss, wäre es ganz gut, schon einmal etwas beiseitezulegen.«

Mara, die Vernünftige. Wenn Eltern sagen: »Ich wünschte, du wärst ein bisschen mehr wie XYZ«, kann man in eigentlich 100 Prozent der Fälle den Namen Mara Thiemann einfügen. Sie ist so *gut*, so vernünftig, dass wir anderen neben ihr wirken wie Oscar aus der Mülltonne.

Ich schüttele lächelnd den Kopf.

»Was?!«, schnappt sie.

»Nichts, nichts«, schnell hebe ich die Hände. »Nur … ach, egal, was ist mit dir?« Ich drehe mich zu Chris.

»Das wollte ich euch die ganze Zeit schon sagen.« Ein Leuchten ist in seine Augen getreten. »Ich bekomme einen Hund zu Weihnachten!«

»Oh mein Gott! Was für einen?«, kreischt Mara.

»Einen Labrador«, sagt Chris strahlend. »Nächste Woche holen wir ihn ab.«

Irgendwer hat die Stahlseile zerschnitten, die meinen Magen an Ort und Stelle halten. Er rattert mehrere Stockwerke nach unten und landet mit einem ekelhaften Platschen auf dem Boden. Direkt neben einem traurigen Faden Lametta. Da tritt ein neues Lebewesen in das Leben meines Freundes?! Eins, das vermutlich so süß ist, dass man sich spontan nass machen möchte. Und ich habe ein Foto für ihn! Wer freut sich denn über ein Foto, wenn ein Welpe danebensitzt? Das ist wie von der Schule zu kommen, wenn einem Pizza versprochen und Erbseneintopf vorgesetzt wird.

»Seit wann weißt du das schon?«, frage ich und nehme schnell einen Schluck aus meiner Tasse, um meine gemischten Gefühle zu überspielen.

»So seit vier Wochen. Wir stehen schon länger mit diesem Züchter in Kontakt. Ende Oktober kam der Wurf, und wir haben einen ergattert. Einen Rüden.«

Ich nicke und muss jetzt doch ein wenig lächeln. Hunde sind großartig. Wir hatten auch einen Border Collie. Black Jack. Leider wurde vor zwei Jahren ein Tumor entdeckt, und wir mussten ihn einschläfern lassen. Es hat mir das Herz gebrochen. Ein Hund ist einfach … Familie. Aber auch eine

Menge Verantwortung. Sie brauchen Zeit, Zuwendung … Liebe.

Als Mara und Jan losgehen, um eine letzte Runde zu holen, drehe ich mich zu Chris. »Ich wünschte, du hättest es mir gesagt. Ich hätte ihn mit aussuchen können«, sage ich und bemühe mich um einen lockeren Ton.

»Keine Sorge, du wirst ihn noch oft genug treffen«, antwortet er leichthin.

»Ich meine nur, so ein Hund ist ein großer Schritt. Was machst du, wenn du nächstes Jahr an die Uni gehst? Willst du den Hund wirklich mit nach Hamburg in eine Zehn-Quadratmeter-Wohnung schleppen?«

Ein vorsichtiger Ausdruck tritt auf sein Gesicht. »Da wollte ich eh noch mit dir drüber reden …«

Mein Magen, der immer noch am Boden liegt, rauscht durch ein Loch im Asphalt direkt weiter Richtung Erdkern.

Chris wendet sich zu mir und legt eine Hand auf meinen Arm. Es ist eine vorsichtige Geste. Eine Schadenbegrenzungs-Geste. Ich hasse sie.

»Ich bin mir nicht sicher, ob Hamburg wirklich das Richtige für mich ist.« Diesmal beißt er sich so fest auf die Lippe, dass feine weiße Striche zurückbleiben, als er weiterspricht. »Ich bin mir ja nicht einmal sicher, was ich überhaupt studieren will.«

»Aber du weißt bereits, dass du in Hamburg nicht das Richtige finden würdest? Spannend, Chris.«

»Nein, das ist es nicht. Ich meine nur … ich … keine Ahnung. Es fühlt sich an, als wäre momentan so viel in der Schwebe und im Umbruch. Und ich …« Er atmet tief ein.

»Eigentlich will ich es genauso. Ich will nicht zu viel planen. Nicht genau wissen, wo die Reise hingeht, wo ich nächstes Jahr sein werde. Oder in fünf Jahren.«

»Was willst du mir sagen?« Energisch ziehe ich meinen Arm weg. Chris' Gesicht wird eine Spur verzweifelter.

»Gar nichts. Ich will nur ... Es ist doch gut so, wie es jetzt ist, oder? Jetzt gerade? Warum das zerstören?«

»Indem man Pläne für die Zukunft macht, meinst du?!«

Er zieht die Schultern hoch. »Ja ... vielleicht.«

Ich schüttele den Kopf und bücke mich nach meiner Tasche, die unter dem Tisch liegt. »Okay, großartig, wenn das so gut für dich funktioniert, aber ich brauche ein bisschen mehr.«

»Mehr was?«

Ich tauche wieder auf und schultere die Tasche. »Keine Ahnung, Chris. Einfach mehr. Du bist ein kluger Kopf, du wirst draufkommen.«

»Wer will noch ein wenig ›Heiße Liebe‹?« Vollkommen ahnungslos stellt Jan vier Becher in die Mitte des Stehtischs.

»Chris. Ist die einzige, die er in absehbarer Zukunft kriegen wird«, sage ich und stapfe unter den reichlich verzierten Weihnachtsmarkttannen und den verständnislosen Blicken meiner Freunde davon. Im Hintergrund erklären *Wham!*, dass sie ihr Herz dieses Jahr jemand Besonderem geben werden. Viel Glück dabei. Die Besonderen sind nicht so leicht von den Beschissenen zu unterscheiden.

Von der Englischstunde kriege ich nicht viel mit. Ich bin zu beschäftigt damit, ein Loch in die Wand zu starren und Maras hartnäckigen Fragen auszuweichen. Noch bin ich nicht bereit, darüber zu reden, was gerade passiert ist. Eigentlich weiß ich ja selbst nicht, was passiert ist. Wenn ich meine beste Freundin einweihe, wird sie unglaublich rationale, erwachsene Ratschläge haben, und momentan möchte ich die nicht hören. Ich will nur enttäuscht und wütend sein. Auf die Welt, auf Chris und auf mich, weil mich das Ganze so wütend macht. Kurz vor Ende der Stunde vibriert das Handy in meiner Jackentasche. Fuck. Ich muss vergessen haben, es wieder auf lautlos zu stellen. Schnell ziehe ich es aus der Tasche und werfe unter dem Tisch einen Blick drauf. Es ist eine Nachricht von Chris.

> *Möchtest du dem Hund einen Namen geben? PS:*
> *Sorry, dass ich ein Idiot bin.*

Mara stupst mich an. Sie hat den Collegeblock wieder zu mir geschoben.

> *Wir können noch mal zurück zum*
> *Weihnachtsmarkt. Glühwein statt heißer Liebe?*

Eine Welle der Zuneigung schwappt über mich hinweg. Meine fantastische erwachsene, empathische, so, so gute beste Freundin. Die immer weiß, was sie sagen muss, wenn alle anderen ratlos sind. Ohne darüber nachzudenken, tippe ich eine Antwort an Chris:

> *Nenn ihn Oscar!*

11

Jetzt

»Entschuldigung! Ich hatte nicht damit gerechnet, dass um die Uhrzeit jemand auf dem Schulhof unterwegs ist. Normalerweise sind alle in den Klassen. Der tut nichts. Ehrenwort!«

Der fuchsrote Labrador hat mich mittlerweile erreicht und drückt sich schwanzwedelnd gegen meine Oberschenkel. Ich gehe in die Hocke und streichele ihm über die samtweichen Ohren. »Na, Kleiner?«

In meiner Fantasie bin ich Chris eintausendmal begegnet, seit wir uns das letzte Mal gesehen haben. Manchmal war es auf einer Party, auf der sich die Menge wie zufällig vor uns geteilt hat, mit mir an einem und ihm am anderen Ende der Gasse. Manchmal war es auf einer Ausstellung meiner Fotografien, auf der ich von Kritikern bejubelt werde. Hin und wieder saß ich auch auf einem schwarzen Hengst und bin im Sonnenuntergang über ein Feld galoppiert, während er mich staunend beobachtet. Es ist meine Fantasie, okay?! All diese Szenarien hatten allerdings einen gemeinsamen Nenner: Ich sah fantastisch aus! Und nicht wie eine Nordseekrabbenfischerin ohne Boot – und Friseur.

Mit pochendem Herzen hebe ich den Kopf und blicke dem Mann entgegen, der über den menschenleeren Schulhof auf mich zusprintet. Der Schlag, der mir durch alle Glieder fährt, ist heftiger als erwartet. Gut, dass ich mich an dem Hund festhalten kann.

Chris trägt seine Haare jetzt ein wenig kürzer als damals, aber sie sind immer noch genauso dicht und widerspenstig. Seine ehemals schmale Brust zeichnet sich muskulös und ein gutes Stück breiter unter dem grauen Longsleeve ab, dessen Ärmel lässig bis zu seinen Ellbogen hochgeschoben sind. Er wirkt, als wäre er in seinen Körper hineingewachsen. Die irritierende Eigenschaft, braun zu sein, sobald ein Sonnenstrahl auch nur an seiner Haut vorbeischlittert, hat er sich bewahrt, denn auch jetzt sieht er aus, als käme er gerade von einem Wochenendtrip nach Bali. Mein Herz trommelt im Takt seiner Schritte, während er näher kommt.

»Sorry, das macht er sonst nie. Keine Ahnung, was in den gefahren ist. Oscar, komm hierher!«

Chris bremst seinen Lauf aus und verfällt in einen lockeren Trab. Er ist noch circa fünf Meter von mir entfernt, als ich meinen Beinen endlich genug vertraue, um langsam aufzustehen.

»Schon okay. Ich freue mich auch, ihn wiederzusehen«, sage ich und streiche mir die Haare hinter die Ohren.

Hätte ich ihm mit voller Wucht einen Thunfisch vor die Brust geklatscht, der Effekt hätte nicht besser sein können. Chris hält mitten im Schritt inne, auf seinem Gesicht wechseln die Gefühle im Sekundentakt: Verwirrung, Erkennen,

Schock … Schock … immer noch Schock … okay, langsam wird's beleidigend. Wo bleibt Freude? Hallo? Freude?!

»Freya?!«, haucht er atemlos.

Ich nicke, mein Gesichtsausdruck irgendwo zwischen Belustigung und Scham. Chris macht einen Schritt auf mich zu und hält sofort wieder inne. Wir stehen voreinander wie unsere eigenen Actionfiguren.

»Ich hatte dich nicht so schüchtern in Erinnerung«, sage ich schließlich, während ich mich eindringlich frage, wohin ich meine Hände packen soll. Hatte ich schon immer so viele Hände?!

Ein einziges lautes Bellen schallt über den Hof.

Der Bann ist gebrochen. Chris schüttelt den Kopf und überwindet den letzten Meter zwischen uns.

»Verdammt, damit hätte ich niemals gerechnet. Du. Hier. Wahnsinn.« Dann drückt er mich kurz und fest an sich, und ich werde in eine Wolke seines Geruchs gehüllt. Noch genau wie damals. Holz und Shampoo. Sofort bin ich wieder 18, und das kribblige Gefühl in meiner Magengegend vervielfältigt sich tausendfach.

Immer noch kopfschüttelnd, tritt er einen Schritt zurück und sieht mich an. »Was machst du hier?«

»Momentan? Versuchen, nicht zu sehr über meine Eltern nachzudenken, während ich in ihren alten Klamotten durch die Gegend laufe«, sage ich und deute auf mein gewöhnungsbedürftiges Outfit.

Chris hat den Anstand, so zu tun, als wäre ihm das gerade erst aufgefallen. Er geht in die Hocke, um Oscar zu sich zu nehmen, der immer noch wie ein überdimensionaler

Blutegel an meinen Beinen klebt. »Manche Dinge ändern sich also nie.«

Wenn es nur so wäre! Alle Dinge ändern sich!

Mit dem Hund sicher angeleint, richtet Chris sich wieder zu seiner vollen Größe auf. Und dann stehen wir einfach voreinander. Jeder Muskel in meinem Körper ist zum Zerreißen gespannt. Chris' Mundwinkel zucken ganz leicht, als würde er lächeln wollen, aber wäre sich nicht ganz sicher. Dann atmet er schnaubend aus, schüttelt noch einmal den Kopf. Wir beide brechen in nervöses Gelächter aus.

»Und du? Was machst du hier?«, frage ich, als ich mich endlich ein wenig eingekriegt habe.

Chris schiebt eine Hand in die Tasche seiner Jeans. »Wie viel Zeit hast du?«

»Mehr als ein Mensch jenseits der 30 haben sollte.«

Seine Augen weiten sich. »Stimmt! Alles Gute nachträglich! 16. April, oder?«

Ich nicke. »Danke.«

Ein Schwall positiver Überraschung rauscht durch meinen Körper. Er weiß es noch, nach all den Jahren.

»Möchtest du ein Stück mit uns gehen? Meine Morgenrunden mit dem alten Racker sind nicht mehr ganz so ausgedehnt, aber er liebt den Stadtwald immer noch.«

»Gerne«, sage ich und meine es aus vollem Herzen.

Während ich neben Chris über den Schulhof und anschließend über die Straße in den Wald gehe, nutze ich die Zeit für einen Versuch, entweder meine Haare oder meine Gedanken zu ordnen. Dass ich beides gleichzeitig schaffe, habe ich schon aufgegeben. Jede Faser ist auf den Mann neben mir ausgerichtet. Ich nehme wahr, wie er geht, sich bewegt, unbewusste Gesten macht, alles, ohne ihn wirklich anzusehen. Und alles so unfassbar vertraut.

Chris ist also zurück? Seit wann? Wieso? Ich hasse Menschen, die kein Social Media nutzen. Das letzte Update auf seinem Facebook-Profil ist von 2015; damals war er gerade in Mexiko. Danach – nichts mehr. Instagram hat er meines Wissens nicht. Und mein Wissen ist umfangreich! Warum? Weil ich ein schwacher Mensch bin, der es nicht schafft, gesunde Routinen wie einen Morgenlauf um die Alster in sein Leben zu integrieren, aber bei psychologisch fragwürdigen, wie dem monatlichen Stalken von Ex-Freunden, ganz vorne dabei ist. Trotzdem habe ich das Gefühl, dass ich auf eine verquere Art hätte wissen müssen, dass Chris in Werne ist. Hätte es da nicht einen Ruck im Raum-Zeit-Kontinuum geben müssen? Oder zumindest einen Ruck, den Sibylle sich gibt und mir davon erzählt? Vielleicht hätte ich vorhin doch mit Frau Körber reden sollen. Dann wüsste ich jetzt vermutlich auch Chris' aktuellen Kontostand und seine präferierte Frühstücksflocken-Sorte. Ob es immer noch Lions sind?

Als wir ein paar Meter auf dem weichen Waldboden gegangen sind, macht Chris Oscar von der Leine los und lässt ihn im Unterholz schnüffeln.

»Also, wie lange bleibst du in Werne?«, fragt er.

»Ach, wer weiß das schon so genau?« Ich weiche seinem Blick aus.

»Ich hätte gedacht, du«, sagt er grinsend. »Du hast doch früher immer alles genau geplant.«

Unbehaglich ziehe ich die Schultern hoch. Ein schneller Blick zu ihm zeigt mir, dass Chris seine Augen ganz leicht zusammengekniffen hat. Bevor er weiter nachbohren kann, lenke ich ab: »Lass uns über dich reden. Wohnst du wieder hier?«

Er wendet den Blick nach vorne und nickt langsam. »Seit fast einem Jahr. Hinter dem Bahnhof, an der alten Tanzschule, weißt du, wo?«

Jeder Jugendliche in Werne wurde irgendwann durch diese Tanzschule geschleust, um wenigstens die Grundschritte der Grundtänze zu lernen. Bei vielen erfolglos.

»Klar.« Ich nicke. »Wie kam's? Das Letzte, was ich gehört habe, ist, dass du Eventmanagement studiert hast und dann nach Frankfurt gezogen bist.«

Da hat der Buschfunk noch funktioniert. Meine Mutter wusste es von unserer Nachbarin, die es wiederum von Frau Körber wusste, die anscheinend regelmäßig mit Chris' Mutter korrespondiert. Ich denke, das ist nun einmal so, wenn man Deutschlehrerin ist und es nur einen Schreibwarenladen in der Stadt gibt. Ich glaube nicht, dass sie Amazon kennt.

»Das hast du also gehört, hm?«

Ich werfe ihm einen schnellen Blick zu, um zu sehen, ob er sich über mich lustig macht, aber sein Gesicht ist ungewöhnlich ernst. Die kleinen Muskeln an seinem kantigen Kiefer stechen scharf aus einem Dreitagebart hervor. Zumindest wäre es ungewöhnlich für den Chris, den ich mal kannte. Chris und ich haben nie über ernste Dinge gesprochen. Wir haben einfach gelebt und genossen. Wir waren gut zusammen. So lange, bis wir es nicht mehr waren. Aber verdammt, genau das brauche ich jetzt! Eine Erinnerung an all das Gute früher.

Ich fühle mich seltsam losgelöst von mir selbst, während ich darauf warte, dass er weiterspricht. Als würde ich mich von oben dabei beobachten, wie ich mit Chris hier entlangspaziere. Lautes Rascheln und Knacken lässt mich herumfahren. Dann bricht Oscar aus dem Unterholz hervor, im Maul einen Ast von der Größe einer Stripperstange.

»Hast du ein kleines Stöckchen gefunden?«, lache ich und beobachte den Hund dabei, wie er versucht, mit dem halben Baum im Maul zwischen den Sträuchern hindurchzukriechen.

»Dieser Hund wird es niemals verstehen«, stöhnt Chris. »Denkt immer noch, er sei ein Grizzly.«

»Weißt du noch, als wir das eine Mal mit ihm spazieren waren und er diesen Typen vom City Roller gerissen hat?«, frage ich und muss ein Kichern unterdrücken.

»Jaa, stimmt! Das hab ich komplett vergessen. Der hätte uns am liebsten verprügelt. Und Oscar gleich mit.«

»Dabei konnte ich Oscar total verstehen. Wie nervig waren bitte City Roller?!«

»Hmhm, und jetzt gibt es dasselbe, nur zusätzlich mit Motor dran«, stöhnt Chris.

Ich grinse und beiße mir auf die Lippen. Kein Grund, ihm zu sagen, dass ich die in Hamburg recht regelmäßig nutze.

»Ich habe hier noch gar keine gesehen«, sage ich, als mir genau das bewusst wird. Der Stadtwald sieht immer noch so aus wie früher. Die »Trimm dich«-Geräte, die in regelmäßigen Abständen am Wegesrand stehen, sind dermaßen verrostet, dass die eigentliche Challenge darin besteht, sie zu nutzen, ohne dabei zu sterben. An die Gymnastik-Ringe würde ich nicht einmal mehr eine Blumenampel hängen, geschweige denn meinen eigenen Körper. Und nirgendwo stehen E-Scooter wie Miniatur-Straßensperren auf dem Weg.

»Definitiv ein Argument, das für Werne spricht«, sagt Chris.

Oscar hat mittlerweile eingesehen, dass er sich in den Maßen verschätzt hat, und den zu großen Ast fallen gelassen. Passiert mir auch öfter. Meistens mit Jeans und meistens in die andere Richtung.

»Spielst du noch Fußball?«, frage ich, während wir den Weg, auf den die steigende Sonne ein Muster aus Schatten und Licht malt, weiter entlangschlendern. Chris möchte anscheinend nicht über den Grund für seine Anwesenheit hier reden. Ich kann ihn gut verstehen, immerhin geht es mir ähnlich.

Er gibt ein kurzes Schnauben von sich. »Erinnerst du dich noch an Georg? Der damals so auf Mara stand?«

»Na klar, dein Trainer.«

Chris nickt. »Ich bin jetzt Georg. Quasi.«

»Wie bitte?«, frage ich, während ein enormes Grinsen sich den Weg bahnt.

»Ja, ich weiß. Nicht unbedingt der Weg, den ich für mich gesehen habe, aber«, er hebt hilflos die Hände, »es macht wirklich Spaß, die Kids zu trainieren.«

»Coach Chris. Klingt wie eine Vorabendserie.«

Er wirft mir eine hochgezogene Augenbraue zu. »Machst du dich über mich lustig?«

Unschuldig reiße ich die Augen auf und schüttele den Kopf. »Würde ich nie wagen.«

Insgeheim bin ich hin- und hergerissen. Trainer einer Fußballmannschaft zu sein, in deren »Stadion« montags bis freitags der Grundschulsport stattfindet, passt nicht zu dem Mann, der mir mal gesagt hat, dass er »alles« erleben will. Aber die Tatsache, dass Chris seinem Hobby treu geblieben ist, berührt mich irgendwo tief in mir drin. An dem Ort, an dem alte Kuscheltiere und Schuljahrbücher leben.

Chris schüttelt den Kopf und schiebt die Hände in die Hosentaschen. »Wie gesagt, mir gefällt es.«

»Du musst dich nicht rechtfertigen.« Ein unangenehmes Gefühl manifestiert sich in meinem Magen, und bevor ich noch einmal drüber nachdenken kann, platzt es aus mir heraus: »Ich habe meinen Job hingeschmissen.«

Chris bleibt stehen. »Du?! Wow!«

»Es ist nur eine kurze Pause«, versichere ich schnell. »In meinem alten Job haben einfach die Perspektiven gefehlt.«

»Und jetzt wartest du auf den großen Durchbruch in Werne?«

Verdammt.

Ich schnaube einmal kurz und gehe mit starrem Blick weiter. Nach zwei Sekunden folgt er mir.

»Sorry, dass ich das frage, aber ich bin nicht so aktiv in den sozialen Medien ...« – Was du nicht sagst – »Was genau war das denn für ein Job? Fotografin?«

Ich werfe den Kopf in den Nacken und beobachte die tanzenden Blätter am Baum. »Nein. Ich bin … war Grafikdesignerin.«

Innerlich wappne ich mich für die Fragen, die jetzt folgen werden. Ich kenne den ganzen Sermon bereits von meiner Mutter. Warum fotografierst du denn nicht mehr? Das war doch immer dein Traum! Du kannst alles schaffen, was du dir vornimmst, wenn du nur nicht aufgibst. Blabla, danke und jetzt Vorhang auf für die Realität: Jeder Yuppie mit Smartphone nennt sich heutzutage Fotograf. Wenn du nicht gerade regelmäßig mit der Chefredakteurin der *Vogue* saunieren gehst oder ein nennenswertes Erbe hast, das den Lebensunterhalt zahlt, ist die höchste Anerkennung, die du für deine Fotos bekommst, eine überdurchschnittlich hohe Engagement-Rate bei Instagram – und regelmäßige Anfragen von entfernten Bekannten, die bei der Hochzeitsfotografin sparen wollen. Stichwort: »Du trinkst natürlich den ganzen Abend umsonst.« Danke, Lorenz, wollen wir doch mal sehen, wie zufrieden du mit deinen Aufnahmen bist, wenn ich mir schon vor der Torte drei Gin Tonic hinter die Binde kippe.

Als Chris stumm bleibt, drehe ich mich zu ihm herum. Er mustert mich aufmerksam. »Wie war es in Hamburg so?«

Das ist eine so seltsame Frage, dass ich die Stirn runzele. Als wäre ich nur mal eben ein Wochenende im Spa gewesen und hätte nicht das letzte Jahrzehnt dort gelebt.

»War es alles, was du dir erhofft hattest?«, fragt er weiter.

»Es war laut … meistens. Regnerisch … öfter. Also, alles in allem ganz … okay?«

Chris zieht einen Mundwinkel hoch. »Regnerisch und laut, ja? Klingt wirklich traumhaft.«

Ich stoße ihm den Ellbogen in die Seite. »Du weißt, was ich meine.«

Er wirft mir einen Seitenblick zu. Ganz kurz sehe ich das Zögern in seinen Augen aufflackern, bevor er einen Arm hebt und ihn mir um die Schultern legt, um mich kurz an sich zu ziehen. »Ich bin froh, dass du vorerst genug von Regen und Lautstärke hattest.«

In diesem Augenblick bin ich ihm unglaublich dankbar dafür, dass er mich daran erinnert, wie ich mich auch fühlen kann: leicht.

Ich folge meinem Impuls in dem Moment, in dem er mich überkommt: »Hättest du Lust, morgen mit mir was trinken zu gehen? Unsere alte Stammkneipe?«

Überraschung spiegelt sich auf seinem Gesicht, und eine brennende Hitze schießt mir durch die Glieder. Oh Gott! Mit Sicherheit hat er eine Freundin. Eine Verlobte! Eine Ehefrau?! Wieso hab ich da nicht vorher dran gedacht? Weil er vor zehn Jahren mal mein Freund war und mit ihm zu reden sich immer noch so natürlich anfühlt wie zu atmen? Nur dass Atmen sich gerade gar nicht mehr natürlich anfühlt. Was macht man noch mal nach dem Luftholen? Luft anhalten, oder?!

Dann nickt er. »Klar, warum nicht.«

Mir wird schwindelig. »19 Uhr da?«

»Morgen ist Training. Geht auch 20 Uhr?« Sein Kopf ist leicht zur Seite geneigt, das Lächeln ebenso schief, aber in die andere Richtung. Für einen winzigen Moment scheint die Zeit nicht nur stillzustehen, sondern sich zurückzudrehen.

Endlich wage ich auszuatmen. »20 Uhr geht auch.«

Kurz darauf trennen sich unsere Wege. Chris muss irgendetwas für seine Mutter erledigen, und ich habe vorgegeben, einen Friseurtermin zu haben, nur um nicht ganz so armselig und unbeschäftigt zu wirken, wie ich tatsächlich bin. Sein verständnisvolles Nicken in Richtung meines Haupthaars hat mein Selbstbewusstsein nicht gerade angehoben. Trotzdem ist meine Laune zum ersten Mal seit geraumer Zeit wieder auf einer annehmbaren Ebene, als ich auf dem Hof ankomme. Ich kann alleine am Sonnenstand ablesen, dass mein Vater vermutlich gerade irgendwo hier draußen unterwegs ist. Das ist recht einfach: Ist die Sonne am Himmel, ist mein Vater draußen.

Gestern bin ich nicht mehr dazu gekommen, eine Runde über den Hof zu drehen, und auch wenn die Aussicht auf eine heiße Dusche und einen Raum, der hoffentlich wieder yogamattenfrei ist, gerade fast übermäßig verlockend klingt, beschließe ich, einen Abstecher in die Ställe zu machen.

Die kleine Tür, die in das riesige Eingangstor eingelassen ist, damit man ebenjenes nicht jedes Mal aufschieben muss, öffnet sich mit einem durchdringenden Quietschen. Erstaunt trete ich hindurch. Eine schlecht geölte Tür? Das ist neu. Papa achtet normalerweise auf diese Details. Vom Karabiner bis zur Tränke, wenn man sich auf eine Sache verlassen konnte, dann darauf, dass hier alles reibungslos funktioniert. Ganz anders als auf anderen Bauernhöfen findet man hier keine Hebel, die mit Ballengarn an Ort und Stelle gehalten werden oder mysteriöse Holzplanken, die von schief nach schräg irgendwo festgenagelt wurden, ohne offensichtlichen Nutzen.

Wer durch das Tor tritt, gelangt nicht sofort zu den Ställen, sondern in die Tenne. Eine Art große Scheune, in der früher einmal die Maschinen untergebracht waren und das Getreide nach der Ernte mit Dreschflegeln bearbeitet wurde. Die Zeiten sind zum Glück lange vorbei. Die Traktoren und Mähdrescher haben mittlerweile eine eigene Halle.

Unsere Tenne war schon immer mehr Aufenthalts- als Arbeitsraum. Mit ein paar Stehtischen und einer Kiste Rotwein ließ sie sich innerhalb einer halben Stunde in die perfekte Location für Geburtstage, Abschlussfeiern und Jubiläen verwandeln. Und natürlich in einen Ort, an dem auch ich die ein oder andere Party veranstalten durfte. Das war dann die Zeit, in der es ganz kurz doch cool war, auf einem Bauernhof zu wohnen.

Das hier war das Herzensprojekt meines Vaters. Wann immer er eine halbe Stunde entbehren konnte, hat er hier gewerkelt. Mit dem Ergebnis, dass diese Tenne aussah wie der feuchte Traum einer jeden Schöner-Wohnen-Abonnentin. Große, bodentiefe Sprossenfenster an der hinteren Wand lassen viel Licht und Luft in den Raum und bieten einen unvergleichlichen Blick auf die Wiesen dahinter. Das Dach sieht aus, als sei es noch die Originalkonstruktion – von schweren Balken überall im Raum gestützt, die sich oben unter dem Giebel verzweigen wie Baumkronen. Aber ich weiß, dass die Balken vor einigen Jahren verstärkt wurden und das Dach selbst neu gedeckt und vor allem gedämmt.

Liebevoll lasse ich meine Hand über einen der Balken gleiten und spüre der Maserung des Holzes nach. Auch der Boden ist nicht mehr der originale, selbst wenn die Optik dem festgetretenen Lehm nahekommt. Große Platten aus hellem Naturstein bilden einen gemütlichen Kontrast zum dunklen Holz des Dachs.

Momentan stehen hier tatsächlich ein paar der nichtgenutzten Geräte herum. Mehr Besen, als ein Mensch jemals nutzen kann, eine alte Schubkarre und ein paar andere, eher technische Gerätschaften, deren Nutzen sich mir nicht auf den ersten Blick erschließt. Außerdem haben sich Spinnweben breitgemacht. Auf der Theke, die sich hinten links in eine Ecke schmiegt, liegt dicker Staub. Bei genauerer Betrachtung könnte auch das Holz mal einen frischen Anstrich vertragen. Der Anblick macht mich unerwartet traurig. Mehr als seine und Mamas Worte macht mir der Status der Scheune klar, dass mein Vater tatsächlich alt geworden ist. Staub und Spinnweben in seiner Tenne? Das hätte es vor einigen Jahren nicht gegeben!

Ich gehe in Richtung der Tür, die die Tenne mit den Ställen verbindet. Hier beginnt der richtige Bauernhof. Ein langer Gang, auf dem vereinzelte Strohballen gestapelt sind, liegt zwischen mir und den großzügigen Boxen, in denen die Kühe untergebracht sind. Dann krampft mein Herz sich zusammen. Nur noch so wenige! Hier standen früher an die fünfzig Rinder. Jetzt sind es vielleicht noch knapp zehn, die in der weitläufigen Stallanlage fast wie Dekoration wirken. *Wann* genau wollen meine Eltern verkaufen?!

»Na ihr, genießt ihr euren neuen Freiraum?«, frage ich leise und trete an die dicken Gitterstäbe heran. Eine einfarbig braune Kuh kommt an das Gatter und fängt sofort an, meine Hand abzuschlecken. Besser als jedes Peeling. Rinderzungen sind rau wie Schleifpapier ... und erschreckend lang.

»Du hast Betsy getroffen. Eine unserer Besten zurzeit.« Mein Vater kommt durch das Tor am Ende der Stallanlage und stellt sich neben mich. Sein sanfter Blick ruht auf dem Tier, das mich weiterhin abschleckt, als hätte ich keine Hände, sondern Cornettos am Ende der Arme. »Nicht, dass es noch viel nützen würde.«

»Papa, was ist mit der Herde passiert? Sind sie schon ...? Habt ihr sie alle verkauft?«

Er hebt die Hand und krault Betsy an dem Wirbel auf ihrer breiten Stirn. »Die meisten sind auf anderen Höfen untergekommen. Großbetriebe, die einen guten Preis für die Produktiven gemacht haben. Die anderen ...« Er wirft mir einen eindeutigen Blick zu.

Auch nach all den Jahren ist die harsche Realität eines Milchbetriebes manchmal schwer zu ertragen. Vielleicht weil ich in meinem Herzen niemals Bäuerin war, auch wenn ich hier geboren bin. Eine Kuh, die zu wenig Milch gibt oder zu alt wird, ist eine Belastung für den Betrieb. Große Höfe fackeln nicht lange. Da kommt die Kuh mit sieben oder acht Jahren zum Schlachter. Auf unserem Hof durften die meisten bleiben, bis sie fünfzehn oder sechzehn Jahre alt waren.

»Wann genau … ist es denn so weit? Wann verkauft ihr?«, frage ich weiter, um mich vom traurigen Schicksal der Tiere abzulenken.

»Die Wohnungsbaufirma hätte das Land lieber gestern als heute. Aber wir müssen noch ein paar Dinge regeln … Wir haben uns letzte Woche einige Wohnungen in Stadtnähe angeschaut. Vielleicht bekommen wir eine von denen, wir warten noch auf den Anruf der Maklerin. Dann können wir den Rest hier abwickeln.«

Ich schlucke hart gegen den Kloß in meinem Hals an. Wenn sie sich sogar schon Wohnungen angeschaut haben. Aber noch ist es nicht zu spät. Es ist noch nichts unterschrieben.

»Papa, bist du dir echt sicher?« Ich wische meine Hand am Hosenbein ab und drehe mich zu ihm. »Das alles hier aufzugeben. Dein Lebenswerk? Du hast hier so viele Jahre gearbeitet, und du hast deinen Job geliebt. Und jetzt wendest du dich davon ab? Was wollt ihr dann überhaupt machen?«

Sosehr ich es auch versuche, ich kann mir meine Eltern einfach nicht in »Großmutters Café« beim Oster-Brunch vorstellen. Gestrickt hat meine Mutter schon immer, das zählt also nicht. Aber sonst? Die beiden sind noch so jung für ihr Alter.

Schmunzelnd sieht mein Vater zu mir hinüber. »Ach Freya, ich bin bereit für etwas Neues. Können wir es dabei belassen?«

Die Antwort gebe ich ihm so einfach wie stumm: Nein.

12

Mein Zimmer scheint eine ebenso eigenartige wie verstörende neue Fähigkeit akquiriert zu haben: Es ist jetzt ein Gestaltwandler. Wo ich heute Morgen fluchtartig einen fernöstlichen Gymnastikraum verlassen habe, kehre ich jetzt in eine Abstellkammer zurück. Die einzige Konstante ist meine Mutter.

»Was machst du hier? Was ist das alles?«, frage ich und deute auf die Myriaden an größeren und kleineren Kartons, zwischen denen Sibylle thront wie eine Kröte im Gartenteich.

»Ah, sehr gut, du bist wieder da.« Ihr Lächeln wirkt bemüht, ihr Tonfall angestrengt.

»Sind das meine alten CDs?«, frage ich ungläubig und ziehe einen verschrammten Rohling aus einem der Kartons. Um den handgeschriebenen Titel auf der Scheibe entziffern zu können, bräuchte man einen Kryptographen. Die Hälfte der Buchstaben ist mittlerweile verwischt.

»Nein, das sind meine Ohrringe aus den 80ern«, antwortet Sibylle ironisch. Ich werfe ihr eine hochgezogene Augenbraue zu und bekomme dieselbe Mimik zur Antwort. »Ich dachte, jetzt, wo du weißt, dass wir den Hof verkaufen werden, wäre ein guter Moment, um durch deine alten Sachen zu schauen. Du kannst entscheiden, was davon du mit nach Hamburg nehmen willst.«

Und den Rest entsorgen wir dann, denn anscheinend bedeutet die Vergangenheit niemandem mehr irgendwas, vollende ich in Gedanken für sie.

Mein erster Impuls ist, mal wieder genervt zu sein. Von der Tatsache, dass mein Trolley unter Bergen von alten Postern und Schulordnern begraben ist und ich deshalb schon wieder um meine Dusche betrogen werde. Aber dann entdecke ich einen schwarzen Fellzipfel in einem der Kartons, und alle negativen Gefühle sind wie weggeblasen.

»Giovanni!« Mit zwei Schritten bin ich neben der Kiste und ziehe den schwarz-weißen Stoffaffen heraus. Sibylle und Thomas haben ihn mir während eines Zoobesuchs gekauft, nachdem ich mich geweigert hatte, den Tierpark ohne eines der niedlichen Kapuzineräffchen zu verlassen. Zwar hatte ich eher an ein lebendiges Exemplar gedacht, aber auch die Stoffvariante wurde schnell zu einem guten Freund. So gut, dass ich zwischen 1996 und 2000 auf keine Übernachtung ohne den kleinen braunen Affen gehen konnte. Die überschwängliche Liebe zeigt sich deutlich an Giovannis Äußerem: Sein Gesicht ist platt gedrückt von den vielen Nächten, die er als Kopfkissen diente, und sein zunächst so dichtes Fell sah schon nach ein paar Jahren aus wie ein Stadionrasen nach dem Revierderby. Sibylle sagte damals schlicht, dass Giovanni eben alt geworden sei, und wenn Männer alt werden, bekommen sie Haarausfall.

Mit strahlenden Augen drehe ich mich zu ihr um. »Ich wusste gar nicht, dass ihr den aufbewahrt habt.«

Sibylles Miene wird weich. »Wir konnten doch old Gio nicht einfach entsorgen. Als du 16 geworden bist und damit zu cool für Kuscheltiere, habe ich ihn auf den Speicher gepackt.«

Liebevoll drücke ich den kleinen Affen an mich. Er speit eine Staubwolke alttestamentarischen Ausmaßes aus, aber nicht einmal mein Hustenanfall kann dafür sorgen, dass ich ihn loslasse.

»So war es übrigens mit fast allen Dingen«, fügt sie resigniert hinzu.

Ich löse eine Hand von meinem wiedergefundenen Freund und strecke sie meiner Mutter entgegen. Ohne zu zögern, greift sie danach und legt ihre Finger um meine.

»Tut mir leid, dass ich so eine Bitch bin, seit ich hier bin. Es ist …«, ich presse die Lippen zu einem schmalen Strich, während die Bilder der letzten Wochen durch meinen Kopf brettern wie eine Maschinengewehrsalve, »viel. Es ist viel in letzter Zeit.«

»Wenn du darüber reden willst, bin ich da.« Ich rechne es meiner Mutter hoch an, dass sie nicht sofort nachbohrt, obwohl ich genau weiß, wie sehr es ihr unter den Nägeln brennen muss.

»Über eine Sache will ich tatsächlich reden«, sage ich nach kurzem Überlegen und setze mich neben sie.

»Ach ja?« Sibylle zieht überrascht die Augenbrauen hoch.

»Wieso hast du mir nicht gesagt, dass Chris wieder in

Werne ist? Und sag nicht, dass du es nicht wusstest. Ich hab gesehen, dass Frau Körber unter deinen Yogis ist.«

Sibylle lächelt nachsichtig. »Manche Dinge muss man selbst herausfinden.«

Sie tätschelt mir die Hand, und ich belasse es bei einem sehr tiefen, sehr nötigen Seufzen.

Die nächsten zwei Stunden verbringen wir damit, uns Karton für Karton durch meine Pubertät zu arbeiten. Irgendwann entdecke ich meinen alten CD-Player. Ab da haben wir musikalische Begleitung von Bravo Hits 2009. Während James Blunt mir entgegenjault, dass er für immer mit Simona in einem Klub in 1973 bleiben möchte, ziehe ich die nächste Box zu mir heran.

Mittlerweile habe ich richtig Spaß an der Sache, und Sibylle scheint es ähnlich zu gehen. Immer wieder stößt sie verzückte Kiekser aus und hält mir irgendein altes Kleidungsstück oder ein Wasserfarbenbild aus der 5. Klasse entgegen, auf dem ich nicht einmal mit viel gutem Willen den Obstkorb identifizieren kann, den wir malen sollten. Sieht eher aus wie ein Dackel mit fünf sehr bunten Köpfen. Erstaunlich, dass aus mir trotzdem eine passable Grafikerin geworden ist.

Als ich den Deckel des Kartons öffne, gerät mein Herz ins Stolpern. Meine alten Tagesplaner. Irgendwann habe ich aufgehört, Tagebücher zu schreiben und meine Gedanken und Pläne stattdessen in Form kurzer Notizen, Songzitate und Halbsätze in den schwarzen Kalendern festgehalten. Auf den Buchdeckeln ist das jeweilige Jahr eingraviert. Fast schon ehrfürchtig ziehe ich den obersten Planer aus dem Karton. 2008/09. Das Jahr, in dem ich Abi gemacht habe. Ich bin sowohl neugierig als auch seltsam nervös, als ich das Büchlein aufschlage. Dass ich noch weiß, mit wie viel Hingabe ich die Bücher geführt habe, heißt nicht, dass ich auch noch weiß, was genau ich da reingeschrieben habe. Außer Hausaufgaben. Die hab ich definitiv nicht notiert.

Direkt der erste Eintrag lässt mich grinsen: *Nachhilfe 16 Uhr* steht da, und einen kurzen Moment muss ich tatsächlich überlegen, ob ich die gegeben oder bekommen habe. Dann erinnere ich mich an meinen Vorsatz, mein knappes Taschengeld aufzustocken und an den Gedanken: Wie schwer kann Deutsch in der sechsten Klasse schon sein? Stellte sich heraus, in der sechsten Klasse lernt man Grammatik. Also alle anderen. Ich habe das anscheinend verpasst. Von daher war meine Karriere als Lehrerin eine eher kurze.

Ich grinse weiter in mich hinein, während ich durch die Seiten blättere, kurze Songzitate lese, bei denen das dazugehörige Lied sofort wieder in meinen Kopf ploppt, und meinen meisterhaften Umgang mit Textmarkern bewundere. Da haben sich die Grafiker-Anlagen dann doch langsam gezeigt. Jede Erinnerung stößt weitere an wie mein persönlicher Schulzeit-Domino-Day. Am 18. November habe ich nur »Blaubeerpfannkuchen« eingetragen und weiß sofort wieder, wie lange ich Mama bekniet habe, mir endlich welche zum Frühstück zu machen, so wie ich es in meinen amerikanischen Serien so oft gesehen hatte. Partys, die hier vermerkt sind, lassen Erinnerungen an Fanta-Roten und dramatische Gespräche auf den Toiletten erwachen. Auf der nächsten Seite halte ich inne. Die Schrift ganz unten in den letzten Zeilen ist nicht meine. Trotzdem erkenne ich sie auch über all die Jahre hinweg sofort. Maras Schriftbild war schon immer so ordentlich und genau, dass es aussah, als würde sie eine sehr fein kalibrierte Schreibmaschine nutzen und nicht ihre Hände. Jedes »a« gleich, zwischen allen Wörtern derselbe Abstand. Auf dieser Seite habe ich die Weihnachtsgeschenke notiert, die ich anscheinend noch besorgen wollte:

Sibylle: Meditationsklänge CD
Chris: Bilderrahmen
Oma: Plätzchen backen (???) -> Mama fragen Rezept

Daneben eine kleine Zeichnung einer Weihnachtsmannmütze, und darunter hat Mara in ihrer Schreibmaschinenschrift hinzugefügt:

Mara: Konzertkarten Rihanna und eine Tätowierung, in der ich meine unsterbliche Liebe zur besten Freundin der Welt deklariere!

Je länger ich auf die Wörter starre, umso mehr ziept es in meinem Herzen. Wir standen uns so nahe! Wie konnte das passieren?! Wie verliert man Menschen aus den Augen, die so etwas in den eigenen Schulkalender schreiben?

»Freya, schau mal hier!«

Schnell klappe ich den Planer zu und lege ihn neben mich, statt zurück in den Karton, bevor ich mich zu Sibylle umdrehe. Sie hält etwas Silbernes hoch, von dem ein schwarzer Riemen baumelt.

»Meine Kamera!« Verzückt strecke ich die Arme aus und genieße es, die vertrauten Formen endlich wieder in meinen Händen zu spüren.

»Ich hab nie verstanden, wieso du die damals hiergelassen hast«, sagt Sibylle, aber es klingt eher nach einer Frage.

»Hm, keine Ahnung. Kamerahandys wurden immer besser.« Ich höre, wie ausweichend das klingt. Ich weiß, wie ausweichend das ist. Aber jetzt gerade bin ich einfach froh, sie wieder in den Händen zu halten, und will den Moment nicht zerstören. Langsam lasse ich die Kamera in meinen Schoß sinken.

»Das war eine gute Idee«, sage ich und deute auf das Chaos um uns herum, das wie vieles aussieht, aber sicher nicht wie eine gute Idee. »Danke, dass ihr das alles aufbewahrt habt. Ich überlege mir, was davon ich mitnehmen werde.«

Sibylle sieht aus, als würde sie etwas antworten wollen. Dann nickt sie nur, ein unsicheres Lächeln auf dem Gesicht, und steht langsam auf.

»Du kannst die Kartons hinten in der Ecke stapeln, bis du dich entschieden hast«, sagt sie und deutet auf die Wand, die von dem riesigen Auge dominiert wird.

»Stört das nicht die Aura des Raums?«, frage ich neckend, als sie schon fast zur Tür hinaus ist.

»Nicht mehr als du.«

Wäre meine Mutter nicht meine Mutter, hätte mich das schockiert.

Als ich an diesem Abend auf meinem Futon liege, nehmen meine Gedanken Fahrt auf. Wieso wird das Gehirn aktiver, je müder der Körper ist? Haben die beiden keinen regelmäßigen Jour fixe? Eine Verfassung? Eine Übereinkunft, es dem jeweils anderen nicht schwerer zu machen als unbedingt nötig? Wobei, wenn dem so wäre, wären Mixgetränke und süßer Wein schon lange verboten. Mein Körper zahlt regelmäßig den Preis dafür, wenn mein Kopf sich das Partyhütchen aufsetzt.

Ich drehe mich herum. Mein Blick kommt auf dem kleinen Sammelsurium geborgener Gegenstände zum Ruhen, die jetzt vom warmen Schein meiner alten Lavalampe beleuchtet werden. Die machen so ein schönes Licht, wie konnten die jemals aus der Mode kommen?

Nach kurzem Zögern ziehe ich den Planer zu mir heran und blättere zu der Seite mit den Weihnachtsgeschenken. Gedankenverloren streiche ich über Maras Worte.

Ach, warum eigentlich nicht?! Wir waren beste Freundinnen seit der Grundschule. Mit Sicherheit ist das nicht einfach vorbei? Obwohl wir seit Jahren weniger miteinander zu tun haben als ein Maulwurf mit Sonnenbrand. Ich ziehe mein Handy heran und öffne den Messenger. Die letzte Nachricht kam von mir und war ein kurzes »*Danke*« mit einem pinken Glitzerherz. Die Antwort auf ihre Glückwünsche zu meinem 30. Geburtstag.

Als wir unsere Abiprüfungen geschrieben haben, war noch alles okay. Dann kam der Abiball, und … da ist eine Menge passiert, aber eigentlich nichts, das mit Mara zu tun hatte. Zumindest nicht, wenn ich mich richtig erinnere.

Meine Erinnerungen an die Wochen kurz nach dem Abi sind etwas verschwommen. Wie ein Wasserfarbenbild, auf das einige dicke Tropfen gefallen sind. Als ich kurz darauf nach Hamburg gegangen bin, begann der Kontakt zu bröckeln. Wir folgten uns weiterhin auf Facebook. Als Instagram groß wurde, folgten wir uns auch dort. Daher weiß ich, dass sie geheiratet und zwei Kinder bekommen hat. Eine Tochter und einen Sohn. Perfekte Familie und alles.

In regelmäßigen Abständen erreichten mich Rundmessages, in denen Mara ihren Kontakten eine neue Nummer mitteilte. Ich hielt es genauso. Stück für Stück, Stein für Stein wuchs die Mauer zwischen uns. Bis ich irgendwann, fast unbemerkt von mir selbst, die Schwelle überschritten habe, nach der es komisch wirken würde, sich wieder »einfach so« zu melden. Ohne Anlass. Man existiert nicht jahrelang nebeneinanderher und schreibt dann an einem besonders beschissenen Dienstagabend: »Bei Netflix läuft im Moment auch nur Scheiß, oder?« Auch nicht nach dem zweiten Glas Wein. Auch nicht, wenn es der Wahrheit entspricht.

Aber jetzt habe ich ja einen Anlass. Bevor ich es mir anders überlegen kann, tippe ich eine Nachricht:

Hey Mara, alles gut bei dir? Ich bin momentan bei meinen Eltern und wollte mich einfach mal melden … Hier zu sein hat so einige Erinnerungen wieder hochgebracht. Weißt du noch Holland damals? ☺ Na ja, vielleicht hast du ja mal Lust auf einen Kaffee oder einen Wein (oder einen Bacardi Breezer)? Würde mich freuen.

Abgeschickt. Der erste Haken erscheint. Dann der zweite. Aber sie bleiben grau. Vermutlich ist sie schon im Bett. Es ist nach 23 Uhr, und ich glaube, als Mutter geht man schlafen, sobald die Kinder es tun, oder? Da ich gerade dabei bin und nicht denselben Fehler zweimal machen will, schreibe ich auch Elisa eine Nachricht, in der ich sie in kurzen Worten wissen lasse, dass ich meine Eltern besuchen bin und wir bald mal telefonieren sollten. Meine Abreise aus Hamburg war so überstürzt, dass ich bisher keinen Gedanken daran verschwendet habe, irgendeinem meiner Freunde Bescheid zu geben.

Ich sperre mein Handy und lege es neben mein Kopfkissen. Eigentlich ist es doch okay. Heute war besser als gestern, und morgen wird besser als heute. Das ist das Einzige, worauf man hoffen kann.

13

11 Jahre früher (Freya)

»Wie schaffst du es immer, mich zu so einem Schwachsinn zu überreden?!«

Mein Kopf dröhnt, meine Augen fühlen sich an, als hätte jemand Salzsäure reingekippt, und ich bin mir ziemlich sicher, dass ich mir die feste Zahnspange hätte sparen können, wenn meine Zähne weiterhin dermaßen aufeinanderklappern.

»Immer?! Meistens bist du diejenige, die mich zu Schwachsinn überredet«, sagt Mara und justiert die Sporttasche auf ihrer Schulter.

»Ja, aber nicht zu *so* einem Schwachsinn. Mein Schwachsinn ist lustiger Schwachsinn.«

Schwimmen. Morgens um 11 Uhr. An Neujahr!!! Wer sich das überlegt hat, sollte eine Karriere als Folterknecht anpeilen. Oder als Geschichtslehrer. Das ist dasselbe.

Noch seltsamer als die Tatsache, dass ich hier bin und mir vor dem Eingang des städtischen Solebads die Brüste abfriere, ist aber, wie viele andere hier sind. Der Großteil in einem Alter, in dem man den 01.01. noch guten Gewissens zwischen Toilettenschüssel und Bett verbringen darf – und nicht in einem Alter, in dem das sowieso 90 Prozent der Tage beschreibt. Die Menschheit ist verrückt geworden.

»Eine Runde. Ich schwimme eine Runde, und dann will ich eine Portion Schwimmbadpommes«, maule ich.

»Ich glaube nicht, dass das Bistro um diese Uhrzeit schon offen ist.«

Wir rücken zwei Schritte weiter vor.

»Du bist der Teufel.«

Ich muss zugeben, meinen müden geschundenen Körper in das warme Wasser gleiten zu lassen fühlt sich himmlisch an. Über dem Gelände wabern riesige Dampfwolken, die aus dem Außenbecken aufsteigen und so dicht sind, dass ich die Menschen um mich herum kaum erkennen kann. Neben den Körpern scheinen die Wolken auch die Gespräche zu schlucken. Es hat etwas Mystisches, vor allem in Verbindung mit dem ersten Tag des neuen Jahres. Ein neues Jahr ... ich frage mich, was es mir bringen wird. Momentan wäre ein Kaffee nicht schlecht. Auf mittlere Sicht ... hoffentlich das Abi-Zeugnis und ... etwas, das spannender ist als Werne.

Neben mir macht Mara zwei ausholende Schwimmzüge und dreht sich dann auf den Rücken.

»Und, eigentlich ganz gut, oder?«

Ich gebe eine Antwort zurück, die hauptsächlich aus Konsonanten besteht.

»Aus eurem überstürzten Abgang gestern Abend schließe ich, dass zwischen Chris und dir wieder alles in Ordnung ist?«

»Er bringt Oscar jetzt einfach zu fast jedem Treffen mit.

Es ist erstaunlich schwierig, einen Tobsuchtsanfall zu bekommen, wenn dich die ganze Zeit zwei Paar Hundeaugen anstarren. Und eins davon wirklich niedlich ist.«

Langsam drehe ich mich ebenfalls auf den Rücken und lasse mich neben Mara auf dem Salzwasser treiben, sodass wir aussehen wie zwei sehr verkaterte Bojen.

»Ach, keine Ahnung«, nehme ich das Gespräch nach einer Weile wieder auf, »ich weiß einfach nicht, woran ich bei ihm bin. Im einen Moment weigert er sich, irgendwelche definitiven Aussagen über die Zukunft zu treffen, im nächsten lässt er mich seinen Hund taufen und …«, ich seufze, »weißt du, dass er immer noch nicht gesagt hat, dass er mich liebt?!«

»Vielleicht liebt er dich nicht.«

»Ey!« Ich spritze Mara eine Handvoll Wasser ins Gesicht. »Natürlich liebt er mich. Ich bin fabelhaft«, sage ich in meiner besten Mean-Girls-Stimme, bis ich vor Lachen fast untergehe. Ein gutes Ablenkungsmanöver, denn genau das ist meine Angst. Was, wenn er mich nur mitschleift bis zum Ende des Abis, um sich dann neuen, spannenden Studentendingen zuzuwenden? Es heißt doch, an der Uni lernt man sich erst richtig kennen. Was ist, wenn Chris erkennt, dass er gar nicht auf Blondinen steht? Oder auf Frauen? Oder er steht auf Frauen und Männer! Dann wären meine Konkurrenz im wahrsten Sinne alle Menschen auf diesem Planeten! Okay, minus die über 50- und unter 15-jährigen vielleicht. Und die hetero Männer. Und lesbischen Frauen. Trotzdem noch zu viele!

»Habt ihr denn noch einmal über die Sache mit Hamburg geredet? Hat er seine Meinung geändert?«

»Wird er noch«, sage ich knapp.

Maras Blick entnehme ich, dass sie krampfhaft versucht, ihre Zweifel im Zaum zu halten und mir zuliebe ein zuversichtliches Gesicht aufzusetzen. Aber sie weiß ja auch nicht, was ich weiß! Und ich weiß, dass ich ein verdammt großes Problem habe, wenn er nicht mit nach Hamburg kommt. Denn was ich nicht weiß, ist, ob ich dann gehen werde. Und ich kann nicht nicht gehen, oder?

Eine Weile treiben wir einfach nebeneinander auf dem Wasser und hängen unseren eigenen Gedanken nach.

»Ihr habt auf jeden Fall was verpasst gestern«, sagt Mara schließlich und überholt mit zwei lässigen Schwimmzügen einen Opa mit blauer Schwimmkappe.

»So?«, frage ich. »Wer hat gekotzt?«

So geht dieser Anfang nämlich meistens weiter. Irgendwer hat sich übergeben, entweder an einem ungewöhnlichen Ort oder in einer ungewöhnlichen Farbe.

»Keiner.«

»Keiner?! Wow, *dann* habe ich ja wirklich was verpasst!«

Chris und ich sind gegen vier Uhr aus Jans Partykeller abgehauen. Das ist eine ungeschriebene Regel, die ich meinen Kindern definitiv auf den Unterarm tätowieren werde: Wenn der Boden klebriger ist als dein Lipgloss, wird es Zeit, nach Hause zu gehen.

Es spricht für Maras Pegel, dass sie das als »überstürzt« bezeichnet. Ich erinnere mich ziemlich genau, wie wir den verbliebenen vier Personen komplett ohne Hektik Tschüs gesagt haben. Auch ihr.

»Also, was dann?«, hake ich nach.

Bevor Mara antworten kann, kommt eine große dunkelhaarige Gestalt aus den Nebelschwaden auf uns zu.

»Da seid ihr!« Jan fährt sich mit einer Hand durch die dunklen Haare, die jetzt, im nassen Zustand, fast schwarz wirken. »Ich schwimme schon seit mindestens fünfzehn Minuten hier rum. Es ist unmöglich, in dieser Suppe irgendwen zu finden!«

»Meinst du den Nebel oder das Wasser?«, fragt Mara salopp und streicht sich ihre feuchten Korkenzieherlocken aus der Stirn. Ich starre meine Freundin verdattert an.

»Du hast *ihn* eingeladen?!«

Mara richtet sich auf. Allerdings ist sie so klein, dass ihr das Wasser trotzdem noch leicht über die Schultern schwappt.

»Irgendwann gestern Abend halt.«

»Aber du hast gesagt, wir brauchen mal wieder Freundinnen-one-on-one-time. Das ist der einzige Grund, warum ich dieser Folter zugestimmt habe.«

»Hey, Blondie, macht der Kater Mucken, oder was ist mit dir los?« Jan schnappt sich eine meiner Hände, die ich zum Gestikulieren aus dem Wasser gehoben habe. Mit einer gekonnten Drehung nagelt er mir den Arm auf den Rücken, und ich werde gegen seine nackte Brust gepresst. Ich ahne, was kommt.

»Der Kater ist eine Katze, und die zeigt dir gleich die

Krallen, wenn du nicht ...« Der Rest meiner Drohung geht in wütendem Gurgeln unter, als Jan mich unter Wasser presst.

»Penner«, keuche ich und wische mir frenetisch das Salzwasser aus den Augenwinkeln. »Das ist exakt der Grund, warum dich hier niemand will!«

Gespielt getroffen, greift Jan sich ans Herz und lässt sich nach hinten in die Fluten fallen. Dummerweise hält seine andere Hand immer noch meinen Arm fest. Ich gehe ein zweites Mal auf Tauchstation im Rentnerbecken.

»Herrgott! Musst du nicht zu Hause aufräumen?«, frage ich prustend, als wir wieder hochkommen.

»Also, ich weiß nicht, wie das bei dir zu Hause ist, aber bei mir wartet der Dreck meistens auf mich. Mein Schmutz ist sehr höflich.«

Gegen meinen Willen muss ich schmunzeln. Ich schüttele den Kopf und boxe Jan gegen die Schulter. »Wie war's gestern noch?«

»Nichts Besonderes mehr. Nachdem du und Wenning abgehauen seid.« Er schüttelt missbilligend den Kopf. »Ernsthaft? Wer geht an Silvester vor sechs nach Hause? Die eigentliche Party fängt erst um Mitternacht an!«

»Menschen, die an ihrer Leber und ihrem Leben hängen?«, gebe ich ironisch zurück.

»Wird überbewertet. Hat es sich wenigstens gelohnt?«

»Sorry, du wirst weiterhin Computerviren für deine Pornos in Kauf nehmen müssen«, sage ich süffisant.

Erst dann fällt mir auf, dass unser Trio mittlerweile zu einem Duo geschrumpft ist. Und dass die Person fehlt, mit der ich eigentlich hier sein will. Sofern man von wollen überhaupt reden kann.

»Mara?«

Es ist wie in einem verdammten Dyson-Staubsauger hier drin. Alles, was mehr als zwei Schritte entfernt ist, verschwindet hinter einer wirbelnden weißen Wolke.

»Hier drüben«, ertönt ihre Stimme aus dem Off wie eine Sprechblase im Comic.

Seite an Seite schwimmen Jan und ich dem Klang hinterher und entdecken Mara auf einer der Sprudelliegen, die immer genau so lange verlockend wirken, bis man draufliegt. Dann ist das Geblubbere so laut, dass man die anderen nicht mehr versteht, und wenn man doch mal einen Satzfetzen aufschnappt und antworten will, wird man sofort mit einer Ladung Salzwasser im Mund bestraft. Perfekt für Menschen, die nicht gestört werden wollen. Wenn ich einer dieser A-Promis wäre, würde ich mein gesamtes Personal anweisen, mich in sprudelnden Badewannen herumzufahren, damit mir niemand auf den Keks geht.

»Ich hab eine freie Liege entdeckt und konnte nicht widerstehen«, sagt Mara und rückt ein wenig zur Seite »Hier, wir können sie uns teilen.«

Ich wechsele einen kurzen Blick mit Jan, der genauso wenig überzeugt wirkt wie ich. Dann rutschen wir auf die Liege und verbringen den Rest unseres Aufenthalts schweigend.

14

Jetzt

Überraschung, Ekel, Neugier – es ist schwer zu sagen, welches Gefühl überwiegt, während ich vor der Kneipe stehe und auf Chris warte. Nicht wegen Chris. Sondern wegen der kleinen rot-weißen Schachtel, die ich nun schon seit fünfzehn Minuten in den Händen drehe. Als ich das letzte Mal eine Zigarette in der Hand hatte, war rauchen noch cool und definitiv viel weniger tödlich. Das ist viele Jahre her.

Es war wie ein Reflex vorhin. Ich bin mit Mamas altem Hollandrad in die Stadt gefahren, wie früher. Wusste, dass ich mich mit Chris treffen würde, wie früher. Also habe ich unterwegs am Kiosk angehalten, wie früher. Ich konnte mich gerade noch bremsen, sonst hätte ich eine gemischte Tüte für drei Euro ohne Lakritz dazubestellt.

Fast ehrfürchtig entferne ich die Folie, ziehe einen Glimmstängel heraus und lege versuchsweise die Lippen darum. Fühlt sich seltsam an. Schmeckt auch seltsam. Selbst in unangezündetem Zustand. Hätte ich mal besser die Weingummis genommen.

»Ich wusste nicht, dass du noch rauchst.«

Seine Stimme ist so nah neben mir, dass ich erschrocken

zusammenfahre. Schnell spucke ich die Kippe aus und ramme die Box zurück in meine Jackentasche. »Hab ich nicht! Tu ich nicht! Wo kommst du auf einmal her?!«

Ich starre Chris an. Er mich. Fast zeitgleich brechen wir in Gelächter aus. Das ist so haargenau das, was ich zu den Lehrern gesagt habe, wenn sie uns beim Rauchen in den Büschen erwischt haben, dass es absurd ist.

Nachdem wir uns beruhigt haben, mustere ich ihn verstohlen. Bei Männern ist es immer schwer zu erkennen, ob sie sich für einen Abend zurechtgemacht oder einfach die Klamotten vom Morgen anbehalten haben. Der Unterschied zwischen einem sehr verwaschenen, einem etwas weniger verwaschenen und einem absichtlich verwaschenen T-Shirt benötigt einen geschulten Blick. In Chris' Fall spielt es keine große Rolle. Er würde auch dann noch fantastisch aussehen, wenn er sich statt eines verwaschenen Shirts direkt die Waschmaschinentrommel übergestülpt hätte.

Sein dünnes Oberteil spannt sich um Arme und Brust und bildet einen Kontrast zu seiner gebräunten Haut. Dass er sich Mühe gegeben hat, erkenne ich viel mehr an seinem Geruch, der leicht überlagert wird von einem herb-frischen Männerparfüm.

Chris neigt den Kopf zur Seite und mustert mich mit einem Blick, den ich nicht deuten kann. Irgendwas zwischen Belustigung und … etwas anderem, dunklerem. Plötzlich wird mir klar, dass ich ihn anstarre. Schnell wende ich den Blick ab.

»Du hast dich kaum verändert«, sagt er.

»Danke.« Ich lasse meine Haare in mein Gesicht fallen,

damit er das stolze Lächeln nicht sieht. Das ist genau die Reaktion, die ich heute hervorrufen wollte. Von mir vielleicht noch mehr als von ihm. Deshalb habe ich mich tatsächlich in mein altes Nirvana-Shirt und meine Lederjacke gequetscht. Beides Fundstücke von gestern. Beides mit etwas gutem Willen und ohne Abendessen noch als »passend« zu bezeichnen. Die alten Jeans habe ich gar nicht erst anprobiert. Warum einen guten Moment ruinieren? Außerdem trage ich zum ersten Mal seit Jahren wieder schwarzen Kajal um die Augen und habe beschlossen, dass auch das etwas ist, was niemals hätte aus der Mode kommen dürfen.

Unter gesenkten Wimpern werfe ich ihm einen Blick zu und spüre meinem Puls nach, der mächtig in meinem gesamten Körper vibriert. Es fühlt sich anders an als gestern. Kein Zufallstreffen diesmal, sondern eine bewusste Entscheidung. Hier zu sein. Mit ihm.

Ich schlucke. »Wollen wir reingehen?«

Statt einer Antwort, macht Chris eine Geste mit dem Arm, um mich vortreten zu lassen.

Wir haben Glück und ergattern unseren alten Stammplatz. Ein halbrunder Ecktisch – nah genug an der Bar, weit genug weg von den Toiletten. Unauffällig schaue ich mich um und registriere mit Genugtuung, dass hier fast alles gleich geblieben ist – bis auf die Besitzer. Hinter der Theke steht ein Typ, den ich noch nie gesehen habe und der eher wie ein Mathestudent aussieht als wie ein Barkeeper. Aber die dunklen Holzbalken, die schaurigen alten Puppen mit Kinderwagen, die auf ebendiesen Holzbalken sitzen, und die massive

Theke, die sich einmal fast durch den gesamten Raum zieht, sind noch genauso wie in meiner Erinnerung. Ich bin mir ziemlich sicher, dass sogar die drei alten Männer an der Bar mit ihren halb leeren Bierhumpen und dem Skat-Spiel noch genau da sitzen, wo ich sie vor einer Dekade zurückgelassen habe. Vielleicht sollte mal jemand die Vitalfunktionen überprüfen.

»Wie war das Training?«, frage ich, nachdem der Azubi-Pythagoras unsere Bestellung aufgenommen hat.

»Es war«, sagt Chris, und ich bin mir nicht sicher, ob er nach dem richtigen Wort sucht oder ob die Aussage so für ihn fertig ist.

»Wirst du jetzt philosophisch?«, necke ich.

Chris grinst gequält und fährt sich mit der Hand durch seine Haare. Strubbelig und unzähmbar stehen sie leicht von seinem Kopf ab.

»Das Problem sind die Eltern.«

»Sind sie das nicht immer?« Ich denke an mein eigenes House of Horrors.

»Heute war da tatsächlich ein Vater beim Training, der gesagt hat, ich soll seinen Sohn mal härter rannehmen. Er befürchtet, dass Luca verweichlicht und schwul wird.«

Mir klappt der Unterkiefer runter. Chris nickt resigniert. »Ich weiß. Unglaublich.«

»Du machst Witze.«

»Ich wünschte, so wär's. Gleichzeitig stand in der anderen Ecke eine Mutter, die ihrem Sohn seine Dinkelbrote gebracht hat, weil sie Angst hatte, er würde sich sonst nach dem Training mit den anderen eine Pommes holen. Anscheinend hat er nämlich eine Gluten-Unverträglichkeit.«

»Mit zehn wusste ich nicht einmal, was Gluten ist«, murmele ich.

»Das tu ich bis heute nicht«, sagt Chris ernst.

Ich schnaube wenig attraktiv durch die Nase, was zum Glück durch den Kellner kaschiert wird, der in diesem Moment zwei herrlich schäumende Pils vor uns abstellt.

Wir greifen gleichzeitig nach den bauchigen Gläsern. Mehr ein Reflex als eine bewusste Entscheidung. Irgendwas, das die Finger beschäftigt hält. Während Chris sein Glas in den Händen dreht, wage ich es noch einmal, ihn genauer anzusehen. Seine Haare, seine Augen, seine Mimik – alles ist mehr oder weniger so, wie ich es in Erinnerung hatte. Und doch habe ich das Gefühl, als hätte ich ein Pausbild über den Chris von früher gelegt, das nicht so recht passen will. Da ist etwas Kantiges an ihm, das ich nicht wiedererkenne. Und eine leise Aura von … was? Abgeschlagenheit?

Ich beeile mich, an meinem Bier zu nippen, und als die prickelnde Kohlensäure auf meinen Gaumen trifft, fasse ich einen Entschluss. Heute Abend gibt es keine Müdigkeit, kein 30-plus-Getue, nichts, was mich an meinem momentanen Leben deprimiert. Scheiß drauf, dass Mara mir noch nicht geantwortet hat. Scheiß auf meinen Job. Scheiß darauf, dass meine Eltern den Hof verkaufen. Scheiß auf Pläne, die nicht real werden, und auf Realitäten, die nicht geplant waren.

»Cheers«, sagt Chris in diesem Moment, und ich unterbreche hastig meinen Trinkvorgang, um mit ihm anzustoßen. Als unsere Gläser aneinanderklirren und unsere Augen sich über die Ränder hinweg treffen, wird mein Lächeln wie von selbst offener. Plötzlich ist es wieder da, dieses Gefühl von damals. Alles ist möglich. Alle Wege stehen noch offen.

»Also, ich weiß, ich habe dich das gestern schon gefragt, aber ... wieso genau bist du jetzt wieder hier?«

Uuuund da springt das Gefühl mit einem behänden Satz in den Ausguss.

Chris zieht die Augenbrauen zusammen, als wäre seine Frage keine Frage, sondern bereits die Antwort. Und zwar die falsche. Genauso hat er damals in der Schule immer ausgesehen, wenn er etwas nicht verstanden hat und noch mal bei mir nachhaken musste.

»Darf ich nicht einfach mal meine Eltern besuchen?«, frage ich bemüht unbekümmert zurück.

Er zuckt mit den Achseln. »Klar, aber deine Eltern sind weder an unserer alten Schule noch ... hier.« Er macht eine Handbewegung, die den schummrigen Raum einschließt.

Gedankenverloren folge ich seiner Hand und nippe an meinem Bier. Mein Blick bleibt an den alten Balken hängen. »Meine Eltern verkaufen den Hof.«

»Ehrlich?« Überrascht zieht er die Augenbrauen zusammen. »Ich habe Gerüchte gehört, aber dachte natürlich, dass das nur das typische Kleinstadt-Gerede ist, wenn es gerade mal keine ›Jugendbande‹ oder ein neues Bauvorhaben gibt, über das man sich aufregen kann.«

Ich nicke langsam. »Es gibt ja quasi ein neues Bauvorhaben, über das man sich aufregen kann. Der Hof kommt weg, Einfamilienhäuser kommen hin.«

Chris schüttelt den Kopf. »Krass, ich hätte immer gedacht, dass …« Er unterbricht sich. Ich weiß genau, warum.

»Ich auch. Dass meine Eltern einfach in der Zeit stehen bleiben, den Hof für immer weiterführen und ja … Alter, schmerzende Knochen oder Rente waren nicht Bestandteil meines Gedanken-Ensembles«, sage ich mit schiefem Grinsen.

»Und jetzt?«

Ich ziehe die Schultern hoch. »Keine Ahnung, ehrlich gesagt. Ein Teil von mir will sie überzeugen, den Hof nicht aufzugeben. Aber irgendwie habe ich kein Recht dazu, oder? Ich bin ja nicht diejenige, die hier lebt.«

»Momentan schon«, sagt Chris leise.

»Ja, momentan …« Ich schüttele den Kopf und nippe an meinem Bier. »Hast du manchmal dieses Gefühl, dass du immer noch genau dieselbe Person bist wie früher, aber alles andere um dich herum verändert sich?«, frage ich leise. »Als wärst du das einzige dumme Stück Apfel, das unten im Mixer hängen bleibt, während um dich herum ein köstlicher Smoothie entsteht. Und am Ende bist du einfach dieser Blopp, der übrig geblieben ist. Und dann ist es plötzlich egal, ob du vorher der verdammt leckerste, röteste, saftigste Apfel von allen warst?«

Chris' Lippen sind schmal. Seine Augen ruhen auf mir, als würde er auch versuchen, die Frau vor sich mit der Freya aus der Vergangenheit in Einklang zu bringen.

Ich lache auf und wedele mit der Hand. »Vergiss es.«

Freya, was machst du da? Keine deprimierenden Gespräche heute! Chris ist sowieso nicht die richtige Person dafür.

Chris ist Schmetterlinge und Ablenkung und Leichtigkeit. Niemand für die ernsten Dinge des Lebens. Und genau so ist es richtig.

Plötzlich streckt er die Hand aus und legt sie behutsam auf meine. Es kommt so überraschend und ist so intim, dass ich um ein Haar weggezuckt hätte. »Ständig.« Sein Gesicht ist absolut reglos. »So fühle ich mich ständig.«

Ich schlucke. Das läuft hier ganz falsch. Wo ist der Chris, der mich in solchen Momenten angegrinst und zum Schweigen gebracht hat? Auf die bestmögliche Art.

Ich öffne meinen Mund: »Würdest du mich küssen?«

»Was?«, fragt Chris.

»WAS?!«, schreit meine innere Stimme.

»WAS?!«, brüllen sämtliche Alarm-, Kirchen- und Osterglocken von hier bis zum Mars.

Ich ziehe meine Hand weg und streiche sie verlegen durch mein Haar. Wo kam das her?

»Sorry, das meinte ich nicht so. Es ist … ich …«

Ich riskiere einen kurzen Blick auf Chris, der sich zurückgelehnt hat und mich mit einer Mischung aus Erstaunen und Sorge ansieht. Kaum zu ertragen.

»Okay, also … Ich bin nach Hause gekommen, weil ich in letzter Zeit immer wieder das Gefühl hatte, dass meine letzte richtig geile Zeit hier war. Ich meine, als wir alle noch zusammen waren, genau an diesem Ort, da war es perfekt, oder? Das Leben war fantastisch! Ich wollte mich nur noch ein einziges Mal so fühlen, bevor …« Ich bremse mich genau im richtigen Moment. Fast hätte ich gesagt: Bevor ich ein Haus mit meinem Freund kaufe, von dem ich dir nichts erzählt habe, und für immer in einem Job versauere, der cool klingt und kühl ist. Stattdessen füge ich einfach hinzu: »Und na ja, du warst eben ein großer Teil meiner Zeit damals. Deswegen ... aber sorry, das war komplett drüber. Ich ... wie auch immer, sorry eben.«

Chris sieht nicht so aus, als hätte er meine letzten Worte überhaupt gehört. Eine steile Falte bildet sich auf seiner Stirn, während er konzentriert in sein Glas starrt.

»Nicht für alle«, murmelt er.

»Hm?«

Der Blick aus seinen grasgrünen Augen trifft mich wie ein Schlag. Tief wie Seen und überschattet von Trauer und Reue. »Es war nicht für alle fantastisch und perfekt.«

Erinnerungen an den jungen Mann von damals strömen in mein Gehirn. Lässig, abenteuerhungrig, energiegeladen, spontan – mein Gegenstück auf so vielen Ebenen und mir doch so ähnlich. All das ist weggewischt. Stattdessen sitzt jemand anderes vor mir. Jemand, der gequält ist. Eine plötzliche Erinnerung trifft mich und lässt mich tief Luft holen. Solche Augenblicke gab es auch früher schon! Augenblicke, in denen ich das unbestimmte Gefühl hatte, dass er mehr braucht, als er zu hoffen wagt. Zu fragen bereit ist. Augenblicke, in denen er fast so aussah wie jetzt, bevor er diesen Gesichtsausdruck fortgewischt hat. Komisch, dass das auf meiner privaten Führung durch meine Erinnerungen nie Bestandteil der Tour war.

Ich will die Hand nach ihm ausstrecken, so wie er vorhin nach mir, will etwas sagen oder fragen, wie er diesen Satz meint, aber irgendwas hält mich zurück. Ich beiße mir von innen auf das weiche Fleisch an meiner Unterlippe, als mir klar wird, was genau meine Gesichtszüge einfriert und meine Hände an den Tisch tackert: Angst. Schlicht und einfach. Meine Vergangenheit, die Vergangenheit mit Chris, ist mein letzter Anker. Und etwas tief in mir drinnen – vielleicht hat Sibylle ja recht, und es ist mein Unterleib – weiß, dass ich Rost daran bemerken könnte, wenn ich ihn jetzt lichte. Also bleibe ich stumm. Und hasse mich dafür.

Seinen Blick starr nach unten gerichtet, seine Stirn in tiefen Falten, sitzt Chris mir gegenüber, ohne mich anzusehen. Er sieht aus, als würde er mit aller Macht kämpfen. Aber gegen was? Gegen seine Erinnerungen? Das ist nicht möglich, oder? Unsere Erinnerungen sind dieselben – zumindest in allen wesentlichen Punkten. Und trotzdem ... Ich kann ihn nicht so sehen. Das ist schlimmer als etwas Rost. Dafür gibt es bestimmt ein Spray, aber für Chris, der vor mir kauert, gibt es in diesem Moment nur mich. Wir sind beide verloren. Meine Amazon-Rezension wäre fatal: »Zwei Sterne, Produkt kam beschädigt an und kann nichts außer gucken.«

Und dann tue ich es doch, greife über dem Tisch mit beiden Händen nach seiner und halte sie einfach fest. Je länger er den Druck nicht erwidert, desto stärker presse ich. Ein Stern.

»Erzähl mir, warum.« Ich drücke die Angst nieder. Ich kann besser sein. Drei Sterne vielleicht.

Aber anscheinend ist das nicht genug, denn Chris sagt nichts. Wenigstens kommt etwas Leben in seine Hand. So sanft, dass ich es zuerst fast gar nicht bemerke, erwidert er meinen Druck. Ich fasse nach und hoffe, dass er meinen Puls nicht durch meine Hand spürt. Nach Minuten, die auch Stunden sein könnten, löst sich die Spannung langsam aus seiner Nackenmuskulatur. Und dann aus seiner Hand, als er sie meinen entzieht und nach seinem Bier greift. Langsam ziehe ich meine Arme zurück und lege sie nutzlos auf meinen Schoß.

»Sorry«, sagt er schließlich leise und reibt sich den Schaum von der Lippe. Ein schnelles Räuspern, dann sieht er mich endlich wieder an. Ich weiß nicht, *was* gerade geschehen ist, aber ich weiß, *dass* etwas geschehen ist.

»Ist okay«, sage ich, unsicher, ob ich weiter nachhaken soll. Einerseits, weil ich nicht weiß, ob er das will, und andererseits, weil ich sehr wohl weiß, dass ich das *nicht* will. Aber ihn so zu sehen will ich noch weniger. Muss ich anscheinend auch nicht, denn Chris versteckt sein Gesicht immer tiefer in seinem Glas. Ist er …? Kann es sein, dass er sich schämt? Zumindest dabei kann ich helfen.

»Wenn du das nächste Mal emotional werden willst, sag Bescheid, dann bestell ich Rotwein. Eignet sich viel besser.« Ich werfe ihm ein neckendes Grinsen zu, das hoffentlich stark genug ist, um meine eigene Unsicherheit zu überdecken wie Tattoo-Make-up.

Für eine winzige Sekunde sieht Chris mich schockiert an. Dann lacht er leise. »Ich hatte vergessen, wie du bist.«

»Wie bin ich denn?«, frage ich, erleichtert, dass es ihm besser geht.

Er schüttelt den Kopf. »Seltsam.«

Ich nicke lächelnd. Aus seinem Mund klingt es nicht

abwertend, sondern wie ein Kompliment. Und es gibt bestimmt einige, die das gerade unterschreiben würden. Thorsten, mein Chef, der Friseur, zu dem ich heute gegangen bin, um mein Alibi bei Chris nicht auffliegen zu lassen, und der mir einen Pony schneiden musste. Um nur ein paar Beispiele zu nennen.

»Also, um an deine Frage von vor dem ganzen Drama anzuknüpfen: Warum bist *du* wieder hier?«

Zwei Biere später traue ich mich endlich, das Thema erneut anzuschneiden. Ich hoffe inständig, dass ich damit nicht genau ins Wespennest steche, aber meine Neugier wütet mittlerweile in mir wie ein kalifornisches Buschfeuer.

Er atmet lang und geräuschvoll aus, aber es ist ein normales Seufzen. Keins, das einen Nervenzusammenbruch ankündigt. »Ich fürchte, hier werde ich zum Klischee. Hochzeit mit 27, Scheidung mit 29. Hund und die fünf CDs, die mir gehörten, gepackt und zurück in die Heimat.«

Ich kann mich gerade noch davon abhalten, den Schluck Bier in meinem Mund quer über den Tisch zu prusten. Stattdessen nimmt er den Nebenausgang aus meinem rechten Nasenloch. Sneaky Bastard! Schnell reiße ich eine der Servietten vom Tisch und halte sie vor die unfreiwillige Nasenduschen-Situation.

»Sorry. Ähm, ich wusste nicht, dass du verheiratet bist … warst«, bringe ich schließlich hervor.

Mit spitzen Fingern zerfetzt Chris eine Papierserviette und lässt das traurigste Konfetti aller Zeiten auf den Holztisch rieseln.

»Da gibt es eigentlich nicht viel zu wissen. Ich habe sie auf einer meiner Reisen kennengelernt. Thailand. Wo wir dann auch direkt geheiratet haben.« Er schüttelt den Kopf. »Es war eine völlig überstürzte Aktion. Wenn ich ganz ehrlich bin, hatte ich schon auf dem Rückflug meine Bedenken. Ich glaube, am Ende habe ich es mehr für meine Mutter und alle anderen getan als für mich selbst.«

»Du hast für deine Mutter geheiratet?«, frage ich.

»Klar. Die Hochzeit des Kindes ist der schönste Tag der Eltern. Weiß doch jeder.« Chris lächelt mir ironisch zu.

»Aber deine Mutter war nicht einmal da. Oder hast du sie extra einfliegen lassen?«

»Nein, das nicht.« Er schüttelt den Kopf. »Aber ich wollte sie zufriedenstellen. Die meisten meiner Freunde haben geheiratet, und ich wollte irgendwie nachziehen oder so. Also«, er beugt sich leicht vor und stößt sein Glas gegen meins, »wie gesagt, wenn du der Apfel am Grund des Mixers bist, bin ich die gefrorene Himbeere, die sich in den Messern verfängt.«

Sein Blick ist wie eine physische Berührung, mein schneller Herzschlag die logische Antwort darauf.

»Amen«, sage ich mit einer Stimme, der man das leichte Zittern hoffentlich nicht zu sehr anhört.

»Es ist besser geworden, seit ich wieder hier bin. Ich weiß, es ist nicht das, was ich mir mal vorgestellt habe – und irgendwann muss ich mal wieder was machen, das Geld abwirft –, aber ich habe endlich das Gefühl, wieder richtig atmen zu können. Einfach mal zur Ruhe zu kommen. Und die

Kinder zu trainieren macht wirklich Spaß ... solange sie die Eltern zu Hause lassen.«

Ich denke an meinen Moment am Stadtwald zurück. Einfach durchatmen. Wer hätte gedacht, dass wir das bereits mal als große Errungenschaft verbuchen.

»Und weißt du schon, was du danach machen willst? Also welchen Job?«

Chris wirft mir einen scharfen Blick zu, bevor er die Augen niederschlägt. »Ehrlich gesagt nein. Momentan lebe ich größtenteils von Erspartem und irgendwelchen Gelegenheitsjobs. Aber ... zurück in den Eventbereich ... ich weiß nicht. Das hat mir nicht gutgetan. Ich war ...« Er beißt sich auf die Lippen, bevor er sein Glas hebt. »Ich weiß es noch nicht.«

Ich nicke nachdenklich.

»Sexy, oder? Ein Typ, der mit über 30 immer noch keine Ahnung hat, was er vom Leben will?«, sagt Chris leise. Er meint es ironisch, aber als ich ihn in diesem Moment ansehe, die Tiefe in seinem Blick, das Gesicht, das von Weitem so perfekt scheint und von Nahem an genau den richtigen Stellen imperfekt ist, glaube ich, noch nie etwas gesehen zu haben, dass ich sexier finde als diesen Mann. Es stört mich nicht einmal, dass er keine Pläne für seine Zukunft hat. Früher hätte es das. Aber jetzt ... Er ist nicht mein Freund. Nicht mehr ... und ich werde nicht lange genug hier sein, um mir darüber Gedanken zu machen.

»Ist schon okay«, antworte ich mit belegter Stimme.

Plötzlich legt sich das freche Grinsen auf sein Gesicht, das ich anscheinend sehr vermisst habe. Zumindest sagt mir das mein Herz, das plötzlich zu groß für meinen Brustkorb zu sein scheint.

»Am Samstag haben wir ein Spiel. Du solltest zuschauen kommen.«

Es ist unheimlich, was diese Worte aus seinem Mund in mir auslösen. Als hätte man ein extra Gedächtnis nur für Gefühle. Ganz kurz höre ich den rationalen Teil in mir von weit entfernt fragen, was genau ich hier mache. Was ich mir davon erhoffe. Aber er ist so leise, und ich habe kein Hörgerät für mein Innenohr. Es ist fast zu leicht, die Stimme zu ignorieren und stattdessen genau das zu tun, was ich in diesem Moment tun will. Begeistert nicken und noch ein Bier bestellen.

Eine Stunde später treten wir hinaus in eine milde Frühsommernacht. Als die Tür hinter uns ins Schloss fällt und das letzte Licht der Kneipe einsperrt, bleibt Chris dicht neben mir stehen und sieht nach oben.

»Weißt du noch Holland damals?«

»Mhm.« Ich lege den Kopf in den Nacken.

»Du hast gesagt, die Sterne würden einem in der Stadt nie so auffallen«, sagt Chris leise, »aber jetzt, im Vergleich zu einer *richtigen* Stadt, finde ich, selbst hier in Werne gibt es unfassbar viele.«

Ich würde zustimmen, aber ich beobachte längst nicht mehr den Sternenhimmel. Ich beobachte ihn. Wer braucht ein atemberaubendes Naturschauspiel, wenn das, was mir den Atem raubt, bereits neben mir steht? Chris senkt den Kopf und ertappt mich. Schnell wende ich den Blick ab und tue, als würde ich in meiner Handtasche nach meinem Fahrradschlüssel suchen. Dabei ist der sicher in meiner Jackentasche verstaut. Ich bin nicht so bekloppt und packe etwas, das ich wirklich brauche, in meine Tasche. Um da was zu finden, braucht man eine Schatzkarte.

»Das war ein schöner Abend.«

Ich halte mit dem Kramen inne und sehe ihn an. Chris hat einen Schritt zurück gemacht. Will er Abstand zwischen uns bringen? Stumm nicke ich.

»Sorry noch mal wegen meinem ... wegen vorhin«, sagt er leise.

»Sorry, dass ich gefragt habe, ob du mich küsst.«

Er grinst kurz.

»Vielleicht erzählst du mir ja irgendwann, was mit dir los war?«, frage ich vorsichtig, unsicher, ob ich diese Frage überhaupt stellen darf.

Chris nickt, aber der Abstand zwischen unseren Körpern ist jetzt auch in seinem Blick. »Ja. Vielleicht.«

15

11 Jahre früher (Freya)

»Ich bin so froh, dass wir das machen! Ernsthaft. Kannst du dir vorstellen, wie ich jetzt zu Hause sitzen und darauf hoffen würde, dass er mit irgendeiner großartigen Geste um die Ecke kommt? Armselig! Schokoherz?«

Ich halte Mara die bereits halb leere Packung Nougatherzen unter die Nase, die ich mir zum Valentinstag gegönnt habe. Wenn mir halt sonst schon keiner ein Herz schenkt. Übernehme ich das eben auch noch selbst. Er hat es immer noch nicht gesagt, und ich bin es leid zu warten.

»Du scheinst sie nötiger zu haben als ich«, sagt Mara abwehrend. »Auch wenn niemand versteht, wieso.« Den zweiten Satz murmelt sie in sich hinein.

»Was?«, frage ich nach.

»Sag es einfach!«

»Was?« Mein Wortschatz weist bedenkliche Lücken auf.

»Sag ihm, dass du ihn liebst. Dann wird er es zurücksagen, und alles ist gut.«

»Spinnst du?« Ich lasse die Schokoherzen sinken – nicht so schnell wie das anatomische Pendant in meinem Körper allerdings. »Nichts ist dann gut! Ich habe es zuerst gesagt und verloren. Und was, wenn ich es nicht nur zuerst sage, sondern die Einzige bleibe, die es sagt?«

»Dann hast du Klarheit und kannst im Zweifel Schluss machen.«

Meine Hand, die mit einer weiteren Köstlichkeit auf dem Weg zu meinem Mund war, erstarrt mitten in der Bewegung.

»Und was, wenn ich das nicht will? Wenn er es nicht zurücksagt, muss ich mich von ihm trennen, um wenigstens einen Rest Würde zu bewahren. Aber, das Ding ist ... ich will mich gar nicht von ihm trennen. Und solange ich es nicht sage und er es nicht sagt, sind wir noch in der Schwebe. Keiner hat es so kolossal verkackt, dass es keinen anderen Ausweg mehr gibt.«

Mara rückt auf ihrer Schlafcouch näher an mich heran und legt mir einen Arm um die Taille.

»Aber das ist genau der Punkt, oder? Solange es keiner von euch beiden sagt, seid ihr in der Schwebe. Und ich weiß, wie sehr du das hasst.«

Ich lächele, ohne dass es meine Augen erreicht. Es stimmt. Ich hasse Dinge, die unklar oder unsicher sind. Ich bin nicht wie meine Mutter, die immer mit dem Fluss geht. Ich *bin* der Fluss. Oder ich wäre es gerne. Ich meine, damals waren Flüsse cool. Bis irgendeine kluge Person vorbeikam und Kanäle erfunden hat. Und warum sind Kanäle besser als Flüsse? Weil sie planbar sind. Man weiß vorher, wo sie hinfließen. Seit es Kanäle gibt, muss man keinen Haufen kostbarer Ware mehr auf ein Schiff packen und auf das Beste hoffen. Man weiß, dass die Seide da ankommt, wo sie hinsoll, und nicht unterwegs in einer unerwarteten Stromschnelle kentert. Ich bin kein Fluss, wird mir mit Schrecken bewusst, ich bin der Datteln-Hamm-Kanal!

»Was ist, wenn er es nicht zurücksagt?«, murmele ich.

»Er wird es zurücksagen.«

»Was, wenn nicht?«

»Dann ist er ein Arschloch, und du heiratest mich.«

Ich werfe mich herum und schlinge Mara die Hände um die Hüften. Sie zuckt nicht zurück, stöhnt nicht überrascht auf, sie ist einfach da. Warm und fest und sicher. Und in dem Moment weiß ich, dass ich alles überleben kann, solange ich meine beste Freundin an meiner Seite habe.

»Okay, du hast recht. Ich werde es ihm sagen.« Ich löse mich von ihrer sehr komfortablen Mitte und mache Anstalten aufzustehen. In dem Moment greift Mara nach meinem Arm.

»Wie, jetzt?!«

»Natürlich jetzt! Wenn ich bis morgen warte, könnte mein Entschluss wieder ins Wanken geraten.«

Entschieden schüttelt sie den Kopf. »Nee, nee, keine Chance. Mir wurde ein Foto-Shooting versprochen. Ich hab mir Eyeliner um die Augen gepinselt. Weißt du, was das für eine Arbeit ist?«

Weiß ich. Habe ich jeden Morgen. Muss meinen Wecker jetzt immer zwanzig Minuten eher stellen, damit das mit den drei Snooze-Alarmen noch passt. Im Gegensatz zu Mara, die sich als »geschminkt« bezeichnet, wenn sie den Labello mit Perlglanz trägt, statt des normalen. Was die Frage aufwirft, warum genau sie sich heute kleine schwarze Schweife an die Augen gemalt hat. Und entweder hat sie in letzter Zeit sehr viel Arbeit an der frischen Landluft verrichtet oder tatsächlich Rouge auf die Wangen gestäubt.

Ich weiß, dass ich ihr versprochen habe, heute ein paar Fotos von ihr zu machen. Deswegen habe ich ja mein komplettes Equipment samt Stativ und Wechselobjektiv mitgeschleppt. Aber bis eben habe ich geglaubt, sie wolle ein kostengünstiges Geschenk für ihre Großeltern ergattern. Die Idee verwerfe ich jetzt. Niemand trägt Rouge für die Großeltern.

Ich stehe auf und ziehe meine Kameratasche zu mir. »Alles gut. Wir machen deine Fotos. Aber verrätst du mir dann wenigstens, für wen oder was genau du die Aufnahmen brauchst?«

Sie überlegt nicht eine Sekunde. »Nein.«

»Wie, nein?« Ich halte im Kramen inne, um meiner Freundin einen überraschten Blick zuzuwerfen.

Sie fährt sich mit den Händen durch ihre braunen Locken und plustert sie noch ein wenig mehr auf. »Für mich, okay? Ich hätte die Fotos gerne für mich«, sagt sie, ohne meinem Blick zu begegnen.

Das ist neu. Schweigend stelle ich das Objektiv ein und überprüfe die Lichtverhältnisse. Mara und ich haben keine Geheimnisse voreinander. Wir erzählen uns ebenso von unseren Vaginalpilzinfektionen wie von gelegentlichen Gewaltfantasien (ich meiner Mutter gegenüber, sie gegenüber Leuten, die den Müll nicht richtig trennen). Sie war die erste Person, die ich nach meinem ersten Mal angerufen habe, ich war die erste Person, die von der Scheidung ihrer Eltern erfahren hat. Sogar noch bevor ihr Vater davon erfahren hat.

Und jetzt kann sie mir nicht sagen, für wen sie diese Fotos haben möchte?! Es sticht mehr, als ich zugeben will.

Die nächsten Minuten gebe ich Mara Anweisungen, sich so oder so hinzustellen, eine Hand zu heben oder sinken zu lassen. Zu lächeln, als ob sie es ernst meint und nicht gerade versucht, einen traurigen Clown aufzumuntern.

Schließlich bin ich zuversichtlich, dass ein paar gute Schüsse dabei sind. Mit Sicherheit sagen kann ich es nicht, denn ich nutze meine analoge Kamera, total oldschool, mit Film.

»Du willst es mir also wirklich nicht sagen?«, frage ich mürrisch, während ich mein Zeug zusammenpacke.

»Hab ich doch.«

Ich seufze.

»Die Fotos *sind* für mich«, beharrt Mara.

Ich seufze lauter. Wo das mit dem Rouge für die Großeltern unwahrscheinlich war, ist Eyeliner für sich selbst schlicht gegen die physikalischen Gesetze. Wenn man einen Ball wirft, fällt er irgendwann wieder runter (in meinem Fall meistens früher als beabsichtigt), und wenn man Eyeliner aufträgt, dann für jemand anderen. Für jemand ...

Aus schmalen Augen sehe ich Mara an.

»Gibt es da jemanden, für den du besonders gut aussehen willst?«, frage ich vorsichtig.

Ihr Lächeln erreicht nicht ihre Augen.

»Für mich.«

»Schwachsinn.«

Es ist nicht verkehrt, sogar gut, sich für sich selbst hübsch zu machen. Aber ich kenne Mara. Sie verfügt über die Art Selbstbewusstsein, die sie auch dann noch mit sich im Reinen sein lassen würde, wenn ihr ein Blumenkohl aus der Stirn wüchse. Sie braucht keinen Eyeliner dafür.

Mara lässt sich schwer auf ihre Schlafcouch plumpsen und zieht die Füße unter sich. »Okay, es ist nicht nur für mich.«

Ich wusste es. Ob sie endlich Gefühle für Georg entwickelt hat und den Armen von seinem Leid erlöst?

Ich setze mich neben sie. »Erzähl.«

Ihre Augen sind noch größer als normalerweise, während sie mir einen unsicheren Blick zuwirft. »Versprich mir, dass du nicht sauer bist.«

Sauer? Wieso sollte ich sauer sein? Hat sie vor, Georg auch direkt den Job als ihre beste Freundin anzubieten?

»Versprochen?«, sage ich verwirrt.

»Okay, also, manchmal ist es etwas schwierig, deine beste Freundin zu sein.«

Ich kann nichts dagegen tun, dass ich merklich zusammenzucke.

Wie bitte? Wo kommt das her? Was habe ich mit Georg, Rouge und Eyeliner zu tun?

»Nicht wegen irgendwas, das du tust«, wirft Mara schnell ein. »Nur einfach, weil du bist, wie du bist. Mit deinen langen glänzenden Haaren – ich meine ernsthaft, sind die aus flüssigem Gold, oder was? – und deinem Ehrgeiz und diesem Tatendrang und … Du merkst nicht einmal, was für eine Wirkung du auf andere hast. Wie schnell die Jungs dir verfallen. Und das ist manchmal so frustrierend, aber auch«, jetzt wirft sie mir ein Lächeln zu, das so voller Verständnis und Liebe ist, dass mein verkrampftes Herz sich vorsichtig wieder ausdehnt, »der Grund, weshalb du meine beste Freundin bist. Du brauchst bei Chris überhaupt nicht unsicher sein. Natürlich liebt er dich. Das sieht jeder. Aber du bist es trotzdem. Und dafür liebe *ich* dich.«

Und ich liebe sie dafür, dass sie die einzige Person ist, der ich diese Unsicherheit jemals zeigen werde. Vor der ich eben nicht immer die perfekte, selbstbewusste Freya sein muss, die stets einen lockeren Spruch auf den Lippen hat. Manchmal glaube ich, platonische Liebe bekommt nicht genügend Beachtung, weil alle wie wild versuchen, die ideale Disney-Romanze zu finden. Die große, perfekte Liebe. Vielleicht ist das die Liebe zu unseren Freunden. Und vielleicht finden wir niemals wieder so gute Freunde, wie wir sie mit 18 haben.

»Komm her, du Idiotin«, murmele ich und ziehe Maras Lockenkopf zu mir. »Deal: Wenn ich zu Chris fahre und mutig bin, musst du auch mutig sein, okay? Bei wem und für was auch immer. Du hast nämlich auch überhaupt keinen Grund, es nicht zu sein.«

»Mir fallen zwanzig ein.«

»Will ich nichts von hören.«

Ich sehe es nicht, aber ich fühle, wie Mara an meiner Schulter nickt. »Okay, Deal.«

Zwanzig Minuten später habe ich das nagende Gefühl, dass meine heroische Ansprache über das Mutigsein etwas verfrüht war. In meinen Adern ist wesentlich mehr Blut unterwegs, als da eigentlich drin sein sollte. Mir ist ein wenig schwindelig. Ich weiß, dass Blutarmut gefährlich ist, aber wie sieht es mit Blutüberschuss aus?!

Chris' Mutter öffnet mir die Tür und ist genauso überrascht, mich zu sehen, wie ich darüber, dass ich hier bin. Sie sieht beängstigend müde und abgekämpft aus. Dunkle Ringe liegen tief unter ihren Augen. Irgendwo aus dem Wohnzimmer höre ich Oscar bellen.

»Chris ist in seinem Zimmer«, sagt sie freundlich und deutet auf die helle Holztreppe, die in den ersten Stock führt.

»Danke.«

Langsam schleiche ich die Stufen hoch und gehe bei jedem Schritt noch einmal durch, was ich gleich sagen werde. Aber ganz egal, wie sehr ich es mir wünsche, das hier ist nicht Hogwarts, und schließlich endet die sehr gewöhnliche Treppe genau dort, wo ich hinwill und gleichzeitig nicht hinwill. Vor seinem Zimmer. Ich lausche einen Moment. Hinter der verschlossenen Tür ist alles ruhig. Ganz anders als auf dieser Seite, wo mein Herz so laut pocht, dass es im Petersdom als Kirchenglocke anheuern könnte.

Ich hebe eine schweißnasse Hand und klopfe vorsichtig an.

»Ja?«, ertönt es von drinnen.

Ich öffne die Tür.

Chris liegt ausgestreckt auf dem Bett, sein Longsleeve zerknittert und ein wenig verrutscht, sodass ich die weiche Haut und leichten Muskelansätze an seinem unteren Rücken bewundern kann, und blättert scheinbar gedankenverloren in einem Magazin. Als er mich sieht, zieht er die Augenbrauen hoch und setzt sich auf. »Freya! Waren wir verabredet?«

Ein Anflug von schlechtem Gewissen huscht über sein Gesicht, und ich schüttele schnell den Kopf und schließe die Tür hinter mir.

»Keine Sorge, du hast nichts vergessen«, nuschele ich und bin erschrocken darüber, wie piepsig meine Stimme klingt. Als ich mich wieder umdrehe, steht Chris vor mir, ein Halbgrinsen im Gesicht und eine Hand auf dem Weg zu meiner Taille.

»Wer hat dir aufgemacht?«, fragt er plötzlich.

»Deine Mutter.«

Was tut das zur Sache?

Chris nickt abwesend.

»Ich dachte, wir treffen uns heute nicht. Zu klischeehaft ... hast du selbst gesagt«, meint er, während er sich langsam vorbeugt, um mir einen Kuss auf die Lippen zu hauchen. Dann zieht er eine Augenbraue hoch. »Schmecke ich da Schokolade?«

Ich verziehe die Lippen und gehe an ihm vorbei in sein Zimmer. Alles hier schreit »Chris«. So wie Mara hat auch er eine Schlafcouch anstelle eines konventionellen Bettes, aber anders als bei ihr, ist Chris' Couch dauerhaft zu einem breiten Bett umfunktioniert, weil er sich nicht jeden Abend damit aufhalten will, es umzubauen. Auf einer weißen Kommode an der gegenüberliegenden Wand stehen ein paar Fußball-Pokale neben achtlos gestapelten Büchern und DVDs – ein bunter Mix aus Schullektüre, Reiseführern, abgegriffenen Romanen und Fantasy-Filmen –, der dunkelgrüne Sessel daneben ist momentan vergraben unter einem Sammelsurium von Klamotten. Alles hier ist so echt und gleichzeitig so verträumt. Und darüber liegt sein Duft wie in den Raum imprägniert.

Ich drehe mich zu Chris um. »Vielleicht hast du doch etwas vergessen.«

»So? Und was wäre das?«, fragt er belustigt und greift nach meinem Handgelenk, während er an mir vorbei und zurück zum Bett geht. Ich setze mich steif auf die Kante.

»Möchtest du mir vielleicht irgendwas sagen?«, frage ich und beschäftige meine Hände damit, meine Nagelhaut zu zupfen wie andere ihre Augenbrauen.

Die Bewegung der Matratze verrät mir, dass Chris sich hinter mir zurechtsetzt. »Freya, ist alles okay?«

Ich nicke und schüttele gleich darauf den Kopf. »Ja … nein.«

Mein Gott, Frau, sag es einfach. Sag, wofür du gekommen bist, statt zu versuchen, es doch wieder auf ihn abzuwälzen! Sei mutig! Aber warum ist er auch begriffsstutzig wie ein Gartenstuhl? Es ist Valentinstag, ich bin seine Freundin, wie viele Hinweise braucht der Mensch noch?!

Ich drehe meinen Kopf, und mein Blick wird sofort von seinem gefangen genommen. Jegliche Belustigung ist aus seinem Gesicht gewichen. Er sieht ernst, fast ein wenig besorgt aus.

»Gibt es etwas, das *du mir* sagen möchtest?«, fragt er leise und mit einer Stimme, die mich schaudern lässt.

Eine Menge! Dass du mich wahnsinnig machst, weil ich glaube, dich so gut zu kennen – und dann wieder gar nicht.

Wie du mich zum Fliegen bringst, aber ich immer wieder das Gefühl habe, wir nähern uns der Sonne und werden unaufhaltsam abstürzen. Dass ich das alles, jeden Moment hier mit dir, festhalten will, wie in einer ekelhaften Romcom mit Til Schweiger, und dass ich dich dafür hasse, aber auch, dass ich dich dafür …

»Ich liebe dich.«

Die Worte zucken wie ein Blitz durch den Raum. Erhellen alles in gleißendem Licht und lassen eine tiefe Dunkelheit zurück, als sie verklingen.

Und Chris stumm bleibt.

Sein Gesicht ist wie eine Marmorbüste. Starr, regungslos, wunderschön … leblos.

Um das auszugleichen, springen mein Gesicht und mein Mund hilfsbereit in den Overdrive: »Ich meine Liebe, was ist schon Liebe? Ich wollte nur sagen, dass ich wirklich gerne mit dir zusammen bin, und die ganzen letzten Monate waren … na ja … du weißt ja, wie sie waren, und da dachte ich, es wäre an der Zeit, das mal zu sagen, und Mara meinte …«

Seine kühlen Hände legen sich sanft um meine und bringen den Redefluss zum Stillstand. »Ich liebe dich auch.«

Atemlos lasse ich meinen Blick von seinen Händen zu seinem Gesicht wandern, nur um festzustellen, dass er mich gar nicht ansieht. Stattdessen hält er den Blick nach unten gerichtet, und tiefe Falten blitzen zwischen seinen Haaren hervor.

»Ich hätte es schon längst sagen sollen. Ich weiß es schon lange, aber ich …«

»Wirklich?«, falle ich ihm ins Wort, nicht gewillt, ihn zurückrudern zu lassen. Er hat es gesagt. Darauf kommt es an, oder? Er hat es endlich gesagt.

Chris' Mundwinkel heben sich ganz leicht. Endlich schaut er mir in die Augen. »Ja.«

Pure Freude sprudelt in mir hoch und presst sich vorbei an diesem kleinen roten Warnschild mit der Aufschrift: *Was wollte er noch sagen?!*

Es ist mir egal. Ich will es nicht hören! Ich kann es nicht hören. Er liebt mich, und das ist alles, was zählt. Alles, was ich wollte.

»Wir sollten ein Foto machen, um den Moment festzuhalten«, sage ich und springe auf, um mir meine Kamera zu schnappen, die ich vorhin neben der Tür abgestellt habe. Mit einem breiten Lächeln drehe ich mich zu ihm herum und sehe gerade noch, wie er sich die Sorgenfalten aus dem Gesicht streicht.

»Ja, ein Foto. Tolle Idee«, sagt er und rutscht näher an den Rand des Bettes, um ein Bein von der Kante baumeln zu lassen. Ich positioniere die Kamera auf der Kommode, viel zu nervös, um jetzt ein Stativ aufzubauen, und stelle den Timer ein. Dann husche ich zurück zum Bett und setze mich neben ihn.

Seine grünen Augen reflektieren das letzte Tageslicht, das durch das Fenster dringt. Sie wirken tiefer als jemals zuvor, während er mich unverwandt ansieht. Als würde er mir auf diese Art noch etwas mitteilen wollen. Als hätte er nicht gerade alles gesagt, was nötig ist.

We're all of the stars, we're fading away. Just try not to worry, you'll see us some day. Der Oasis-Song springt unvermittelt in meine Gedanken. Aber ich will ihn da nicht. Zumindest nicht *diesen* Oasis-Song. Wo ist »Wonderwall«, wenn man ihn braucht?

Ich lächele Chris zuversichtlich an. Später. Wir können später reden. Aber jetzt brauche ich diesen Moment. Ich glaube, er versteht mich, denn irgendetwas in seinem Blick verschiebt sich um eine Nuance. Zaghaft hebt er die rechte Hand und legt sie an meine Wange. Genau in diesem Moment löst die Kamera aus.

16

Jetzt

Irgendjemand muss den Synapsen in meinem Kopf dringend eine Kalender-App installieren. Sie haben nicht mitbekommen, welches Jahr wir haben. Immer wieder verschwimmen die Bilder vor meinem inneren Auge, und ich sehe Chris nicht in Jeans und T-Shirt am Spielfeldrand, sondern verschwitzt im Trikot über den Rasen laufen. Und das, obwohl die Spieler wesentlich jünger sind als Chris damals, und er …

Ich hätte es nicht für möglich gehalten, aber am Spielfeldrand sieht er sogar noch besser aus als auf dem Platz. Er hält die Arme lässig verschränkt vor der Brust, blinzelt leicht gegen die Sonne und beobachtet jeden Schritt der Jungs. Die letzten Sekunden des Spiels laufen, Werne ist mit einem Tor in Führung, und ich genieße den Anblick von meiner unbequemen Sitzschale aus.

Seit wir uns Dienstagabend getrennt haben, war ich fast besessen von dem Gedanken, dass irgendwas schieflaufen würde. Denn am Mittwoch ist mir aufgefallen, dass wir dummerweise vergessen haben, Handynummern zu tauschen. Am Donnerstagabend hatte ich leichte Kopfschmerzen, und am Freitag hatte ich mich erfolgreich davon überzeugt, dass entweder er oder ich gegen frühen Abend an einer nicht diagnostizierten Hirnverletzung versterben würden.

Es ist verrückt. Elf Jahre habe ich ihn nicht gesehen. Aber seit Dienstag kann ich mir nicht mehr vorstellen, wie das funktioniert hat.

Es ist die Art und Weise, wie er mich ansieht. Das stumme Verstehen, das man nur mit Menschen teilt, die einen bereits kannten, bevor man sich selbst kannte. Diese Version von mir, die er kennt, und die Art, wie ich mich durch seine Augen sehen darf – ich will mehr davon.

Ein schriller Pfiff reißt mich aus meinen Gedanken. Das Spiel ist vorbei. Werne hat gewonnen, und die Mannschaft schart sich um Chris, um sich von ihm abklatschen zu lassen. Ich stehe auf und gehe an den spärlich besetzten Reihen vorbei nach vorne, bis ich direkt an der Metallstange stehe, die das Feld von den Tribünen trennt.

Chris fängt meinen Blick über die Köpfe seines Teams hinweg auf und spiegelt mein Grinsen. Nachdem er dem letzten Spieler gratulierend auf die Schulter geklopft hat, schlendert er zu mir hinüber und lehnt sich neben mich an das Geländer.

»Du bist gekommen.«

»Du hast mich eingeladen.«

»Ich habe dich auch früher öfter eingeladen, aber du hast immer gesagt, Samstag ist nur einmal die Woche, und mir dann diesen Blick zugeworfen.« Chris zieht die Brauen hoch, senkt sein markantes Kinn und sieht mich an wie jemand, der gerade die Relativitätstheorie erklärt hat.

Ich werfe den Kopf in den Nacken und lache. Gott, ich war eine Bitch damals. »Ich bin aber trotzdem jedes Mal gekommen«, sage ich schließlich mit einem provozierenden Blick.

»Ja, bist du.« Ein leichtes Lächeln zupft an seinen Mundwinkeln. Sein Blick gleitet über meinen Körper hinweg, nimmt jedes Detail auf – von meinen Sneakers bis zu dem weißen engen T-Shirt, das sich angenehm an meinen Körper schmiegt, ohne einengend zu sein – und bleibt schließlich eine Sekunde zu lange an meinen Lippen hängen.

»Hast du Lust, einen Kaffee trinken zu gehen?«, frage ich.

Chris' Blick springt zurück zu meinen Augen. »Ich habe eine bessere Idee. Wenn du eine halbe Stunde warten kannst, bis ich die Nachbesprechung mit den Jungs gemacht habe?«

»Und, habe ich zu viel versprochen?«, fragt Chris grinsend, während er mit einer Hand durch den lockeren Sand streift, auf dem wir sitzen, und mit der anderen einen Schluck Bier aus seiner Flasche nimmt.

»Na ja, ehrlich gesagt schon!«, lache ich.

Mir wurde Urlaubsfeeling mit Sandstrand versprochen. Bekommen habe ich das Beachvolleyballfeld neben dem Fußballplatz und keinen Cocktail, sondern warmes Bier, das von der letzten Vereinsparty übrig geblieben ist. Aber Verzweifelte können nicht wählerisch sein. Mit viel Fantasie kann ich das Brummen der Schnellstraße hinter dem Bahndamm vielleicht als Wellenrauschen auslegen.

Chris und ich lehnen nebeneinander an einer der Stangen, die das Volleyballnetz halten, und lassen unsere Blicke von dieser leichten Anhöhe aus über die grünen Wiesen und Bäume des Sportkomplexes schweifen. Früher waren wir oft hier. Das Beachfeld war einer der unausgesprochenen Treffpunkte für sonnige Nachmittage oder spontane »Strandpartys«. Irgendwer war immer da, irgendwer hatte auch immer einen Ball. Ich weiß nicht, ob die irgendwo neben dem Feld einfach aus dem Boden gewachsen sind wie Osterglocken, jedenfalls hatte sogar ich irgendwann einen Volleyball zu Hause, dessen genaue Herkunft bis heute ungeklärt ist. Laut der Edding-Aufschrift gehörte er einem Hendrik. Ich kannte nie einen Hendrik. Und ich war sowieso selten wegen der sportlichen Betätigung am Feld, sondern wegen der Atmosphäre. Es hatte etwas Beruhigendes zu wissen, dass man zu jedem Zeitpunkt einfach herkommen und das Gefühl von Gemeinschaft und einem gut platzierten Schmetterball im Gesicht genießen konnte.

»Wer hätte gedacht, dass wir heute hier sitzen?«, frage ich und nehme einen kleinen Schluck Bier, der so warm und schal ist, dass er die Speiseröhre runterfließt, ohne dass ich schlucken muss.

»Dass ich hier sitze, kam mir relativ wahrscheinlich vor, aber ich hätte nicht gedacht, dass ich dabei Gesellschaft habe«, sagt Chris sanft.

Auch wenn wir uns nicht ansehen, sitzen wir so eng beieinander, dass sein Arm direkt an meinem liegt. Die feinen Härchen auf meiner Haut stellen sich auf.

»Am Beachfeld bleibt man nie lange allein.«

»Stimmt.« Chris' Rückenmuskeln spannen sich an, als er sich leicht zurechtsetzt.

»Darf ich dich etwas fragen?« Ich rücke ein Stück von der Stange weg, damit ich ihm ins Gesicht sehen kann.

Chris mustert mich eine Sekunde und nickt.

»Damals, als wir Abi gemacht haben ... ich hatte das Gefühl, dass du es noch eiliger hattest, von hier wegzukommen, als ich«, ich blinzele kurz, denn auch nach all den Jahren tut die Erinnerung daran noch weh. »Du warst immer so ... rastlos und abenteuerhungrig.«

Trotz der knallenden Sonne legt sich ein Schatten über Chris' Gesicht.

»Was ist passiert?«, frage ich.

»Das habe ich dir doch schon gesagt. Meine Ehe war vorbei. Ich war unglücklich in meinem Job.«

»Aber du hättest sonst wohin gehen können. Du hast Eventmanagement studiert, richtig? Events gibt es überall. Du hättest sogar in Frankfurt bleiben können. Warum ausgerechnet hierhin?«

Sein Blick wird durchdringend. »Fragst du mich, oder fragst du dich?«

Ich schlucke. »Etwas von beidem, wenn ich ehrlich bin.«

Er mustert mich einige Atemzüge lang, bis ich nicht mehr damit rechne, noch eine Antwort zu bekommen.

»Ich ...«, Chris nimmt einen langsamen Schluck aus seiner Flasche und zieht die Beine an, »wollte nicht mehr weglaufen.«

Eine leise Erinnerung klingelt in meinem Kopf. Wer hat noch mal vor Kurzem über das Weglaufen mit mir gesprochen? Thorsten, Elisa ... ich komme nicht ganz drauf.

»Man läuft doch nicht gleich weg, nur weil man etwas anderes macht«, sage ich.

»Du vielleicht nicht.«

Ich lasse ein wenig Sand durch meine Hand rieseln. »Also sind diese ganzen Reisen vorbei. Dein Hunger nach Abenteuer ist weg?«

»Ich glaube nicht, dass ich all meine Reisen und Abenteuer überhaupt so richtig genießen konnte, während sie stattgefunden haben«, sagt Chris mit einem wehmütigen Lächeln. »Also vermutlich ist die Antwort: Nein, mein Hunger danach ist nicht gestillt. Aber es müsste anders sein als bisher.«

»Inwiefern anders?«

Er wirft mir einen langen Blick zu. »Ich bräuchte einen Ort, an den ich zurückkehren kann. Einen Grund zurückzukehren. Damit ich nicht verloren gehe.«

Meine Mundhöhle wird trocken. Du hättest auch damals einen Grund haben können, möchte ich ihm ins Gesicht schreien. Wenn du dich nicht von ihm abgewendet hättest. Aber ich beherrsche mich. Denn den endgültigen Todesstoß habe *ich* unserer Beziehung verpasst.

»Einen Ort wie Werne?«, frage ich deshalb und lege triefende Ironie in meine Stimme.

»Vielleicht.« Der entfernte Schmerz kehrt in sein Gesicht

zurück. Nicht so überwältigend wie am Dienstag, aber vorhanden. Als hätte er sich dieses Mal drauf vorbereiten können. »Wenn ich nicht zu viele Fehler gemacht habe, als ich gegangen bin.«

Redet er von uns? Davon, dass er gesagt hat, dass er mich liebt, nur um sich dann von mir abzuwenden? Dabei war ich diejenige, die kurz vor dem Abi alles ruiniert hat. Die sich bewusst entschieden hat, alles und jeden zurückzulassen. Auch Chris. Vor allem Chris. Weil die Alternative gewesen wäre, ihn einzusperren. Ihm die Freiheit zu nehmen, für die er gelebt hat. Das passiert, wenn man Menschen in die eigenen Pläne integriert. Man ist gezwungen, sie anzupassen. Und ich will nichts anpassen. Was ich will, ist noch einmal dieses Kribbeln. Dieses einmalige Gefühl …

Ich rücke ein Stück an ihn heran und nehme ihm die mittlerweile leere Bierflasche aus der Hand, die er immer noch krampfhaft umklammert hält. Als würden seine Hände nach einem neuen Halt suchen, greift er stattdessen nach meinem Handgelenk. Eine zarte Berührung, fast flüchtig. Wie eine Frage.

»Und jetzt?«, frage ich leise. »Versuchst du, die Fehler wiedergutzumachen?«

Chris hebt den Kopf. Sein Gesicht nur Zentimeter von meinem entfernt. Mein Herz stolpert ein paarmal und verliert seinen Rhythmus dann komplett.

»Ich arbeite daran. Jeden Tag ein bisschen mutiger zu sein als am Tag davor.«

»Mutiger?«, hauche ich.

Chris senkt den Kopf. Nicht wirklich ein Nicken, sondern nur ein Eingeständnis. Eine blonde Haarsträhne fällt ihm über die Augen und bleibt an seinen Wimpern hängen.

»Es braucht eine Menge Mut, sich seiner Vergangenheit zu stellen«, raunt er.

Die aufgeheizte Luft zwischen uns scheint zu knistern. Es ist kaum noch genug Sauerstoff da, um zu atmen. Entweder das, oder ich habe vergessen, wie das geht. Chris' Finger streichen mir übers Handgelenk. Seine Lippen öffnen sich leicht, und ich bin so nah vor ihm, dass ich die feinen Linien darauf erkennen kann, die blonden Barthaare, die seinen Mund einrahmen. Aber ich wäre ihm gerne noch näher. Nur ein wenig. Ich neige mich vor. Nur ein paar Millimeter.

In dem Moment klingelt mein Handy.

Chris weicht zurück, als hätte er sich verbrannt. Er lässt von meiner Hand ab, die auf den Sand klatscht wie eine nasse Forelle.

Fuck. Fuck! Irritiert streiche ich mir den Pony aus der Stirn. Wer trägt mit 30 noch Pony?! Wie dumm kann man eigentlich sein? Und wo zur Hölle ist dieser kleine digitale Keuschheitsgürtel! Mist, ich fühle mich betrunken. Bin ich betrunken?! Mein Bier ist noch halb voll, aber wir sitzen in der prallen Mittagssonne, und ich hatte nur ein halbes Brot heute Morgen.

Mit zittrigen Fingern ziehe ich das Handy aus meiner Handtasche und starre ungläubig auf den Namen.

17

Ich hoffe inständig, dass ich nicht so irre aussehe, wie ich mich fühle. Denn ich fühle mich folgendermaßen: ekstatisch, aufgeladen, enttäuscht, unbefriedigt, aufgeregt, wie eine Ameise, wie eine Löwin, unsicher, mies, schlecht, wie eine Betrügerin, wie eine Heldin, und so gut und frei und wild.

Wenn ich also nur ansatzweise so aussehe, wie ich mich fühle, gehöre ich in ein Salvador-Dalí-Gemälde und nicht auf ein Fahrrad.

Fünf Tage! Sie lässt sich fünf Tage Zeit, um mir zu antworten, und wählt dann ausgerechnet exakt *diesen* Zeitpunkt?! Und die Antwort war nicht einmal besonders freundlich. Alles, was Mara mir im heißesten Moment der letzten sechs Monate zu sagen hatte, war:

Ich hätte gleich Zeit für einen Kaffee.

Nach dieser Nachricht war der Zauber zwischen Chris und mir nicht nur gebrochen. Es fühlte sich an, wie ertappt und mit Macht zurück in die Realität gerissen zu werden. Wie zwei World-of-Warcraft-Spieler, die wochenlang im Spiel versunken waren, nur um dann einen netten Brief vom Finanzamt zu bekommen, der ihnen mitteilt, dass ihre Wohnung ihnen unterm Hintern weggepfändet wird, da sie leider die Mietzahlungen vergessen haben.

Ich wusste nicht, was ich sagen sollte. Zuerst war da nur Wut über den verpatzten Moment. Dann kam mein schlechtes Gewissen dazu, im Schlepptau eintausend Fragen. An ihn, genauso wie an mich: Was ist das hier? Nur eine Erinnerung daran, wie wir mal waren? Knistert es zwischen uns, weil wir vor Ewigkeiten mal zusammen waren? So wie Muskelerinnerung im Körper? Oder ist das hier real? Und wenn es nur Erinnerungen sind, warum fühlt es sich diesmal anders an? Erinnerungen wären besser. Wegen Erinnerungen bin ich hier. Und wenn ich genug davon habe, werde ich wieder gehen. Diesmal werde ich niemanden in meine Pläne integrieren. Mich von niemandem zurückhalten lassen.

Aber ich konnte Chris wohl kaum den Arm tätscheln und sagen: »Ja, cool, jetzt, wo das aus dem Weg ist. Ich habe da noch einen Halb-vielleicht-Freund in Hamburg. Und übrigens, von welchen Fehlern hast du eigentlich gerade gesprochen? Lass uns doch noch mal ganz kurz darauf zurückkommen. Es gibt da auch noch eine Menge Dinge, die ich dir sagen sollte, aber du weißt ja, wie es ist. Man kommt da immer so schnell von ab. Noch ein Bier?«

Also habe ich stattdessen etwas sehr Erwachsenes getan: Gekichert wie der Joker, mir seine Nummer geben lassen und dann gesagt, ich müsse jetzt Kaffee trinken. Und Chris wirkte … ich zucke zusammen, als ein Bild seines Gesichtsausdrucks vor meinem inneren Auge aufblitzt. Erleichtert. Er wirkte erleichtert.

Mara hat mir ihre Adresse getextet, nachdem ich gefragt habe, wo wir uns treffen sollen. Anscheinend wohnt sie in einem der Neubaugebiete, die rund um den Stadtkern in immer größerer Rasanz aus dem Boden schießen. Bei dem Gedanken daran, dass genauso eins bald auch unseren Hof vom Erdboden putzen wird, wenn ich nichts unternehme, verkrampfen sich meine Eingeweide. Nein, ich kann mich nicht damit abfinden. Und je mehr ich Papa und Mama in den letzten Tagen beobachtet habe, desto weniger glaube ich, dass sie es können. Es ist die Art und Weise, wie Papa durch die Räume und über den Hof geht, als würde er sich jede Einzelheit genau einprägen. Und dass Sibylle eben nicht vor Tatendrang und Neugier sprüht wie sonst. Normalerweise wirft sie Ballast ab wie ein kaukasischer Schäferhund sein Winterfell und wendet sich neuen Dingen zu. Wenn sie mit einer Sache fertig ist, ist sie fertig damit. Was eigentlich nur den Schluss zulässt, dass sie mit dieser Sache eben nicht fertig ist. Es muss ihr nur jemand zeigen.

Am Ende einer kleinen Gasse bremse ich ab und komme vor einer Doppelhaushälfte mit weißem Putz zum Stehen. Die Fenster werden von blauen Rahmen geziert. In der Einfahrt vor der ebenfalls königsblau gestrichenen Garage steht ein silberner Hybridwagen, dessen Vorstadthöllen-Charme nur noch von den beiden Buchsbäumen neben der Haustür getoppt wird.

Mit großen Augen schaue ich mich um und gleiche die Adresse noch einmal mit Maras Text ab. Doch, hier bin ich richtig. Und trotzdem fühle ich mich falsch. Das ist die Art Haus, in der Eltern von Freunden wohnen. Nicht die Freunde selbst.

Natürlich weiß ich, dass Mara schon lange Mutter und verheiratet ist, und trotzdem hat sie in meiner Vorstellung noch in ihrem Kinderzimmer gewohnt. Ein Kind auf der Schlafcouch, das andere in einer umgebauten Schublade. Wenn ich mal wirklich drüber nachgedacht habe, ist mir natürlich bewusst gewesen, dass das Schwachsinn ist, aber trotzdem. Das hier ist ein Haus, an dem man vorbeifährt und sich vorstellt, wie der Vater samstags das Auto wäscht und die Mutter die kleine Luisa zum Klarinettenunterricht bringt. Und am allerwichtigsten, die Bewohner dieser Häuser sind älter als man selbst. Egal, ob man 16 oder 30 ist.

Ich fühle mich wie ein Brandfleck in dieser makellosen Wohnumgebung, während ich mein Fahrrad in der Einfahrt abstelle. Als könnten Annika und Beate von nebenan mir bereits an der Stirn ablesen, dass ich vor einer Viertelstunde fast meinen Ex-Freund geküsst hätte, und mir zur Strafe Hausarrest und Computerverbot verpassen.

Als ich den Finger auf die Klingel legen will, zögere ich noch einmal kurz. Anscheinend hat Mara den Nachnamen ihres Mannes angenommen. *Block*. Mara Block. Das klingt nicht einmal mehr nach meiner Freundin, sondern nach einer grauhaarigen Bibliothekarin mit einem grimmigen Zug um den Mund.

Mit einem mulmigen Gefühl drücke ich auf den Knopf.

Drei melodische Töne erklingen im Inneren. Ein paar Sekunden später wird die Tür geöffnet, und Erleichterung durchströmt mich. Mara sieht immer noch aus wie Mara. Genauso wie früher. Von den Sommersprossen bis hin zu den kakaofarbenen Locken hat sie sich fast nicht verändert. Nur die Begrüßung fällt anders aus als vor zehn Jahren.

»Freya.« Ihr Lächeln ist aufgesetzt und erreicht kaum die Augen. »Schön, dich zu sehen. Komm rein.« Als sie zur Seite tritt, um mich hineinzubitten, sind ihre Bewegungen steif und unsicher.

»Danke, schön, dass es so schnell geklappt hat.«

Der kleine Seitenhieb ist Absicht. Früher hätte sie darüber gelacht. Jetzt wird ihr angespanntes Lächeln nur noch eine Spur verkrampfter.

Mara führt mich durch einen kurzen Flur in ein geräumiges Wohn- und Esszimmer, in dem plüschige Teppiche in gedeckten Farben auf weißem Fliesenboden liegen. Die Couchlandschaft, auf der wir uns niederlassen, ist großzügig und modern, aber man sieht ihr an, dass hier Kinder leben. Überall liegen Dekodecken, und bunte Kissen versuchen, ein paar kleinere und größere Flecken auf dem dunkelgrauen Stoff zu verstecken.

Auf dem niedrigen Couchtisch stehen bereits Tassen und Servietten bereit. Mara gießt mir Kaffee aus einer lila Thermoskanne ein und schiebt eine Schale mit runden Keksen zu mir hinüber. Warum habe ich plötzlich das Gefühl, nicht bei einer alten Freundin, sondern bei Großtante Inge zum Kaffee zu sein?

»Schön hast du es hier«, sage ich und deute auf den großen hölzernen Esstisch am anderen Ende des Raums, der mich tatsächlich beeindruckt. Es ist genau die Art Tisch, die ich auch hätte, wenn ich nicht größtenteils bei IKEA einkaufen würde, sondern mir meine Einrichtung aus Instagram zusammenstellen könnte.

Mara folgt meinem Blick, als würde sie ihre Möbel selbst zum ersten Mal sehen, und nimmt einen Schluck aus ihrer Tasse. »Danke. Hat eine Weile gedauert, bis wir alles so hatten, wie wir es uns vorgestellt haben.«

Ich nicke verkrampft und hebe den Kaffeepott an meine Lippen. Verdammt, was ist los? Wieso ist es so … seltsam? Ich habe nicht erwartet, dass sie mir wie früher um den Hals fällt und mit einer geöffneten Flasche Asti und einem frischen Joint auf den Lippen fragt, ob ich ihr die Haare glätten kann. Aber Kaffee, Kekse und Keramik-Service?

»Wo sind denn alle? Deine … ähm Kinder und …?«

»Alex?« Mara zieht eine Augenbraue hoch.

»Genau, Alex«, ich nicke schnell.

»Emma ist bei meinem Vater, und Alex ist mit Matthis spazieren.«

Ich nicke und forme ein verstehendes »Ah« mit den Lippen. Und ich verstehe wirklich. Auch das, was sie nicht sagt. Sie hat einen Moment abgepasst, in dem sie allein zu Hause ist, um mich einzuladen. Sie will nicht, dass ich ihre Familie kennenlerne. Ich verstehe nur nicht, warum. Ich mag nicht der größte Fan von Kindern sein, aber ich hätte ihnen doch keinen nachhaltigen Schaden zugefügt.

»Wie alt sind sie jetzt?«

»Emma ist fünf und Matthis eineinhalb.«

Erneut ergehe ich mich in ausführlichem Nicken, leicht geweiteten Augen, die Verständnis vorgaukeln, bleibe stumm und sehe alles in allem vermutlich aus wie der Wackeldackel meiner Oma.

Mara wirft mir einen durchdringenden Blick zu, dann räuspert sie sich. »Freya, was genau wird das hier?«

Schnell stelle ich die Tasse ab, angesichts Maras scharfem Ton plötzlich unsicher, ob *sie mir* nicht nachhaltigen Schaden zufügen möchte. »Was? Darf ich mich nicht bei einer alten Freundin melden?«

»Du hast dich zehn Jahre nicht gemeldet. Es wirkte so, als ob du ganz gut ohne deine *alte* Freundin auskommst.«

Hilflos hebe ich die Hände. »Tut mir leid, aber du hast dich ja auch nicht bei mir gemeldet.«

Ich weiß, das ist unfair. Mara hat sich gemeldet. Damals, kurz nach dem Abi. Nicht am Anfang. Aber nach einer Weile hat sie versucht, den Kontakt wieder aufzunehmen. Sie hat angerufen und geschrieben. Aber ihre Nachrichten waren ... Ich weiß nicht, was ich damals erwartet habe. Mitgefühl nicht, denn dafür hätte ich ihr verraten müssen, was passiert war. Und das wusste niemand außer ... Niemand außer Jan. Es sei denn, er hat es ihr erzählt, und das war der Grund für Nachrichten, in denen nichts weiter stand als:

Feigling!

Ich hatte nicht die Kraft, mich dem zu stellen. Und jetzt ... wann verjähren negative Gefühle?

»Du hast recht.« Mara presst die Lippen zu einer dünnen

Linie zusammen und nickt. »Ich war nur überrascht von deiner Nachricht, das ist alles.« Sie stellt ihre Tasse zurück auf den Tisch und streicht mit den Händen unsichtbare Falten auf ihrer Stoffhose glatt.

Ein kleiner Teil von mir hatte gedacht, nein gehofft, dass wir schnell an damals anknüpfen können. Und dass ich ihr dann von Chris erzählen kann. So wie ich es früher immer getan habe. Aber das scheint mir gerade so unwahrscheinlich wie die Hoffnung, dass ich morgen aufwache und die kleine Speckrolle an meinem Bauch auf wundersame Weise hoch in meine Brüste gewandert ist.

Ich werfe meiner Freundin von früher einen langen Blick zu, während sie die Untersetzer auf ihrem Tisch zurechtrückt. Da ist immer noch so viel Vertrautes in der Art ihrer Bewegungen. Und trotzdem hat sie sich hier ein ganz anderes Leben aufgebaut. Ich reibe meine Lippen aneinander. Es pikst in meiner Brust. Eine Mischung aus Melancholie und Eifersucht.

»Erzähl mir von ihnen.«

Mara schaut fragend auf, und ich deute auf eins der vielen gerahmten Fotos an der Wand, die zwei pausbäckige gelockte Kinder zeigen. Dieses sieht aus, als wäre es im letzten Urlaub entstanden. Emma steht mit Schwimmflügeln und Schippe bewaffnet vor einem Gebilde, das weniger eine Sandburg als vielmehr ein Sandbunker ist. Ihr Bruder sitzt daneben und macht nicht den Eindruck, als wüsste er, worum es geht. Aber diese Locken – Maras Locken. Und diese Bäckchen. Ich kann nichts dafür, dass ich genetisch darauf programmiert bin, das irgendwie niedlich zu finden.

Mara lächelt, während sie meinem Blick folgt. »Matthis ist ein Traumkind. Wirklich. Wie aus dem Katalog. Hat nie gebrüllt und interessiert sich eigentlich nur für Essen, Schlafen und seltsamerweise Speedcore-Musik aus den frühen 90ern.«

Ich verschlucke mich am Kaffee.

Mara wirft mir ein gequältes Grinsen zu. »Ist wirklich so. Hat irgendwas mit den Bässen und Vibrationen zu tun, auf die Kinder unheimlich abfahren. Zumindest hoffe ich, dass es das ist und ich mir keinen kleinen Nachwuchs-Gabber geschaffen habe.«

»Wie lange habe ich dieses Wort nicht mehr gehört. Gabber.« Ich grinse.

Mara auch.

»Und Emma ist einfach … unzähmbar. Sie weiß genau, was sie will. Schon immer. Sie hatte sogar damals eine Lieblingsbrust. Hat die linke einfach ignoriert.«

»Frechheit«, murmele ich.

»Sie soll ein Jahr früher eingeschult werden als üblich, weil sie allen anderen Kindern schon so weit voraus ist.«

»Wow, du musst stolz sein.«

Mara nickt. »Ich würde mir Sorgen machen, aber egal, wo sie ist, Emma kommt überall klar.« Sie schießt einen schnellen Blick in meine Richtung. »Eigentlich ist sie wie du.«

Ich ziehe überrascht die Augenbrauen hoch. »Das nehme ich als Kompliment.«

Auch wenn ich nicht mehr das Gefühl habe, dass diese Attribute auf mich passen.

»Kannst du.«

Ich werfe meiner alten Freundin ein vorsichtiges Lächeln zu. Als sie es erwidert, fühlt es sich an wie der erste Steinschlag in der Glasscheibe, die uns trennt. Ich hoffe, dass sie Carglas nicht kennt.

»Und du und Alex?«, frage ich weiter.

»Wir haben uns an der Uni kennengelernt. Der Klassiker eigentlich. Direkt im dritten Semester.«

»Hast du … du wolltest BWL studieren, oder?«

Es fühlt sich komisch an, dass ich diese Dinge nicht weiß. Aber ganz vielleicht ist es nicht zu spät.

»Ja, habe ich auch.« Mara nickt, schenkt uns Kaffee nach und geht dann zu der kleinen Vitrine, um die Kekspackung zu holen. Ich habe gar nicht gemerkt, dass ich die dekorative Schale bereits von ihrem schokoladigen Inhalt befreit habe. Ganz nebenbei rückt Mara im Vorbeigehen eine Topfpflanze auf der Fensterbank zurecht. Je länger ich sie hier sehe, in ihrem Haus, desto weniger seltsam kommt es mir vor. Und desto trauriger bin ich, dass ich die letzten Jahre nicht da war, um die Evolution mitzubekommen. Hat Mara sich wirklich so stark verändert, oder fällt es mir nur auf, weil ich sie so lange nicht gesehen habe und nur das Bild vor meinem inneren Auge als Referenz hatte?

Statt das Schälchen aufzufüllen, drückt Mara mir die Tüte direkt in die Hand. Sie kennt mich also doch noch.

»Alex hat zeitgleich mit mir angefangen, aber wie du dir vorstellen kannst, waren wir recht viele.« Sie setzt sich wieder neben mich auf die Couch, ein Bein untergeschlagen, sodass wir uns besser ansehen können. »Deshalb habe ich ihn erst in einem Tutorium im zweiten Jahr kennengelernt. Es hat eigentlich sofort geklickt. Dass wir heiraten und zusammenziehen würden, war recht schnell klar. Nur Emma war eigentlich nicht so früh geplant. Aber als sie dann da war …« Ihre Augen leuchten vor Liebe, während sie die Decke neben sich glatt streicht, als wäre ihre Tochter gerade erst von dort hinuntergehüpft.

Mein Herz zittert ein wenig, und in meinem Hals bildet sich ein unangenehmer Klumpen. Nein. Nicht jetzt. Tapfer schlucke ich ihn hinunter und setze ein Lächeln auf, während Mara mir von den ersten Jahren mit Alex erzählt. Von der viel zu kleinen Wohnung, in der sie zuerst gewohnt haben. Und von Alex' Gewissenhaftigkeit und seinem Fleiß, der zu Beförderungen und dem ein oder anderen Bonus geführt hat. Von Emma, die schließlich vor eineinhalb Jahren, im zarten Alter von vier, postuliert hat, sie wäre jetzt bereit, ein eigenes Zimmer zu haben. Und davon, wie sie dann schließlich, kurz nach Matthis' Geburt, hier eingezogen sind. Ich leere die Kekspackung zusammen mit dem Kaffee und merke, dass ich mehr und mehr entspanne. Zum Schluss ist unser Gespräch fast so natürlich und flüssig wie zu Schulzeiten.

Als die Zeiger der Uhr sich langsam der vier nähern, macht Mara Anstalten aufzustehen. Ich verstehe den Wink mit dem Zaunpfahl.

»Sorry, dass ich so abrupt abbreche, aber ich muss Emma abholen.«

»Klar, verstehe ich«, versichere ich schnell und greife nach meiner Tasche.

An der Haustür bleibe ich unsicher stehen. Ich sehe in Maras Gesicht, dass sie mit derselben Frage ringt. Umarmen wir uns wie früher? Sind wir so weit? Geben wir uns die Hand? Soll ich winken?!

Dann gibt sie sich einen Ruck und drückt mich an sich.

»Das war schön«, sagt sie in meine Haare. »Ich bin froh, dass du dich gemeldet hast.«

»Ich auch, und es tut mir leid. Ich hätte unsere Freundschaft nicht einfach so aufgeben dürfen. Aber ich hatte das Gefühl, dass du mich gar nicht mehr dabeihaben wolltest. Ich meine, du hast dein Leben weitergelebt, Alex kennengelernt und ...«

»Und bin genau zu dem geworden, was du dir niemals vorstellen konntest. Hausfrau und Mutter.« Mara tritt zurück und mustert mich aufmerksam.

Ich schlucke. Noch vor einer Stunde waren das genau meine Gedanken. Aber jetzt? Ich habe das Glitzern in Maras Augen gesehen, wenn sie von ihren Kindern erzählt. Und wie sie so genau in dieses Haus, in diese nordisch gemütliche Einrichtung passt, wie sie früher in ihr Zimmer bei ihren Eltern gepasst hat. Sie sieht fantastisch aus und trotzdem noch genau wie damals. Und tief in mir drin weiß ich, dass sie auch noch genau wie früher ist, nur eben anders. Vielleicht kann ich ja diese neue Mara kennenlernen, wenn die alte gerade nicht zu sprechen ist? Nur weil ich mir nicht vorstellen kann, dieses Leben zu führen, heißt das ja nicht, dass es für alle anderen auch falsch ist. Ich kann mir auch nicht vorstellen, Ausgrabungsleiterin im Oman zu werden oder meine Fenster öfter als einmal im Jahr zu putzen, und trotzdem gibt es Menschen, die diese Dinge tun und sogar lieben.

»Du hast dich eben verändert. Aber das ist nicht besser oder schlechter. Ist einfach so. Und ich bin froh, dass es dir damit gut geht.« Hilflos zucke ich mit den Schultern, nicht sicher, ob das die richtigen Worte waren, um den Test zu bestehen, den Mara mir so offensichtlich gestellt hat.

Eine Sekunde lang bleiben ihre Gesichtszüge unbewegt. Dann lächelt sie. »Du hast dich auch verändert.«

Ich lege den Kopf schief.

»Zum ersten Mal, seit ich dich überhaupt kenne, hast du einfach nur zugehört und dich nach meinem Leben erkundigt, statt davon zu schwärmen, wie großartig deins ist.«

Ich knirsche mit den Zähnen. »Das liegt wohl vor allem daran, dass in meinem Leben momentan nichts großartig ist.«

Mara schüttelt den Kopf. »Hat dich früher auch nicht abgehalten.«

»Ach ja, einmal zurückgehen und alles anders machen können, oder?«

»Und den ganzen Scheiß noch mal erleben?!«

Mara und ich lächeln uns an. Kurz bevor ich bei meinem Fahrrad ankomme, ruft Mara: »Nächstes Mal Sekt und über Jungs reden?«

Mein Herz geht auf. Wenn sie wüsste, dass der Junge, über den ich dringend reden muss, derselbe ist wie vor elf Jahren.

18

11 Jahre früher (Chris)

»Kannst du bitte den Hund mitnehmen? Dein Vater braucht ein wenig Ruhe, und ich weiß nicht, was heute mit Oscar los ist.«

Er ist ein Welpe, das ist mit ihm los, hätte ich meiner Mutter am liebsten geantwortet. Stattdessen fange ich den rotbraunen Fellball ein und nehme seine Leine von der Garderobe. Vielleicht ist es gar nicht verkehrt, ihn dabeizuhaben. Freya ist dann immer ein wenig sanfter. Jeder ist sanfter, wenn ein Welpe dabei ist. Und egal, was meine Mutter sagt, ich weiß, dass es auch meinem Vater guttut, den Hund im Haus zu haben. Irgendetwas Lebendiges und Fröhliches, das zugegebenermaßen einige Tapeten und Schuhe zerstört hat, aber darüber wenigstens nicht im Selbstmitleid versinkt.

Als die Tür hinter mir ins Schloss gefallen ist, bleibe ich kurz stehen und atme tief durch. Immer häufiger habe ich in letzter Zeit das Gefühl, ein Gewicht abzustreifen, sobald ich aus dem Haus bin. Deswegen versuche ich auch, so viel Zeit wie irgend möglich woanders zu verbringen. Mit den Jungs vom Fußball oder mit Jan und den anderen aus der Schule.

Oscar zerrt an seiner Leine, während wir die fünfzehn Minuten Fußweg zum Bauernhof von Freyas Eltern antreten. Komplett unbeeindruckt von den Kommandos, die er in der Hundeschule so gut ausführt. Der kleine Penner. Ich ziehe ihn ran und wuschele ihm liebevoll über die samtweichen Ohren.

Mit wem ich in den letzten Wochen eher weniger Zeit verbracht habe, ist meine eigene Freundin. *Natürlich* hat sie es gemerkt. Und *natürlich* zieht sie die falschen Schlüsse, weil ich *natürlich* zu feige bin, es ihr zu erklären. Sie denkt, dass ich bereue, was ich ihr am Valentinstag gesagt habe. Und damit liegt sie nicht einmal komplett falsch. Aber ich bereue es nicht, weil es nicht stimmt. Sondern weil es nichts zur Sache tut, *dass* es stimmt. Dass ich sie liebe, wird nichts daran ändern, dass ich nicht mit ihr nach Hamburg gehe. Ich würde sie nur zurückhalten. Ich muss versuchen, es ihr zu erklären. Damit sie es hoffentlich versteht, auch wenn ich es nicht tue.

Ihre Mutter Sibylle öffnet mir in einem weißen wallenden Kleid die Tür. Ihre Haare werden von einem bunten Tuch zurückgehalten, das ihr seitlich bis auf die Hüften fällt. Dass Freya ihre Tochter ist, kann sie selbst mit sehr viel Mühe nicht verstecken. Dieselben Augen, die gleiche Haarfarbe, aber vor allem derselbe immer leicht ironische Zug um die Augen. Eine stumme Herausforderung, die zu jeder Zeit hinter der Oberfläche lauert.

»Chris! Freya hat gar nicht erzählt, dass ihr verabredet

seid«, sagt sie mit einem offenen Lächeln und stößt die Tür auf, um mich reinzulassen.

»Es ist auch eher ein Überraschungsbesuch.«

»Sie ist hinten und hilft Thomas beim Melken.«

Ich will gerade umkehren, als Sibylle den Kopf schüttelt. »Quatsch, ich hol sie gleich. Bleib erst einmal hier mit diesem entzückenden Geschöpf.« Sie beugt sich zu Oscar hinab, der sich vor Freude und Aufregung fast nass macht. Ob sie ihn auch noch entzückend findet, wenn er ihr das Tuch vom Kopf reißt? Ich kann in seinen Augen lesen, dass er angestrengt darüber nachdenkt, und ziehe ihn vorsichtshalber näher zu mir heran.

»Kann ich dir etwas anbieten? Tee? Ich probiere gerade diese neue Kräutermischung. Alles selbst angebaut.«

Eigentlich trinke ich Tee nur, wenn ich krank bin, aber nach einem Schnaps für die Nerven zu fragen wäre vermutlich unangemessen.

»Tee ist super«, sage ich lahm.

Sibylle nickt erfreut und winkt mich hinter sich in ihre gemütliche Küche. »Und, freust du dich auch schon auf die Uni? Freya redet von nichts anderem mehr. Man könnte meinen, wir foltern sie hier, so sehr sehnt sie sich danach, wegzukommen.«

Mein Herz krampft sich schmerzhaft zusammen. Letzte Woche hat Freya ihre Bewerbung zur Uni Hamburg geschickt. Woher ich das weiß? Weil sie denkt, wir hätten unsere Bewerbungen gemeinsam abgeschickt. Dabei war mein Brief »leider« falsch adressiert. Entweder sorgt er also gerade im Postamt für Verwirrung, oder er tingelt fröhlich durch die Weltgeschichte auf der Suche nach einem Max Mustermann. So oder so, an der Uni in Hamburg ist er garantiert nicht.

»Ja, ich freue mich auch wegzukommen«, murmele ich schließlich. Wenigstens bleibe ich ehrlich.

Sibylle füllt zwei Tassen mit einem Gebräu, das riecht, als solle man es eher trinken, wenn man unbedingt krank *werden möchte.*

»Ist es denn wirklich so schrecklich hier?«, fragt sie dann und setzt sich mir gegenüber an den Küchentisch. Oscar, der normalerweise keine Gelegenheit auslässt, um am Tisch zu betteln, hat sich ganz ruhig zu meinen Füßen eingerollt. Vermutlich war ihm der Geruch Warnung genug.

Ich rutsche unbehaglich hin und her und puste in den Tee, um Zeit zu schinden. »Nein, natürlich nicht. Aber Sie kennen das doch. Sie sind doch auch von Ihren Eltern weg und hierhergezogen.«

»Wie oft habe ich dir schon gesagt, du sollst mich Sibylle nennen. Und das ist was ganz anderes. Ich bin der Liebe wegen weggegangen. Aber ihr habt doch genau das schon gefunden.«

Ich bin sehr froh, dass ich noch keinen Schluck getrunken habe. Freya sagt immer, dass ihre Mutter unglaublich direkt und unangemessen ist. Schätze, sie hat genau solche Aussagen damit gemeint.

»Ach, na ja, jeder muss das machen, was er möchte. Solange ihr damit glücklich seid ... Was studierst du noch gleich?«

»Eventmanagement ... wenn ich angenommen werde«,

murmele ich in den Tee und weiche ihrem Blick aus. Das ist meine Strategie. Egal, was ich Freya heute sagen will, dass ich sie bezüglich der Uni angelogen habe, kann ich ihr einfach nicht gestehen. Das ist zu armselig, selbst für mich. Und da meine Noten seit letztem Jahr auf Talfahrt sind, ist es sogar gar nicht so unwahrscheinlich, dass die Uni mich tatsächlich abgelehnt hätte ... wenn ich mich denn beworben hätte ...

Sibylle mustert mich mit einem scharfen Blick über den Rand ihrer Tasse hinweg. Ich habe das Gefühl, dass sie viel mehr sieht, als ich bereit bin zu zeigen. Kurz wirkt es, als ob sie noch etwas sagen will. Dann schüttelt sie den Kopf und steht auf.

»Du kannst oben in Freyas Zimmer warten. Ich hole sie schnell. Lass den kleinen Schatz ruhig bei mir.« Sie streckt die Hand nach Oscars Leine aus und wartet, bis ich aufgestanden und vor ihr aus der Küche gegangen bin. In Gedanken verabschiede ich mich von ihrem Kopftuch und hoffe, sie hat ebenfalls damit abgeschlossen.

Es ist zwei oder drei Wochen her, seit ich das letzte Mal in Freyas Zimmer war. Ich fühle mich hier immer ein bisschen unbeholfen. Im Gegensatz zu meinem, das praktisch, zweckdienlich, aber mit Sicherheit nicht schön ist, ist hier einfach alles stylish und genau aufeinander abgestimmt. Ich weiß nicht, ob es ihr Hang zur Fotografie ist, aber Freya hat ein Auge für Design. Ihre Möbel sind fast durchgängig weiß und bilden einen scharfen Kontrast zum dunklen Holzboden. Nirgendwo fliegt ein Buch oder ein Kleid herum, alles ist an Ort und Stelle. Ich gehe rüber zu ihrem großen Bett und ...

Meine Luftröhre schnürt sich zu, als mein Blick auf die Wand oberhalb des Bettes fällt. Sie hat ein neues Foto gerahmt und aufgehängt. Neben den Fotografien vom Hof, ihren Eltern und einem der wenigen Porträts von ihr präsentiert sich das Foto, das sie am Valentinstag von uns gemacht hat. Mein Herz stolpert gleich mehrfach, als ich zurück in diesen Moment katapultiert werde.

Da hätte ich es ihr sagen sollen! Dass sie das Einzige ist, was mir Halt gibt, und dass ich genau deshalb wegmuss. Dass es zu viel und gleichzeitig zu wenig ist. Und dass sich beim Gedanken daran, die nächsten Jahre an einem Ort zu verbringen und unsere Zukunft gemeinsam zu planen, als ob es so etwas wie Planungssicherheit überhaupt gäbe, alle Organe in meinem Körper an einen neuen Ort schieben.

Aber dann hat sie die drei Wörter ausgesprochen, und für einen kurzen Moment habe ich geglaubt, dass ich es vielleicht doch kann. Diese kalte Angst, die mich nachts überfällt, zur Seite schieben und mich einmal verhalten wie ein *fucking* normaler Mensch.

»Was hältst du davon?«

Der Klang ihrer weichen Stimme lässt mich herumfahren. Freya steht grinsend im Türrahmen, die Haare zu einem hohen Pferdeschwanz gebunden und leicht gerötet im Gesicht. Verdammt, sie sieht fantastisch aus, selbst – oder gerade – wenn sie es nicht darauf anlegt.

»Ich weiß, das Licht ist nicht optimal, aber irgendwie ...

keine Ahnung, es hat Kraft, oder?«, sagt sie, während sie auf mich zukommt und mir einen Kuss auf die Lippen haucht.

Ja, es hat Kraft. Oder es absorbiert Kraft! Meine auf jeden Fall.

Freya greift nach meiner Hand und zieht mich mit sich auf ihr Bett. »Also, wie komme ich zu der Ehre deines Besuchs?«

Ich werfe einen letzten Blick zu dem schwarz-weißen Bild an der Wand. Genau wie mein beschissenes Leben. Alles schwarz oder weiß. Aber dann ist da dieser Ausdruck in ihren Augen. Genau der, mit dem sie mich jetzt ansieht. Vertrauen. Und das Versprechen, dass ich mich auf sie stützen kann, wenn ich selbst nicht stehen kann.

Ich wende meinen Blick wieder der realen Freya direkt vor mir zu. Vielleicht ist es besser, noch etwas zu warten.

19

Jetzt (Freya)

Ich komme mir vor wie auf einer Zeitreise, als ich mit dem Kuvert in der Hand aus dem Fotoladen trete. Deswegen habe ich analoges Fotografieren schon immer geliebt und tue es noch. Nichts geht über den Thrill, frisch entwickelte Fotos in den Händen zu halten. Außer vielleicht der Thrill, frisch entwickelte Fotos in den Händen zu halten, die man vor über zehn Jahren gemacht hat.

Vor ein paar Tagen habe ich beschlossen, meiner geliebten Kamera mal wieder ein Work-out zukommen zu lassen, und dabei durch Zufall gemerkt, dass noch ein verschossener Film im Inneren auf Wiederentdeckung gewartet hat. Zum Glück hatte er sich bereits aufgerollt, sonst wären die Fotos jetzt belichtet und hinüber.

Normalerweise hätte ich direkt im Laden überprüft, ob die Abzüge was geworden sind. So habe ich es früher immer gemacht, aber dieses Mal ... Ich habe keine Ahnung, was mich erwartet. Es ist anders, als alte Bilder im Fotoalbum, auf Facebook oder Instagram anzuschauen. Auch bei denen mag es Jahre her sein, dass ich sie gemacht oder gesehen habe, ich mag mich für manche (viele! Vor allem, die aus der Zeit, in der Kussmünder, Duckfaces und inflationärer Einsatz diverser Filter modern waren) heute schämen, aber ich kenne sie und kann mich darauf einstellen. Was hier im Umschlag auf mich wartet, ist eine komplette Blackbox. Und ich wollte nicht vor den Augen der Fotoladenmitarbeiterin plötzlich in hysterische Kiekser ausbrechen, beim Anblick eines breiten Haarreifs auf meinem Kopf oder einer Jeans, die es irgendwie in meine Stiefel geschafft hat. Oder bei Chris' Anblick ...

Unser Beinahe-Kuss ist mittlerweile auch beinahe eine Woche her. Es ist wirklich erstaunlich, wie schnell man sich wieder wie 18 fühlt, wenn man einfach dieselben Fehler noch mal macht. Mit der Ausnahme, dass es dank der modernen Technologie noch beschissener geworden ist. Damals hatten Handys wenigstens noch die Güte, einem nicht anzuzeigen, wenn der andere online ist. In dieser Woche konnte ich Chris' Handygewohnheiten hingegen so genau studieren, dass ich eine wissenschaftliche Arbeit darüber verfassen könnte. Er ist keine dieser Personen, die morgens als Erstes ihre Nachrichten checken. Meistens ist er gegen Mittag zum ersten Mal online, bleibt ein paar Minuten und ist dann wieder weg. Die Abende, das ist seine Zeit. Ich habe außerdem beweisen können, dass eine spezielle Sache auch bei modernen Smartphones unverändert geblieben ist: Ich kann den anderen nicht durch bloßes Anstarren des Displays und mit Gedankenkraft dazu bringen, mir zu schreiben.

Bis heute. Heute Mittag hat Chris mich gefragt, ob ich Lust habe, abends etwas mit ihm zu unternehmen. Ich habe sofort zugesagt. Wenigstens dieses Spielchen mit »Wer antwortet schneller?« habe ich wirklich hinter mir gelassen. Und, siehe da, anscheinend ist es bei ihm und dem Schreiben so wie bei mir und dem Wein: Hat man erst angefangen, kann man auch ganz gut weitermachen. Meine Mundwinkel rutschen ein gutes Stück nach oben, als ich an den Ort denke, den er für unser Date vorgeschlagen hat: das Naturschutzgebiet – unser alter Lieblingstreffpunkt. Warte! Habe ich Date gedacht?! Ich meine ... Verabredung ... Nein, das klingt, als wäre ich sechs. Egal. Ding! Unser Ding heute Abend. Eloquent wie ein Sargnagel.

Nachdem es die ganze Woche bewölkt war, ist der Frühsommer heute in seiner ganzen Pracht zurückgekehrt. Es ist diese seltsame Zeit des Jahres, in der die eine Hälfte der Menschen mit Mütze und Wintermantel und die andere mit Flip-Flops und Eis am Stiel herumläuft.

Während ich auf Mamas Fahrrad zurück zum Hof radele, spüre ich, wie die Sonne, die Aussicht auf Chris heute Abend und das gute Gefühl, das sich nach meinem Besuch bei Mara eingestellt hat, ungeahnte Level der Freude und Energie freischalten.

Ich habe keine Antworten auf all die Fragen, die ich nach unserem Nachmittag am Beachvolleyballfeld hatte. Aber brauche ich die unbedingt? Ich bin nach Werne gekommen, um mich noch einmal so zu fühlen, als ob meine großartige Zukunft noch vor mir liegt. Und genau das fühle ich. Es sind diese Momente, die am aufregendsten sind. Das ist das Gefühl, nach dem ich mich gesehnt habe; nach dem sich jeder sehnt, oder? Noch bin ich in Sicherheit, aber die Gefahr verführt mich, lange bevor ein Mensch es tut. Noch bin ich in ruhigen Gewässern, aber mein Blick liegt bereits auf dem Gewitter am Horizont. Das sind die Momente, in denen ich spüre, dass ich noch lebe. Es kribbelt und pulsiert in jeder Faser meines Körpers. So kraftvoll, dass das klägliche Geschöpf, das mein schlechtes Gewissen ist, fast nicht dagegen ankommt. Ich weiß, dass ich über Thorsten und mich nachdenken muss. Und dass ich Chris irgendwann davon erzählen sollte. Aber es ist ja nichts passiert zwischen uns. Deswegen mache ich mir über diese spezielle Gewitterwolke dann Gedanken, wenn der erste Blitz auf mich niederfährt. Vorausgesetzt, er verbrennt mich nicht direkt zu Asche.

Zurück auf dem Hof, gehe ich ohne Umwege in mein Zimmer, schmeiße meine schwarze Handtasche achtlos in eine Ecke, vor die immer noch gestapelten Kartons mit meiner gesamten Jugend, und werfe mich mit den Fotos auf den Futon. Fast ehrfürchtig löse ich den Klebeverschluss, ziehe die Aufnahmen heraus … und breche in schallendes Gelächter aus.

Direkt das erste Foto zeigt mich mit einer enormen Sonnenbrille auf der Nase, obwohl die Umgebung vermuten lässt, dass es bereits dunkel ist. Ich stolziere auf die Kamera zu, scheinbar ohne sie zu sehen, mein Gesicht leicht erhoben, während der Blitz Chris im Hintergrund beleuchtet, wie er mit beachtlicher Schieflage hinter mir hertaumelt. Die nächsten Bilder zeigen Mara, die aus mir nicht ersichtlichen Gründen einen karierten Hut trägt, der definitiv nicht ihr gehört, und der Kamera, und damit vermutlich mir, zuprostet, und ein paar meiner alten Mitschüler und Mitschülerinnen.

Das war in unserer Tenne, wird mir klar. Etwas schneller blättere ich durch die restlichen Fotos. Eine meiner letzten Scheunenpartys. Nein. *Die* letzte meiner Scheunenpartys! Mit einem Schlag ist meine gute Laune ausradiert. Das war kurz bevor sich alles geändert hat. Kaltes Unbehagen breitet sich in meinem Bauch aus. Plötzlich erinnere ich mich wieder genau an den Abend. Wie ich gespürt habe, dass etwas falsch ist, nicht passt. Wie die Katastrophe auf mich zurast und ich versucht habe, es mit genügend Drinks auszuradieren. Mein Herz beginnt schneller zu schlagen. Deshalb habe ich den Film nie entwickeln lassen! Ich *wollte* vergessen, dass die Aufnahmen existieren. Schnell schiebe ich die Fotos zusammen und drehe mich auf den Rücken.

In dem Moment klingelt mein Handy. Zu weggetreten, um auf die Nummer zu achten, hebe ich ab.

»Ja?«

»Freya?« Die weibliche Stimme kommt mir entfernt bekannt vor, ohne dass ich sie zuordnen könnte.

»Ja?«

»Ah, wie gut, dass ich dich erreiche. Und sorry schon mal für die Störung am Samstag, aber ich hatte beim Espresso vorhin diesen einzigartigen Einfall. Und wenn ich einen einzigartigen Einfall habe, muss er raus. Du kennst mich.«

Tu ich das?!

»Wer ist denn da?«, frage ich. Meine Stimme hört sich an, als hätte ich einen Geist gesehen.

»Oh, sorry, ich dachte, du hättest die Nummer gesehen. Hier ist Celine.«

Als ich nicht reagiere, fügt die Stimme fast beleidigt hinzu: »Von *Hamilton Hotels*?«

Ich stöhne innerlich auf. *Hamilton Hotels* ist ein alter Kunde von mir. Genauer gesagt ein Kunde der Agentur, bei deren mageren Gehaltschecks ich nicht länger bedacht werde. Ich bin selbst schuld. Ich habe meine Handynummer rausgeschleudert wie ein Losbudenverkäufer die Plastik-Trostpreise, als ich noch dachte, dass es mir in der Agentur irgendwas bringen würde, wenn meine Kunden mich jederzeit erreichen können und ich demnach immer zeitnah abliefere – auch wenn zeitnah 22 Uhr abends bedeutete.

Celine ist die Direktorin des *Hamilton* in Hamburg. Sie sieht aus, als hätte man die Maskenbildnerin von Daniela Katzenberger auf einen Golden Retriever losgelassen. Ein Hauch zu viel, ein Hauch zu freundlich, aber mit einer einnehmenden Mischung aus No-Bullshit-Attitüde und Glamour. Ihr Alter würde ich auf etwa 35 bis 65 schätzen. So in der Richtung. Wir haben uns letztes Jahr bei einem ihrer Events, für das ich die Kampagnen-Creatives erstellt hatte, besser kennengelernt.

»Celine, natürlich. Entschuldige, dass ich dich nicht sofort erkannt habe.«

Wieso bin ich noch nett zu ihr? Ich sollte eine schlechte Verbindung vortäuschen, in den Hörer pusten und auflegen. Aber leider mag ich Celine. Ich mochte sie, seit sie mich auf die Afterparty ebenjenes Events eingeladen hat und der Wein nicht nur gut, sondern auch kostenlos war. Dass sie meine Idee mit den bedruckten T-Shirts gekauft hat, war meiner Sympathie auch nicht abträglich.

»Ach, das macht doch nix. Wenn ich mir Namen merken könnte, wäre ich Lehrerin geworden. Haha, nur ein Scherz.« Sie räuspert sich. »Ich hasse Kinder. Und als Direktorin muss ich mir beschissen viele Namen merken.«

Okay, anscheinend ist Celine eine dieser Personen, die proportional zu den Gläsern Wein in meiner Blutbahn sympathischer werden. Blöd, dass ich gerade nüchtern bin.

»Was kann ich für dich tun, Celine? Und bevor du weitersprichst, ich sollte dir direkt sagen, dass ich nicht mehr …«

»Jaja, ich weiß, du bist nicht mehr bei *Firebrand*«, fällt sie mir ins Wort, und ich kann ihrer Stimme anhören, wie sie ungeduldig mit der Hand wedelt. »Deswegen rufe ich ja an. Die Kommunikation für unser nächstes Event ist ein Albtraum. Einfach ein Albtraum, sag ich dir. Sie haben diese *Neue* auf uns losgelassen.« Celine betont das Wort »Neue«, als wäre es ein Synonym für Milzbrand. »Timi oder Milli oder …«

»Mimi«, korrigiere ich, und Celine lässt ihr grölendes Lachen hören, das von vielen Gläsern Wein und mindestens ebenso vielen Zigaretten zeugt.

»Ich sag ja, Namen sind nicht mein Ding. Aber, du, ich sag dir ganz ehrlich, so wird das nix. Ich habe da diese total exklusive Veranstaltung in drei Monaten. Vier Top-Speaker aus ganz Deutschland, 250 Euro pro Ticket, Catering mit diesen kleinen Mini-Quiches, Champagner, das ganze Pipapo. Und Tilli …«

»Mimi«, werfe ich ein.

»Mini schlägt vor, über Influenza auf Tik Tak Toe zu werben.«

Ich brauche einen Moment, bis ich verstehe. »Über Influencer auf TikTok?«

»Ganz genau«, bestätigt Celine, als hätte sie genau das gesagt.

Ich beiße mir auf die Unterlippe, um ein Grinsen zu unterdrücken. Mimi tut mir leid. Celine tut mir leid. Ich bin mir sicher, beide wollen nur das Beste für dieses Event, aber das ist schwierig, wenn die beiden Verantwortlichen nicht dieselbe Sprache sprechen.

»Celine, du hast doch schon mal mit Influencern gearbeitet. Bei den Shirts, weißt du noch? Ich bin mir sicher, dass die Agentur auch diesmal das Beste für dich herausholen wird.«

»Das Beste haben sie schon herausgeholt. Das warst du.«

Ich setze mich ein wenig aufrechter hin. Ein winziges, stolzes Lächeln schleicht sich auf meine Lippen.

»Ich weiß nur, dass du immer verstanden hast, worum es mir geht und was ich brauche. Und diese Mimi versteht das nicht. Ich bin keine dieser Online-Unternehmerinnen, Freya. Ich arbeite mit Menschen zusammen, nicht mit irgendwelchen Zahlen oder Daten. Da können die mir noch so oft mit Reichweiten oder Conversion-Raten kommen. Am Ende zählt das face-to-face. Das ist seit 30 Jahren mein Business und wird es bleiben, bis ich mich zu den Kartoffeln lege.«

»Celine, ich weiß nicht genau, wobei ich dir helfen soll.

Neben der Tatsache, dass ich nicht mehr da arbeite, war ich nur Grafikerin, keine Projektmanagerin.«

»Und was bist du jetzt?«

Die Frage wirft mich aus der Bahn. »Ich … ähm … weiß nicht so genau«, sage ich leise und zupfe an der Bettdecke neben mir herum.

»Wie wäre es, wenn du meine neue Marketing-Managerin wärst?«

Meine Augen wachsen auf Diskus-Größe.

»Ich brauche jemanden, der in der Lage ist, Dinge so umzusetzen, wie ich sie mir vorstelle. Und wenn es die Person in der Agentur nicht mehr gibt, stelle ich sie eben selbst ein. Sag ich doch, einzigartig guter Einfall, oder?! Also, sagst du Ja, oder muss ich dir noch mehr Zucker in den Arsch blasen?«

Ich höre durch die Leitung, wie Celine sich eine Zigarette anzündet, und ertappe mich bei dem Gedanken, dass ich auch gerne eine hätte.

»Celine, ich bin Grafikerin. Ich bin keine …«

Schon fällt sie mir ins Wort. »Schwachsinn. Wenn ich immer geblieben wäre, was ich schon war, wäre ich heute nicht Hoteldirektorin, sondern Kellnerin in der *Fregatte 1*. Und die *Fregatte 1* hat schon vor zwanzig Jahren dichtgemacht. Irgendein Drogen-Skandal oder so was. War überall in den Zeitungen. Wundert mich nicht. Also, wenn ich Kellnerin in der *Fregatte 1* geblieben wäre und es die *Fregatte 1* nicht mehr gibt, was wäre ich dann, hm?«

»Ertrunken?«

Eine Sekunde bleibt es still. Dann wiehert Celine in den

Hörer, dass ich das Handy vom Ohr reißen muss, um nicht auf der Stelle einen Tinnitus zu kriegen.

»Siehst du, so was brauche ich. Echte Menschen. Mit Humor. Klasse. Einfach genial.«

Während Celine sich einem Hustenanfall widmet, der klingt, als ob ein halber Berg abgeht, taste ich mich an ihren Vorschlag heran und merke, wie meine Euphorie mit jeder Sekunde größer wird. Das ist es, oder? Mein Moment! Die Chance, auf die ich so sehr gehofft und gewartet habe. Aufregung rauscht durch mich hindurch und verbindet sich mit dem Stolz zu einer explosiven Mischung.

Mit einem Satz springe ich vom Futon und wische dabei die Fotos zur Seite. Ich wusste, dass es funktionieren würde. Kaum bin ich wieder in Werne, laufen die Dinge für mich. Ich habe endlich wieder ein Ziel vor Augen, eine Karriere. Ich muss nicht hierbleiben! Mein Plan von damals kann doch noch funktionieren. Keine gefeierte Fotografin vielleicht, aber Marketing-Managerin eines angesehenen Hotels!

Ich halte inne.

Könnte ich das? Ganz allein für das Marketing eines Hotels zuständig zu sein? Was passiert, wenn meine Kreativität auch voll ins Marketingleben einsteigt und ein Sabbatical nimmt? Oder – Gott bewahre – ich aus Versehen das Internet lösche?

Außerdem ... was passiert dann mit meinen Eltern? Mit dem Hof? Mit Chris? Und zu Mara habe ich gerade erst wieder einen Zugang gefunden.

»Wann müsste ich anfangen?« Ich versuche, meine Euphorie hinter einer Geschäftsfrauenstimme zu verbergen. »Und was würde ich überhaupt verdienen?«, füge ich in einem Nachsatz an, der das Image der toughen Business-Frau sofort wieder ruiniert. Eine toughe Business-Frau hätte einfach verlangt und nicht gefragt.

»Am liebsten gestern, Schätzchen. Und was immer du in der Agentur verdient hast, rechne 20 Prozent drauf.«

Leichter gesagt als getan. Es wäre einfacher, mit meinem Toyota auf eine Deep-Space-Mission zu gehen, als in meiner momentanen Verfassung einen korrekten Dreisatz zu berechnen. Aber 20 Prozent! Das klingt nach viel. Das ist gut! Das ist sicher gut!

Ich lasse meinen Blick durch mein altes Zimmer schweifen. Die Freya, die früher hier gelebt hat, hatte immer einen Plan und ein Ziel. Und sie ist dafür über Leichen gegangen. Ich schlucke hart.

»In vier Wochen?«, frage ich.

»Zwei!«

Die Freya, die jetzt in diesem Zimmer lebt, hatte viel zu lange keinen Plan. Und es fühlt sich gut an, wieder einen zu haben. Ich werde die Dinge hier – was auch immer das für Dinge sind – eben schneller erledigen müssen. Denn eigentlich habe ich mit diesem Anruf ja mein Ziel erreicht. Oder?

»Drei und 22 Prozent mehr.«

»Deal. Ich schicke dir den Vertrag per Post. Schick mir deine Adresse bei WhatsApp.«

Unsere Welt ist seltsam.

20

Eine weitere interessante Erkenntnis zu modernem Dating: Alles, was es braucht, um jemanden von einem nervenaufreibenden Date – ich meine Ding! – abzulenken, ist eine unerwartete Flut unangenehmer Erinnerungen, ausgelöst von zehn Jahre alten Fotografien, und eine hyperaktive, herrische Ex-Kundin, die mit einem Job lockt, der die eigene Kompetenz um zehn Stockwerke übersteigt. Das sollten sie in die Selbsthilfe-Rubrik der Yellow-Press aufnehmen und nicht so einen Blödsinn wie »mit Freundinnen telefonieren« oder »Joggen gehen«.

Um mich von meiner Ablenkung abzulenken, lege ich den neuen Film, den ich vorhin ebenfalls im Fotoladen gekauft habe, in meine Kamera und mache ein paar vorsichtige Schüsse von meinem alten Zimmer/Sibylles Yogaraum. Sofort durchströmt mich das vertraute Hochgefühl. Die Befriedigung, wenn der Auslöser klickt. Die Spannung, wie die Aufnahme wohl geworden ist. Ob ich einfangen konnte, was ich einfangen wollte. Ich gehe in die Hocke, husche durch den Raum und versinke in diesem Gefühl. Das Licht ist jetzt am frühen Nachmittag perfekt, nicht zu grell, aber hell genug, um das Gold der Deko-Elemente funkeln zu lassen und dem Holzboden eine fast schon schokosoßenähnliche Farbe zu verleihen.

Plötzlich ertappe ich mich bei dem Gedanken, wie schade es ist, dass ich nur die eine Hälfte des Raums ablichten kann, weil in der anderen mein Futon und die gestapelten Kartons residieren. Nicht nur auf den Fotos würde das die Stimmung ruinieren. Oder? Oder würde ihnen vielleicht gerade das das besondere Extra verleihen? Ich mache ein Foto, das den gesamten Raum einschließt. Später kann ich immer noch entscheiden, ob ich es behalte. Mit einem äußerst attraktiven Grunzen lasse ich die Kamera sinken und gehe nach unten. Ich brauche irgendwas mit vielen Kalorien und wenig Nährwert.

Der Kühlschrank enttäuscht – wie immer. In Hamburg enttäuscht er mich, weil er mir vor Augen führt, wie wenig ich mein Leben im Griff habe. Hier enttäuscht er mich, weil er mir vor Augen führt, dass es bei meinen Eltern genau umgekehrt ist. Man nehme einen Landwirt und eine Yogi und erhält samt und sonders Lebensmittel, die nicht einmal einen Nutri-Score haben, weil sie so frisch, unverpackt und knackig sind. Ich wette, wenn da ein Aufkleber drauf wäre, würde er in Technicolor-Grün pulsieren.

Da ich weder Lust habe, eine Paprika zu schneiden, noch an einer Aubergine zu nagen, entscheide ich mich schließlich für ein Glas Milch. Die Milch stammt von unseren Kühen, ebenfalls nicht verpackt, in einer der Glasflaschen, die ich noch von früher kenne. Die sämige Flüssigkeit, die ich mir langsam in ein Glas schütte, verhält sich zu Supermarkt-Milch wie eine Kartoffel zu Backofen-Pommes. Es ist kaum noch nachzuvollziehen, dass beide auf demselben Grundprodukt basieren.

Mhhh, ich setze ab und wische mir den kühlen Milchbart von der Oberlippe. In dem Moment kommt Sibylle rein, im Arm einen Strauß Gartenblumen, auf dem Kopf einen Strohhut. Als sie mich mit der Milch sieht, huscht ein kleines Lächeln über ihr Gesicht.

»Die hast du früher schon am liebsten getrunken. Wehe, ich habe versucht, dir H-Milch anzudrehen.«

Sie stellt sich an die Spüle und nimmt einen bunten Keramik-Becher aus dem Schrank, um ihn mit Wasser zu füllen. Möge mich der Blitz treffen, wenn sie den nicht selbst getöpfert hat.

»Auch ein Glas?«, frage ich.

»Gerne.«

Wir setzen uns gegenüber an den breiten Holztisch. Sibylle nimmt den Hut ab und wischt sich ein paar kleine Schweißtropfen von der Stirn. Der Sommer hat wirklich ein Comeback hingelegt, von dem manche 90er-Boybands nur träumen können.

»Und, hast du Pläne für heute Abend?«, fragt Sibylle beiläufig und nimmt einen großen Schluck Milch.

»Ich werde brav sein. Nein, du kennst die anderen Kinder eh nicht. Ich verspreche, dass ich nicht zu viel trinken werde«, necke ich und bin erleichtert, als Sibylle grinst und mir mit einem Augenzwinkern zeigt, dass sie den Witz verstanden hat.

»Es freut mich, dass du dich wohlfühlst.«

Ich nicke und drehe das Glas leicht zwischen meinen Händen. »Gibt es was Neues bezüglich … wegen des Hofs?«

Sie atmet schwer aus. »Nicht wirklich. Die Wohnungssuche zieht sich etwas, und es gibt viel Papierkram, Notariatstermine …«

Das muss für meine Mutter die Hölle sein. Ich meine, Notar und Papierkram – das sind zwei Dinge, die jedem normalen Menschen Zahnschmerzen bereiten. Aber Sibylle muss dieses Unbehagen tausendfach stärker spüren. Wie ein Hund im Parfümladen. Immerhin weiß ich aus erster Hand, dass sie ihre Steuerunterlagen in einem alten Schuhkarton sammelt.

Ich sollte das Thema ruhen lassen und die Entscheidung meiner Eltern akzeptieren.

Und deswegen tue ich natürlich das Gegenteil: »Aber ihr seid euch wirklich zu einhundert Prozent sicher? Es gibt nichts, das euch umstimmen könnte? Nicht einmal diese köstliche Milch?«

»Dich hat die Milch auch nicht überzeugt zu bleiben, oder?«

Ich winde mich auf meinem Stuhl und nippe an meinem Glas.

»Nein, wohl nicht«, antworte ich. »Aber …«

»Es ist, wie es ist, Freya. Deinem Vater wird der Hof und die Arbeit zu viel. Willst du den Milchbetrieb übernehmen?«

»Nein, aber es ist doch nicht nur der Hof als Arbeit. Es ist unser Zuhause!«

Mama wölbt eine Augenbraue. »Unser?«

»Unser, euer … du weißt, was ich meine.« Das ist vielleicht etwas viel verlangt. Ich weiß ja selbst nicht einmal, was ich meine.

Mit drei großen Schlucken leert sie ihr Glas und steht auf. »Genieß die Milch besser, solange es noch geht. Viel mehr kann ich dazu nicht sagen.«

Zwei Stunden später ist mein Haar perfekt und mein Herz schwer. Dabei dachte ich immer, Good-Hair-Days bedeuten auch automatisch gute Laune. Es ist wirklich auf nichts mehr Verlass. Ich habe den Nachmittag damit verbracht, den Hof zu fotografieren. Schätze mal, dass Fotos ein besseres Andenken abgeben als eine Flasche nicht pasteurisierter Milch.

Die Welt durch eine Kameralinse zu sehen bedeutet immer, die Welt in Fragmente aufzuteilen. Betonung und Bedeutung auf kleine Details zu legen und sie so noch mehr zum Strahlen zu bringen. Früher hat mir das einen Kick gegeben. Wie eine Perlentaucherin nach dem Besonderen im Gewöhnlichen zu suchen. Aber als ich vorhin über den Hof geschlendert bin und hier und da die Kamera gehoben habe, wusste ich nicht mehr, was genau ich fotografieren soll. Auf was ich den Fokus richten soll, wenn gefühlt alles wichtig ist. In der Tenne war es besonders schlimm. Jeder Quadratmeter birgt eine Erinnerung.

Es gibt Menschen, die mit verträumtem Gesicht sagen: »Wenn diese Mauern reden könnten, hätten sie eine Menge zu erzählen.« Ich würde sagen: »Wenn diese Mauern reden könnten, säße mindestens einer von uns im Knast, eine

Menge Beziehungen wären deutlich verkürzt worden, Maras Kinder hätten für immer ein anderes Bild von ihrer Mutter, und Sibylle hätte mich vermutlich zu einem Guru nach Indien geschickt, um mich von dunklen Pfaden abzubringen.«

Manchmal ist es besser, dass Mauern nicht reden können. Aber muss man sie deswegen gleich abreißen? Und was baut man dann an deren Stelle? Feta-Häuser?

Wenigstens sitzt mein Long-Bob. Ich seufze und werfe mir im Spiegelschrank einen letzten Blick zu. Nicht eine Welle, wo sie nicht hingehört. Selbst der Pony bildet einen perfekten Fächer und hat sich nicht zu einzelnen dicken Strähnen zusammengerottet wie ein paar Eierspätzle.

Während ich mich von Thomas und Sibylle verabschiede und in die schmeichelnde Abendsonne hinaustrete, spiele ich in Gedanken weiter mit der Idee, die mir während meiner Fotosession gekommen ist. Ich nehme Sibylles Rad von der Hauswand, wo ich es heute Nachmittag nur angelehnt habe, und schwinge mich hoch. Mit jeder Umdrehung der Pedale werde ich optimistischer. Wenn ich das richtig angehe, schlage ich zwei Fliegen mit einer Klappe. Ein Grinsen stielt sich auf mein Gesicht. Es kann klappen. Heute ist der Wendepunkt. Ich kann es fühlen. Nicht im Urin, wo Sibylle laut eigener Aussage anscheinend oft die Antworten auf Lebensfragen findet. Sondern in meinem Bauch. Er fühlt sich an wie nach einem besonders leckeren Ofenkäse. Warm, buttrig, zufrieden.

Ich sehe Chris schon von Weitem. Nicht schwierig, da er das einzige bewegliche Lebewesen weit und breit ist. Er steht am

Rand des Schotterwegs und sieht mir entgegen. Die orange Abendsonne strahlt so intensiv hinter seinem Rücken, als würde sie sich gegen ihr Schwinden wehren wollen. Alles ist in einen warmen Sepia-Filter getaucht. Die Gräser am Wegrand, die üppigen Wiesen und noch grünen Kornfelder. Ich komme mir vor wie in einem französischen Film, während ich auf Chris zuradele. Vor allem, als ich die Flasche Wein in seiner Hand und die rot karierte Decke in der anderen erspähe.

»Hey.« Ich bremse ab und springe vom Rad.

»Hey.«

Er beugt sich vor, und mein Herz setzt prompt einen Schlag aus, als ich an den Moment auf dem Beachvolleyballfeld erinnert werde. Seine Arme legen sich sanft um meine Taille. Nur eine Umarmung, beruhige ich mich und frage mich gleichzeitig, ob er mein pochendes Herz durch den dünnen Stoff des Sommerkleides spüren kann. Wenn ja, lässt er sich nichts anmerken. Im Gegenteil. Während ich das Fahrrad, so gut es geht, im Busch verstecke und ihm dann zu dem eingezäunten Naturschutzgebiet folge, starre ich auf seine angespannte Schulterpartie und die Hand, die die Weinflasche so fest umklammert, dass die Knöchel hell hervortreten. Er wirkt nervös, aber nicht auf dieselbe Art wie ich. Eher, als wäre er unterwegs zu einem wichtigen Vorstellungsgespräch. Das Flirren in meinem Magen nimmt auf unangenehme Art zu.

»Wie war deine Woche?« Chris hat den Zaun – immer noch ein einfacher Bauzaun – erreicht und hebt eins der

Glieder aus seinem Betonfuß. Sein Lächeln ist vorsichtig, zurückhaltend.

»Recht normal.« Ich zucke mit den Schultern. »Oder so normal es eben sein kann, wenn man mit Sibylle zusammenwohnt. Hab ich dir erzählt, dass sie mein altes Zimmer in einen Yogaraum für die ehemalige Belegschaft unserer Schule umfunktioniert hat? Frau Körber, Frau Sinnefeld … alle da.«

Das Schmunzeln auf Chris' Gesicht wird breiter. »Ich habe davon gehört. Scheint gut anzukommen in Werne.« Er schließt den Zaun und dreht sich zu mir herum. »Aber um deine Frage zu beantworten: Nein, das hast du mir noch nicht erzählt. Du hast mir allgemein noch nicht viel von dir erzählt.«

Er klingt locker und unbeschwert, aber meine Nackenmuskeln spannen sich trotzdem an. Soll das ein Vorwurf sein? Hintereinander schleichen wir durch den Wald, der in den letzten Jahren um einiges dichter geworden ist. Unter dem üppigen Blätterdach ist es kühl. Ein Schauer kriecht über meine Arme.

»Was möchtest du wissen?«, frage ich vorsichtig und gehe in Gedanken all die Themen durch, die heikel sind und die ich lieber für mich behalten würde: Was ich in Hamburg so gemacht habe, ob ich einen Freund habe, warum genau ich zurückgekommen bin, wie meine Pläne für die Zukunft aussehen, welchen Hobbys ich jetzt so nachgehe … hm, okay, da bleibt nicht viel … das Wetter und die aktuellen Fußballergebnisse sind ja auch spannend.

Gemeinsam treten wir aus dem schattigen Wald hervor

an das Seeufer. Sonnenstrahlen schimmern auf dem grünen Wasser. Ein paar Atemzüge lang bewegt sich keiner von uns. Jeder in seinen eigenen Gedanken und Erinnerungen versunken.

»Was möchtest du mir erzählen?« Chris' Blick bleibt auf die unergründliche Wasseroberfläche gerichtet. Das Grün des Sees ein müder Scherz im Vergleich zur intensiven Farbe seiner Iris. Als ich nicht antworte, wendet er sich ab, um die Decke auszubreiten und sich darauf niederzulassen. Dann klopft er neben sich und lächelt zu mir hoch. »Sorry, das klang ein bisschen creepy.«

Ich raffe mein Kleid und setze mich neben ihn. »Schon okay, als Mensch ohne Social Media bist du eindeutig im Nachteil, was das Ausspionieren alter Bekannter angeht.«

Chris' Grinsen wird schief. Er schraubt den Verschluss ab und hält mir die Weinflasche entgegen. »Ich habe vergessen, Gläser einzupacken.«

»Besser die Gläser als den Wein.« Ich nehme einen vorsichtigen Schluck und stelle mit Genugtuung fest, dass Chris sich auch bei der Wahl der Getränke weiterentwickelt hat. Kein Vergleich mehr zu dem süßen Kopfschmerz-Wein, den wir mit 18 getrunken haben.

»Also, was hast du in der letzten Woche so gemacht? Wie waren deine halbwegs normalen Tage mit deiner Mutter?« Chris nimmt mir die Flasche aus der Hand und gönnt sich ebenfalls einen Schluck. »Da, das klingt schon weniger mindgames-mäßig, oder?«

»Bedeutend besser«, ich nicke in gespielter Anerkennung. »Ich habe …«

Ja, was habe ich eigentlich gemacht? Seit ich in Werne bin, ist mein Leben irgendwie ... langsamer geworden. Nicht weniger spannend, ganz und gar nicht weniger spannend, aber ruhiger. In Hamburg war ich immer auf dem Sprung. Sobald ein Punkt auf der To-do abgehakt war, blinkte bereits der nächste. Ich bin durch mein Leben gedonnert wie auf Schienen, und je mehr ich darüber nachdenke, desto mehr glaube ich, dass ich vielleicht doch mal an den kleinen Bahnhöfen hätte anhalten sollen. Bahnhöfe, wie sie in Werne stehen.

»Ich habe mich mit Mara getroffen«, sage ich schließlich. »Sie hat jetzt Kinder, einen Mann und ein Haus. Habe nicht gefragt, aber ich bin mir ziemlich sicher, dass sie auch schon einen Baum gepflanzt hat. Sie wirkt, als ob sie ziemlich weit wäre mit den Dingen, die man als Erwachsene so tut. Oder gilt das mit Haus, Kind, Baum nur für Männer?« Ich fasele unzusammenhängendes Zeug, aber Chris versteht mich trotzdem.

»Verrückt, oder? Aber eigentlich, wenn es eine Person von früher gibt, von der ich auf jeden Fall gedacht hätte, dass sie uns in dem Punkt überholt, ist es Mara ... oder du. Ich schätze, eine ganze Zeit lang habe ich gedacht, du wärst diese Person.«

»Tut mir leid, dass ich enttäuschen muss.«

Ich greife nach der Weinflasche und streife dabei Chris' Hand. Das leise Rauschen des Windes, das Zwitschern der Vögel – alles wird eine Spur gedämpfter. Rückt weiter in den Hintergrund.

»Du enttäuschst nicht. Zumindest nicht mich.« Chris'

Stimme ist rau. Sein Blick findet meinen und hält ihn gefangen. Eine Sekunde, zwei. »Also, weißt du mittlerweile, wie lange du hierbleibst?«

Ich versuche zu schlucken, aber mein Mund ist ausgetrocknet. »Momentan gefällt es mir ganz gut hier«, sage ich ausweichend. Drei Wochen. Das ist alles, was mir noch bleibt, bevor meine neue Zukunft wartet.

»Es ist auf jeden Fall interessanter geworden«, murmelt er. Wie an einem unsichtbaren Faden geführt, beugt er seinen Oberkörper ein Stück weiter vor. Erst jetzt fällt mir auf, dass unsere Hände sich immer noch berühren. Herantastend und -fühlend lehne ich mich ebenfalls ein paar Grad in seine Richtung. Er weicht nicht zurück. Hält meinen Blick, meine Hand. Ich will meine Augen schließen und kann mich gleichzeitig nicht an ihm sattsehen. Deshalb erkenne ich auch genau den Moment, in dem sich etwas in seinem Blick verschiebt.

Er lässt die Weinflasche los und setzt sich ruckartig auf. Fühlt sich an wie eine Ohrfeige. Meine Hormone stampfen wütend auf den Boden. Mit zitternden Fingern umfasse ich die Flasche fester und rutsche ein Stück zur Seite. Das ist schon das zweite Mal! Die elektrisierende Spannung, die durch meinen Körper pulsiert, könnte eine Großstadt versorgen. Aufregung tauscht den Platz mit Wut. Es ist tatsächlich wie früher. Er weist mich ab, weist mich zurück.

Ich will gerade etwas sagen, irgendwas Dummes vermutlich, als mein Blick auf Chris' Gesicht fällt und ich den Mund wieder schließe. Da ist er wieder. Dieser Ausdruck von Schmerz und Reue. Seine Stirn liegt in Falten, seine

Schultern sind verspannt und hochgezogen. In seinem Schoß krampfen sich seine Hände ineinander.

»Tut mir leid«, presst er hervor und fährt sich mit einer Hand durch die Haare.

»Ist okay«, sage ich schwach und mit pochendem Herzen. Offensichtlich ist hier gar nichts okay. Wir sind so weit entfernt von okay, dass selbst Google Maps den kürzesten Weg nicht mehr berechnen kann.

»Nach unserem letzten Treffen ...« Er dreht den Kopf zu mir und wirft mir einen Blick zu, der deutlich macht, dass er auf die Nicht-Ganz-Kuss-Situation anspielt. »Ich will die Fehler von damals nicht wiederholen. Und ich glaube, ein großer Fehler war, dass wir nie wirklich gesprochen haben. Nicht«, er wendet sich wieder dem See zu, »über die wirklich wichtigen Dinge.«

Ich bin überrumpelt. Und verwirrt. Meine Finger zucken, als würden sie sich irgendwie beschäftigen wollen, wenn mein Mund schon absolut nutzlos in meinem Gesicht herumlungert. Natürlich haben wir damals nicht viel geredet, aber so ist das, wenn man jung und in der ersten Beziehung ist, oder? Es gibt so viel anderes zu tun. Wer will sich mit großartigen Gesprächen aufhalten?! Man ist zusammen, und dann ist man es nicht mehr, und niemand weiß genau, wie das eine oder das andere zustande gekommen ist.

Mein Blick tastet über Chris' weißes T-Shirt, das sich über seinen Rücken spannt. Die Beine angezogen, starrt er in die Ferne.

Aber jetzt ist es anders, merke ich plötzlich, und diese Erkenntnis lässt ein wenig von der zittrigen Nervosität aus meinem Körper weichen. Ich will wissen, was in ihm vorgeht. Was genau er zurückhält, das im Umkehrschluss auch ihn zurückhält. Ich will die Person sein, bei der er sich öffnen kann. »Lass mich den Spieß umdrehen: Was möchtest du mir erzählen?«, frage ich.

Chris wirft mir ein Lächeln zu, das halb gequält, halb amüsiert ist. Diesmal gebe ich dem Impuls sofort nach und greife nach seiner Hand. Und es ist komplett ohne Hintergedanken. Eigentlich ist es sogar ohne Vordergedanken. Einfach nur eine Geste, um ihm zu versichern, dass es okay ist. Ich nicke ihm zu.

»Hm, eigentlich wollte ich gar nichts sagen, aber … ich glaube, egal, wie das hier weitergeht. Ich schulde dir eine Erklärung«, beginnt er langsam, als würde er sich jedes Wort sorgsam zurechtlegen. »Ich weiß nicht genau, wie du darauf kommst, aber anscheinend denkst du, dass früher alles besser war.«

Ich will gerade nicken, als mir etwas auffällt. Früher wäre ich in dieser Situation eingeschnappt gewesen. Gekränkt von seiner Abweisung. Sicherlich nicht bereit, mir anzuhören, wieso genau Chris es vorzieht, mich nicht zu küssen.

»Für mich war es damals nicht wirklich besser. Ehrlich gesagt war vieles sogar ziemlich beschissen.«

Ich versuche, mich daran zu erinnern. Natürlich gab es Momente, die nicht großartig waren. Aber … das ist normal, wenn man ein Teenager ist, oder? Die Dinge wirken dramatischer. Eine verpasste Party wird zum Beginn des sozialen Abstiegs. Ein dummer Kommentar einer Mitschülerin führt zu einer Existenzkrise, die darin gipfelt, dass man sich fest vornimmt, nie wieder Schokolade zu essen und stattdessen von Kohl und Spinat zu leben. Ich dachte immer, dass wir ein relativ normales Maß an Drama und Verzweiflung erlebt haben. Zumindest bis kurz vor dem Abi. Aber das kann Chris nicht meinen. Er weiß nicht, was damals wirklich passiert ist.

»Damals habe ich nichts gesagt. Und … alles in allem lief das rückblickend gesehen nicht so gut für mich, deshalb …«

Er nimmt mir die Flasche aus der Hand und trinkt einen Schluck. »Ich habe es versaut, weil ich nicht ehrlich zu dir war. Oder weil ich … gewisse Dinge zurückgehalten habe. Vor dir. Vermutlich auch vor mir.«

Chris nickt, als würde er sich selbst in dem bestätigen, was er gerade sagt. In meinem Hals formt sich ein wachsender Kloß. Er muss aus der gesamten Feuchtigkeit in meinem Mund bestehen, denn der ist trocken wie ein zehn Jahre alter Laib Brot.

»Und das will ich nicht mehr. Was auch immer«, er deutet auf sich und mich, »das hier ist oder wird. Es muss anders laufen als damals.«

Eine unbestimmte Angst kriecht meinen Körper entlang. Für mich lief es die ganzen letzten zehn Jahre anders als damals. Beschissener.

Chris nimmt einen tiefen Atemzug. Ohne mich anzusehen, sagt er: »Kurz nachdem wir zusammengekommen sind, ein Jahr vor dem Abi, wurde bei meinem Vater Krebs diagnostiziert.«

Mein Körper wird starr. Ein ersticktes Geräusch hallt über den See, und erst nach ein paar Sekunden wird mir klar, dass es aus meinem Mund gekommen ist. »Chris ...«

Er schüttelt den Kopf. »Er wollte nicht, dass es sich herumspricht. Kein Mitleid oder ständige Nachfragen. Also haben meine Mutter und ich es für uns behalten.«

Ich wusste, dass Chris' Vater gestorben ist. Ungefähr ein halbes Jahr nach unserem Abi. Meine Mutter hat die Anzeige in der Zeitung gesehen und mich natürlich umgehend angerufen. Ganz genau erinnere ich mich an das kurze Aufflackern der Gefühle: Mitleid, Schock, Überraschung. Es kam plötzlich. Alle haben gedacht, es wäre ein Unfall gewesen. Ich erinnere mich an diese Gefühle ... und daran, dass sie fast sofort überdeckt worden sind. Von Taubheit. Von Widerwillen. Ich hatte mit Werne abgeschlossen, und auch wenn ich Chris schreiben wollte, ihm irgendwie sagen, dass es mir leidtut, es ging nicht. Meine eigenen Narben waren noch zu frisch.

Aber jetzt kann ich all das sagen, was ich damals nicht über mich bringen konnte: »Das muss ... ich kann mir gar nicht vorstellen ...«

Oder auch nicht. Jedes Wort scheint mir plötzlich unzulänglich. Ich hatte keine Ahnung. Wollte keine Ahnung haben. Und allein das vertreibt jegliche Wärme aus meinem Körper. Meine Hände werden kalt und steif.

»Das schlechte Gewissen hat meine Mutter zerfressen«, erzählt Chris leise. »All die Pläne, die meine Eltern immer wieder verschoben oder auf Eis gelegt haben, wegen des Geschäfts oder weil meine Mutter der Meinung war, die Zeit wäre noch nicht reif für dieses oder jenes. Es hat sie fertiggemacht, einzusehen, dass es für vieles davon plötzlich zu spät war. Die Prognosen waren nicht gut. Und ich«, er hebt eine Hand und legt sie an die Nasenwurzel, »ich war zu schwach.«

Erst als ich Blut schmecke, realisiere ich, wie fest ich mir auf die Lippen beiße. »Sag so was nicht. Du warst nicht schwach.«

Chris scheint mich nicht einmal zu hören. »Ich konnte es nicht ertragen. Wie es zu Hause war. Diese riesige Pestwolke aus Hoffnung und Verzweiflung und dieser beschissene bemühte Optimismus. Meinen Vater so zu sehen ... so ... ausgezehrt. Er hatte noch so viel vor, so viel geplant. Ich konnte einfach nicht ...«

Mein ganzer Körper kribbelt und ist trotzdem taub. Weil Chris' Schultern nach vorne gesunken sind. Weil ich nicht wusste, was er durchgemacht hat. Weil ich nicht für ihn da war. Weil ich das intensive Gefühl habe, dass ich damals mehr hätte hinterfragen sollen. Weil ich nicht einmal jetzt weiß, was ich sagen soll. Sagen kann. Vorsichtig lege ich eine Hand auf seinen Rücken und spüre die Hitze, die von seiner Haut abstrahlt.

»Es tut mir so leid.«

»Das war der Grund ...« Er schüttelt den Kopf, atmet durch und setzt sich auf, den Blick jetzt auf mich gerichtet. Meine Hand rutscht von seinem Schulterblatt. »Das war der Grund, warum ich wegmusste. Jedenfalls habe ich das damals gedacht. Ich wollte nichts hören von irgendwelchen Plänen für die Zukunft. Ich habe ja gesehen, wohin das führt. Dachte ich. Stattdessen habe ich also den genau anderen Weg eingeschlagen. Ich bin aus Werne weg, so bald wie möglich. Und ich konnte auch nicht … ich wollte dich nicht mit runterziehen. Dich zurückhalten oder so was. Du hattest deine Ziele so klar vor Augen, und ich hatte gar nichts. Keine Ahnung, keinen Plan, außer dieser Überzeugung, dass ich wegmuss. Ich habe dich angelogen, was die Unibewerbung angeht, damit du nicht meinetwegen zögerst. Und je näher das Abi kam, desto mehr habe ich … keine Ahnung, versucht, alle Verbindungen zu kappen, schätze ich.

Aber ich konnte danach nirgendwo richtig Fuß fassen. Ich bin von einem Ort zum nächsten, von einer beschissenen Beziehung in die nächste. Bis ich leer war. Gar nichts mehr gefühlt habe.«

Die Sonne ist so tief gesunken, dass sie genau in seinem Rücken steht und ich die Augen zusammenkneifen muss, um all die Gefühle zu sehen, die sich auf seinem Gesicht spiegeln.

»Mein Vater ist gestorben, als ich in Portugal war. Surfen.« Chris schnaubt und senkt den Blick. »Ich bin nicht einmal für seine Beerdigung zurückgekommen.«

Die Wucht seiner Worte sinkt in mir zu Boden wie Steine im Wasser. Wieso wusste ich das nicht? Er war mein Freund, wir haben so viel Zeit miteinander verbracht, und ich … hab … so etwas Monumentales nicht bemerkt? Ich denke an Thomas und Sibylle. Wenn einem von beiden etwas passiert wäre, hätte das mein ganzes Leben aus der Bahn geworfen. Und Chris, mein Chris, hat es nicht einmal jemandem erzählt? Die Steine in meinem Magen zerren an mir. Ich habe auch nicht nachgefragt, oder? Nein! Als Chris sich immer mehr von mir abgewandt hat, habe ich es einfach unter »vielleicht ist er eben doch ein Arschloch« verbucht.

»Du hattest Angst«, sage ich in die Stille hinein. »Du warst jung … Das ist doch verständlich.« Meine Stimme klingt rau und schwach. Genauso wie sich alles in mir anfühlt.

»Die Beerdigung meines Vaters, Freya! Fuck! Was für ein beschissener Mensch tut so was?! Und ich war keine neun Jahre alt, ich war 20.«

Er dreht den Kopf zur Seite, greift nach der Weinflasche, die ich schon fast vergessen hatte, und nimmt einen langen Schluck. »Ich war schwach, feige und egoistisch. Ich habe meinen Vater im Stich gelassen, meine Mutter und dich. Als mein Leben nach meiner Scheidung mal wieder kaputt vor mir lag, wurde mir klar, dass es so nicht weitergehen kann. Deswegen bin ich zurückgekommen. Um es irgendwie wiedergutzumachen.«

Ich schließe die Augen und drehe den Kopf zur Seite. Nicht, dass Chris mich ansehen würde, aber was sich auf meinem Gesicht spiegelt, würde ihm schon bei einem kurzen Blick auffallen. Um es wiedergutzumachen … Er trägt so viel Schuld in sich für etwas, das so lange her ist. Ich strecke die Hand nach seinem Kinn aus und drehe seinen Kopf langsam in meine Richtung. Zwinge ihn, mich anzusehen. Um in seine grünen Augen zu blicken und ihm so alles mitzuteilen, was ich mit Worten nicht ausdrücken kann. Immer noch nicht.

»Chris, es tut mir leid«, sage ich leise. »Es tut mir so leid.«

»Dir? Dir muss das nicht leidtun. Ich bin derjenige, der alles falsch gemacht hat.«

Ich schüttele den Kopf. »Du hättest nichts tun können. Ich bin mir sicher, dein Vater hätte nicht gewollt, dass du dich so fertigmachst.«

»Du bist dir sicher … Aber das kannst du nicht sein, oder? Und ich auch nicht, weil ich mir eben nie die Mühe gemacht habe, mit ihm darüber zu reden. Über irgendwas, nachdem die Diagnose kam.«

»Du standest unter Schock.«

»Dafür konnte ich mich aber noch ziemlich schnell bewegen … weit weg von ihm und meiner Mutter.«

In meinen Adern ist kein Blut mehr, sondern nur noch irgendeine seltsame Flüssigkeit, die brennt und ziept. Ich atme tief durch. »Wenn wir Angst haben, treffen wir nicht immer die besten Entscheidungen. Wir schließen Menschen aus, weil wir befürchten, dass sie uns nicht verstehen, uns verurteilen oder …«, verzweifelt suche ich nach den richtigen Worten. Aber ich befinde mich an einem Ort in meinem Inneren, den ich lange nicht betreten habe und den ich eigentlich nie wiedersehen wollte. »Manchmal ist es besser, etwas Abstand zwischen sich und eine Situation zu bringen. Manchmal sieht man dann klarer. Und natürlich ist das nicht die Reaktion, die wir in einer perfekten Welt, als perfekte Wesen, hätten. Aber das macht uns nicht zu schlechten Menschen. Nur zu Menschen.«

Sein Blick trifft mich mit einer Wucht, die neben meinem Herzen fast noch etwas anderes zum Zerspringen bringt. Etwas, das tief in mir schlummert. Weil Chris nicht der Einzige ist, der weggelaufen ist.

21

11 Jahre früher (Freya)

Es trifft sich ganz gut, dass der heutige Tag der einzige ist, an dem ich mit Tequila-Sombrero und Sonnenbrille zur Schule gehen kann, ohne komisch angeguckt zu werden. Oder der einzige Tag, an dem es mich zumindest nicht stört. Oder nicht so sehr wie denjenigen, der guckt. Denn der kriegt direkt eine Ladung aus meiner Wasserpistole ab. Und das ist an einem kühlen Apriltag vermutlich sogar noch unangenehmer als meine komplette Übermüdung. Mein Zustand ist der Party gestern zu verdanken, die bis in die frühen Morgenstunden ging und sich vorhin mit dem ersten Klopfer in der Aula nahtlos fortgesetzt hat. Ich beäuge meinen Plastik-Wasserwerfer. Ein Schwall davon in meinem Gesicht würde mich sicher wach machen. Eventuell würden sogar meine kolossalen Augenringe zusammenschrumpfen. Funktioniert bei Penissen ja auch.

»Freya, pass auf, du lässt total viele vorbei!«

Jan steht in einem schwarzen T-Shirt mit einem auf den Kopf gedrehten Puma-Logo und der Aufschrift *Koma* neben mir und lädt seine Supersoaker nach. Ich wünschte, ich würde meinen Kater genauso wenig spüren wie Jan die

Kälte. Wir wären das seltsamste Superhelden-Paar der Geschichte. Mit einem Seufzen wende ich den Lauf meiner Wasserpistole von meinem Gesicht ab. Bringt eh nix. Augenringe sind keine Penisse. Vermutlich besser so.

Auf Jans erneute Ermahnung hin wirbele ich herum und spritze einem Siebtklässler eine Ladung Wasser vor die Brust. Dann schlage ich in Jans zum High Five erhobene Hand ein.

Wir haben die ehrenvolle Abigag-Aufgabe, alle eintreffenden Schüler morgens am Gatter mit unseren Wasserpistolen zu begrüßen, aber ich bin nicht ganz bei der Sache. Nicht mal halb. Und das macht mich rasend. Immer wieder wandern meine Blicke zu Chris, der ein paar Meter weiter mit einigen anderen dieselbe Aufgabe wahrnimmt – nur mit etwas härterer Munition. Gerade lacht er über irgendeinen dummen Kommentar, eine Hand lässig in seiner Jeans, in der anderen die nächste Wasserbombe. Es ist dieses Lachen, das tief in meiner Brust sticht. Weil er es anscheinend jedem schenken kann außer mir.

Früher haben wir viel gelacht. Das ist vorbei. Schluss mit lustig. Ich weiß nicht, wann oder warum genau das aufgehört hat. Ob es an den drei Worten vom Valentinstag lag – die seitdem anscheinend auf eine längere Auslandsreise gegangen sind und hier in der Nähe nicht mehr gehört wurden – oder woran sonst. Ich weiß gar nichts. Nur dass ich mir gestern auf der Party schon »Chris' Freundin« auf die Stirn hätte tätowieren müssen, damit es irgendwer bemerkt. Mich eingeschlossen.

Heute sollte der schönste Tag meines Lebens werden.

Andere träumen von ihrer Hochzeit, ich habe 19 Jahre lang vom Abigag geträumt. Und er versaut es mir!

Wütend drehe ich mich um und treffe einen Zehntklässler zwischen die Augen. Er versucht, es cool zu nehmen, wischt sich lässig mit dem Ärmel über die Stirn, huscht dann aber um einiges schneller weiter.

»Ich muss auffüllen gehen«, sage ich zu Jan und deute auf meine Wasserpistole.

»Ich komme mit.«

Während wir über den Schulhof wandern, lasse ich meinen Blick zu dem gläsernen Gang zwischen Hauptgebäude und Neubau gleiten, in dem sich die ersten Schüler gerade durch circa 300 Luftballons wühlen.

»Ich hätte gedacht, dass es mehr Spaß machen würde«, murmele ich mehr zu mir selbst.

»Du bist übermüdet und verkatert. Wenn du diesen Schleier zerreißt, macht es tatsächlich Spaß.« Jan stößt mich leicht mit der Schulter an. »Komm schon, Thun. Cheer up!«

Mit einem schiefen Grinsen löse ich meinen Blick von den Ballons. So viel Arbeit. Ich habe in den letzten Tagen mehr Luftballons aufgepustet als ein durchschnittlicher Clown während seiner gesamten Karriere. Und wer kriegt den ganzen Spaß ab? Buchstäblich jeder außer uns. Andererseits, die haben ja auch noch ein paar Jahre Schule vor sich. Also ist es vielleicht ein fairer Ausgleich.

»Ich bin fertig damit«, schnaufe ich und drücke die Tür zu den Mädchen-Toiletten auf.

»Womit?«, fragt Jan, während er mir wie selbstverständlich folgt. Zu seiner Verteidigung muss man sagen, dass wirklich niemand diese Klos nutzt. Die CIA könnte eine Menge Miete sparen, wenn sie ihre Geheim-Standorte einfach in Schulhof-Toiletten aufziehen würde.

»Mit dem hier. Mit Werne. Schule. Mit allem.« Ich mache eine ausholende Geste.

»Mit Wenning?«

Mein Blick schnellt hoch. Jan hat sich neben mich an eins der Waschbecken gelehnt und wirft mir unter seinen dunklen Fransen einen bohrenden Blick zu.

»Wie meinst du das?« Scheinbar ahnungslos drehe ich den Wasserhahn auf und versuche, die riesige Wasserpistole irgendwie drunterzubugsieren.

»Ihr habt gestern nicht besonders ... glücklich gewirkt.«

»Ich weiß nicht, wovon du sprichst.«

Angst ist ein Hamster! Und in diesem Moment beißt er ein weiteres Stück aus meiner Magenwand. Trotzdem, das fehlt mir gerade noch. Meine Beziehungsprobleme vor Jan auszubreiten. Jan! Seit ich Chris aus dem Rennen genommen habe, ist er der größte Charmeur der gesamten Stufe. Er muss den Frauen nur eins seiner schiefen Lächeln zuwerfen, und die Höschen knallen so hart auf den Boden, dass sie Schlaglöcher hinterlassen.

»Ich spreche davon, Freya, dass Wenning sich gestern mit mir und den Jungs aus dem Leben geschossen hat, während du zehn Meter entfernt standest und versucht hast, ihn mit deinen Blicken zur spontanen Selbstentzündung zu bewegen.«

Ich presse die Lippen aufeinander und schraube den Verschluss der Pistole wieder zu. Der Tank ist nicht einmal halb voll.

»Hat er wenigstens ein wenig gequalmt?«, murmele ich schließlich und drehe mich um.

Jan zieht einen Mundwinkel hoch und schüttelt den Kopf. »Sorry.« Dann kramt er etwas aus seiner Hosentasche hervor. »Aber du könntest?«

Unschlüssig starre ich auf die zerknüllte Zigarettenschachtel in seiner Hand.

»Es kommen Tage, da wirst du dich nach der Zeit zurücksehnen, in der du heimlich auf dem Schulklo geraucht hast.«

Ach, warum zur Hölle nicht?! Bevor ich es mir anders überlegen kann, ziehe ich eine Kippe raus und lasse mir von Jan Feuer geben, bevor er sich selbst ebenfalls eine anzündet.

Es schmeckt widerlich. Aber auch verboten. Und deshalb doch gut. Vielleicht sollte man Rote Bete und Spinat für Minderjährige einfach verbieten. Ich wette, der Konsum würde exponenziell ansteigen. So geht gutes Marketing.

»Wenn uns einer erwischt, sind wir dran«, sage ich und lege den Kopf in den Nacken, bevor ich den Rauch langsam aus meinem Mund entweichen lasse.

»Ja? Was wollen sie machen? Uns von der Schule werfen?«

»Uns von den Abiklausuren ausschließen.«

»Gott, das wäre ja ein Traum. Wir sollten den ganzen Tag hierbleiben und rauchen. Irgendwann kommt sich einer, oder?«

Das Lachen bleibt mir im Hals stecken, als ich mich

am Rauch verschlucke. Wie kann man sich an etwas Gasförmigem verschlucken! Blitzschnell fahre ich herum und röchle über das Waschbecken. Erst als mein Hustenanfall abebbt, fühle ich Jans Hand auf meinem Rücken. Und auch die Nähe, die Hitze, die von ihm ausgeht, weil er direkt neben mir steht. Sanft klopft er mir zwischen die Schulterblätter. Dann streicht seine Hand etwas höher, verweilt in meinem Nacken. Zwei Finger schieben sich leicht in meinen Haaransatz. Ich krampfe die Hände um das Becken und wende den Kopf. Nur um ein paar Zentimeter. Gerade so viel, dass ich den Blick aus seinen Augen auffangen kann. Dunkel und intensiv. Wie alles an ihm. Seine Augen, seine Haare, seine Seele.

Energisch stoße ich mich ab und schmeiße die Kippe in das Becken.

»Das war eine beschissene Idee«, schleudere ich ihm entgegen. Dann reiße ich meine Wasserpistole von der Ablage und bin mit zwei Schritten an der Tür.

Ich laufe Chris direkt in die Arme. Anscheinend ist auch er gerade unterwegs, um seine Vorräte aufzufüllen. Ein leerer Eimer baumelt an seiner Hand.

»Hey«, sagt er und verlangsamt seine Schritte. Unschlüssig, ob er stehen bleiben oder weitergehen soll. Es ist das erste Mal, dass wir heute miteinander reden (die Stunden nach Mitternacht zähle ich nicht. Heute ist erst, *nachdem* ich geschlafen habe), und er *überlegt*, ob er mich begrüßen soll?!

Mein Blick springt zur Toilettentür, die hinter mir zugefallen ist. Keine Spur von Jan.

Ich sehe an Chris' wilden Locken vorbei und hoch zum Glasgang. Dann greife ich nach seiner Hand. »Komm mit!«

»Ähm, Freya, wohin …«

»Wir gehen jetzt Spaß haben!«

»Wir … ich … okay«, sagt Chris mit einer Resignation in der Stimme, die mich noch wütender macht.

Mit der Eleganz eines Rhinozeros stürme ich in unser Schulgebäude, hoch in den ersten Stock, durch die Verbindungstür und direkt hinein in den Glasgang und die Masse bunter Ballons. Sofort habe ich das Gefühl, jemand hätte meine Augäpfel mit Paintball-Kugeln beschossen. Die Ballons reichen bis weit über unsere Köpfe. Eine wirbelnde, bunte Welt. Wie aus einem Kindertraum. Ich sehe nicht, was vor mir liegt, nicht, was über mir ist. Nur Chris in meinem Rücken spüre ich genau. Fuck, es ist genauso wundervoll, wie ich es mir vorgestellt habe! Und ich bin nur wütend! In spätestens zwei Stunden werden die Ballons von den Fünftklässlern verschleppt oder von den »coolen« Zehntklässlern zertreten worden sein. Also, warum ihnen nicht ein wenig Arbeit abnehmen?

Ich pflücke einen Ballon aus der Masse und ramme meinen Fingernagel hinein. Es knallt. Genugtuung durchflutet mich. Sofort schnappe ich mir den nächsten. Und einen weiteren.

»Freya, was wird das hier?«

Chris versucht, nach meinen Handgelenken zu greifen, aber ich bin schneller.

»Ich habe Spaß, siehst du doch!«

»Sicher, dass es Spaß ist, was du hast, und kein Nervenzusammenbruch?«

Ich fahre herum. »Vielleicht. Vielleicht ist es auch das, Chris. Ich verstehe dich nicht. Du sagst mir, dass du mich liebst, und im nächsten Moment«, mein Fingernagel findet einen weiteren Ballon. »Puff! Bist du ein anderer Mensch. Distanziert.« Chris zuckt zusammen. »Kalt. Ich meine, was ist los?!«

»Nichts. Gar nichts ist los«, beteuert er und weicht meinem Blick aus.

»Ja, das merke ich. Seit zwei Monaten ist bei uns gar nichts mehr los. Willst du Schluss machen? Ist es das?«

Die Ballons um uns herum werden in schillernde Bewegung versetzt, als Chris unvermittelt einen Schritt auf mich zu macht. Diesmal fängt er meine Hände. »Natürlich will ich nicht mit dir Schluss machen. Du bist das einzig Gute in meinem Leben.«

»Du sagst diese Dinge, aber du benimmst dich nicht so.« Mein Brustkorb hebt und senkt sich wie der riesige Blasebalg, der er eigentlich ist. Trotzdem scheint nicht genug Sauerstoff bis in meine Blutbahn zu gelangen. »Und was soll das heißen, das ›einzig Gute‹? Wir stehen kurz vor dem Abi. Wir gehen nach Hamburg. Wir sind endlich frei. Wie kann das in deinen Augen nicht etwas Gutes sein?«

Chris beißt sich auf die Unterlippe. Sein Blick springt von mir zu den bunten Ballons um uns herum und wieder zurück. »Vielleicht hast du eine andere Vorstellung von dem, was gut ist.«

»Eine Karriere. Niemand mehr, der uns etwas vorschreibt.« Ich zucke mit den Schultern. »Weißt du, ich bin froh, wenn dieser ganze Scheiß hier vorbei ist und ich endlich weg bin. Egal, was mit dir ist!«

Bei meinen letzten Worten zuckt Chris zusammen, als hätte ich ihn geschlagen. Ein Teil von mir meint sie genauso. Ein anderer Teil von mir wünscht sich, dass er aufbegehrt. Mich zurückhält. Sich irgendwie wehrt. *Irgendetwas* tut.

Aber er schüttelt nur den Kopf. Schüttelt den Gesichtsausdruck ab. Schüttelt alles ab, was ich eben gesagt habe.

»Lass uns einfach den Tag heute genießen, ja?«

Dann beugt er sich hinab, haucht mir einen Kuss auf die Lippen und dreht sich weg. Eine Sekunde später ist er zwischen den Luftballons verschwunden. Ich habe das Gefühl, wenn ich jetzt meinen Edding zücken und ein Gesicht auf einen der Ballons malen würde, könnte ich mit dem ein ehrlicheres Gespräch führen.

22

Jetzt

Chris und ich waren schon immer unglaublich gut mit Blicken. Das klingt wie ein seltsames Talent, aber ich weiß nicht, wie ich es sonst beschreiben soll. Wir konnten uns seit jeher einfach ansehen. Durch die Iriden hindurch bis zu all den Dingen, die dahinterliegen. Und in diesem Moment, am See mit nichts außer dem Blätterrauschen im Hintergrund, liegt dahinter so viel Trauer und Reue.

Mir stockt der Atem. Ich lasse sein Kinn los, als er gleichzeitig nach meinen Händen greift.

»Ich weiß, dass ich dich damals von mir gestoßen habe. Du wolltest nach Hamburg, und ich habe dich glauben lassen, dass ich mit dir gehe, obwohl ich die ganze Zeit wusste, dass das nicht stimmt. Ich hätte dir die Wahrheit sagen sollen. Es wäre vermutlich sogar besser gewesen, mit dir Schluss zu machen, statt einfach … gar nichts zu tun und zu warten, bis mir diese Entscheidung abgenommen wird. Es tut mir leid.« Chris' Daumen malt kleine Kreise auf meine Hand. »Und ich will, dass du weißt, dass ich nicht sauer bin, wegen dem, was damals passiert ist. Dass du abgehauen bist und … egal.«

Ich weiß, dass er darauf wartet, dass ich anfange zu sprechen. Dass ich irgendetwas sage. Aber das Pochen meines Herzens dröhnt so laut in meinen Ohren, dass ich meine eigenen Gedanken kaum verstehen kann. Mein Blick fällt auf unsere Hände – meine locker in seinen. Die ganze Zeit, die ganzen Jahre hat er gedacht, es läge an ihm. Dass er unsere Trennung damals zu verantworten hat – ohne zu wissen, wie genau mein Beitrag zu diesem Desaster ausgesehen hat.

»Mir tut es auch leid. Vor allem das mit deinem Vater tut mir so unendlich leid, Chris. Ich hatte keine Ahnung.«

»Wie auch.« Sein Ton ist bitter.

Ich schaue ihn an. »Es gibt nichts zu verzeihen, falls du darauf wartest. Nicht von meiner Seite.«

Ein zaghaftes Lächeln versucht, sich um seine Mundwinkel zu formen. Wo vorher nur Traurigkeit in seinem Blick war, ist jetzt ein Funke Hoffnung. Und genau das bricht mir das Herz direkt noch einmal. Ich kann es ihm nicht sagen. Nicht alles. Nichts von dem, was damals wirklich passiert ist. Nicht die Stücke, die in seinem Puzzle fehlen. Was würde es auch bringen, diese spezielle Wunde weiter aufzureißen? Wer sich ein Bein bricht, zersägt ja auch nicht an Tag zwei den Gips und schaut, ob es so vielleicht besser heilt.

»Es gibt einige Dinge, die ich dir auch nicht direkt gesagt habe.«

Aber ich kann ihm den Rest erzählen. Zumindest das bin ich ihm schuldig.

Chris lässt meine Hände kurz los und greift nach der Flasche. »Dann bleibt jetzt nur noch die Frage: Brauche ich mehr hiervon oder du?«

Ich ziehe einen Mundwinkel hoch. »Ich schätze wir beide.«

»Ernsthaft. Es ist mir wichtig, dass wir offen über alles reden. Und … keine Ahnung. Erzähl mir einfach alles, was du loswerden willst, okay? Ich verspreche, dass ich nicht mehr der Typ von damals bin. Du musst nicht mehr für uns beide stark sein.«

Mein Kiefer sendet stechende Warnsignale, so fest beiße ich die Zähne aufeinander.

»Okay, also …« Wie war das noch mal mit der Satzbildung? Subjekt, Prädikat, Objekt? Objektiv? Prädikat: Schlechter Mensch?!

»Einfach sagen, ja?«

Chris schenkt mir ein aufmunterndes Lächeln und drückt kurz meine Hand. »Einfach sagen.«

Ich nicke, schlucke: »Bei den Begründungen für mein plötzliches Auftauchen in Werne habe ich eventuell einen Punkt ein wenig ausgelassen.« Meine Finger knibbeln an der Decke herum. »Ich … hab … hatte … es gab jemanden in Hamburg. Oder es gibt ihn noch … irgendwie.«

Ein kurzer Blick in Chris' Gesicht zeigt mir, dass er krampfhaft versucht, seinen Ausdruck unbewegt zu halten. Nicht zu schnell zu urteilen, nicht wegzuzucken.

»Es lief nicht mehr zwischen uns. Schon lange nicht mehr eigentlich. Aber es hat eine Zeit gedauert, bis einer von uns beiden so weit war, das auch einzusehen. Er wollte in die eine Richtung, und ich … wusste nicht mehr, wohin ich will. Bevor ich nach Werne gekommen bin, haben wir eine Pause vereinbart.«

Sein Blick ist reglos, konzentriert. »Und jetzt? Gehst du zu ihm zurück? Was ist der Plan?«

Ich ziehe die Schultern hoch. »Ich habe keinen.« Mir fällt ein, dass ich vor nicht einmal zwei Stunden einen neuen Job angenommen habe. Wieso fühlt sich diese Entscheidung plötzlich gar nicht mehr so euphorisch und glamourös an? »Jedenfalls nicht in Bezug auf ... ihn. Ich habe oft an dich gedacht in den letzten Wochen. Und dann wollte ich einfach zurück in eine Zeit, zu einem Ort, als alles noch Sinn ergeben hat. Als ich dich dann hier getroffen habe ... keine Ahnung. Den Rest kennst du.«

»Also ... was? Das hier ist eine kurze Ablenkung, bevor du in dein richtiges Leben zurückkehrst?« Seine Stimme klingt rau. Verletzt. Kühl.

»Ich ...«, mein Blick fällt auf ihn, und ich weiß weniger denn je, was die richtige Antwort ist, »bin noch dabei, das herauszufinden.«

Chris nickt ruckartig. »Und? Wirst du mit deinem Freund Schluss machen? Oder bist du auch noch dabei, das herauszufinden?«

Mein Herz schrumpft zu einem hässlichen verkrüppelten Blutball zusammen. Wenn man mich jetzt aufschneiden würde, sähe es aus wie eine eingelegte Erdbeere.

»Eigentlich ... mit meinem Verlobten.« Meine Hände krampfen sich um einen Zipfel Decke.

»Deinem Verlobten?! Eigentlich?!«

Ich werfe ihm einen flehenden Blick zu. »Keine Ahnung. Was ist man, wenn man einen Antrag bekommt, den ablehnt, trotzdem mit der Person zusammenbleibt, bis man einsieht, dass es keinen Sinn mehr macht, eine Pause fordert und in sein altes Kinderzimmer flieht, in dem die Ex-Deutschlehrerin montags den herabschauenden Hund übt?«

»Verrückt?« Chris sieht mich mit hochgezogenen Augenbrauen an. Meine Hände hat er schon lange losgelassen.

»Tut mir leid, dass ich dir das nicht vorher erzählt habe. Ich hätte schon längst was sagen sollen, aber erst dachte ich, na ja, du bist ein alter Freund, den ich zufällig wiedergetroffen habe, und ich wollte nicht direkt meine ganzen Probleme abladen und dann …«

Ich lasse das Ungesagte bedeutungsschwer in der Luft hängen.

»Ja.« Chris sieht mich aus schmalen Augen resigniert an. »Dann.« Alles, was dieses »Dann« beinhaltet, hat sich sowieso schon zwischen uns materialisiert. Niemand von uns muss es näher ausführen.

»Hasst du mich?«

»Ich denke, vielleicht musst du mir das mit deinem Freund oder Ex oder Verlobten noch etwas genauer erklären. Und ich brauche vielleicht noch ein wenig mehr hiervon.« Er greift nach dem Wein. Und ich nach dem letzten Rest Mut und Verstand in mir.

»Thorsten war seit der Uni mein fester Freund. Nach unseren Abschlüssen sind wir zusammengezogen und … keine Ahnung … es war alles okay soweit. Also nicht mega. Aber okay. Vielleicht war unsere Beziehung keine dieser großartigen Romanzen, die Hollywood uns ätzenderweise als Messlatte gelegt hat. Es gab selten große Gesten oder Situationen, in denen wir uns stundenlang einfach in die Augen gesehen haben.«

Ich halte inne, als mir bewusst wird, dass das ziemlich genau das ist, was ich mit Chris ständig tue. Auch jetzt ruht sein Blick fest auf mir. Aufmerksam. Wach. Vorsichtig. Diesmal muss ich wegschauen, um weiterreden zu können.

»So lief es also für eine Weile, bis …«, ich lache freudlos auf, »wenigstens kann ich den genauen Zeitpunkt bestimmen, ab dem die Beziehung den Bach runterging. Und das ist so bescheuert, weil es für die meisten wohl eher der Moment ist, in dem die Beziehung noch besser wird.«

»Du hast die Dinge noch nie wirklich so gesehen wie alle anderen«, sagt Chris leise.

»Wir waren hier in Werne. Ich weiß gar nicht mehr, wieso. Irgendein Geburtstag, glaube ich. Und als wir abends noch eine kleine Runde spazieren gegangen sind, geht Thorsten plötzlich auf ein Knie und fragt, ob ich ihn heiraten will. Ich war so überrumpelt. Und irgendwie auch schockiert. Und das ist schon wieder dumm. Weil man so etwas doch erwarten kann, wenn man seit fünf Jahren zusammen und in einem heiratsfähigen Alter ist, oder? Ich meine, ich hatte Freudinnen, die zu dem Zeitpunkt bereits seit zwei Jahren von nichts anderem mehr gesprochen haben. Eine hat sich sogar mal selbst einen Verlobungsring bestellt. Zu ihrer Verteidigung: Dem ging eine Menge Gin Tonic voraus.« Ich reibe mir über die Stirn. »Und ich?! Ich habe so überhaupt nicht damit gerechnet, dass ich keine Zeit hatte, mir eine passende Antwort zu überlegen.«

»Manche würden sagen, dass die Auswahl an passenden Antworten in diesem speziellen Fall eher klein ist.«

»Vielleicht, aber ich ...«

»Du hattest es nicht geplant«, sagt Chris ruhig. Seine Mundwinkel sind ganz leicht angehoben, als würde er überlegen, ob lächeln in Ordnung ist.

»Es war nicht nur das«, ich schüttele den Kopf, »nicht nur die Frage, mit der ich nicht gerechnet hatte. Es war auch ... ich weiß nicht. Plötzlich konnte ich mein ganzes Leben vor meinem inneren Auge ablaufen sehen. Nicht die Vergangenheit wie beim Sterben. Sondern die Zukunft. Hat sich aber angefühlt wie Sterben. Ich hatte einfach das Gefühl, dass es so vieles gibt, mit dem ich noch nicht fertig bin. Ich wollte so viele Dinge in meinem Leben erreichen, und irgendwie war ich überhaupt noch nicht an dem Punkt, an dem ich dachte: Jetzt bin ich groß und kann heiraten.« Ich schüttele leicht den Kopf. »Bescheuert, sag ich ja.«

»Nicht bescheuert«, sagt Chris, und ich schwöre, als er dieses Mal nach meiner Hand greift, fährt ein kleiner Elektroschock meinen Arm hinauf. »Ehrlich.«

Vorsichtig verschränke ich meine Finger mit seinen. Es passt so gut. So genau.

»Ich habe ›Nein‹ gesagt, wie du dir vielleicht schon gedacht hast. Und nachdem der erste Schock vorüber war, haben wir beschlossen, trotzdem zusammenzubleiben. Es gab ja eigentlich keinen wirklichen Grund, es nicht zu tun.«

»Außer der Tatsache, dass ein Heiratsantrag von deinem Freund dich fast über den Jordan geschickt hätte?«

»Außer diesem kleinen Detail, ja«, gebe ich zähneknirschend zu und erwidere Chris' jungenhaftes Grinsen.

»Danach bin ich nicht mehr nach Werne gekommen. Jedes Mal, wenn ich daran gedacht habe, kam dieses Gefühl vom Antrag wieder hoch. All die Dinge, in denen ich versagt habe. Alles, was ich mir früher vorgenommen und dann nicht geschafft habe. Mit ›glücklich verlobt sein‹ als neuestem Teilnehmer auf der Shitlist.«

»Was ist dann passiert?«

»Dann«, ich atme tief ein, »lief es eine Weile fast so, wie es vorher war. Hochzeiten waren ein wenig unangenehm. Deswegen habe ich meistens angeboten, die Fotos zu machen, um möglichst wenig Zeit mit meinem Freund verbringen zu müssen. Und gerade als ich dachte, dass jetzt endlich mal alle ins gelobte Land der gesplitteten Steuer eingestiegen sind ... haben sie angefangen, schwanger zu werden.«

»Und dein Freund ...« Chris nickt wissend. Sein Daumen hat den Slalomkurs auf meinem Handgelenk wieder aufgenommen.

»Und mein Freund hatte ein neues Thema, auf das er sich versteifen konnte. Und ich hatte wieder dieses Gefühl ... nicht bereit zu sein. Nicht fertig zu sein mit meinem Leben ›davor‹. Da wusste ich, dass sich etwas ändern muss. Dass ich nicht so weitermachen kann wie bisher. Also bin ich hierhin gekommen.«

»Dann sind wir beide aus einem ähnlichen Grund hier.« Seine Stimme ist ein wenig rauer als noch vor ein paar Augenblicken.

Ich will den Kopf schütteln. Vielleicht klingt es zunächst

so. Aber ich habe mich als Versagerin gefühlt, als ich zurück nach Werne gekommen bin. *Weil* ich zurück nach Werne gekommen bin. Weil es bedeutete, dass mein großartiger Plan nicht aufgegangen ist. Und unterbewusst habe ich dieses Gefühl auf alle übertragen, die noch hier sind. Oder wiedergekommen sind. So wie Chris. Aber in diesem Moment kann ich ihn nicht so sehen. Nicht als Verlierer oder Versager, sondern … mutig. Er ist so viel mehr, als er damals war, wird mir klar. Kein cooler Junge mehr. Ein Mann. Anders als ich. Ich bin nicht gekommen, um mich meiner Vergangenheit zu stellen, sondern um sie noch einmal zu erleben. Weil ich es nicht geschafft habe. Diesen Sprung von der Königin der Cool Kids zu einer Frau, die stolz auf sich ist. Die Dinge erreicht hat. Trotzdem nicke ich.

»Scheint so.«

»Ich muss trotzdem wissen, was du jetzt vorhast. Ob du zu ihm zurückgehst oder …?«

Auch wenn er den Satz nicht beendet, weiß ich, was er meint. Ob ich mich diesmal für ihn entscheide und nicht für Hamburg. Ob ich mich für uns entscheide. Aber wie kann ich das, wenn ich mir nicht einmal sicher bin, was das hier wird. Und was ich hier überhaupt machen soll. Beruflich und anderweitig.

»Ich will dir eine Antwort darauf geben. Aber wenn ich das tue, soll sie komplett sicher und fest sein. Und das wäre im Moment einfach noch nicht der Fall«, sage ich wahrheitsgetreu.

Er nickt. »Okay. Das verstehe ich.« Dann beugt er sich

um eine Nuance vor, sodass ich eine Andeutung von seinem Geruch wahrnehme. »Du machst es nie leicht, oder?«

Fast schade, dass mein Geruchssinn gerade derjenige ist, dem ich am wenigsten Aufmerksamkeit schenken kann. Ich bin zu sehr mit Sehen beschäftigt: seine Augen. Und darüber hinaus mit Fühlen: seine Hand in meiner. Die Hitze, die sein Körper abstrahlt.

»Nicht mein Stil.«

Ein Lächeln zupft an seinen Mundwinkeln.

»Die Vergangenheit ist seltsam. Man kann sie nicht wirklich behalten, aber auch nie richtig loslassen«, raunt er. Seine Augen werden einen Hauch dunkler. »Das scheint für einige Dinge zu gelten.«

Mein Mund ist trocken. Vielleicht ein Nebeneffekt des Feuers, das sich rasend in mir ausbreitet. Wobei der Brandherd ganz eindeutig in meinem Unterleib liegt.

»Darf ich dir noch etwas gestehen?«, fragt er.

Ich nicke. Nicht mehr genug Speichel oder Sauerstoff für Worte. Wenn ich den Mund öffne, wird nur das Pochen meines Herzens zu hören sein wie aus dem Schallloch einer Gitarre.

»Ich wusste, dass die Chance minimal ist, aber von dem Moment an, in dem ich zurück nach Werne gekommen bin, habe ich gehofft, dich wiederzutreffen.«

Ich starre ihn an. Wenn er mich jetzt nicht küsst, werde ich in Flammen aufgehen. Dann muss er mich in den See schmeißen. Und niemand will in diesen See geschmissen werden. Und außerdem will ich nicht, dass das Feuer gelöscht wird. Ich will es entfachen.

»Fuck it.« Ich lasse seine Hand los, greife in seinen Nacken und ziehe seinen Kopf zu mir heran. Meine Lippen berühren seine. Sofort öffnet er den Mund. Vorsichtig, nur wenige Zentimeter. Seine Hände legen sich an meinen Nacken. Genau an den Haaransatz. Die Daumen streichen über meinen Kiefer, während sein Kuss tiefer wird. Fordernd spielt seine Zunge mit meiner, erkundet, streicht, tastet. Und genau in diesem Moment springt etwas an seinen Platz. Wie bei einem Schloss, das endlich mit einem befriedigenden Klicken einrastet. Es ist komisch. Vor elf Jahren habe ich diesen Mann Hunderte Male geküsst. Er ist mir so vertraut, und trotzdem ist jetzt, in genau dieser Sekunde, alles neu. Ein Gericht, das man so oft gekostet hat, aber immer ohne die eine Schlüsselzutat, die es wirklich herausragend macht. Nur ein Gewürz, das alles verändert.

Mein Kopf ist voll von ihm – im übertragenen wie wörtlichen Sinn – und als ich nach einer Ewigkeit aus dem Kuss ausbreche, um Luft zu holen, habe ich das irrationale Bedürfnis, gleichzeitig zu lachen und zu weinen.

Chris grinst mich an. »Ich bin froh, dass wir das endlich aus dem Weg geräumt haben.«

»Stimmt«, ich werfe ihm unter gesenkten Augenlidern einen frechen Blick zu. »Es war ein bisschen nervig, ständig darüber nachzudenken, ob du endlich gelernt hast, an der Lippe zu knabbern, während du küsst.«

»Du hast mir nie gesagt, dass du darauf stehst«, sagt er gespielt empört.

»So was sagt man auch nicht. Das muss man irgendwie fühlen.«

Ich schwinge meine Beine herum und lege mich auf den Bauch, den Blick Richtung See gewandt.

»Was ich gefühlt habe, war ziemlich gut.« Chris legt sich neben mich. »Damals genauso wie heute.«

Ein wohliger Schauer fährt meine Wirbelsäule hinab. Es fühlt sich jetzt anders an zwischen uns. Die Luft ist reiner. Wie nach einem Gewitter. Ich weiß nicht, ob das an den Dingen liegt, die gesagt wurden, an den Geständnissen, die wir gemacht haben, oder an diesem Kuss.

Mhhh, der Kuss. Ich werfe Chris einen schnellen Seitenblick zu. Er fängt ihn auf und hält ihn fest. Okay, streich das! Da ist definitiv noch jede Menge Elektrizität in der Atmosphäre. Mein Blick fällt auf seine Lippen. Chris öffnet sie leicht, und mein Herz vergisst prompt seine Profession und verpasst mehrere Schläge.

»Danke«, sagt Chris, und ich reiße meinen Blick mit Mühe von seinen Lippen los.

»Wofür?«

»Dafür, dass du mir zugehört hast, und für die Dinge, die du gesagt hast.« Er dreht sich auf die Seite und streichelt mit einer Hand langsam meinen Oberarm entlang. Sofort zücken meine Hormone die Partyhütchen. Ich schlucke. Presse sie nieder. Unangebracht, Körper!

»Ich bin froh, dass du es mir erzählt hast«, sage ich wahrheitsgetreu.

»Ich auch. Lange Zeit dachte ich, dass es noch schlimmer wird, wenn ich darüber spreche.«

»Weil es dann real wird«, murmele ich abwesend.

»Ja, genau, so in der Art. Aber mittlerweile weiß ich,

dass das Schwachsinn ist. Es ist so oder so real, und … wenn ich mich damit beschäftige, wird es irgendwie leichter. Als würde ich meinem Vater damit eher gerecht, statt einfach zu verschweigen, was er durchgemacht hat.«

Meine Finger werden klamm und taub. Chris' Hand an meinem Oberarm spüre ich kaum noch. Ich freue mich, dass diese Methode für ihn funktioniert, aber für mich …

Ich greife nach dem Wein und schenke ihm ein entschuldigendes Lächeln.

»Du hast recht. Genug schweres Gerede für ein Date«, sagt er und lässt sich mit einem tiefen Seufzen auf den Rücken fallen.

»Date? Das hier ist also ein Date?«

»Wie würdest du es bezeichnen?«

»Ding«, sage ich wie aus der Pistole geschossen.

Chris lacht auf. »Date, Ding … ist mir egal, ich bin froh, dass es passiert.«

Ich drehe mich ebenfalls um und kuschele mich näher an ihn heran, bis die Wärme seines Körpers auch auf mich abstrahlt. Unsere Hände sind locker ineinander verschränkt.

Wie seltsam das Leben ist. Ich dachte, ich klettere die Hierarchieleiter bei *Firebrand* hoch und baue mir irgendwann ein Atelier für meine Fotografien, in dem ich dann den Großteil der Zeit gedankenverloren aus dem Fenster starren und in einer Baskenmütze Rotwein trinken kann, während ich auf meine Muse warte. Ich dachte nicht, dass ich mit 30 wieder in meinem Kinderzimmer lebe, meine Jugendliebe küsse und nicht nur die Muse durch Abwesenheit glänzt, sondern auch ein regelmäßiges Einkommen. Wenigstens der Rotwein ist eine Konstante.

Und trotzdem bin ich in genau diesem Moment glücklich. Das Leben ist gut. Zum ersten Mal seit langer Zeit kommt mir die Zukunft nicht mehr so Angst einflößend vor. Und es liegt ganz und gar nicht an dem neuen Job.

23

Es ist zu heiß.

Der Gedanke kriecht träge durch mein wattiertes Gehirn. Unwillig versuche ich ihn abzuschütteln. Aber es ist wie mit Handy-Pushnachrichten. Je mehr man sie ignoriert, desto hartnäckiger kommen sie wieder. Schweiß prickelt unter meinen Armen. Warum zur Hölle ist es so heiß?

Widerwillig öffne ich ein Auge.

Und bin auf einen Schlag hellwach.

Ich liege nicht auf meinem Futon, den ich im Vergleich zu meiner momentanen Bettstatt als überaus bequem und komfortabel bezeichnen würde. Und wenn ich den Kopf drehe, blicke ich nicht auf die halb geschlossenen Augen des Deko-Buddhas, sondern in ein paar Augen, die definitiv nicht geschlossen, dafür aber umso vorwurfsvoller sind. Das Eichhörnchen sitzt zwei Meter von mir entfernt und mustert mich skeptisch mit zuckendem Schwanz. Kann es ihm nicht verübeln. Das wäre relativ genau mein Gesichtsausdruck, wenn ich eine zerzauste Frau auf dem Boden meines Wohnzimmers finden würde, die in eine rot-schwarz karierte Decke gehüllt ist wie ein überdimensionaler Burrito.

Ich zappele herum und versuche, meine Arme aus dem Stoff-Brutkasten zu befreien, auf den die frühe Morgensonne gnadenlos hinunterbrennt. Als ich dabei gegen etwas Weiches stoße, ertönt ein gedämpftes Brummen.

Ein Lächeln schleicht sich auf mein Gesicht. Ich drehe mich um. Neben mir liegt Chris.

Das warme Gefühl, das sich in meinem Magen ausbreitet, wäre angenehm, wenn meine Kerntemperatur nicht sowieso schon zu nahe am Schmelzpunkt wäre. Vorsichtig, um ihn nicht zu wecken, schäle ich auch den Rest von mir aus der Decke und gehe barfuß runter zum Wasser. Ich strecke einen Zeh rein. Uff, ist das kalt. Obwohl sowohl der April als auch der Mai bereits ungewöhnlich heiß waren, scheint dieses Wasser die Hitze zu absorbieren wie die Außenhaut eines Raumschiffs.

Tapfer wage ich einen weiteren Schritt und lasse die Kälte von meinen Füßen aus auch in den Rest meines Körpers strömen, während ich eine mentale und körperliche Bestandsaufnahme mache. Ich fühle mich relativ gut. Und das heißt einiges, nachdem meine 30-jährige Wirbelsäule eine Nacht auf Gras, kleinen Steinen und Stöcken hinter sich hat.

Trotzdem fühlt es sich an, als wäre ein Stöpsel in meinem Inneren gezogen worden, und vieles von der Anspannung und düsteren Vorahnung, die mich seit Wochen begleitet haben, wären einfach fortgespült. Wir haben noch lange geredet letzte Nacht. Über Chris' Vater und darüber, wie diese Zeit für ihn war (beschissen) und wie er damit umgegangen ist (beschissener – zumindest, wenn es nach ihm geht). Wir haben auch über Thorsten gesprochen – auch wenn ich versucht habe, dieses spezielle Thema schnell zu beenden. Es fühlt sich gut an, mit Chris zu reden, aber falsch, mit ihm *über Thorsten* zu reden. Wie etwas, das man nicht tut. Ein Betrug, auch wenn es offiziell keiner ist. Als ich aus Hamburg weg bin, habe ich nicht gedacht, dass dieser spezielle Punkt besonders relevant wäre, trotzdem war meine Forderung gegenüber Thorsten klar: eine echte Pause. Mit allem, was dazugehört. Trotzdem sollte ich wohl zuerst mit ihm reden, bevor ich ... bevor wir ...

Ich werfe einen Blick zurück zur Lichtung, auf der langsam Bewegung in den liegenden Körper kommt. Die Zukunft mag nicht mehr ganz so bedrohlich sein, das heißt nicht, dass sie mir keine Angst mehr macht. Chris hat sich so sehr weiterentwickelt. Klar, da sind Dinge, die er noch verarbeitet, aber er wirkt so ... zufrieden. Was ist, wenn er bemerkt, dass ich das genaue Gegenteil bin?

Chris setzt sich auf und schirmt seine Hand gegen die Sonne ab, die sich hell auf dem Wasser spiegelt.

»Guten Morgen, Sonnenschein«, rufe ich neckend.

Belustigt schüttelt er den Kopf, zieht die Füße ran, steht auf und kommt zu mir herunter. Es folgen zwei sehr unangenehme Sekunden, in denen meine Gedanken wild durcheinanderspringen:

Wird er mich küssen?

Soll ich ihn küssen?

Uargh, Morgenatem!

Meiner und seiner!

Außerdem ... das hier ist nicht wirklich ein Morgen danach, weil von dem ersten atemberaubenden Kuss abgesehen nichts mehr in dieser Hinsicht passiert ist. Wir haben nur geredet. Dann hat die einsetzende Nacht uns mit samtweicher Zärtlichkeit umwabert und eingelullt – mit tatkräftiger Unterstützung der Rotweinflasche.

Aber zurück zum Thema! Kuss?!

Ich entscheide mich für die erwachsene Option, beuge mich hinab und spritze Chris eine Ladung Wasser ins Gesicht.

»Ey!« Chris keucht, wischt sich mit der Hand über die Augen und fixiert mich. Sein Blick verheißt ausschließlich Schreckliches. Er geht in Lauerstellung. Ich kreische, springe aus dem Wasser und sprinte Richtung Lichtung. Hinter mir höre ich seine Schritte, die mit jedem Atemzug näher kommen. Bis er mich um die Hüfte packt und hochhebt. In einem Wirbel aus Armen, Beinen und dem bunten Stoff meines Kleides gehen wir zu Boden.

»Hör auf!«, rufe ich und wehre mich halbherzig gegen seine Kitzelattacke.

»Selbst schuld!«, sagt er und macht mit doppelter Intensität weiter.

Warum kitzelt man sich nur noch so selten, wenn man erwachsen wird? Es ist fast, als ob die Gesellschaft beschließt, dass Menschen ab Vollendung der Pubertät nicht mehr kitzelig zu sein haben. Dabei ist es etwas Wunderbares und Intimes.

Lachend drehe ich mich auf den Rücken und finde mich Zentimeter von seinem Gesicht entfernt. Seinen Augen, die von kleinen Lachfältchen umrahmt werden. Seinen Lippen ... Sein Blick wird einen Hauch wacher. Als hätte auch er in genau diesem Moment realisiert, wo wir sind. Wer wir sind. Scheiß auf den Morgenatem!

Das Gefühl seiner Lippen auf meinen lässt mich fast nach Luft schnappen. Wenn überhaupt möglich, ist dieser Kuss noch besser als der von gestern Nacht. Weil es sich leichter anfühlt. Unbeschwerter. Als hätte sich nicht nur die tatsächliche Dunkelheit um uns herum gelichtet, sondern auch die übertragene in unseren Köpfen und Körpern.

Nach Luft ringend, lassen wir schließlich voneinander ab, und Chris rollt sich neben mir auf den Rücken.

»Warum hat man jemals damit aufgehört, unter freiem Himmel zu schlafen?«, fragt er.

»Ich weiß ja nicht, wie du aufgewachsen bist, aber ich hatte auch in meiner Jugend bereits ein Zimmer und hab recht selten draußen geschlafen.«

Er boxt mich leicht in die Seite. »Ich meine campen, spontan sein. Einfach mit dem Flow gehen, du weißt schon.«

»Weil es eigentlich schon immer verdammt unbequem war und man sich mittlerweile ein Hotel leisten kann?«

»Ich bin mir nicht sicher, ob ich das als Argument gelten lassen kann.«

»Okay, dann ... weil es in Hamburg oder Frankfurt recht wenige Orte gibt, an denen ich spontan draußen übernachten will? Zumindest mit weniger als zwei Promille.«

»Guter Punkt«, sagt Chris nachdenklich. »Umso besser, dass wir wieder hier sind.«

Zumindest noch drei Wochen … in drei Wochen werde ich zurück in Hamburg sein. In meinem normalen Leben.

Ich rolle mich auf die Seite, den Kopf in einer Hand abgestützt. »Gut, dass du das ansprichst.«

Die Idee kam mir gestern, während ich Fotos vom Hof gemacht habe. Und je länger ich darüber nachdenke, desto besser finde ich meinen Plan. Es ist die perfekte Brücke für einfach alles. Die Golden Gate Bridge meines Lebens, wenn man so will. Es schlägt den Bogen von Chris und meiner Vergangenheit zu unserer Gegenwart. Und es könnte sogar den Hof meiner Eltern retten. Und das alles am besten, bevor ich wieder gehen muss … will … werde.

»Ich habe eine Idee«, fahre ich fort.

Chris grinst und deutet ein Kopfschütteln an.

»Was?«, frage ich und versuche, empört zu klingen, kann aber nichts dagegen tun, dass ich sein Grinsen nachahme.

»Können wir ernste Themen nicht so lange verschieben, bis ich einen Kaffee getrunken habe?«

»Klar, kannst du Kaffee aus brackigem Seewasser und Baumrinde machen?«, frage ich und muss grinsen, als ich daran denke, dass Sibylle das bestimmt schaffen würde.

»Okay, dann schieß los«, seufzt Chris. Er wirft mir einen Blick aus Augen zu, die um diese Uhrzeit noch grüner zu sein scheinen als während des restlichen Tages.

»Ich würde gerne noch ein letztes Mal feiern.« Ich streiche die Grashalme um mich herum glatt wie das Fell eines Golden Retrievers. »So wie früher.«

Chris hebt abwartend eine Augenbraue.

Ich höre auf, das undankbare Grünzeug zu kraulen, und

setze mich in den Schneidersitz. »Auch hier, in Werne, wo sich eigentlich nie etwas verändert, sind die Dinge im Umbruch. Meine Eltern wollen den Hof verkaufen, Mara und du, ihr seid zwar noch hier, aber eure Leben sind ganz anders als damals, und … ich weiß auch nicht, es fühlt sich an, als ob wir nicht mehr lange die Chance hätten, noch einmal wirklich so zu sein wie früher. Und ich finde, die Scheune meiner Eltern verdient eine letzte richtig geile Party, oder?«

Und ich auch, füge ich in Gedanken an. Eine Party, um mich und vor allem Chris daran zu erinnern, wer ich mal war. *Wie* ich mal war. Denn was ich jetzt bin, wird nicht genügen. Nicht, nachdem ich jetzt weiß, wie sehr er sich weiterentwickelt hat.

Er ist noch nicht überzeugt. Das sagt mir nicht nur seine hochgezogene Augenbraue. »Du willst also … was genau? Eine Schulparty? Ein Stufentreffen?«

Ich nicke. »Ja, so was in der Art. Eine … Come-as-you-were-Party.«

»Ich weiß nicht, Freya.«

»Dann sieh es einfach als Möglichkeit, dir und allen anderen zu zeigen, wie weit du gekommen bist. Dass du eben nicht mehr der Typ von damals bist, der wegläuft.« Ich verpasse meiner inneren Stimme eine Kopfnuss, die hilfreich anmerkt, dass es sich dabei um das genaue Gegenteil von dem handelt, was ich werde zeigen können. »Und es könnte einfach lustig sein. Die ganzen Leute von früher wiederzutreffen. Spaß zu haben und … vielleicht merkt mein Vater dann, dass der Hof mehr ist als nur ein Hof.«

Chris wirft mir einen ironischen Blick zu. »Indem wir

eine Scheunenparty organisieren, auf der die Leute versuchen werden, sich gegenseitig mit ihrem Haus, ihrem Auto, ihrer Jacht zu übertrumpfen und dabei schreckliche 90er-Musik läuft?«

»Wir haben nicht in den 90ern Abi gemacht, aber ... ja, das ist ungefähr der Plan.« Ich merke, dass meine Stimme einen flehenden Unterton annimmt. »Ich glaube, meine Eltern, vor allem mein Vater, sind mittlerweile so besessen von dem Vorhaben, den Hof aufzugeben, die Verantwortung und die Arbeit, dass sie nicht sehen, was dieser Ort ist oder sein kann. Ein Ort, an dem Menschen zusammenkommen, ein Ort, den sie selbst geschaffen und geformt haben. Ein Ort mit so vielen Erinnerungen, der einfach noch nicht ... damit fertig ist. Es könnten weitere tolle Erinnerungen hinzukommen. Irgendwie muss ich sie daran erinnern.«

»Aber es können auch an anderen Orten tolle neue Erinnerungen entstehen«, wirft Chris ein.

»Aber nicht auf die gleiche Art und Weise. Nicht ...«

Ich verhaspele mich. Chris legt eine warme Hand auf meinen Unterarm. Als ich aufschaue, wappne ich mich gegen die Ablehnung und das endgültige Nein, das ich in seinen Augen zu sehen fürchte, und werde überrascht. Chris lächelt, sein Blick ist nicht abweisend, sondern sanft und verständnisvoll. »Es ist hart, etwas loszulassen.«

Ich nicke.

»Es hat mich selbst Jahre gekostet, von diesem ständigen Wegrennen, Verdrängen, einfach Weitermachen loszukommen. Ich hätte nur nicht gedacht, dass ausgerechnet du so eine sentimentale Ader hast.«

»Was heißt hier ›ausgerechnet du‹?«

»Damals konntest du es kaum erwarten wegzukommen.«

»Ja … keine Ahnung, vielleicht habe ich dabei die Dinge übersehen, die wirklich gut waren.« Ich beiße mir auf die Lippen. »Deswegen glaube ich, diese Party könnte wichtig sein. Ein Abschluss. Ein …« Ich klinge wieder flehend.

Diesmal fällt Chris mir ins Wort. »Okay, lass es uns machen.«

Meine Augen werden groß. »Echt?«

»Echt.« Er nickt ernst. »Wenn du das brauchst, helfe ich dir. Und …«

Seine Augen blitzen auf. Plötzlich ist er wieder der Chris von damals. Vor der Krankheit seines Vaters, vor dem ganzen Scheiß, den das Leben einem vor die Füße wirft und als »wichtige Erfahrung« tarnt.

» … A little party never killed nobody.«

24

Ich, Freya Talia Thun, habe geschafft, wovon die Boulevard-Magazine seit der ersten Heftbeilage träumen. Ich habe erfolgreich mindestens zehn Kilo abgenommen – und das in nicht einmal zwei Stunden und genau pünktlich zum Sommer. Gut, auf der Waage zeigt es sich nicht unbedingt und meinen alten Jeans fliegt nach wie vor der Knopf ab, wenn ich sie nur lange genug anschaue, aber ich *fühle* mich zehn Kilo leichter. Und am Rest arbeite ich gerade.

»Zwei Schritte nach vorne bis an den Rand deiner Matte«, sagt Sibylle. Sie hat ihre Esoterik-Stimme an. So nenne ich es, wenn ihr Tonfall in diesen Singsang aus gehauchten Wörtern und gezogenen Vokalen verfällt.

Ich tue wie geheißen. Es ist schon das zweite Mal in dieser Woche, dass ich mit Mama Yoga mache. Das erste Mal bin ich direkt am Tag nach meinem See-Abenteuer auf die Matte gestiegen. Größtenteils, weil mein Rücken die Nacht auf dem Boden im wahrsten Sinne des Wortes doch nicht so auf die leichte Schulter genommen hatte. Kaum hatte Chris sich verabschiedet und einen guten Teil meiner Glückshormone mitgenommen, habe ich gemerkt, dass Kopf drehen nur noch in der Theorie funktioniert.

»Die Arme über den Kopf. Wir richten uns auf.«

Seit Chris' und meinem Date-Ding befinde ich mich – von orthopädischen Blockaden abgesehen – in einem dauerhaften Hoch, das die Schwerkraft einfach auszuhebeln scheint. Würde mich mal interessieren, was mein alter Physiklehrer dazu zu sagen hat. Vielleicht habe ich Glück, und er kommt nächsten Montag zum Yoga.

Es fühlt sich an wie damals – aber auf Speed. Allein die Küsse – mhhh, die Küsse … auch die sind anders, und es liegt nicht (nur) daran, dass Chris in der Tat eine überaus raffinierte Taktik entwickelt hat, gleichzeitig an meiner Lippe zu knabbern und mit meiner Zunge zu spielen. Wir sind das perfekte Remake. Heißer als Denver Clan, epischer als Romeo und Julia, liebenswerter als … okay, jetzt fange ich an, mich selbst zu nerven.

»Und noch einmal die Arme in einem weiten Kreis über den Kopf führen.«

Ich atme geräuschvoll ein und versuche, den Druck in meinem Unterkörper zu ignorieren, der sich neuerdings immer aufbaut, wenn ich an Chris denke.

Wenn die letzten Tage irgendeine Indikation waren, müsste unser Sex wesensverändernd sein. Dazu kann ich noch nicht viel sagen, denn es ist noch nicht dazu gekommen. Der Druck wird stärker.

»Und wir gehen zurück in die Vorbeuge.«

Keine gute Position in meiner momentanen Gefühlslage. Woran es liegt, dass wir – ehrlich gesagt er – um diese spezielle Sache einen Bogen machen, weiß ich natürlich: Thorsten.

Chris wartet auf meine Entscheidung. Ich warte auf meine Entscheidung. Und mit jedem Treffen, jedem Blick, hasse ich mich mehr und mehr dafür, dass ich sie einfach nicht treffen kann. Das ist doch mal eine Marktlücke: professionelle Entscheider, die man bei Bedarf einfach buchen kann und pro erfolgreiche Entscheidung bezahlt. Kann da mal jemand eine App für entwickeln?

Ich sauge Chris und mich auf wie ein fast ausgetrockneter Schwamm. Jede Sekunde, jedes Wort und jeden Kuss. Aber was ist in zweieinhalb Wochen, wenn ich zurückgehe?

Heute Nachmittag kommt er vorbei, damit wir mit der Partyplanung anfangen können. Zuerst müssen wir ein Datum festlegen und versuchen, meine Social-Media-Stalking-Skills zur Abwechslung mal für einen guten Zweck zu nutzen: nämlich dafür, alle Leute von früher ausfindig zu machen. Und bevor das passieren kann, sollte ich vermutlich die Personen einweihen, auf deren Hof die Party stattfinden wird.

Als wir uns endlich in der letzten Position befinden – meinem persönlichen Favoriten: Rückenlage, Arme und Beine ausgestreckt, große Ähnlichkeit mit einer Vogelscheuche, die einfach nach hinten umgefallen ist –, räuspere ich mich.

»Du, Mama?«

»Hm«, kommt es knapp von rechts. Sibylle ist kein Fan davon, die Schlussentspannung durch Gerede zu unterbrechen.

Ich blinzele mit einem Auge zu ihr herüber. Sie liegt mit geschlossenen Augen und vollkommen reglos da. Besser wird der Moment nicht.

»Ich würde gerne eine Party veranstalten. Hier auf dem Hof. In der Scheune. Wäre das okay?«

Sie dreht den Kopf zur Seite und öffnet die Augen. »Party? Was für eine Party?«

Ich rolle mich auf die Seite und stütze meinen Kopf in eine Hand. »Eine Art ... na ja, Revivalparty. Mit den Leuten von früher. Einfach weil ... keine Ahnung, es sich gut anfühlt, und ich finde, dass man es noch mal ausnutzen sollte, wenn man schon so viel Platz zur Verfügung hat.«

Nervös auf der Innenseite meiner Unterlippe kauend, warte ich auf ihre Reaktion.

»Eine Party wird deinen Vater nicht umstimmen, Freya.«

Da ist es. Ich wusste, dass sie den Zusammenhang schnell herstellen würde.

»Sicher?«

»Ganz sicher.«

»Aber wenn er vielleicht sieht, dass der Hof nicht nur Arbeit bedeutet?«

»Und dann, was? Sollen wir jeden Tag Partys feiern, und die Kühe melken sich in völliger Euphorie selbst?«

»Nein, natürlich nicht ...«

Meine Mutter seufzt und richtet sich auf. »Aber davon abgesehen kannst du natürlich gerne eine Party veranstalten. Es wird schön sein, die Tenne noch ein letztes Mal in voller Pracht zu sehen. Sie ist etwas eingestaubt ... wie wir auch, schätze ich.« Ein zuversichtliches Lächeln legt sich auf ihre Lippen.

»Es gibt da noch etwas, über das ich gerne mit dir reden würde.«

Das Gespräch mit Chris hat mich darin bestärkt, auch meinen Eltern endlich reinen Wein einzuschenken – zumindest in Teilen. Wer weiß, vielleicht kann ich aus den zehn Kilo ja fünfzehn Kilo machen? Dann kann ich einen eigenen Diät-Ratgeber veröffentlichen und muss nie wieder arbeiten.

Sibylle hört mir aufmerksam zu, unterbricht mich nicht und stellt kaum Zwischenfragen. Als ich zu der Sache mit dem Antrag komme, flackert ein verstehender Ausdruck über ihr Gesicht. Und weil ich gerade dabei bin, erzähle ich ihr auch von Chris und mir und unserem Date-Ding und führe die Party-Idee weiter aus. Nur die Sache mit meinem neuen Job lasse ich aus. Ich weiß nicht, warum. Und über Chris' Vater verliere ich ebenfalls kein Wort. Von seinem Tod wissen sie bereits, und der Rest ... es ist nicht meine Geschichte und nicht an mir, sie weiterzuerzählen.

Als ich fertig bin, ist mein Hals ausgetrocknet, meine untergeschlagenen Beine sind blutleer, und mir ist ein wenig schwindelig.

Aber davon abgesehen geht es mir besser.

»Hast du schon mit Thorsten gesprochen?«

Und schon geht es mir wieder schlechter.

»Nein«, gebe ich zähneknirschend zu.

»Solltest du.«

»Weiß ich.«

»Und warum hast du nicht?«

»Keine Ahnung, Mama, vielleicht, weil es hart ist? Es ist nicht direkt ein Gespräch über Zuckerwatte und Kettenkarussells, oder?«

»Was haben Volksfeste damit zu tun?«

»Es sollte eine Metapher sein. Nicht meine beste Arbeit«, gebe ich zu und lege den Kopf in den Nacken. »Wenn ich mit Thorsten rede, dann ist es ... richtig vorbei. Ich meine unsere Beziehung, aber auch dieser ganze Teil meines Lebens. Alles, was ich in Hamburg bisher gemacht habe, unsere Wohnung ... Dieser ganze Bereich ist irgendwie mit ihm verknüpft, und wenn ich ihn anrufe, gibt es kein Zurück mehr.«

»Freya.« Die Stimme meiner Mutter klingt überraschend sanft. »Alles, was du mir vorhin erzählt hast, über Thorsten, aber auch über Chris und die Gründe dafür, dass du ausgerechnet nach Werne gekommen bist, über Mara, die Party ...«

Kann es wirklich sein? Erlebe ich gerade, wie Sibylle nach den richtigen Worten sucht?

»Ich freue mich, dass du zurückgekommen bist. Ehrlich. Und auch, dass du wieder eine Beziehung zu deinen alten Freunden aufbaust, aber kann es sein, dass es dir schwerfällt, mit Dingen wirklich abzuschließen? Und dass du genau deswegen nicht mit Thorsten reden willst?«

Ich lege den Kopf schief. »Aber nicht alle Dinge *sollten* wirklich abgeschlossen sein. Was ist, wenn man sich vertut und etwas abschließt, was besser offen geblieben wäre? Was ist, wenn ich da in fünf Jahren noch mal dranmuss, und dann ist der Schlüssel weg? Woher weiß ich, was ich abschließen sollte?«

»Du weißt es, wenn das Bestehende dich unglücklich macht. Wenn du nur noch daran festhältst, weil es sich so gewohnt anfühlt. Und auch, wenn es andere Menschen um dich herum unglücklich macht.«

»Hm.«

Sibylle steht auf und rollt ihre Matte zusammen. »Rede mit Thorsten. Eigentlich ist es doch schon vorbei zwischen euch. Du musst es nur noch aussprechen.«

»Hmmm.«

Mehr Konsonanten, genauso wenig Überzeugung.

Meine Mutter in meinen Diätplan zu integrieren war nicht ganz so erfolgreich. Es hat vielleicht zwei bis drei Kilo Erleichterung gebracht. Trotzdem finde ich, dass ich mir genug Puffer aufgebaut habe, um den Rotwein und die dunkle Schokolade, die Chris mitgebracht hat, ohne schlechtes Gewissen zu genießen.

Er sitzt auf meinem *fatboy*, als ich mit zwei Gläsern aus der Küche zurückkomme, und schafft es, selbst in dieser Haltung noch sexy auszusehen.

»Wir wollen uns ja weiterentwickeln, oder?«, frage ich und lasse die Gläser kurz gegeneinanderklingen, bevor ich sie an Chris reiche, damit er sie füllt.

»Unbedingt. Deshalb frage ich mich auch immer noch, ob diese Party wirklich eine gute Idee ist.«

Ich stöhne. Nicht das schon wieder. »Natürlich ist das

eine gute Idee. Es ist eine Party. Was kann daran nicht gut sein?«

»Es ist eine Party mit Leuten aus unserer Schule«, sagt Chris in ironischem Ton und reicht mir ein Glas, zusammen mit einem unangemessen kleinen Stück Schokolade. Ich beuge mich vor und breche einen Riegel von der Tafel ab, die zwischen uns liegt.

»Und wir waren großartig in der Schule«, erwidere ich.

Eindeutiger Blick von Chris.

»Waren wir. Ich habe die Dinge vielleicht etwas zu positiv gesehen, aber du siehst sie zu negativ. Es war nicht alles rosarot, und ... privat war es ...«

»Lass uns nicht jetzt darüber reden«, fällt er mir ins Wort, und ich nicke bekräftigend.

»Eben. Genau deswegen brauchen wir die Party. Um uns das Gute noch mal präsent zu machen. Bitte, bitte lass mich noch einmal 18 sein, bevor ich wirklich groß werden muss.«

Ich klimpere mit meinen Wimpern.

»Jaja, schon okay.« Gutmütig verdreht er die Augen. »Also, welches Datum schwebt dir vor?«

Ich will nicht zu lange warten. Ich *kann* nicht zu lange warten.

»Wäre eine Woche unrealistisch, was meinst du?«

Chris verschluckt sich fast an seinem Wein. »Nicht, wenn es dir egal ist, ob die Leute auch auftauchen.«

»Dann zwei Wochen?«

»Freya, dir ist klar, dass die meisten nicht mehr hier in der Nähe wohnen und vermutlich Jobs und Familien haben, oder?«

»Gerade deswegen werden sie es nicht erwarten können, aus ihrem Einheitsbrei-Leben auszubrechen, um es allen anderen als wahnsinnig toll und cool zu verkaufen. Ich weiß, dass ich vor ein paar Wochen noch genauso gewesen wäre. Sie werden kommen, glaub mir.«

»Warum genau …« Chris sieht zunehmend verzweifelt aus.

»Weil es lustig wird.«

»Okay, meinetwegen. Samstag in zwei Wochen.«

Zufrieden nickend ziehe ich meinen Laptop zu mir heran, klappe ihn auf und ignoriere das flaue Gefühl in meinem Magen. Die Party wird also das Ende meiner Zeit in Werne markieren. »Dann zum spannenden Teil.«

Mit zwei Klicks bin ich bei Facebook. Parallel öffne ich die Instagram-App auf meinem Handy.

»Sagt dir ›Laura Kannseinfach‹ was?«

»Entweder hat die den Mann mit dem coolsten Nachnamen überhaupt geheiratet, oder das ist ein Fake.«

»Aber wir hatten doch eine Laura in der Stufe, oder? Schau mal, auf dem Foto?«

Ich drehe den Laptop herum. Chris wirft einen nachdenklichen Blick auf das Display. »Ja, da klingelt was.«

»Okay.«

Nacheinander gehen wir alle Namen durch, an die wir uns noch erinnern können. Es sind erschreckend wenige, sodass ich nach einer halben Stunde unser altes Abi-Shirt rauskrame, um die Namen von der Rückseite abzulesen. Auch das war unter den Schätzen, die ich neulich zusammen mit Sibylle wieder ausgegraben habe. Ursprünglich ist es auf dem »Altkleider«-Haufen gelandet, aber wenn die Party gut läuft, werde ich es vielleicht doch behalten.

»Mara Thiemann«, liest Chris den nächsten Namen vor. »Sie hat den Namen ihres Mannes angenommen, oder?«

Ich greife nach meinem Weinglas und trinke nachdenklich einen Schluck. »Ja, leider, aber ist eh egal. Für Maras Einladung habe ich mir etwas Besonderes überlegt.«

Chris lässt das Shirt sinken und sieht mich neugierig an. »Ach ja?«

»Ja, aber das bleibt für den Moment mein kleines Geheimnis.«

Schulterzuckend hebt er das Shirt wieder hoch, um den nächsten Namen vorzulesen, und erstarrt für einen Moment mitten in der Bewegung.

»Jan Unterleitner.«

Meine Finger halten inne. Natürlich. Jan ... Jan war auch in unserer Stufe. Wieso kommt mir der Gedanke daran erst jetzt?! In meinen Erinnerungen ist Jan zunehmend von einem Stufenkameraden und Freund zu jemandem geworden, an den ich lieber nicht mehr denke. Fuck.

Mein Blick zuckt zu Chris, aber er ist völlig auf das T-Shirt fixiert. Jan war einer seiner besten Freunde, aber ich weiß nicht, wie sich ihre Beziehung nach dem Abi entwickelt hat.

»Hast du ... ähm ... noch Kontakt zu Jan?«, frage ich, bemüht, unbekümmert zu klingen.

»Schon ewig nicht mehr«, antwortet er, ohne mich anzusehen.

»Okay, also … ich kann ihn gerade nicht finden. Vielleicht auch ein Fake-Name.«

Das ist glatt gelogen, denn was ich bei Facebook und Instagram eingetippt habe, ist nicht Jans Name, sondern »fhdsgrt isghw tgvgs«. Würde mich sehr wundern, wenn das Jans Pseudonym ist.

»Okay.«

»Ich kann es ja später noch mal versuchen«, sage ich vorsichtig. Wieder eine Lüge. Ich werde es nicht noch mal versuchen. Nicht später, nicht morgen, niemals. Die letzte Person, die ich auf dieser Party haben will, ist Jan Unterleitner.

»Ja … wie du meinst. Mir egal.«

Aber wieso habe ich das Gefühl, dass es Chris ähnlich geht?

»Freya?«, fragt er nach einer halben Minute. Seine Stirn ist gerunzelt, der Mund nur eine schmale Linie. Er hat das T-Shirt in seinem Schoß zu einem kleinen Ball zusammengeknüddelt.

»Ja?«, frage ich leise. Kalte Furcht greift nach meinem Magen und dreht ihn herum.

»Ich weiß, dass ich gesagt habe, dass ich die Vergangenheit ruhen lassen will, aber …«

Er kann es nicht wissen, bete ich mir vor wie ein Mantra. Unmöglich. Trotzdem – was auch immer meinen Magen umschlungen hält, packt fester zu.

»Du und Jan … lief da jemals etwas zwischen euch?« Chris presst die Worte wie unter großem Druck hervor. Jetzt hebt er den Blick und sieht mich direkt an. »Es ist okay, wenn es so ist. Immerhin habe ich dich damals von mir gestoßen. Ich will nur … ich muss es wissen. Keine Geheimnisse mehr.«

Ich hoffe, er sieht den Schock nicht, der über mein Gesicht schnellt. Ich hoffe, ich kann es so gut verstecken, wie ich es die letzten elf Jahre trainiert habe. Was meinte Sibylle heute Morgen noch? Manche Dinge bleiben besser hinter verschlossenen Türen? Dieses spezielle gehört definitiv dazu.

»Nein«, ich klebe mir ein versicherndes Lächeln ins Gesicht, »nein, zwischen Jan und mir lief nie etwas.«

25

11 Jahre früher (Chris)

»Ich kann einfach nicht fassen, dass es vorbei ist. Wie krass ist das?!« Mara blickt großäugig in die Runde und erntet zustimmendes Gemurmel.

Wir sitzen zu viert in unserer Stammkneipe – Jan, Mara, Freya und ich – und feiern die Bekanntgabe der Abinoten. Und, zu meinem nicht unerheblichen Erstaunen, das Bestehen des Abiturs. Wenigstens ist meine Abinote eine Schnapszahl. 3,3. Viel mehr, als Schnaps zu trinken, wird mir damit nämlich auch nicht übrig bleiben. Aber da ich eh erst einmal eine Menge Wartesemester sammeln werde, ist das vermutlich auch egal.

Kurz bevor ich vorhin gegangen bin, haben meine Eltern mir ein Geschenk überreicht. Die Armbanduhr meines Vaters. Ich weiß, dass sie es gut meinen, dass sie irgendwie zum Ausdruck bringen wollen, wie stolz sie auf mich sind. Aber es hat sich trotzdem angefühlt, wie eine *fucking* Abschiedsgeste. Und davon gab es in den letzten Monaten wirklich genug in unserem Haus. Ich habe die Schachtel aufgeklappt und mich fast übergeben. Beschissene Chemo, beschissene Uhr. Trotzdem musste ich sie natürlich umbinden. Alles andere hätte meinen Vater noch trauriger gemacht. Aber angucken kann ich sie kaum.

Mein Blick gleitet über die strahlenden Gesichter in der Runde und fällt dann auf mein Handgelenk unterm Tisch. Es fühlt sich an, als würde das Metall der Uhr sich direkt bis auf meinen Knochen brennen.

Freya greift nach meiner Hand. Ruckartig ziehe ich sie weg.

Bereits eine Sekunde später bereue ich es. Mit einem verletzten Gesichtsausdruck nimmt sie den Arm zurück, fummelt kurz an ihrer Jeans herum und wendet sich dann ab, um mit Mara anzustoßen.

Während wir anderen bei Bier geblieben sind, trinkt Freya schon den ganzen Abend irgendwelche Mixgetränke mit Cola. Ich will ihr den Spaß nicht verderben. Immerhin hat man nur einmal im Leben das Abi überstanden, aber sie sollte langsam mal etwas essen.

»Jemand Bock auf Pommes?«, frage ich.

Freya geht nicht mal auf mich ein. »Wer holt die nächste Runde? Ohh, wisst ihr, was wir spielen sollten? Schocken! Ich hole Becher und Würfel.«

Ich schaue meiner Freundin hinterher, während sie sich aus der Sitzbank schlängelt und zum Tresen marschiert. Ich habe ihr immer noch nicht von Hamburg erzählt. Jedes Mal, wenn ich den Mut dafür aufbringen will, tut oder sagt sie irgendwas, das es mir unmöglich macht.

Als mein Blick zurückgleitet, fällt mir auf, dass ich nicht der Einzige bin, der ihr nachschaut. Jans Augen sind auf

Freya fixiert. Der Ausdruck darin ist ernst und fast ein wenig ungeduldig. Ein heißer Stich fährt mir durch die Brust.

Schwachsinn! Ich bilde mir Dinge ein. Der Stress hat sich endgültig durch mein Hirn gefressen.

Als Freya mit den Würfelbechern zurückkommt, macht sie sich nicht mehr die Mühe, sich neben mich auf die Bank zu quetschen. Stattdessen zieht sie einen Stuhl heran und nimmt am Kopfende des Tisches Platz. Zwischen Jan und mir.

»Wir spielen zwei Hälften. Der Verlierer zahlt«, sagt sie und verteilt die Becher.

Kurze Zeit später taucht ein Kellner mit vier Shots auf.

»Die hier sind für den Durst zwischendurch.«

Freya greift nach dem Pinnchen, das ihr am nächsten ist, und hält es prüfend an die Nase. »Sambuca«, sagt sie dann mit einem diabolischen Grinsen. »Prost, Bitches.«

Gehorsam stürze ich den ekelhaften Anis-Schnaps runter. Mir gefällt das nicht. Irgendwas an Freya ist anders. Sie wirkt ... ehrlich gesagt wirkt sie ein bisschen übergeschnappt. Ist das meine Schuld? Versuchsweise strecke ich die Hand nach ihr aus, aber diesmal ist sie diejenige, die sich zurückzieht.

Und dann sehe ich es. In dem Moment, in dem Freya vor mir zurückweicht, sucht ihr Blick den von Jan. Und findet ihn. Jans Augen werden schmal, fordernd, und Freya schüttelt fast unmerklich den Kopf. Es ist nur eine Andeutung, man könnte es als unbewusste Geste verbuchen, aber es ist Absicht. Ich sehe es genau.

What the fuck?!

Mein Herz rast. Meine Hände werden feucht.

»Uh, ich liebe den Song! Philipp, mach mal etwas lauter.«

Freya hat sich auf ihrem Stuhl umgedreht und gibt dem Barkeeper ein Zeichen. *Alles was war.* Ausgerechnet *Alles was war* von den Hosen. *Wir denken an unsere alten Ziele. Und suchen nach dem Fehler in unserem System.*

Stimmt nicht ganz. Ich habe den Fehler in unserem System schon gefunden. Er hat grüne Augen, lockige Haare, eine Uhr, die er nicht ansehen und eine Freundin, der er nicht anfassen kann. Es ist ein ziemlich offensichtlicher Fehler. Genauso wie die in meinen Abiklausuren anscheinend.

Vielleicht habe ich es mir ja eingebildet. Und selbst wenn nicht. Jan und Freya sind Freunde. Was hat so ein Blick schon zu bedeuten? Ich reagiere übertrieben. Lächerlich.

Trotzdem kann ich mich weder auf das Spiel konzentrieren noch den Gesprächen am Tisch wirklich folgen. Es geht um den Abiball und Studiengänge und die ganzen anderen Dinge, an denen ich momentan weniger Interesse habe als an einer Darmspiegelung.

Natürlich verliere ich die Runde. Und die nächste. Vor meinen Augen verschwimmen die Würfel, und mein Magen gibt mir eindeutig zu verstehen, dass ich die Ausfahrt Richtung Schnitzel und Pommes vor einer halben Stunde besser genommen hätte. Jetzt ist es dafür zu spät.

»Ich geh mal eben raus, frische Luft schnappen«, sage ich zu niemand Bestimmtem, obwohl ich mir wünsche, dass Freya mitkommt. Sie tut nichts dergleichen.

Die Nacht ist mild für Anfang Juni, fast so, als könne der Sommer es gar nicht erwarten, dass er endlich richtig an der Reihe ist. Schwer lasse ich mich gegen die Hauswand fallen und wünschte, ich hätte eine Kippe von Jan geschnorrt. Wobei das im Hinblick auf mein körperliches Befinden wohl nicht besonders förderlich gewesen wäre.

Wo werde ich wohl jetzt in einem Jahr sein? Oder in zehn? Hoffentlich weit weg von diesem Ort. Und Freya? Wird sie in Hamburg bleiben und mich vergessen? Besser wäre es vermutlich. Ich atme tief ein und aus.

Als mein Magen sich langsam beruhigt, drehe ich mich um und gehe wieder rein. Die Tür fällt hinter mir ins Schloss. Ich halte inne. Unser Tisch ist leer. Nur zwei halbvolle Gläser Bier stehen noch verloren auf dem zerkratzten dunklen Holz. Sind die anderen abgehauen?! Es gibt hier noch einen zweiten Ausgang an der anderen Seite, aber sie hätten mir doch Bescheid gesagt, oder?

Ich schüttele den Kopf. Natürlich hätten sie Bescheid gesagt. Ich werde wirklich paranoid. Vermutlich sind sie Kippen kaufen oder so was.

Ich wende mich ab und steuere die dunkle Holztür in der Ecke an. Direkt dahinter führt eine steile Treppe nach unten zu dem Gang mit den Toiletten.

Ich bin noch nicht ganz durch die Tür, als Mara von unten auf mich zugestürmt kommt. Sie hält den Kopf so krampfhaft gesenkt, dass sie um ein Haar in mich hineingerannt wäre.

»Hey, pass auf!«

Mara reißt den Kopf hoch. In ihren Augenwinkeln glänzt es feucht.

»Alles okay? Wo sind die anderen?«, frage ich.

Sie verlangsamt ihre Schritte kaum. »Freya musste kotzen«, sagt sie statt einer richtigen Erklärung.

Fuck! Ich wusste, dass ihr Tempo bei den Drinks ungesund war. Aber das erklärt nicht, warum Mara aussieht, als hätte sie sich ebenfalls übergeben. Schockiert, angeekelt, gerötete Augen. Sie versucht, sich an mir vorbeizuschieben, den Kopf bereits wieder gesenkt.

»Würdest du mal zur Seite gehen?«, blafft sie.

»Wo ist Freya jetzt?«, frage ich und bin mit jeder Sekunde verwirrter und besorgter. Es passt nicht zu Mara, ihre beste Freundin allein zu lassen.

»Keine Sorge. Ihr geht's wieder gut. Jan ist ja bei ihr.« Jan ist ... Moment ... was?

»Und sie wollen nicht gestört werden bei ihrem wichtigen, geheimen Gespräch. Deswegen gehe ich jetzt nach Hause. Sag den anderen, mir ging's nicht gut oder so was.«

Mara quetscht sich endgültig zwischen mir und der Wand hindurch und öffnet die Tür.

»Warte, was ...«

Weg ist sie.

Mein Herz hämmert in den Ohren, während ich langsam die Treppe hinuntersteige und der Rest des spärlich beleuchteten Ganges in Sichtweite kommt. In gut fünf Metern Entfernung macht er einen Knick. Dahinter sind die Toilettentüren und der Zigarettenautomat.

Langsam schleiche ich weiter in Richtung der gedämpften Stimmen, die ich zwar bereits hören, aber noch nicht verstehen kann.

In meinem Inneren tobt ein Kampf fantasytrilogischen Ausmaßes. Eine Hälfte schreit mir zu, umzudrehen, nach oben zu gehen und meiner Freundin und meinem besten Freund zu vertrauen. Ich könnte etwas zu essen bestellen, auf die beiden warten und dann fragen, ob etwas passiert sei.

Die andere Hälfte spielt eine Diashow vor meinem inneren Auge ab: Freya und Jan, die sich necken.

Ich mache noch einen Schritt.

Freya und Jan, die gemeinsam lachen.

Noch ein Meter bis zur Ecke.

Freya und Jan, die verstohlene Blicke und Zeichen wechseln.

»Wann wirst du es ihm endlich sagen?« Jans Stimme ist leise und eindringlich. Ich presse mich gegen die Wand, meine Atmung ist sowieso schon flach.

»Hör auf, mich zu bedrängen. Ich sag es ihm, wenn die Zeit dafür reif ist.« Freya klingt müde – und fremd. Überhaupt nicht, wie sie klingt, wenn ich mit ihr zusammen bin. Wenn wir alleine sind.

»Je länger du wartest, umso schlimmer wird es. Freya, bitte! Er ist mein bester Freund. Ich kann das nicht länger für mich behalten.« Mein Herz wird zu Stein. »Wenn du es ihm nicht sagst, sag ich es ihm.«

»Halt dich da gefälligst raus«, zischt sie.

Etwas raschelt. Plötzlich höre ich Schritte. Mit mehr Energie, als ich fühle, springe ich ein paar Schritte zurück und tue so, als wäre ich eben erst runtergekommen.

»Dafür ist es ein bisschen zu spät, oder?«, sagt Jan, diesmal lauter, dann biegt Freya um die Ecke und hält so abrupt inne, als wäre sie gegen eine unsichtbare Wand gelaufen.

»Chris«, haucht sie, die Augen vor Schreck geweitet. Hinter ihr kommt Jan zum Vorschein und blickt unsicher von mir zu Freya und hinter sich in den Gang, wie um abzuschätzen, ob ich die beiden gehört haben könnte.

Ich treffe die Entscheidung in Sekundenbruchteilen, und sie ist weder logisch noch gut oder schlecht. In dieser Sekunde weiß ich nur eins: Ich kann nicht noch mehr Drama in meinem Leben ertragen. Ich will nicht mehr. Mir ist es lieber, die Menschen halten ihren Scheiß von mir fern. Dann muss ich mich wenigstens nicht damit auseinandersetzen.

»Hi, da seid ihr. Ich glaube, Mara ist eben gegangen. Ihr ging's wohl nicht so gut. Bestellt ihr die nächste Runde?«

Dann drängele ich mich ohne einen weiteren Blick an den beiden vorbei und verschwinde in der Toilette.

26

Jetzt (Freya)

»Ich habe es mir anders überlegt. Lass uns einfach eine Zapfanlage in diese Ecke stellen und meine alte Boombox in die andere!«

Soeben ist eine Staubwolke wie eine Lawine auf mich hinabgerauscht und sorgt dafür, dass ich von Niesern geschüttelt werde, die locker eine Sieben auf meiner persönlichen Richterskala erreichen. Wenigstens werden auf diese Art hoffentlich alle Spinnen und Käfer direkt mit abgeschüttelt, die im Schutze des kleinen Sandsturms ebenfalls auf mich niedergegangen sind.

»Ich bin Eventmanager, Freya. Das wäre gegen meine Berufsehre.« Chris wienert in aller Ruhe an einer Fensterscheibe herum. Klar, da würde ich mich auch nicht beschweren. Die Gefahr einer Staublunge ist wesentlich geringer, wenn das Arbeitsgerät aus einem Eimer mit Wasser und einem Fensterabzieher besteht.

»Ex-Eventmanager«, erinnere ich ihn und versuche, diesmal vorsichtiger, die nächsten Staubspinnweben mit meinem Besen zu erreichen.

Heute ist schon der zweite Tag, den Chris und ich damit

verbringen, die Tenne wieder auf Vordermann zu bringen. Ich kann es mir wirklich nicht erklären. Als ich vor ein paar Tagen hier durchgegangen bin, sah es überhaupt nicht nach viel Arbeit aus. Aber es scheint sich mit den Aufräumarbeiten in der Tenne so zu verhalten wie mit dem Hufflepuff-Becher aus Harry Potter. Sobald man sie berührt, multiplizieren sie sich. Vor allem, wenn man sich als Co-Veranstalter ausgerechnet jemanden aussucht, der die letzten fünf Jahre seines Lebens damit verbracht hat, hochkarätige Abendgalas, Roadshows und Firmenevents zu planen und umzusetzen.

»Trotzdem, das liegt mir im Blut. Und du willst unseren erlesenen Gästen doch etwas bieten, für das sich die Anreise lohnt, oder? Was würden *Laura Kannseinfach* und *Bro Jo Hannes* sagen, wenn sie statt der versprochenen ›Revival-Party mit Nostalgieflair und Scheunenromantik‹ nur Bockwürstchen und schales Bier vorgesetzt kriegen?« Chris schmunzelt mir von seinem Platz an den bodentiefen Fenstern zu und wischt sich mit einer Hand nachlässig die Haare aus der Stirn.

Er spielt auf meinen Einladungstext an, bei dem ich mich vielleicht ein klein bisschen von meiner Vorfreude habe hinreißen lassen. Es scheint aber gewirkt zu haben, denn neben Laura und Johannes haben bereits zwanzig weitere Personen zugesagt. Und das nach nur fünf Tagen.

»Die sollen sich nicht so anstellen. Hat ja früher auch gereicht.«

Ich klettere von der Holzkiste, die ich als Tritt benutzt habe, und schüttele meine Haare über dem Kopf aus, da ich die Befürchtung habe, nicht mehr blond, sondern grau zu sein. Das macht harte körperliche Arbeit mit einem Menschen. Manchmal innerhalb eines einzigen Vormittags.

Chris kommt zu mir und legt mir die Arme um die Taille, bevor er mir einen Kuss mitten auf meine verstaubte Stirn drückt. »Nicht jeder ist so genügsam wie wir.«

»Bin mir nicht sicher, ob das ein Kompliment oder eine Beleidigung ist«, antworte ich grummelig.

»Diese Entscheidung würde ich dir niemals abnehmen.«

Lächelnd stelle ich mich auf die Zehenspitzen und ziehe diesen großartigen, im Gegensatz zu mir quietschsauberen Mann zu mir hinunter. Quälend langsam lässt Chris eine Hand unter mein leichtes Sommertop gleiten und streicht meine Wirbelsäule entlang. Mir entfährt ein Seufzen.

»So wie die andere übrigens auch nicht«, haucht er. »Aber wenn ich dir dabei helfen kann ...« Er streichelt weiter, doch das kribbelige Gefühl in mir hat sich verflüchtigt.

»Ich dachte, ihr wolltet putzen?«

Wir springen auseinander. Sibylle hatte schon immer das Timing einer römisch-katholischen Ordensschwester. Sie scheint einen siebten Sinn für nicht jugendfreie Aktivitäten zu haben. Und das sogar bei Menschen, die ja mittlerweile selbst »jugendfrei« sind, so wie Chris und ich.

Mit einem verschmitzten Grinsen kommt sie durch die Scheune auf uns zu, in den Händen etwas, das meiner kurzzeitig gedämpften Laune sofort wieder Aufschwung gibt.

»Stärkung gefällig?«, fragt sie und stellt das Tablett mit Keksen und zwei großen Gläsern Milch auf die Holzkiste neben mir.

»Immer.«

Der erste Keks ist bereits in meinem Mund, während Sibylle sich um die eigene Achse dreht und unseren Fortschritt inspiziert.

»Langsam wird's. Wir haben wirklich viel zu lange nichts hieraus gemacht«, sagt sie mit einem Kopfschütteln, das ich nur als bedauernd bezeichnen kann. Ich verkneife mir ein Lächeln. Auch wenn sie etwas anderes behauptet hat, ich weiß, dass es zumindest bei ihr Wirkung zeigt, diesen ganz besonderen Ort zu neuem Leben zu erwecken. Und das ist immerhin die halbe Miete.

Meine Mutter wäre trotzdem nicht meine Mutter, wenn sie uns nicht auf die vielen Kleinig- und Großigkeiten aufmerksam machen würde, die wir in den nächsten Tagen noch zu beheben haben. *Der Boden ist ja noch ganz schmutzig, was ist mit Stühlen, und, ach, haben wir eigentlich schon dran gedacht, Hermann vom Getränkemarkt anzurufen und Bier, Wein und Wasser vorzubestellen, und wer soll eigentlich zapfen?*

Ich überlasse es Chris, diesen Drachen zu erschlagen. Immerhin macht er das beruflich. Also Events, nicht Drachen töten. Wobei, wenn ich mir so seine Unterarme anschaue, hat er vielleicht ein Nebengewerbe.

Nach zehn Minuten ist Sibylle anscheinend zufrieden und weht in einem Hauch aus Patschuli wieder hinaus.

Ich lege Chris die Hände an die Taille. Sanft lässt er seinen Daumen über meinen Hüftknochen kreisen.

»Ich meinte das ernst vorhin. Wenn du reden willst …«, nimmt Chris das Gespräch wieder auf.

»Ich will nicht reden«, sage ich etwas zu brüsk und rudere sofort zurück. »Ich meine, danke für das Angebot, aber das ist etwas, das ich mit mir ausmachen muss. Und ich weiß, dass es unfair von mir ist, dich warten zu lassen, aber …«

»Freya, ich habe elf Jahre gewartet. Ich schaffe ein paar weitere Tage.«

Sein Blick ist so warm und zuversichtlich, dass mein Herz schwer wird.

»Chris, ich …« Ich will es ihm sagen. Dass mein neuer Arbeitsvertrag oben in meinem Zimmer liegt, sorgfältig verborgen unter meinen alten Tagesplanern, und darauf wartet, unterschrieben zu werden. Und auch, dass ich ihn noch nicht unterschrieben habe …

»Hm?«

Ich werde es ihm sagen, sobald ich unterschrieben habe. Sobald es feststeht. »Ich muss mich jetzt leider noch um ein paar andere Dinge kümmern«, sage ich stattdessen. Immerhin keine Lüge. Die Kekse haben mich daran erinnert, dass eine spezielle Person noch auf ihre Einladung wartet. »Magst du heute Abend noch mal vorbeikommen?«

Ich verbinde die Frage mit einem Augenaufschlag, der hoffentlich sexy aussieht und nicht, als hätte ich noch ein Staubkorn unter meinem Lid.

»Vielleicht morgen«, sagt er und lässt mich los. Es könnte unser Motto werden: Vielleicht morgen. Vielleicht später. Vielleicht geht das Wort vielleicht einem viel zu leicht über die Lippen.

Es gibt wirklich wenige Momente, in denen eine Hippie-Mutter von entscheidendem Vorteil ist. Einer ist der Moment, in dem man zu einer Flower-Power-Party eingeladen ist und dringend authentische Accessoires sucht (selten), ein anderer, wenn man beschlossen hat, eine Saftkur zu machen und sich ab sofort nur noch von püriertem Bio-Gemüse zu ernähren (seltener). Der dritte ist, wenn man nach einer originellen Einladung für die ehemals beste Freundin sucht und die Wahl auf Gras-Kekse fällt, ohne dass man wüsste, wo im Heimatkaff gerade die Umschlagplätze für wirklich gutes Weed sind.

Ich glaube nicht, dass Sibylle jemals dahintergekommen ist, dass ich bereits im zarten Alter von 17 Jahren ihren geheimen Anbauplatz zwischen Tomaten und Kürbis ausfindig gemacht habe. Und vor ein paar Wochen habe ich festgestellt, dass zumindest das sich in den letzten Jahren nicht geändert hat. Nicht, dass meine Mutter regelmäßig gekifft hätte, soweit ich das einschätzen kann. Aber wie andere ihren Wein genießen, hat meine Mutter sich eben gerne mal einen Joint angezündet. Nicht, wenn ich zu Hause war; nie, wenn ich zu Hause war. Ich habe es immer nur dann gemerkt, wenn ich mal selbst etwas »ernten« wollte und ein paar der Blätter fehlten.

Zwei Stunden später sitze ich mit meinem Backerzeugnis – fünf Kekse, die mit viel Fantasie die Buchstaben P-A-R-T-Y darstellen – auf dem Rad und fahre zu Mara. Ich habe ihr vorhin kurz geschrieben, während ich darauf wartete, dass die Kekse abkühlen, und dabei sorgsam darauf geachtet habe, dass niemand der Küche zu nahe kommt. Auf unser erstes Treffen vor mittlerweile fast drei Wochen ist zwar kein weiteres mehr gefolgt, dafür aber ein stetiger Strom an Nachrichten, lustigen Memes auf Instagram und den damit korrespondierenden Likes, und das empfinde ich als solides Fundament.

Es wäre mir trotzdem falsch vorgekommen, Mara über Social Media einzuladen wie den ganzen Rest. Mara ist nicht wie der Rest. Sie verdient mehr. Vor allem, da ich noch einiges wiedergutzumachen habe, wenn ich ... ja, wenn ich was?

Ich radele unter der Bahnbrücke hindurch, die den eher ländlichen Teil der Stadt von dem dichter besiedelten abtrennt. Immer wieder ist dieser Job in den letzten Tagen durch meinen Kopf geflattert. Alles, was ich wollte. Eine großartige Chance ... warum fühlt es sich dann an wie eine Bürde? Das Gefühl ist wie eine lästige Mücke, die einem nachts den Schlaf raubt und verschwunden ist, sobald man das Licht anmacht. Ich kann nicht ganz greifen, was ich davon halten soll. Ich habe mich schon lange nicht mehr so ... gesund gefühlt wie jetzt. Yoga mit Sibylle, endlich wieder eine Beziehung zu meinen Eltern aufbauen, alte Freunde sehen, Chris ... immer wieder Chris. Aber ich wollte eine Karriere, oder? Kann ich das wirklich aufs Spiel setzen für einen Mann, dem ich schon vor elf Jahren nicht genug war? Was heißt das dann? Dass ich damals anders hätte entscheiden müssen? Dass mein gesamtes Leben vom Abi bis jetzt ein Intermezzo war? Eine Pausen-Show?

Auch jetzt schiebe ich den Gedanken an Hamburg und alles, was damit zusammenhängt, zur Seite und konzentriere mich stattdessen lieber auf das, was vor mir liegt. In exakt diesem Moment ist das ein Schlagloch, das nur von einem Meteoriten stammen kann.

Es fällt mir immer noch ein bisschen schwer, meine Mara von früher in der Hausfassade zu erkennen, aber anders als beim letzten Mal ändert sich das sofort, als sie die Haustür öffnet.

»Hey, schön, dass du dich gemeldet hast.«

Sie zieht mich in eine kurze, feste Umarmung.

»Schön, dass du Zeit hattest«, sage ich in ihre wuscheligen Locken.

»Komm rein. Kaffee?« Sie wirft mir über die Schulter ein Lächeln zu, das nur zu circa 40 Prozent ironisch ist. »Oder sollen wir die Ankündigung vom letzten Mal wahr machen und Sekt trinken und über Jungs reden?«

Ich pruste. »Kaffee erst mal, danke.«

Wobei es da tatsächlich einen Jungen gibt, über den ich reden muss.

»Wollen wir in den Garten gehen?« Mara deutet in Richtung der Sonne, die durch das Küchenfenster strahlt, während sie Thermoskanne und Kaffeebecher auf einem Tablett anrichtet.

Ganz kurz durchzuckt mich ein seltsamer Stich. Sie hat einen Garten. Einen, der am Haus ist. Nicht einen dieser seltsamen Schrebergärten, die in Hamburg so beliebt sind. Ich habe nie verstanden, wieso ich mir einen »Garten« zulegen sollte, wenn ich trotzdem erst einmal eine Dreiviertelstunde mit dem Auto fahren muss, um einen Wein auf meiner Sonnenliege zu genießen. Eine direkt erreichbare Toilette haben die Dinger meistens auch nicht. Und man muss sich um sie kümmern. Das ist kein Garten, sondern eine Außendienststelle ohne Dach.

»Klar, gerne«, sage ich und folge ihr durch den Flur und das Wohnzimmer.

Maras Garten ist alles, was ich erwartet habe. Hinter einer akkuraten Terrasse aus dunklem Stein schließt sich ein Rasenstück an, das links und rechts von kleinen Bäumen begrenzt wird. Fast wie ein Mini-Tor. Rund um den Garten liegen liebevoll bepflanzte Beete, und auf dem Rasen finde ich die üblichen Beweise für Kinder: eine dieser gelb-rot-blauen Plastikrutschen, standesgemäß auf die Seite gekippt, ein bunter Ball und – aus mir unerfindlichen Gründen – eine einzelne Socke.

»Hast du deine Familie wieder ausquartiert?«, frage ich, setze aber ein ironisches Lächeln auf, damit sie mich nicht falsch versteht.

Ein kleiner Anflug von Scham huscht über ihr Gesicht. »Alex ist arbeiten, und Emma ist in der Schule. Matthis macht gerade sein Mittagsschläfchen.« Sie wedelt mit dem Babyfon, das ich auf dem Tablett zwischen Kaffee, Tassen und den leckeren Keksen vom letzten Mal gar nicht bemerkt habe. Deswegen durfte ich also vorhin nicht klingeln, sondern sollte ihr schreiben, wenn ich da bin. »Sorry, dass ich letztes Mal so … komisch war. Ich wusste einfach nicht, was ich erwarten soll.«

»Schon okay. Ich bin nicht sauer oder so.«

Mara nickt erleichtert. »Also, ich weiß, ich habe gesagt, dass ich es gut finde, dass du nicht mehr nur von dir redest, aber …« Sie hebt ihre Tasse an die Lippen und pustet auf den Inhalt. »Wenn du so gar nix von dir erzählst, ist das irgendwie auch komisch. Also, was ist bei dir so passiert?«

»Wie viel Zeit hast du?«, frage ich.

Mara wirft einen kritischen Blick zum Babyfon. »Stunde?«

Ich mache ein zischendes Geräusch mit dem Mund. »Ouh, das könnte sehr knapp werden. Ich erzähle immer gerne und ausschweifend von mir, weißt du?«

»Arsch.«

Wir grinsen uns kurz an, dann wedelt Mara mit der Hand. »Ja, dann los. Trödel nicht so rum!«

Die alte Mama.

Ich nehme einen kleinen Schluck Kaffee und fange an.

Seltsam, wie sich meine Geschichte verändert hat. Vielleicht nicht die Geschichte an sich, aber wie ich sie erzähle. Alles, was mit Thorsten und meinem alten Job zu tun hat, geht mir mittlerweile leichter von den Lippen. Sogar der Antrag. Sogar die Kündigung. Sogar die Tatsache, dass ich jetzt auf einem Futon neben Buddha wohne. Ein Fakt, der Mara über die Maßen zu amüsieren scheint. Von Sibylles Yoga-Stunden hat sie schon gehört und sogar mal überlegt hinzugehen, gesteht sie mir.

Als ich ihr vom bevorstehenden Verkauf des Hofs erzähle, reagiert Mara – natürlich – vernünftig, erkennt an, dass das hart für mich sein muss, aber betont auch, dass es nicht meine Entscheidung ist. So war das mit Mara schon immer. Für bedingungslosen emotionalen Support war sie nie die Richtige. Wenn man hingegen einen ungeschönten

Realitäts-Check braucht, ist man bei ihr an der richtigen Adresse. Und genau deswegen weiß ich auch, dass der letzte Punkt der Liste unangenehm werden wird.

Ich liege nicht falsch. Als ich ihr von Chris erzähle, und vor allem davon, was zwischen ihm und mir seit meiner Rückkehr passiert ist, verdüstert sich ihre Miene. Trotzdem lässt sie mich zu Ende erzählen, bevor sie die Frage stellt, von der ich weiß, dass sie ihr auf der Zunge brennt.

»Bist du dir sicher, dass das eine gute Idee ist?«

Volltreffer.

Ich wäge meine Antwort ab. Es bringt nichts, Mara mit Schnellschuss-Antworten abzufertigen. Das durchschaut sie sofort.

»Es *fühlt* sich wie eine gute Idee an. Anders als früher. Und ich schätze, der Gedanke an ihn hat mich nie ganz losgelassen. Aber ... ich weiß nicht ...«

»Offenbar.« Um Maras Mund ist ein Zug, den ich nicht einordnen kann.

»Wie meinst du das?«

»Du kannst dir ruhig einreden, dass du zurückgekommen bist, weil es in Hamburg gerade scheiße lief. Aber Fakt ist, du hättest zu deiner Freundin gehen können. Zu Elisa. Oder im wahrsten Sinne des Wortes überallhin. Aber du bist hierhin zurückgekommen.«

»Und?« Ich halte meine Kaffeetasse halb erhoben in der Luft, traue mich aber nicht, einen Schluck daraus zu trinken. Wer weiß, was mich erwartet. »Ich wusste nicht, dass Chris hier ist.«

»Mag sein, aber was dich zurückgetrieben hat, war trotzdem der Gedanke daran, dass du hier immer die Kontrolle hattest. Auch über Chris. Als wir alle noch hier waren, hast du die Regeln gemacht, Freya. Das soll kein Angriff sein, das war einfach so. Und ich glaube, was dich eigentlich nicht losgelassen hat, war der Gedanke an dieses Gefühl. Bist du dir sicher, dass du nicht eigentlich versuchst, das zurückzukriegen? Kontrolle?«

Gut, dass ich nicht getrunken habe. Weise Entscheidung. Denn meine Luft- und Speiseröhre schließen sich plötzlicher als ein Klub während einer grandiosen Partynacht.

Kontrolliere ich Chris? Nein! Das ist doch Schwachsinn.

Mara beugt sich vor und legt ihre Hand auf meinen Unterarm, der immer noch tassenbewehrt auf halber Höhe zwischen mir und dem Tisch schwebt. »Ich meine das wirklich nicht böse. Aber als du damals gegangen bist ... du hast einfach eine Menge Chaos hinterlassen. Auch für Chris. Das ist alles. Und seitdem haben wir uns alle verändert. Wenn ihr es noch mal versuchen wollt, freue ich mich für euch, nur ... vergiss nicht, auch an ihn zu denken, okay? An das, was er will und braucht. Nicht nur daran, was für dich gut und richtig scheint. Und vor allem, wenn ihr es noch einmal versuchen wollt, dann lass ihn nicht wieder fallen. Sei dir einfach sicher.«

Ich beiße meine Zähne so fest aufeinander, dass ich meine, Zahnstaub in meinem Mund schmecken zu können.

In diesem Moment fängt das Babyfon an zu knacken und kurz darauf Geräusche auszustoßen, die sich nur entfernt menschlich anhören.

»Mist!« Mara lässt meinen Arm los und greift nach dem Möchtegern-Walkie-Talkie. »Du, ähm, kannst hier warten, wenn du willst?«, fragt sie zögerlich.

Ich weiß die Geste zu schätzen, wirklich, aber ich muss noch woandershin, und plötzlich habe ich das Gefühl, dass das nicht mehr warten kann.

»Schon okay«, sage ich lächelnd. »Und danke.«

Mara ist bereits aufgestanden. »Wofür?«, fragt sie irritiert.

»Dafür, dass du immer noch du bist und keine Angst hast, mir immer wieder die Wahrheit zu sagen.«

Ihre Gesichtszüge werden weich. »Wofür sind Freunde da?«

Als wir uns verabschieden, fällt mir siedend heiß ein, dass ich den eigentlichen Grund für dieses Treffen komplett vergessen habe. Hastig ziehe ich die Dose mit den Keksen aus meiner Handtasche. Mara wirft immer wieder Blicke über ihre Schulter. Das Babyfon in ihrer Hand plärrt in einer Tour. »Ich – also eigentlich Chris und ich –, wir veranstalten eine Party in der Scheune meiner Eltern. Samstag in einer Woche. Eine Art Stufentreffen oder Come-as-you-were-Party oder ... egal, würde mich freuen, wenn du kommst.«

Ich drücke einer sehr verwirrten Mara die Dose in die Hand.

»Ein Stufentreffen, übernächsten Samstag?« Sie schaut auf die Tupperware in ihrer Hand. »Was ist das?«

In diesem Moment gibt das Fon einen besonders durchdringenden Ton von sich.

»Egal, ich komme natürlich. Danke für die Einladung.«

Dann drückt sie mich eilig an sich und schließt die Tür, bevor ich etwas erwidern kann.

27

Ich schwinge mich mit gemischten Gefühlen auf das Rad. Und das liegt nur zu einem sehr kleinen Teil daran, dass ich so in meine eigene Erzählung vertieft war, dass ich es versäumt habe, Maras köstliche Schokokekse zu essen.

Was mir größere Magenschmerzen bereitet, ist der Ort, zu dem ich jetzt unterwegs bin. Ich weiß nicht genau, was ich mir davon erhoffe. Vielleicht tatsächlich einen Abschluss. Es sind die Dinge, die Sibylle gesagt hat. Und Mara. Die Dinge verändern sich. Ich spüre es. Alle machen mit ihrem Leben weiter, und ich … zum ersten Mal seit Langem denke ich, dass ich das auch will. Weitermachen. Aber vielleicht nicht so, wie es immer geplant war. Mara hatte nicht geplant, früh schwanger zu werden, und jetzt ist Emma ihr größtes Glück. Chris hatte nicht geplant, zurückzukommen, und jetzt ist er stärker als jemals zuvor, weil er es getan hat. Und nur deswegen habe ich ihn wiedergetroffen. Vielleicht brauche ich tatsächlich einen Abschluss. Und wo ginge das besser als hier?

Ich lehne mein Fahrrad gegen die halbhohe Mauer, die den Friedhof von der Straße abschirmt. Als ich das gusseiserne Tor ansteuere, werde ich seltsam nervös. Ich war noch nie auf einem Friedhof. Also nicht *wirklich*. Natürlich war ich schon mal auf einem Friedhof. Auf einem Kriegsfriedhof in Italien zum Beispiel, auf den unsere Lehrer uns während einer Klassenfahrt in der 12. geschleppt haben. Und einmal bin ich in Hamburg aus Versehen über einen Friedhof gejoggt und wurde von einer alten Frau mit einer Gartenschaufel angegriffen und als respektlos beschimpft. Dabei war es wirklich keine Absicht. Der Friedhof sah aus wie ein Park – zumindest bis zu dem Moment, in dem ich die Grabsteine bemerkt habe. Meine Erfahrungen mit Friedhöfen sind also weder besonders umfangreich noch positiv. Andererseits … wessen sind das schon?

Während ich durch die Pforte trete, zupfe ich mein Top zurecht. Irgendwie habe ich das Gefühl, ordentlicher und hochgeschlossener aussehen zu müssen. Ohne zu wissen, warum, biege ich nach rechts ab. Langsam gehe ich an den Gräbern entlang. Mein Blick gleitet über die Grabinschriften. Auf manchen steht nur ein einziger Name, immer wieder sind auch Mann und Frau dabei. Es gibt schlichte und kunstvoll verzierte mit extra Gravur. Betende Hände oder Engel. Während ich die Namen lese, geht meine Fantasie auf Wanderschaft. Ich überlege, wer die Menschen gewesen sein könnten, was sie erlebt haben. Steht die Art des Grabsteins in irgendeiner Weise dafür, wie der Mensch zu Lebzeiten war? Geradlinig oder verschnörkelt? Wie sah das Leben von jemandem aus, der Marianne Kramer hieß und am 05.07.1998 verstorben ist? Hatte sie Kinder? Enkel? Hatte sie eine Karriere? Viele Freunde? Oder war sie eher eigenbrötlerisch?

Je weiter ich mich vom Eingang entferne, desto weniger verwittert sind die Grabsteine. Bis eine ungewöhnliche Datumsangabe mich abrupt innehalten lässt.

02.01.2007 – 02.01.2007

Darunter nur ein Name:

Finn

Kein Nachname.

Mein Herz springt mir in den Hals. Finn – ich kenne Finn genauso wenig wie die anderen Personen, die hier begraben liegen. Trotzdem ist dieser Stein etwas anderes. Dieses Grab, dieser Ort. Und genau das wollte ich doch, oder? Mich erinnern, Buße tun. Meine Augen brennen. Schnell wende ich mich ab und haste zurück Richtung Eingang, während der Boden vor meinen Füßen zu verschwimmen droht. Etwas zu wollen und etwas zu bekommen sind zwei ganz verschiedene Dinge. Ich kann das nicht. Es war eine dumme Idee. Wieso habe ich gedacht, ich müsste mich altem Schmerz stellen, um weiterzumachen? Das habe ich doch die letzten Jahre auch anders gut hingekriegt, oder? Oder eben nicht! Aber das ist egal. Es ist mir egal! Alles ist besser als …

»Freya?«

Ich blinzele die aufkommenden Tränen weg und fahre

herum. Zwei Schritte entfernt steht Chris und sieht mich fassungslos an.

»Ähm, hi, ich … ähm«, stammele ich.

»Was machst du denn hier?«

Er schaut zu einem Grabstein links von mir, und dann besorgt in mein Gesicht. »Kennst du …?«

Schnell schüttele ich den Kopf. »Nein, ich … ähm …«

Freya, reiß dich zusammen! Überleg dir was! Irgendwas!

»Ich wollte … deinen Vater besuchen.«

»Meinen Vater?«, fragt Chris erstaunt.

Ich nicke. Erst zaghaft. Dann, als sich sein Gesichtsausdruck von Erstaunen zu etwas Sanfterem verändert, mit mehr Nachdruck. Es war nicht mein ursprünglicher Plan. Jetzt frage ich mich, warum nicht.

Chris macht einen Schritt auf mich zu und greift nach meiner Hand. »Komm mit.«

Hand in Hand gehen wir weiter, ohne ein Wort zu sagen. Mit jedem Schritt merke ich, wie der Knoten um meine Brust sich langsam löst. Als würde etwas von dieser Enge durch meine Finger zu Chris und dann abfließen. Wir biegen in einen schmalen Nebengang ab. Vor dem dritten Grab bleibt Chris stehen.

Wolfgang Wenning.

Das Grab ist verhältnismäßig klein, wie fast alle der neueren, und sehr gepflegt. Nicht ein Halm, wo er nicht hingehört. Gelbe und rote Stiefmütterchen stehen in kleinen Gruppen zusammen, als würden sie sich wie echte Stiefmütter über den neuesten Klatsch und Tratsch austauschen. Chris' Mutter muss viel Zeit damit verbringen, hier nach dem Rechten zu sehen.

Wieder einmal wird meine Speiseröhre eng. Gräber sollen ein Ort der Erinnerung an einen geliebten Menschen sein. Etwas, das den Hinterbliebenen Halt, Hoffnung und Trost gibt, aber manchmal frage ich mich, ob nicht genau das Gegenteil der Fall ist. Ob es einen nicht eher bedrückt und runterzieht, immer und immer wieder physisch vor Augen geführt zu bekommen, dass eine Person, die einem so viel bedeutet hat, jetzt nicht viel mehr ist als ein gravierter Stein und ein paar Blumen. Etwas, das verwittert, und etwas, das verwelkt.

»Ich komme fast jeden Tag her«, sagt Chris, ohne den Blick vom Grabstein abzuwenden.

Überrascht sehe ich ihn an. Chris ist derjenige, der die Blumen pflanzt und das Unkraut jätet?

»Wieso?«, frage ich, bevor ich mich davon abhalten kann, und füge schnell hinzu: »Ich meine, macht dich das nicht immer wieder traurig?«

Er zuckt mit den Achseln. »Ich habe das Gefühl, das bin ich ihm schuldig. Weil ich schon nicht«, er atmet durch, »auf der Beerdigung war. Und wenn ich deshalb traurig bin, umso besser.«

In diesem Moment wird mir klar, dass auch Chris noch festhält. An der Vergangenheit. Egal, wie sehr er sich weiterentwickelt hat, ein Teil von ihm kann ebenso wenig loslassen wie ich. Mein Herz wird gleichzeitig eng und unglaublich weit. Ich fühle mich ihm so verbunden wie noch nie zuvor. Sanft drücke ich seine Hand, die immer noch in meiner liegt.

»Darf ich etwas sagen?«

Chris nickt mit ein paar Sekunden Verspätung. »Jaja, ich weiß, er würde nicht wollen, dass ich traurig bin, blabla …«

»Nein, das ist es nicht«, falle ich ihm ins Wort und bin froh, als er mich endlich ansieht. »Ich glaube, ich habe mich einfach nur gefragt: Tust du das für ihn oder für dich?«

Eine steile Falte bildet sich auf seiner Stirn. »Darüber … habe ich noch nie nachgedacht.«

Er sagt es sehr langsam, als müsse er erst sichergehen, dass er diese Worte denken und sogar aussprechen darf.

»Ich glaube, ihm ist es egal, wie und wo du dich an ihn erinnerst, solange du es nur tust. Solange du ihn in deinen Gedanken und in deinem Herzen trägst, kann er nicht in Vergessenheit geraten, vollkommen unabhängig von irgendeinem Grabstein.«

Chris' Blick flackert kurz, aber er sieht zumindest nicht weg.

»Aber wenn du das brauchst, ihn hier zu besuchen, dann ist das auch völlig okay. Wenn es dir damit besser geht. Nur …« Ich suche verzweifelt nach den richtigen Worten. »Manchmal macht man Dinge, von denen man weiß, dass sie niemandem helfen, nur um an einem alten Schmerz festzuhalten. Weil wir irgendwie glauben, dass es dieser Schmerz ist, der uns an die Person bindet. An das, was wir verloren haben. Aber das stimmt nicht. Es ist nicht das, was wehtut, an das wir uns erinnern sollten, sondern … an alle Dinge, die davor passiert sind.«

Während der letzten Worte war ich diejenige, die Chris' Blick nicht länger standhalten konnte. Jetzt starre ich intensiv auf meine Füße, die in Riemchensandalen stecken, und versuche erneut, meine Speise- und Luftröhre irgendwie zu weiten. Gibt es da irgendwelche Dehnübungen, YouTube-Tutorials, die ich mir dazu ansehen kann? Das wird zu einer lästigen neuen Sache.

Dann spüre ich Chris' Finger, die sich sanft um mein Kinn legen und meinen Kopf hochdrücken, bis ich ihn wieder ansehen muss. Seine Augen sind traurig, aber die stumme Verzweiflung ist verschwunden.

»Woher weißt du das alles?«, fragt er mit rauer Stimme.

»Ich kenne dich einfach.«

Er lehnt den Kopf leicht zur Seite und mustert mich, bis ich wieder versucht bin wegzusehen. Aber seine Hand hält mein Gesicht eisern fest. »Aus deiner Familie ist noch niemand gestorben, oder? In den letzten Jahren?«

»Meine Großeltern«, sage ich schnell.

»Das war vor deiner Geburt.«

Ich zucke mit den Schultern und beiße mir auf die Lippen. Kann meine Luftröhre bitte endlich wieder für den normalen Linienverkehr öffnen?

Endlich nickt Chris und seufzt. »Ich glaube, du könntest recht haben. Wenn ich ehrlich bin, komme ich her, weil ich dann das Gefühl habe ... ein bisschen weniger schuldig zu sein. Mit jedem Besuch ein bisschen weniger. Aber dann wird es über Nacht wieder mehr ... Ich habe keine Ahnung.«

Ich habe Ahnung. Jede Menge Ahnung. Viel mehr, als er denkt. Aber auf eine wundersame Art macht seine Hand in meiner alles wesentlich erträglicher, und weil ich hoffe, dass es ihm genauso geht, greife ich jetzt auch nach seiner anderen und löse sie von meinem Kinn.

»Wie schließe ich damit ab?«

Sein Blick trifft mich wie ein Pfeil. Da ist sie wieder. Die ganze Qual. Das, was ich damals darin gesehen und nicht verstanden habe. Das, was ich an unserem ersten gemeinsamen Abend gesehen habe und nicht wegwischen konnte. Das, womit ich auch jetzt nicht umgehen kann. Weil ich ihn so nicht sehen will, nie wollte, und gleichzeitig keine Antwort auf die Frage habe. Denn eins weiß ich mit Sicherheit: Mein Weg ist nicht der beste. Aber er ist der einzige, den ich kenne. Und deswegen stelle ich mich auf meine Zehenspitzen und lege meine Lippen auf seine.

Eine Sekunde vergeht. Dann noch eine. Endlich werden seine Lippen weich, und er lässt eine meiner Hände los, um mich an der Taille zu packen. Es ist kein wilder Kuss. Nur ein Versprechen. Dass es besser wird. Wenn man nicht zu oft darüber nachdenkt. Und dass ich die Meisterin der Ablenkung bin.

Wie gut ich darin bin, wird mir allerdings erst eine halbe Stunde später bewusst. Da Chris zu Fuß gekommen ist, schiebe ich mein Rad neben ihm die fast leere Umgehungsstraße entlang, die vom Friedhof zurück zum Stadtkern führt.

Die Stimmung ist vorsichtig optimistisch, würde ich sagen. Auf jeden Fall nicht so bedrückt, wie ich es mir nach einem Besuch auf dem Friedhof immer vorgestellt habe. Aber auch weit entfernt von einem Rave in Berlin. Irgendwo dazwischen. Auf dieser winzig kleinen Skala.

»Ich fand es schön, dass du eben da warst«, sagt Chris.

Ich nicke und lächele mit einem Mundwinkel. Das Knirschen meiner Räder auf dem sandigen Asphalt und unsere Schritte sind die einzigen Geräusche. Wie still es in Werne ist, fasziniert mich immer wieder.

»Wenn du in Zukunft mal jemanden brauchst, der mit dir kommt, meld dich einfach«, sage ich und meine es so, bis mir wieder einfällt, was passiert ist, bevor ich Chris vorhin begegnet bin. »Nur vielleicht nicht jeden Tag«, füge ich schnell hinzu. Es ist zwar einfacher mit ihm, weil alles mit ihm einfacher erscheint, aber man muss ja nicht direkt übertreiben.

»Soll ich doch sowieso nicht mehr machen.«

Ich knuffe ihm in die Seite. »Du sollst machen, womit auch immer es dir gut geht. Das ist alles.«

Chris nickt nachdenklich. Dann packt er mich am Arm und zwingt mich stehen zu bleiben. In seinen grünen Augen liegt jetzt keine Trauer mehr. Nur ... Unsicherheit?

»Wäre es okay«, setzt er an und unterbricht sich sofort. »Ich meine, ich dachte, ich könnte ...«

»Beeindruckend, was du so alles tust«, sage ich lächelnd. Zum Dank ernte ich eine hochgezogene Augenbraue. Er atmet tief durch. »Soll ich vielleicht doch heute Abend vorbeikommen?«

Mit einem Schlag verlässt das Blut mein Gehirn und nimmt sämtliche Ironie direkt im Handgepäck mit.

»Heute?«, stammele ich und beweise damit eine außerordentliche Auffassungsgabe.

»Es ist okay, wenn es dir nicht passt«, sagt er sofort und streichelt mit dem Daumen über meinen Arm. Wenn es überhaupt noch an Überzeugung gemangelt hätte, allein diese minimale Bewegung hätte den Ausschlag gegeben.

»Doch, passt mir!«, quietsche ich. Geschockt von meiner eigenen Stimme wiederhole ich wesentlich leiser: »Passt mir.«

Chris' Lächeln hat eine dunklere Nuance angenommen. Etwas zwischen leichter Selbstgefälligkeit und Vorfreude. Die Nervosität ist nirgendwo mehr zu sehen.

»Gegen acht?«

»Jap, prima, acht ist klasse.«

Sein Grinsen intensiviert sich.

28

Zwei Stunden später, um sieben Uhr, habe ich mich erfolgreich komplett wahnsinnig gemacht. Ich habe meinen Körper von allen Haaren befreit, die unterhalb meines Halses sprießen. Auch wenn ich nicht glaube, dass Chris der Typ ist, den ein paar Härchen abschrecken, fühle *ich* mich besser so, vorbereiteter.

Nachdem die Haare weg waren, habe ich mit überflüssigen Hautschuppen weitergemacht und mich gepeelt, bis ich sicher war, dass ich demnächst Sehnen und Muskeln freigelegt haben würde, wie auf den Schaubildern im Biobuch. Dementsprechend ausgiebig habe ich mir danach etwas von der leicht parfümierten Bodylotion mit Glitzerpartikeln zukommen lassen, die ich heimlich gekauft und dann in meinem Koffer vor Sibylle versteckt habe. Viel zu viel Chemie für einen natürlichen Körper, höre ich ihre Stimme in meinen Gedanken.

Es folgten zehn Minuten ausgiebiger Betrachtung im Badezimmerspiegel, an deren Ende ich mir eingestehen musste: Nein, es mag mir seltsam erscheinen, aber exzessiver Genuss von Ofenkäse, Schokolade und Rotwein haben nicht dazu beigetragen, dass mein Körper noch so aussieht wie vor elf Jahren. Nicht wirklich schlechter. Nur irgendwie ... reifer. Meine Kurven sind ausgeprägter, meine Brüste schwerer, auch wenn sie noch nie die größten waren. Eher wie schöne Wassertropfen und nicht mehr so sehr wie pralle Orangen, die jemand an meinen Oberkörper getackert hat.

Nachdem ich mit mir fertig war, habe ich mit meinem Zimmer weitergemacht, den Futon frisch bezogen und die Myriaden an Kerzen angezündet, die praktischerweise sowieso bereits jede ebene Fläche belagern. Sobald allerdings der letzte Docht entzündet war, kam ich mir dumm vor. Nicht nur, dass das ein Brandrisiko epischen Ausmaßes ist, der Raum sieht auch aus wie ein Tempel. Mit dem Futon als Opferaltar. Und ich bezweifle, dass Chris es besonders antörnend findet, wie ein Opferlamm zur Schlachtbank geführt zu werden. Also habe ich gut die Hälfte der Kerzen wieder gelöscht.

Die schwerste Aufgabe liegt allerdings noch vor mir. Mit schwachen Fingern greife ich nach meinem Handy und lasse mich auf den Sitzsack fallen. Ich kann es nicht länger vor mir herschieben. Natürlich habe ich es seit dem Nachmittag am Beachvolleyballfeld geahnt und seit dem Abend am See wohl gehofft ... Den Ausschlag hat allerdings der Moment heute auf dem Friedhof gegeben. Es war die Art, auf die Chris mich angesehen hat und mich, noch einmal, noch tiefer, in sich selbst hat schauen lassen. Es war seine Hand in meiner. Seit heute bin ich mir sicher, dass das zwischen uns mehr ist als die Erinnerung an eine vergangene Verliebtheit. Es ist anders. Er ist anders. Wenn ich irgendwie weitermachen will, egal mit was, brauche ich Chris dabei an meiner Seite. Und vielleicht kann ich ihm dann irgendwann die ganze Wahrheit sagen.

Ich entsperre den Bildschirm, scrolle durch die Kontakte und atme tief durch, bevor ich auf »anrufen« klicke. Es klingelt dreimal.

»Freya.«

Seine Stimme schickt einen vibrierenden Schock durch meine Glieder. Um ein Haar lege ich wieder auf.

»Hi«, sage ich stattdessen leise und stelle mir vor, wie Thorsten jetzt in unserer Hamburger Wohnung auf dem Sofa sitzt, weil er nicht der Typ ist, der an einem Tag unter der Woche abends ausgeht. Nicht einmal an einem Donnerstag, obwohl jeder weiß, dass der Donnerstag der neue Freitag ist. Ich weiß so genau, wie er dabei aussieht, dass es sich anfühlt, als säße ich direkt neben ihm. Ein zerknittertes T-Shirt und Boxershorts an, ein halbes Glas Wein auf unserem schönen Paletten-Couchtisch, eine Hand an seinem Handy, weil Thorsten ein Bildschirm allein nie zu genügen scheint. So ist das, wenn man viele Jahre mit jemandem zusammen ist. Man kennt sich. Man weiß …

Ein durchdringendes Quietschen klirrt aus dem Hörer, dicht gefolgt von Thorstens Stimme: »Sorry, ich bin gerade unterwegs nach Pauli. Gibt es was Wichtiges? Soll ich dich später zurückrufen?« Er hält kurz inne. »Oder vielleicht lieber morgen?«

Mein Unterkiefer klappt herunter. Thorsten? Unterwegs nach St. Pauli? *Dem* Bar- und Partyviertel in Hamburg – an einem Donnerstag?

Ich höre eine andere Männerstimme, die ich als Kevins identifiziere, und was er sagt, ist nicht besonders nett. Für mich. Oder Frauen im Allgemeinen.

Thorsten lacht kurz – dem Klang nach zu urteilen hat er das Handy ein Stück weggehalten –, aber behält wenigstens den Anstand, es nicht echt klingen zu lassen.

»Freya, bist du noch dran?« Jetzt ist seine Stimme wieder nah.

Ich fange mich. »Ja, äh, sorry, es ist nur …«

Was mache ich hier eigentlich? Thorsten geht es offensichtlich blendend. Er sitzt nicht zu Hause und denkt über unsere Beziehung nach. Ich ignoriere die Stimme in meinem Inneren, die mir genervt zuflüstert, dass ich das wohl auch kaum getan habe. Er ist mit seinen Jungs unterwegs und lebt sein bestes Leben. Warum sollte ich diejenige sein, die das Thema jetzt anschneidet? Nur weil ich diejenige war, die im Endeffekt gegangen, quasi ausgezogen ist? Wenn überhaupt spricht es doch wohl eher für mich, dass ich ihm die Wohnung überlassen habe! Ich habe zwar keine Palettenregale gebaut, Laminat verlegt, Regale zusammengeschraubt oder Wände tapeziert, aber … ohne mich wäre außer Tapete auch nicht viel anderes an besagten Wänden dran. So!

Ich habe eine Spur hinterlassen, oder? In der Wohnung? Bei … ihm? Oder hätte ich mir die letzten elf Jahre meines Lebens einfach klemmen können?

»Wir hatten eine gute Zeit, oder?«, frage ich leise.

Ein paar Sekunden lang höre ich nur den typischen Hamburger Feierabendverkehr aus dem Handy dröhnen.

Eine Mischung aus lachenden Menschen, Autolärm und einem beständigen Grundrauschen, das über Großstädten schwebt wie ein Schwarm Moskitos über dem Sumpf. Dann wird es plötzlich etwas leiser, und als Thorsten das nächste Mal spricht, weiß ich, dass er in eine Seitenstraße gegangen ist. Weg von seinen Freunden und der Hektik.

»Dann ist das hier also der Anruf, auf den ich seit Wochen warte?«

Ich schlucke. »Tut mir leid, dass ich mich nicht eher gemeldet habe.«

»Schon okay«, sagt er matt. »Ein Anruf also, hm? Ich vermute, das bedeutet, du kommst nicht zurück?«

»Nein ... ja«, ich atme tief ein und lasse meinen Blick aus dem Fenster schweifen. »Thorsten, ich ... glaube, dass ich etwas anderes brauche.«

Den Rest des Satzes lasse ich im Subtext mitschwingen: Etwas anderes als dich. Etwas anderes als das Leben, das wir zusammen führen können.

Er versteht mich trotzdem. Weil man nach so langer gemeinsamer Zeit vielleicht nicht vorhersagen kann, was der andere an einem gewöhnlichen Donnerstagabend tut, aber wie er denkt, wie er sich ausdrückt und was er damit meint, das hat man gelernt.

»Ich habe es mir gedacht. Schon lange eigentlich.«

Er klingt nicht wütend, nicht einmal traurig. Irgendwie hört er sich fast ... erleichtert an.

»Wirst du ... Geht's dir gut?«

»Ehrlich gesagt nicht.«

Mein Herz wird schwer. »Es tut mir leid.«

»Aber es wird besser werden.« Ich meine, ein leichtes Lächeln aus seinen Worten herauszuhören. »Und es muss dir nicht leidtun, okay? Du bist noch nicht so weit, und das ist in Ordnung, aber ich kann einfach nicht länger warten, verstehst du?«

Ich nicke stumm.

»Und deswegen bin ich froh, dass du anrufst. Jetzt können wir beide weitermachen.«

Es ist komisch. Die ganze Zeit hatte ich das Gefühl, dass Thorsten *mich* zurückhält. In meiner Karriere, meinen großen Plänen, die ich noch so hatte. Niemals wäre mir in den Sinn gekommen, dass er sich auch von mir gefesselt und eingeengt fühlen könnte.

»Und um deine Frage zu beantworten, ja, wir hatten eine gute Zeit. Eine sehr gute. Und auch, dass sie jetzt zu Ende ist, wird daran nichts ändern.«

Plötzlich sehe ich wieder den Mann vor mir, in den ich mich vor acht Jahren verliebt habe. Nicht den ständig müden und überforderten Thorsten, sondern den charmanten sensiblen Studenten, der sich irgendwie in mein Herz geschlichen hat. Wir haben uns auf dem Weg von damals bis hierhin aus den Augen verloren. An irgendeinem Punkt sind wir auf verschiedene Wege abgebogen, ohne es zu merken, und als wir angehalten haben, war es auch für Atlas und Navi schon zu spät. Ein Bild von Chris schiebt sich vor mein inneres Auge. Wie anders es sich mit ihm anfühlt. Als hätten all die Irr- und Umwege mich erst wirklich zu ihm geführt. Als hätten wir uns verlieren müssen, um uns finden zu können.

Etwas tropft auf mein nacktes Bein. Überrascht stelle ich fest, dass es eine Träne ist.

»Ich bin froh«, sage ich leise. »Froh, dass du es so siehst, und froh, dass wir uns getroffen haben.«

»Ich auch, Freya.« Jetzt höre ich sein Lächeln ganz deutlich. »Wenn du deine Sachen abholen und über die Möbel und alles Weitere reden willst, melde dich bei mir. Wir finden bestimmt eine Lösung.«

Und einfach so scheint sie tatsächlich zum Greifen nah.

Das Zeitintensive am Weinen sind nicht nur die Minuten, die man tatsächlich damit verbringt. Wenn man Make-up trägt, ist es auch die Zeit, die man danach noch investieren muss, um den angerichteten Schaden wiedergutzumachen. Ich habe das eventuell nicht ganz durchdacht mit der Reihenfolge heute Abend. Für die Zukunft weiß ich: *Zuerst* eine mehrjährige Beziehung beenden, *dann* schminken.

Ich stäube noch eine Schicht Puder auf meine gerötete Nase.

Hinzu kommt, dass mir durch das Telefonat nicht nur die Mascara entschwunden ist, anscheinend hat sie meine Lust direkt mitgenommen. Mir ist nach ziemlich viel zu Mute: Musik hören, Eis essen, Unmengen an Wein trinken, nur Sex steht nicht besonders weit oben auf der Prioritätenliste.

Aber absagen geht auch nicht mehr, es ist fünf vor acht, und Chris ist sicherlich schon unterwegs. Außerdem *will* ich ihn sehen. Ich will nur nicht mit ihm schlafen. Zumindest nicht jetzt, nicht heute. Ich habe das Gefühl, dass ich das der Beziehung mit Thorsten schulde … ein letztes Opfer, aber eins, das ich sogar gerne bringe. Auf eine sehr seltsame Art, die meine Vagina definitiv beschissen findet.

»Und ist die Spiritualität mittlerweile auf dich übergegangen?«

Chris lehnt mit einem ironischen Grinsen im Türrahmen. Dass ich im neuen Yogaraum meiner Mutter schlafe, ist ein Quell nicht endender Belustigung für ihn. Wenigstens habe ich vorhin auch die andere Hälfte der Kerzen ausgepustet. Ich will gar nicht wissen, was ich mir sonst hätte anhören können. Und was ich mir dabei gedacht habe, weiß ich ebenfalls nicht mehr. Selbst als Sex noch im Raum stand. Kerzen! Bin ich eine Protagonistin in der Bravo Foto Lovestory?!

»Ich glaube, mit mir und den Spirits ist es schwierig. Ich glaube nicht an sie, und sie glauben nicht an mich.«

Ich stehe relativ verloren in meinem Zimmer und kann mich gerade noch davon abhalten, am Saum meines Kleides herumzuzupfen. Warum bin ich plötzlich so nervös?!

Chris schüttelt den Kopf. »Ts, wie dumm von ihnen. *Ich* glaube an dich.«

Endlich kommt er hinein und bleibt direkt vor mir stehen. Vorfreude liegt in seinem Blick, als er mir eine Hand in den Nacken legt und mir einen sanften Kuss auf die Lippen haucht. Es braucht all meine Willensstärke, nicht in seinen Mund zu seufzen.

»Ich will nicht, dass du dir heute zu viele Gedanken machst, ja?«, raunt er und sieht mir tief in die Augen. »Was du vorhin auf dem ...«, er unterbricht sich kurz, als würde er sich an dem nächsten Wort verschlucken, »was du heute Nachmittag gesagt und getan hast ... dieser Kuss ... ich denke, manchmal ist es gut, sich einfach an den schönen Dingen zu erfreuen und den Rest auszublenden.«

Irgendwas an dieser Aussage ist falsch. Fühlt sich falsch an. Aber Chris' Stimme ist einen Hauch tiefer als sonst. Und in Verbindung mit seinen Augen und seinen Worten schickt sie meinen Verstand auf Montage. Was war noch gleich mein Vorsatz? Wieso hat es sich vor fünf Minuten noch falsch angefühlt, heute mit ihm schlafen zu wollen? Ach ja, langjährige Beziehung. Gute Beziehung. Erwachsene Entscheidungen.

Ich muss aus diesem Zimmer raus. Es ist nicht so, als ob ein alter Futon und ein halb nackter Buddha für mich der Inbegriff von Erotik wären, aber wenn ich irgendwo bleibe, wo man die Tür abschließen und in eine waagerechte Stellung sinken kann, *werde* ich schwach werden. Und das wäre nicht nur unfair gegenüber Thorsten, sondern auch gegenüber Chris und diesem kleinen, noch sehr empfindlichen Samen, den wir gerade zwischen uns züchten. Ich will nicht das erste Mal mit ihm schlafen, wenn mein Kopf noch halb bei einem anderen Mann ist. Denn so fühlt es sich an. Wie das erste Mal mit Chris. Das erste echte Mal.

»Ich dachte, wir könnten noch ein bisschen in der Scheune weitermachen. Ist bestimmt noch ein bis zwei Stunden hell«, sage ich und gehe zwei Schritte zurück.

An seiner gerunzelten Stirn und den verengten Augen

kann ich relativ genau seinen Gedankengang ablesen: Was zur Hölle …?

Ich rechne es ihm doppelt hoch an, dass er trotzdem nickt. »Ähm, ja, könnten wir, schätze ich.«

Entschlossen gehe ich an ihm vorbei, bevor weitere Fragen aufkommen können.

Chris etwas tun zu lassen, was körperliche Arbeit involviert, war nicht der beste Plan, den ich je hatte. Jedes Mal, wenn er eine der zuhauf herumstehenden Kisten anhebt, zeichnet sich sein Bizeps deutlich unter dem dünnen T-Shirt-Stoff ab. Wenn er sich streckt, um an einen Balken oder ein Regal zu kommen, rutscht besagtes Shirt genauso hoch, dass ich seinen flachen, definierten Bauch bewundern kann.

In der schräg hereinfallenden Abendsonne tanzen die Staubkörner, während ich ihn verträumt anstarre, die Hand mit dem Besen nutzlos auf halber Höhe. Ich komme mir vor, als würde sich unser Leben jeden Moment in einen Disney-Film verwandeln.

Nachdem Chris eine weitere Kiste in die Stallungen getragen hat, greift er nach der Wasserflasche, die ich vorhin im Hinausgehen noch gegen den obligatorischen Wein in seiner Hand getauscht habe. Ein einzelner Tropfen rinnt seinen leicht stoppeligen Hals herunter. Okay, streich den Disney-Film. Ersetz das durch Porno.

»Hast du dir schon Gedanken über die Dekoration gemacht?«, fragt er und wischt sich mit dem Handrücken über den Mund.

Ich löse mich aus meiner Starre. »Hm?«

»Willst du irgendwelche dekorativen Elemente? Ballons, Tischdecken, Pflanzen?«

»Pflanzen wären nett, oder?«, sage ich fahrig.

Wenn ich Chris erzähle, dass ich die Beziehung zu Thorsten vorhin endgültig beendet habe – was bedeutet das dann für uns? Ich denke an den Arbeitsvertrag, der immer noch unangetastet in meinem Zimmer liegt.

»Ja, große auf jeden Fall, damit sie im Raum nicht untergehen. Vielleicht ein paar Palmen«, überlegt Chris weiter, während er den Raum mit Blicken misst. »Oder wird dir das dann zu sehr Malle-Party?«

»Würde doch zur Abi-Zeit passen, oder?«, sage ich abwesend.

Würde ich in Werne bleiben? Könnte ich das? Ich will Chris! Aber ich will auch mehr sein als die Freundin. Damals war ich so kurz davor, alles aufzugeben, weil Chris nicht mit nach Hamburg kommen wollte. Wäre das besser gewesen? Hätte ich einfach hierbleiben sollen wie die anderen? Am Ende bin ich trotzdem wieder hier gelandet.

Er deutet auf die großflächigen Wände aus unbehandeltem rotem Backstein. »Und die Wände? Sollen wir die ausleuchten? Ich wette, Wandstrahler würden der ganzen Scheune noch einmal einen besonderen Touch verleihen.«

Ich beiße mir auf die Lippen und kehre in das Hier und Jetzt zurück. »Ehrlich gesagt, habe ich gedacht, ich könnte ein paar meiner alten Fotografien vergrößern lassen und aufhängen.«

Es war eine fixe Idee, die mir gekommen ist, als ich die Fotos der letzten Party in den Händen gehalten habe. Nur, dass ich die auf keinen Fall aufhängen würde. Keine negativen Erinnerungen für den großen Abend. Aber ich habe einige andere alte Filme samt Negativen in den Kisten gefunden.

»Fotos vom Hof, von Mama und Papa, vom See ...«

»Wie eine Art Ausstellung?«, fragt Chris lächelnd und kommt auf mich zu.

»Findest du die Idee doof? Ich dachte nur, da es ja irgendwie auch die Abschiedsparty der Scheune ist ... und vielleicht ...«

» ... sieht dein Vater die Bilder und entscheidet sich um«, vollendet Chris den Satz für mich.

Mein Nicken geht nahtlos in ein Schulterzucken über.

»Ich finde, das ist eine großartige Idee.«

»Du findest es also nicht selbstverliebt oder unpassend?«

Er zuckt mit den Schultern. »Ein wenig von beidem, ehrlich gesagt. Aber das spiegelt dich doch ganz gut wider.«

Ich hebe eine Augenbraue. Chris' Lächeln bleibt, wie und wo es ist. »Und genau so will ich es. Dich.«

Mein Herz antwortet mit einem mächtigen Schlag. Um das dumme Ding ruhigzustellen, rede ich weiter: »Auf jeden Fall schon mal die Bilder aus meinem Zimmer.« Ich werfe ihm einen kurzen Blick zu. »Eins hat Sibylle irgendwie verlegt.«

Seine Augen weiten sich für den Bruchteil einer Sekunde. Er beißt sich von innen auf die Lippe und schüttelt den Kopf. »Hat sie nicht.«

»Hm?«

»Deine Mutter hat das Bild nicht verlegt. Es … ähm … ist bei mir.«

»Was?«

»Nachdem ich wieder in Werne war, Erinnerungen an jeder Ecke, und die meisten beschissen, wollte ich irgendetwas haben, das mich daran erinnert, dass es zwischendurch auch anders war. Gut. Also bin ich bei deinen Eltern vorbei, und Sibylle hat es mir nach einiger Überzeugungsarbeit gegeben.«

Meine Augen werden groß.

Seine werden intensiver. Unendlicher. »Ich weiß, ich habe gesagt, dass ich die Vergangenheit hinter mir lassen will. Aber nicht dich. Niemals dich.«

Es ist dieser Moment, in dem ich mich für ihn entscheide. Egal, was das heißt. Morgen werde ich Celine anrufen und ihr absagen. Den Arbeitsvertrag verbrennen. Und heute …

»Ich habe mich von Thorsten getrennt.«

29

Alle Gedanken, Sorgen, Hemmungen sind mit diesem einen Satz abgestreift. Und ich bin im Begriff, gleich zwei meiner Regeln zu brechen. Die erste ist schon gut fünfzehn Jahre alt: Sex im Heu ist eine schlechte Idee! Die zweite von heute Abend: Sex ist keine Option!

Beide kommen mir plötzlich lächerlich und kleingeistig vor. Vor allem, wenn Chris mich so ansieht wie in diesem Moment. Die Augen einen Hauch dunkler als normalerweise. Als würde die Sonne nicht nur draußen, sondern auch in seiner Iris untergehen und Platz für etwas anderes, noch unendlich viel Heißeres machen.

»Es ist vorbei? Endgültig?« Seine Stimme ist rau und nur mühsam beherrscht.

Ich nicke. Vor innerer Anspannung und Erwartung sind meine Lungen zum Bersten gefüllt, aber ich habe vergessen, wie man atmet.

Und dann vergesse ich auch noch den Rest. Den kompletten Rest. Weil Chris meinen Mund mit seinem öffnet. Seine Zunge schiebt sich fordernd in meinen Mund, während er mich mit dem Rücken gegen die Theke presst, an der ich lehne. Er beißt auf meine Unterlippe, etwas fester als gewöhnlich, und legt eine Hand in meinen Nacken.

Wie auf ein geheimes Kommando weicht alle Luft auf einmal aus meinen Lungen. Zusammen mit der Anspannung und dem Druck, der sich jetzt schon wochenlang in mir aufgestaut hat.

Ich seufze. Das war die richtige Entscheidung. Wer braucht Regeln?

Ein weiterer Schritt, und Chris steht zwischen meinen Beinen. Der raue Jeansstoff seiner Hose reibt gegen die nackte Haut an meinen Oberschenkeln. Ich presse mich ihm und seinem Bein entgegen, während Chris' Finger mein Kleid mit einem Ruck heben und quälend langsam über meine Wirbelsäule streichen. Meine Augen fallen zu. Nur noch Gefühl. Jeder Zentimeter Haut, den er berührt, scheint nachzuglühen, als ob ein Komet ihn gestreift hätte. Als er zwischen meinen Schulterblättern ankommt, tauche ich ein wenig hinab, damit er das Kleid über meinen Kopf streifen kann.

Plötzlich hält er inne. Ungeduldig öffne ich die Augen. Chris wirft einen schnellen Blick zur Scheunentür, die zwar geschlossen, aber nicht verschlossen ist.

»Ist das klug? Sollen wir …«

»Keine Zeit«, falle ich ihm ins Wort, und die Dringlichkeit in meiner Stimme scheint auch seine Bedenken endgültig fortzuwischen.

Achtlos wirft er mein Kleid zur Seite. Als sein Blick auf mich fällt, stockt er. In Gedanken danke ich mir selbst dafür, dass ich die einigermaßen unbequeme, aber dafür umso heißere Unterwäsche aus schwarzer Spitze anbehalten habe. Chris' Augen tasten über meinen Oberkörper, meine eher halbherzig verdeckten Brüste, an denen sich bereits deutlich und durch den dünnen Stoff des BHs abzeichnet, was und wie sehr ich das will. Sein Adamsapfel hüpft, als er schwer schluckt.

Eine Sekunde später spüre ich durch den festen Jeansstoff, dass das Verlangen auf Gegenseitigkeit beruht. Eine Gänsehaut rast über meinen gesamten Körper. Mit fahrigen Bewegungen lasse ich meine Hände unter sein Shirt gleiten und schiebe es hoch. Chris reagiert sofort und kommt mir zu Hilfe.

Wieder einmal staune ich darüber, wie vertraut und gleichzeitig fremd er mir ist. Als ob mein Körper sich deutlicher an ihn erinnert als mein Bewusstsein. Alles scheint aufregend und neu, und trotzdem kenne ich die geschwungene Linie seiner Brustmuskeln auf eine tieferliegende Art, die direkt auf mich tätowiert zu sein scheint. An das Gefühl seiner Haut unter meinen Fingern, an den schmalen Pfad der Haare, der von seinem Bauchnabel ausgeht und unter dem Bund seiner Hose verschwindet.

Vorsichtig legt Chris eine Hand an mein Gesicht und lässt sie über mein Schlüsselbein und dann nach hinten zum Verschluss meines BHs wandern. Ich beuge mich vor und küsse eine Spur von seinem Hals zu seiner Brust. Als er meinen BH öffnet, schließe ich die Augen, umfangen von seinem Duft und dem Gefühl seiner Haut an meinen Lippen. Der BH wird achtlos zu Boden geworfen. Eine Sekunde später spüre ich seine warmen, leicht angerauten Finger an meiner Brust. Sanft streicht er mit dem Daumen über meine Brustwarze, bis mir ein heiseres Stöhnen entfährt.

»Freya, das ist …« Seine Stimme ist rauchig. Er klingt verwundert, genauso, wie ich mich fühle.

»Ich weiß«, raune ich und ziehe ihn am Hosenbund näher zu mir heran, nicht in der Lage zu akzeptieren, dass er auch nur für eine Sekunde mit diesen Berührungen aufhört.

Bereitwillig folgt er meiner Führung und erkundet mit sanften Fingern die Rundungen meiner Brüste, bis mein gesamter Unterkörper anfängt zu pulsieren. »Als wäre alles vorher nur der Grundkurs gewesen. Gott, du bist tatsächlich noch schöner geworden.«

Ich grinse und schiebe den Gedanken beiseite, dass hier wohl eindeutig seine Erregung aus ihm spricht. Wobei … mit einem Fingernagel zeichne ich die leicht eingefallene Linie in der Mitte seiner Bauchmuskeln nach – ich finde ihn auch um einiges heißer als vor elf Jahren. Also warum sollte es nicht auf Gegenseitigkeit beruhen? Vielleicht trauen wir den Männern zu wenig zu. Am Ende ist es mir in diesem Moment auch vollkommen egal. Ich würde ihn wollen, egal wie er aussieht. Und ein Blick in seine strahlenden Augen verrät mir, dass es umgekehrt genauso ist.

Ungeduldig zupfe ich an seinem Hosenbund. Eine eindeutige Aufforderung in seine Richtung. Ich bin jetzt unmöglich in der Lage dazu, Knöpfe zu öffnen.

Die Hose fällt. Die Boxershorts entferne ich selbst, indem ich gleichzeitig vor ihm in die Hocke gehe. Wie verrucht ich mir vorkomme, nackt bis auf meinen eigenen bereits sehr feuchten Slip hocke ich vor ihm, mit dem Rücken an die Bar gelehnt. Als ich seinen Penis mit der Zunge umspiele und schließlich meine Lippen darum schließe und sanft sauge, stöhnt Chris auf. Selbstvergessen, ursprünglich, unbeherrscht. Seine Hände krallen sich in die Thekenplatte.

Etwas energischer mache ich weiter, lasse ihn tiefer in meinen Mund gleiten und nehme eine Hand dazu. Mit jedem Stöhnen, jeder Zuckung seines Körpers wächst meine eigene Lust ins Unermessliche.

Als ich meine Hände um seinen Po schließe, um ihn noch näher an mich zu drücken, zieht er sich zurück. Schweiß glänzt auf seinem Bauch und seiner Stirn, während er sich zu mir hinabbeugt und mich mit einer Hand unter meinem Kinn zurück in eine stehende Position führt.

»Teile von mir hassen mich gerade dafür, aber so geht das nicht«, flüstert er heiser.

Ich runzele die Stirn, und der Ausdruck in seinen Augen wird noch einen Hauch hungriger. »Zuerst will ich dich schmecken und stöhnen hören.«

Wo meine Kniegelenke waren, ist jetzt ein Vakuum. Zum Glück greift Chris in diesem Moment unter meinen Po, hebt mich hoch und legt mich auf der Theke ab, als würde ich nichts wiegen. Er streift mein Höschen ab, das vor Feuchtigkeit dunkel ist. Das Pulsieren zwischen meinen Beinen ist mittlerweile übermächtig. Eigentlich müsste man es an meinem ganzen Körper sehen. Langsam fährt er mit der Zunge meinen Oberschenkel entlang. Ich wimmere ungeduldig, beuge meinen Rücken durch, rutsche noch weiter Richtung Kante.

Als seine Zunge endlich meinen empfindlichsten Punkt berührt, krallen sich meine Finger in seine Haare. Ich keuche auf. Dann gleitet seine Zunge in mich, und ich vergesse, wo ich bin, wer ich bin. Er tastet, verstärkt den Druck, nur um ihn gleich darauf zu verringern. Lust peitscht in Wellen durch mich hindurch, bereits jetzt in beängstigend kurzen Abständen.

Als die Welt am Rand meines Blickfelds beginnt, sich aufzulösen, hält er inne. Ich höre etwas rascheln, dann taucht Chris wieder zwischen meinen Beinen auf, aber statt weiterzumachen, umfasst er meine Taille, hebt mich hoch und trägt mich ein paar Schritte weiter, bis ich den vertrauten Geruch von Heu und Stroh um mich herum wahrnehme und sanft abgesetzt werde.

Es ist noch so kratzig, wie ich es in Erinnerung habe, aber dieses Gefühl hat keine Chance gegen die schiere Übermacht der Lust, die in mir brennt. Chris steht vor mir und reißt die Packung des Kondoms auf, das er anscheinend gerade aus seiner Hose gezogen hat. Mit schnellen Bewegungen streift er es auf. Dann ist er wieder über mir, küsst meinen Bauch, meine Brüste, leckt über meine harten Brustwarzen.

»Bereit?« Seine Stimme ist nicht mehr als ein heiseres Flüstern.

Ich antworte, indem ich seinen Kopf und seinen Körper zu mir ziehe. Der Moment, in dem er in mich eindringt, ist so intensiv, dass ich keuche und zusammenzucke. Chris hält inne, aber ich schüttele den Kopf. Alles gut, alles mehr als gut, alles ... Er bewegt sich langsam in mir, und die Gedanken entweichen.

Mit entschlossenen Stößen dringt er tiefer und tiefer in mich ein, füllt mich aus, dehnt mich in genau dem richtigen Maß. Meine Fingernägel kratzen über seinen Rücken. Die Wellen sind zurück, und sie sind stärker und aufbrausender als zuvor. Ich höre Chris' Atem an meinem Ohr, der mit jedem Stoß, jeder Bewegung meines Beckens schneller und unkontrollierter wird. Er spiegelt meinen eigenen, der sich längst verselbstständigt hat. Der Druck in mir wird heftiger. Ich stöhne seinen Namen, vielleicht auch die Namen diverser Gottheiten. Chris beißt leicht in meinen Hals, ich lecke über seinen, schmecke das Salz auf seiner Haut. Als er leise meinen Namen keucht, falle ich über den Rand und reiße ihn mit. Der Druck in meinem Inneren entlädt sich in einer einzigen funkelnden Explosion. Bis ich nichts weiter kann als zittern, atmen, und jedes Atom in meinem Körper tanzt.

Ich habe den Kopf auf Chris' Brust gebettet, damit wenigstens ein Körperteil von mir dem kratzigen Heu und Stroh entkommt. Chris hat seinen Arm um mich gelegt und streichelt mit dem Daumen in langsamen Bewegungen über meinen Rücken.

»Ich bin froh, dass wir damit gewartet haben«, sagt er schließlich. Seine Stimme ist immer noch ein bisschen heiser.

»Ja, ich bin auch froh, dass du dich für mich aufgespart hast«, grinse ich und lege mich so zurecht, dass ich ihn ansehen kann.

Er gibt mir einen leichten Klaps auf den unteren Rücken.

»Du weißt, was ich meine.«

»Ja, weiß ich. Und ich bin auch froh ... wobei ...«

»Wobei?« Fragend hebt er eine Augenbraue.

»Eigentlich war doch schon vorher klar, dass ich mich für dich entschieden habe, oder? Ich meine, wir haben alles getan, außer Sex ...«

»Vielleicht. Aber ich bin mir nicht sicher, ob dir das auch wirklich bewusst war. War es das?«

Ich kaue nachdenklich auf meiner Unterlippe herum.

»Ich glaube, ich brauchte einfach irgendein Zeichen«, fährt Chris fort. »Eine bewusste Entscheidung von dir, dein altes Leben hinter dir zu lassen. Und ich musste dir die Zeit lassen, diese Entscheidung selbst zu treffen.«

»Und du denkst, wenn wir schon eher miteinander geschlafen hätten, hätten deine Fähigkeiten im Bett meine Sinne vernebelt?«, frage ich herausfordernd.

Chris schmunzelt. »Du wirktest vorhin ziemlich benebelt, wenn ich das so sagen darf.«

Diesmal bin ich diejenige, die ihm einen Klaps gibt.

»Außerdem«, Chris' Gesicht ist ernst, als er fortfährt, »habe ich ein Problem mit Betrug.«

»Ja, wer nicht?«, frage ich. »Aber, na ja, Thorsten und ich hatten Pause. Es war eigentlich schon aus zwischen uns, bevor ...«

»Tut nichts zur Sache«, fällt Chris mir ins Wort. Er schaut mich nicht an, sondern hält seinen Blick starr geradeaus gerichtet. »Jeder kann sein Leben führen, wie er will, aber offene Kommunikation ist das Wichtigste. Ich will keine halbgaren Sachen, keine Geheimnisse. Wenn ich eins gelernt habe, dann, dass eine Beziehung auf Vertrauen und Offenheit basiert. Egal, um was es geht.«

Ich kneife die Augen zusammen. Plötzlich ist das warme Nach-Sex-Gefühl gänzlich aus meinem Körper gewichen.

Chris zuckt kurz mit dem Kopf, dann kehrt sein Lächeln zurück. »Wie auch immer. Das gehört in die Vergangenheit und ist egal. Ich will mit dir nach vorne gehen.«

Er drückt mir einen Kuss auf die Stirn.

Ich rutsche im Heu herum und komme mir plötzlich noch nackter vor, als ich bin. So als hätte ich vorhin nicht nur meine Unterwäsche, sondern meine Haut und meinen Schutzwall direkt mit abgelegt. Suchend sehe ich mich nach meinem Kleid um. Mittlerweile ist die Sonne untergegangen, und die Tenne liegt in dämmerndem Zwielicht.

»Alles okay?« Neben mir setzt Chris sich ebenfalls auf. Dann zupft er einen Strohhalm aus meinem Haar. Wusste ich doch, dass da oben Chaos herrscht. So wie in mir auch. »Ist dir kalt? Sollen wir reingehen?«

Ich nicke und wende mich ein Stück von ihm ab, damit er mein Gesicht nicht sehen kann, das von Sorge und Selbstzweifeln verzerrt sein muss. Ich hätte warten sollen. Ich hätte nicht mit ihm schlafen sollen. Nicht nur, weil ich mir die nächsten drei Tage Heu aus Körperöffnungen pulen werde, in denen Heu absolut nichts verloren hat. Auch nicht wegen Thorsten. Sondern wegen eines Gedankens, der schon lange in meinem Unterbewusstsein brodelt und vorhin mit absoluter Klarheit an die Oberfläche geschossen ist: Nur weil etwas vergangen ist, ist es noch lange nicht egal.

30

11 Jahre früher (Freya)

Ich begutachte mich ein letztes Mal in meinem Ganzkörperspiegel. Endlich sehe ich mal so aus, wie ich mich fühle. Glamourös – in meinem schwarzen langen Neckholderkleid. Edel – mit den silbernen Ohrringen passend zur zarten Kette aus stilisierten Blüten um meinen Hals. Big-City-Girlish – mit den Plateau-High-Heels. Absolut zum Kotzen – mit dem abgeschlagenen Gesichtsausdruck und der grauen Haut, vor der selbst meine getönte BB-Cream erschöpft kapituliert hat.

»Freya, wir müssen los!«

Die dunkle Stimme meines Vaters dröhnt von unten bis in mein Zimmer. Ich atme aus, versuche, mich zu sammeln. Mein Abiball. Im Hinausgehen streife ich das Bild an der Wand mit einem letzten Blick. Chris und ich, kurz nachdem ich ihm gesagt habe, dass ich ihn liebe. Das spielt jetzt wohl keine Rolle mehr.

Die vibrierende Aufregung summt über dem großen Saal wie ein Schwarm Bienen. Und sie kommt mir genauso unerträglich vor. Alles nervt mich. Angefangen bei der Tatsache, dass anscheinend plötzlich jeder meint, mit jedem noch mal kurz ein Foto vom eigens gemieteten Fotografen schießen lassen zu müssen. Mich fragen Menschen nach Fotos, mit denen ich nicht gesprochen habe, seit wir vor drei Jahren in die Oberstufe gekommen sind. Warum sollte ich ein Foto mit dir wollen, Laura? Ich kenne dich nicht! Du bist ein Name und ein Gesicht für mich – ein Gesicht von jemandem, der immer ätzend gut in Mathe war. Und in drei Monaten wirst du nicht einmal mehr das sein. Wenn ich erst mal in Hamburg bin ... weg von alldem hier.

Ich habe Chris vorhin flüchtig gesehen, als er angekommen ist. Komischerweise war nur seine Mutter bei ihm. Man sollte meinen, dass sein Vater wenigstens an so einem Tag mal das Business ruhen lässt.

Kurz überkommt mich eine Welle der Zuneigung für meine Eltern. Auf unserem Hof ist nie Feierabend. Trotzdem sind sie heute beide hier. Auch wenn Sibylle ein etwas gewöhnungsbedürftiges Ensemble bestehend aus einem tunika ähnlichen Kleid in Kaminfeuerrot, Birkenstocks und einer Turmfrisur trägt, in die sie kleine Blüten und Zweige geflochten hat. Sie hat ein bisschen Ähnlichkeit mit einem Baum während eines Waldbrands. Aber ... auf eine attraktive Art und Weise?

Ich wünschte, ich könnte es ihnen sagen. Alles. Aber das geht nicht. Sie würden mich nie wieder so ansehen, wie sie mich jetzt ansehen. So stolz und fröhlich und ...

»Da bist du. Ich habe dich überall gesucht!« Mara legt mir von hinten ihre Hände um die Hüften und drückt mich kurz und fest an sich.

Nachdem ich sichergestellt habe, dass sich auf meinem Gesicht ein dem Anlass entsprechendes Lächeln befindet, drehe ich mich zu ihr herum.

Sie sieht fantastisch aus. Wenn Sibylle einem brennenden Baum gleicht, ist Mara die Waldnymphe, die soeben daraus geflohen ist. Sie trägt ein tannengrünes Kleid aus Chiffon, das vorne etwas kürzer ist als hinten, wo es bis zum Boden reicht und bei jedem Schritt leicht hinter ihr herweht wie ein Schleier. In ihren Ohren baumeln aufwendig ineinander verschlungene goldene Ohrringe, und ihre dunkelbraunen Locken werden von einer zarten Tiara in derselben Farbe aus der Stirn gehalten. Außerdem wirkt ihr Lächeln im Gegensatz zu meinem echt.

»Hast du die Jungs schon gesehen?«

Selbst mit High Heels ist Mara kaum groß genug, um über meine, geschweige denn die Schultern aller anderen Menschen im Foyer des Festsaals zu schauen.

»Nein«, lüge ich und schlage dann genau das vor, was mich vorhin noch angekotzt hat. »Komm, wir machen ein Foto!«

Es folgen endlose Reden von Schulleitern, Schulsprechern, Schullehrern und einer Menge anderer Menschen, deren Titel mit »Schul« beginnt. Unser Stufenleiter führt auf der Bühne irgendein Experiment mit Steinen vor, das wohl eine Metapher auf unser Leben sein soll, mich aber nur mäßig interessiert. Es geht schief. Finde, das ist die passendere Metapher.

Ich lasse meinen Blick über die langen Tische schweifen,

an denen meine Mitschüler, oder ab heute wohl offiziell Ex-Mitschüler, mit ihren Familien und Freunden sitzen. Mein Blick bleibt an einem blonden Haarschopf hängen. Chris und seine Mutter sitzen zwei Tische von uns entfernt. Er hat mir den Rücken zugedreht und lauscht scheinbar gebannt auf das, was gerade auf der Bühne passiert.

Gestern habe ich Schluss gemacht.

Niemand weiß es bisher, nicht einmal Chris. Weil ich nicht den Mut hatte, es ihm persönlich zu sagen, habe ich einen Brief geschrieben und aufgegeben. Wenn er zugestellt wird, vermutlich am Montag, werde ich schon weg sein. In Hamburg. In meinem neuen Leben.

Ich weiß mittlerweile, dass Chris nicht mitkommen wird. Er hat zwar nichts in die Richtung gesagt, aber es war mehr als deutlich an seinem Verhalten der letzten Wochen abzulesen.

In diesem Moment setzt er sich auf seinem Stuhl zurecht und nimmt einen Schluck aus dem Bierglas vor ihm. Dabei wendet er sich kurz in meine Richtung, aber er sucht nicht nach meinem Blick. Natürlich nicht. Das hat er die letzten Wochen ja auch nicht getan. Sonst wäre die Situation jetzt eine andere.

Besonders schlimm war es vor einigen Wochen, als ich dachte, es wäre eine prima Idee, eine letzte Scheunenparty für meine Mitschüler zu schmeißen. Als ich das geplant hatte, wusste ich allerdings noch nicht ... Die Situation war noch eine andere. Mit dem Ergebnis, dass der Abend grauenvoll war. Chris war schon nach zwei Stunden so betrunken, dass er kaum noch stehen konnte. Mara war die ganze

Zeit irgendwie weg und ist nur zwischendurch aufgetaucht, um sich einen Drink zu holen. Und Jan ... über den denke ich lieber nicht mehr nach, seit sich mein Leben ausgerechnet auf dem Schulklo für immer verändert hat.

Ich nehme einen Schluck aus meinem eigenen Glas und kämpfe die Zweifel nieder, die ihre hässliche Fratze an die Oberfläche strecken wollen.

Ich bin nicht, was Chris im Moment will oder braucht. Ich weiß nicht, warum das passiert ist. Ich weiß nicht, wann das passiert ist. Ich weiß nur, dass es die Wahrheit ist. Und dass ich es schon viel früher hätte erkennen müssen. Er hat immer gesagt, dass große Pläne nicht sein Ding sind. Also hat er mir eigentlich nie etwas vorgemacht, und die einzige Person, die hier irgendeine Schuld trifft, bin ich. Ich muss ihn loslassen, ihn freilassen. Ich *kann* ihn nicht an mich ketten, auch wenn ich gerade nichts lieber tun würde als das. Und deswegen werde ich allein nach Hamburg gehen. Und zwar morgen. Zwei Monate früher als geplant.

Natürlich habe ich noch keinen Zulassungsbescheid bekommen. Der kommt frühestens im August. Wenn er denn kommt ...

Aber so lange kann ich nicht mehr warten. Ich muss weg, bevor ich noch mehr kaputt machen kann, und einfach hoffen, dass es in der Hansestadt eine Zukunft für mich gibt. Schlimmer als hier kann es eh nicht mehr werden.

31

Jetzt

Die Tenne sieht besser aus als jemals zuvor. Dasselbe kann ich vielleicht sogar über mich sagen. Und das, obwohl bei Menschen für eine Rundumerneuerung meist ein bisschen mehr nötig ist als ein paar Besen, Scheuermilch und der gekonnte Einsatz von Licht. Wobei? Besen = Bürste? Scheuermilch = Peeling? Und im passenden indirekten Licht sehe ich definitiv besser aus als unter einem Halogenstrahler.

Toll. Ich bin eine Scheune.

Mit meinem ersten Bier – natürlich nur, um zu testen, ob die Zapfanlage funktioniert – gehe ich in dem großen Raum umher und bewundere Chris' Werk. Denn er hat den Großteil der Arbeit übernommen, wenn wir ehrlich sind. Die roten Backsteine scheinen zu leuchten, jetzt, wo sie von jahrealtem Staub befreit sind. Daneben wirken die Holzpfeiler, denen Thomas zusammen mit Chris und einigen Jungs aus dem Fußballverein extra eine neue Lasur verpasst hat, noch imposanter. An jedem Pfeiler stehen üppige Palmen in ausladenden Terrakotta-Töpfen, und zusammen mit der einfallenden warmen Sommersonne, die durch streifenfreie Fenster strahlt, bildet die Scheune eine Symbiose aus Bauernhofcharme und Karibikflair. Es sollte nicht funktionieren, tut es aber. So wie Nachos im Schokobrunnen.

Chris wird bald wieder da sein. Er ist vor zwei Stunden nach Hause gefahren, um zu duschen und sich umzuziehen, nachdem wir die letzten kleinen Arbeiten erledigt, die angelieferten Stehtische aufgestellt und die Getränke in die Kühlung gepackt haben.

Gerade genieße ich die letzten Minuten, die ich allein in der Tenne habe. Im Hintergrund dudelt bereits leise Musik aus den Boxen, die weiter hinten im Raum, zu beiden Seiten der Fensterfront, aufgebaut sind. Die Playlist habe ich extra für den heutigen Abend erstellt. Eine Mischung aus aktuellen Hits und Songs aus unserer Abizeit mit einem kleinen Spritzer 80er und 90er, um die Stimmung später anzuheizen.

Einen Schluck Bier nehmend, klackere ich auf meinen High Heels von der Theke rüber zu den Wänden. High Heels hätte ich damals nicht getragen, und auch davon abgesehen habe ich der Abi-Freya ein paar Upgrades verpasst. Lidschatten, der nicht drei Töne zu dunkel ist. Kussechter Lippenstift statt klebrigem Lipgloss mit Mango-Geschmack. Aber mein Nirvana-Shirt durfte bleiben.

An den Wänden der Tenne hängen meine Bilder, kunstvoll angestrahlt von LED-Lampen am Boden. Teilweise in Farbe, teils in Schwarz-Weiß zeigen sie den Hof, meine alten Freunde, Sibylle und Thomas und ... Chris und mich. Es war seine Idee, das Bild, das er aus meinem Zimmer geklaut hat, auch in diese Mini-Ausstellung aufzunehmen. Ein Zeichen. Etwas Altes, das trotzdem für einen Neuanfang steht.

»Zufrieden?«

Ich drehe mich um und sehe, wie Thomas durch die Tür tritt.

»Es ist großartig geworden, oder?«, frage ich strahlend.

Papa nickt und kommt langsam näher, bis er neben mir stehen bleibt und ebenfalls die Bilder betrachtet. Ich lasse ihn nicht aus den Augen, denn noch habe ich die Hoffnung, dass ich ihn umstimmen kann, nicht aufgegeben.

»Fast zu schade zum Abreißen, oder?«, frage ich betont unbekümmert.

Seine Augen verengen sich zu Schlitzen. Er wirft mir einen kurzen Seitenblick zu und schüttelt dann behäbig den Kopf.

»Dann ist es ja gut, dass es dazu vermutlich nicht kommen wird«, brummt er.

Ich reiße die Augen auf. »Ihr habt euch umentschieden?!«

Ich fasse es nicht! Mein Plan hat funktioniert! Ich liebe, es, wenn ein Plan funktioniert. Fast hatte ich vergessen, wie sich das anfühlt bei meiner generellen Planlosigkeit der letzten Monate.

Sofort hebt Thomas beschwichtigend die Hände. »Nein, wir haben uns nicht umentschieden. Der Landschaftsverband hat ein Veto eingelegt. Sie sagen, die Scheune und das Haus stehen unter Denkmalschutz.«

Ich lasse mein Glas sinken und blicke unsicher zwischen meinem Vater und dem Rest des Raums hin und her. »Und das heißt?«

Er zieht die Schultern hoch.

»Das heißt, wir sind in Schwierigkeiten.« Sein Gesicht hinter dem Vollbart ist noch verschlossener als sonst. »Die Wohnungsbaugesellschaft würde uns zwar immer noch das restliche Land abnehmen, aber jetzt müssen wir noch einen Käufer für das Haus und die Scheune finden. Einen Käufer, der nicht vorhat abzureißen.«

»Oh.«

Für mehr Worte ist kein Platz, denn in mir tanzt eine wilde, unangemessene Freude. Ein Grinsen schiebt sich auf mein Gesicht. Das Zuhause meiner Kindheit wird stehen bleiben! All die Erinnerungen sind nicht verloren. Es ist nicht ganz das, was ich vorgesehen hatte, da die Stallungen und Wiesen wegfallen werden, aber es ist das Herzstück. Und jetzt, da ich auch hierbleibe, wird alles gut werden. Es wird perfekt werden. So wie damals. Ich sollte diesem Landschaftsverband einen Geschenkkorb schicken.

»Wenn wir niemanden finden, können wir uns die Eigentumswohnung kaum leisten. Geschweige denn den Ruhestand.«

»Oh.«

Prüfend mustere ich meinen Papa. Obwohl er sich ebenfalls in Schale geschmissen hat – bei ihm bedeutet das, er hat sein ausgewaschenes fleckiges T-Shirt gegen ein weniger ausgewaschenes mit nur einem klitzekleinen Fleck getauscht –, sieht er müde und abgekämpft aus. Während Sibylle nie endende Energie aus einem inneren Brunnen zu schöpfen scheint, muss der Brunnen meines Vaters fast leer sein. Mein Herz wird schwer. Streich den Geschenkkorb.

Vielleicht sollte ich diesem Landschaftsverband eine Kiste mit Ratten schicken!

»Und wenn ihr einfach hier wohnen bleibt?«, werfe ich ein.

»Das Haus ist zu groß für uns zwei, Freya. Und zusammen mit der Scheune im Unterhalt zu teuer, wenn wir nicht mehr arbeiten. Außerdem ... ohne die Tiere ... ich weiß nicht. Ich hatte mich auf einen Neuanfang gefreut.«

Ich nicke stumm und komme mir plötzlich unglaublich naiv vor. Ich war so versessen darauf, den Hof zu retten, dass ich übersehen habe, dass ein Verkauf des Hofs *meine Eltern* retten könnte.

»Na ja, es ist trotzdem gut, dass wir die Tenne auf Vordermann gebracht habe. Macht sicher einen besseren Eindruck, wenn mal ein Interessent kommt.« Mein Vater wendet sich von dem Bild ab und deutet auf mein Glas. »Kann ich auch so eins bekommen?«

Zwanzig Minuten später kommt Chris in Begleitung von Sibylle in die Scheune. Bei seinem Anblick stockt mir kurz der Atem. Er trägt zwar keinen Anzug, aber trotzdem ist er schicker gekleidet, als ich ihn in elf Jahren gesehen habe. Seine übliche Jeans hat einer hellbraunen Stoffhose Platz gemacht. Das eng anliegende weiße T-Shirt hat er in die Hose gesteckt, unter den breiten dunkelbraunen Gürtel, der sich um seine schmalen Hüften spannt. Mein Blick fällt auf seinen Hals, und ich muss grinsen. Er hat tatsächlich seine alte Kette aus Holzperlen angelegt, die er so oft getragen hat in dem Sommer, in dem wir zusammengekommen sind.

Als er näher kommt und mir zur Begrüßung einen Kuss auf die Lippen haucht, stelle ich mit milder Verärgerung fest, dass er sogar Parfüm trägt. Dabei liebe ich *seinen* Geruch. Den Chris-Geruch.

»Du siehst umwerfend aus«, flüstert er mir ins Ohr.

Ich lächele. So hätte es damals sein sollen. Auf unserem Abiball. Im Gegensatz zu damals habe ich mich heute allerdings für einen etwas farbenfroheren Kleidungsstil entschieden. Damals war Schwarz angemessen, aber heute geht es mir gut, und deshalb passt der knallrote Minirock, den ich zu meinem Retro-Shirt gewählt habe, viel besser. Dazu trage ich schwarze Pumps, die ich in spätestens zwei Stunden gegen Chucks tauschen werde. Meine Haare sind offen. Im Gegensatz zu damals sind sie zu kurz für irgendwelche Hochstreckfrisuren, und immerhin ist das hier ja kein Abschlussball, auch wenn es sich ein wenig so anfühlt.

Sibylle überzeugt in einer weiten beigen Baumwollhose und einem schlichten schwarzen Top. Erstaunlich ... gewöhnlich.

»Das gebe ich gerne zurück«, flüstere ich und strahle ihn an. »Auch eins?«

Ich deute auf die Zapfanlage, und als sowohl Chris als auch Sibylle nicken, gehe ich um die Theke und schnappe mir zwei frische Gläser. Wenn die Gäste kommen, werden ein paar der Geschwisterkinder aus Chris' Fußballverein das Zapfen übernehmen.

Chris nimmt sein Bier entgegen und lehnt sich locker an die Theke, während sein Blick durch die Scheune wandert. Er sieht zufrieden aus.

»Hier könnte man wirklich was draus machen«, sagt er und nimmt einen Schluck.

»Haben wir doch schon«, erwidere ich, aber Chris schüttelt den Kopf.

»Ich meine dauerhaft. Als ich noch in Frankfurt gearbeitet habe, haben wir ständig nach solchen Locations gesucht. Außerhalb der Norm, mit Charme, authentisch.«

Mein Blick fällt auf Sibylle, die unserem Gespräch gelauscht hat und sich nun umschaut, als würde sie die Scheune zum ersten Mal sehen. Ich erinnere mich an unser Gespräch von vor ein paar Wochen, als sie noch gesagt hat, dass die Tenne alleine keinen Ausschlag in ihrer Entscheidung bringen würde. Jetzt sieht es – sieht *sie* – ganz so aus, als ob sie Chris' Worten mehr traut als meinen. Kann ich ihr nicht verübeln. Immerhin habe ich auch mal gesagt, dass Avril Lavigne mega und Justin Bieber uncool ist. Meinem Urteil kann eindeutig nicht immer vertraut werden.

»Wirklich schade, dass alles abgerissen wird.«

Chris wirft mir einen sekundenschnellen Blick zu und deutet ein Zwinkern an. Er macht es extra! Er weiß, dass Sibylle zuhört! Was er nicht weiß, ist, dass Scheune und Haus nicht abgerissen werden dürfen. Und dass das meine Eltern vor ein riesiges Problem stellt. Es sei denn ... was wäre, wenn sie tatsächlich mit der Scheune Geld verdienen könnten? Wenn sie nicht hier wohnen bleiben, um einen Bauernhof zu unterhalten, sondern ...

»Aber das war Frankfurt.« Sibylle kommt mir zuvor. Yoga scheint nicht nur den Körper, sondern auch den Geist beweglicher zu halten. »Würde hier in Werne überhaupt jemand so eine Location buchen?«

Nachdenklich dreht Chris sein Glas in den Händen. »Vielleicht für Firmenevents. Man müsste es lokal aufziehen … Spielt das denn überhaupt eine Rolle?«, fragt er überrascht.

»Das Haus und die Scheune werden unter Denkmalschutz gestellt und dürfen nicht abgerissen werden«, weihe ich ihn ein. »Und deswegen ist die Baufirma nicht mehr interessiert. Nur noch an dem Land drum herum.«

Chris nickt und versucht, die neuen Informationen zu verarbeiten, während ich mich meiner Mutter zuwende. »Aber das könnte die Lösung sein, Mama! Behaltet die Scheune und das Haus und verkauft den Rest. Und dann könnt ihr die Scheune vermieten und damit …« Ich unterbreche mich und sehe Chris erwartungsvoll an: »Wie viel verdient man damit?«

Er sieht überrumpelt und ein wenig zerknirscht aus. »Ähm … das hängt davon ab, wie oft der Raum gemietet wird …«, sagt er vage.

»Ungefähr«, bohre ich nach.

»Ungefähr … vielleicht am Anfang … Fünfhundert Euro im Monat … durchschnittlich?«

Ich presse die Lippen aufeinander. Fünfhundert Euro. Durchschnittlich. Das ist weniger, als ein Azubi in der Medienbranche verdient. Und selbst die leben schon größtenteils von Luft und Liebe. Oder, realistischer, von Nudeln und Nebenjobs.

Sibylle, die das Theaterstück auf meinem Gesicht verfolgt hat, setzt ein tapferes Lächeln auf und winkt ab. »Ich weiß sowieso nicht, ob das was für uns gewesen wäre. Hin und wieder sind diese Feiern großartig, aber ständig? Da hätte ich ja gar keine Ruhe mehr für meine Meditation.«

Bei ihrem letzten Satz zupft etwas an meinen Gehirnwindungen. Ein flüchtiger Gedanke …

Bevor ich ihn greifen kann, geht die Scheunentür auf, und Mara kommt hinein. Und sie ist nicht allein. Hinter ihr tröpfeln nach und nach die immer noch seltsam vertrauten Gesichter meiner ehemaligen Mitschüler in den Raum. Es ist ein bisschen so, wie wenn man als Kind einen absoluten Lieblingsfilm hat, den man immer und immer wieder guckt. Man kennt die Schauspieler darin so gut, dass sie in Gedanken für immer in genau diesem Alter verharren. Dieselbe Frisur, dieselbe Kleidung, alles gleich. Zehn Jahre später ein Foto von diesen Schauspielern zu sehen kann einen leichten Schock auslösen. Die Gesichtszüge sind gleich, aber entgegen der eigenen Überzeugung ist die Zeit auch für diese Menschen nicht stehen geblieben.

Im Gegensatz zu Schauspielern sind meine Ex-Mitschüler ganz normale Menschen geblieben. Natürlich bis auf die, die es auch früher schon nicht waren. Andere haben dafür einen gehörigen Sprung Richtung Normalität und sogar darüber hinaus gemacht. Als mich ein großer, schlanker Mann mit leicht angegrauten Schläfen, einem einnehmenden Lächeln und stechend blauen Augen begrüßt und sich für die Einladung bedankt, muss ich Mara um Rat fragen.

»Ernsthaft?! Mann, das ist Dominik!«

Mein Kopf schnellt zu dem Rücken, der sich von mir entfernt und der Theke nähert.

»Niemals!«

»Doch. Natürlich!«

»Aber er hatte …« Ich unterbreche mich selbst, bevor ich etwas unglaublich Dummes sagen kann.

»Akne und eine schreckliche Brille?«, fragt Mara sarkastisch.

Ich nicke mit großen Augen. »Und ein Faible für Chemie«, ergänze ich.

»Die Akne ist jedenfalls weg, und für die Augen gibt es Laser und Kontaktlinsen.« Mara nimmt einen Schluck aus ihrem Weinglas. »Ich glaube, das Faible für Chemie hat er behalten. Ist jetzt irgendein hohes Tier bei einem Pharma-Unternehmen.«

»Verdammt«, nuschele ich in mein eigenes Glas.

»Haste dir bei deiner Rückkehr wohl den falschen Typen aus der Vergangenheit geangelt, hm?«, sagt sie flapsig und stößt mir den Ellbogen in die Rippen.

Mein Blick wandert suchend durch den Raum und findet Chris weiter hinten neben der Tanzfläche, wo er sich angeregt mit Fabian unterhält. Zu Fabian war die Zeit nicht so gnädig. Aus dem schlaksigen Jungen von einst ist ein Bär von einem Mann geworden. Die blonden Haare sind nur noch eine süße Erinnerung. Aber glücklich wirkt er. Er ist mit seiner Frau gekommen, die ebenso sympathisch, freundlich und lustig wirkt wie er selbst.

Und auch Chris strahlt. Er ist so gelöst und unbefangen wie lange nicht mehr. Fast wie früher. Vor seinem Vater, vor dem Abi. Er lacht und scherzt mit jedem, wärmt Anekdoten aus der Schulzeit auf und – auch wenn mich das längst nicht mehr so interessiert wie vor elf Jahren – er zieht immer noch die Blicke auf sich. Er – und das Bild von uns an der Wand. Bisher hat es noch keiner angesprochen, aber ich weiß, dass zumindest die Läster-Schwestern, die sich ganz natürlich sofort wieder um Laura geschart haben, nur darauf brennen, zu erfahren, was es damit auf sich hat.

In diesem Moment fängt Chris meinen Blick auf und hebt kaum merklich sein Glas in meine Richtung. Mein Magen reagiert mit einem angenehmen Flattern.

»Nein. Ich habe die absolut richtige Entscheidung getroffen«, sage ich lächelnd und wende mich wieder Mara zu. »Wo ist Alex?«

Ihr Gesicht wird ernst. Das Lächeln ein wenig angestrengter. »Er musste beruflich über das Wochenende weg. Konferenz in Berlin.«

»Kommt das öfter vor?«

»Öfter, als mir lieb ist. Aber … irgendwas ist ja immer«, sagt sie diplomatisch. Ich vermute wesentlich diplomatischer, als sie es Alex gegenüber formulieren wird.

Ich nicke. »Und die Kinder?«

»Ich habe eine Babysitterin gefunden. Nettes Mädchen aus der Nachbarschaft.«

Jetzt bin ich diejenige, die sie anstupst. »Kaum zu fassen. Erst vor ein paar Jahren waren wir die netten Mädchen aus der Nachbarschaft.«

»*Ich*«, sagt Mara mit hochgezogener Augenbraue und frechem Grinsen. »*Du* warst nie ein nettes Mädchen.«

Während die Musik lauter, die Gäste lockerer und der Wein leckerer wird, beginne ich, mir im Stillen zu gratulieren. Die Party ist ein voller Erfolg. *Come as you were* ist nicht nur ein großartiges Motto, weil es mir erlaubt, ungestraft Musik aus den frühen 2000ern zu spielen. Es scheint tatsächlich so, als ob die Leute für einen Abend die Sorgen und Probleme ihres Erwachsenen-Lebens abgestreift haben wie eine Gesichts-Peeling-Maske. Und darunter ist ihr jugendliches Ich zum Vorschein gekommen. Genauso, wie die Werbung es immer verspricht, aber nie hält. Diese Party tut das.

Freunde, die schon in der Schule ständig zusammengehockt haben, lachen wieder miteinander. Shots und ekelhaft süße Mischgetränke erfahren ebenso viel Zuspruch wie Wein und Bier, und ich bin mir fast sicher: Bevor der Abend vorbei ist, werden mindestens zwei Leute miteinander nebenan in die Ställe verschwinden, und irgendwer wird draußen hinter einen Heuballen kotzen. Wenn das keine erhebenden Aussichten sind.

Als ein sehr vertrautes Intro aus den Boxen dröhnt, spüre ich eine warme Hand an meiner Taille.

»Lust zu tanzen?«, raunt Chris in mein Ohr.

Grinsend drehe ich mich zu ihm herum. »Also bist du bereit, es offiziell zu machen?«

Wir haben nicht wirklich darüber gesprochen, unsere frische Beziehung heute Abend geheim zu halten. Irgendwie hat es sich einfach ergeben, dass Chris und ich ständig in verschiedene Gespräche verwickelt waren und von einem – sehr flüchtigen – Kuss auf dem Weg zum Toilettenwagen abgesehen, der mir einiges an Gekicher und verbotenem

Heimlichtuerei-Gefühl entlockt hat, abgesehen, hätten wir auch einfach gute Freunde sein können.

»Das ist immerhin *unser Song*«, sagt Chris mit Nachdruck und legt den Kopf schief.

»Du weißt, dass das nicht unbedingt ein positives Licht auf uns oder unseren Musikgeschmack von früher wirft?«, frage ich lachend, während Jason Derulos »Whatcha Say« durch den Raum pflügt.

»Wir werden einen neuen Song finden. Einen besseren. Aber ich fürchte, heute Abend muss es der hier tun. Ist immerhin das Motto, oder?«

Bevor ich protestieren kann, hat Chris mich an der Hand aus unserer dunklen Ecke und ins strahlende Licht der Scheinwerfer gezogen.

Auf der Tanzfläche ist die Musik um einiges lauter, dafür habe ich das Gefühl, alle Gespräche um uns herum werden leiser. Ich wage einen Blick in die Runde. Nach und nach wenden die Gesichter sich uns zu. Manche grinsen in einer Ich-hab-es-ja-immer-gewusst-Art, andere sehen aus, als hätte man ihnen gerade eröffnet, dass sie morgen auf den Mars umgesiedelt werden. Ich entdecke Mara weiter hinten, die breit lächelt und mir zuprostet.

Und dann ist da nur noch Chris. Chris' Hände an meinen Hüften, sein versicherndes Lächeln, seine grünen, grünen Augen, die zusammen mit dem Licht der Scheinwerfer zu tanzen scheinen, während er mein Gesicht in beide Hände nimmt und mich küsst. Irgendwer johlt etwas, das ich nicht verstehe. Aber es ist sowieso egal. In meinem Körper ist kein Platz mehr für irgendetwas anderes außer das pure sprudelnde Glück, das jede meiner Zellen durchdringt. Chris gehört wieder mir, ich gehöre ihm. Ich werde in Werne bleiben. Irgendwie werden wir den Hof meiner Eltern retten. Zusammen. Wir werden genau da anknüpfen, wo wir damals aufgehört haben. Vor allem, was schiefgelaufen ist. Endlich fühlt es sich wieder richtig an. Die Vergangenheit, die Gegenwart, die Zukunft. Mein Leben.

Chris nimmt meine Hand und dreht mich lachend im Kreis.

Und dann sehe ich ihn. Unbemerkt von allen anderen ist der letzte Gast der Party angekommen. Ungebeten. Nicht eingeladen. Nicht erwünscht. Mir wird schwindelig, und es hat nichts mit der Drehung zu tun. Mit dem letzten Dröhnen der Bässe fällt die Scheunentür hinter Jan ins Schloss.

32

Sein Blick bohrt sich direkt in meinen. Ich sehe, dass er die Situation sofort analysiert und bewertet: Chris und ich, zusammen auf der Tanzfläche, die anderen um uns herum. Ganz langsam, Millimeter für Millimeter, hebt sich seine linke Augenbraue.

Angst manifestiert sich in meinem Magen und ringt mit der Übelkeit dort um die Oberhand. Beide sind Gewinner. Ich bin der Verlierer.

Zum Glück ist das Lied vorbei. So schnell wie möglich – ohne dabei auffällig zu werden – mache ich mich aus Chris' Armen los und fliehe in eine dunkle Ecke.

Er ist wie ein Virus. Ein Virus, der meine Party befallen hat, sich langsam ausbreitet und alles zerstört. Vielleicht geht es auch nur mir so. Alle anderen scheinen entweder keine Notiz von ihm zu nehmen oder sich sogar über seine Anwesenheit zu freuen. Alle mit Ausnahme von mir, Chris und Mara.

Ich hätte es kaum für möglich gehalten, aber die beiden wirken genauso schockiert über seine Anwesenheit wie ich. Mara hält sich mit abwesendem Blick seit dreißig Minuten an ihrem Drink fest, und Chris' Miene ist so verschlossen, dass ich ein Brecheisen bräuchte, um zu ihm durchzudringen.

Während ich mich wie in Trance durch den Raum bewege, spüre ich Jans Blick in jeder Sekunde auf mir. Es ist wie die Präsenz eines Geistes. Selbst wenn ich ihn nicht immer sehe, ist er immer da. Und es ist gruselig und beängstigend.

Was will er hier? Wie hat er überhaupt von dieser Party erfahren, wenn weder Chris noch ich ihn eingeladen hat?

Von einem sicheren Spot neben einer Topfpalme aus beobachte ich Chris, Mara und Jan. Mara steht alleine in der Nähe der Tür und versucht, ein unbeteiligtes Gesicht zu machen. Etwas, das ausgerechnet dieser Frau, die sonst ungefähr alles kann, kläglich misslingt. Chris tut, als wäre er wahnsinnig beschäftigt damit, zu reden. Und zwar mit allem und jedem. Ich bin mir sicher, wenn man die Frau vor ihm zur Seite ziehen und stattdessen die Topfpalme hinstellen würde, er würde, ohne zu blinzeln, weitersprechen. Es sieht sowieso nicht so aus, als würde er besonders viel auf die Antworten seines Gegenübers geben.

Jan steht lässig an die Bar gelehnt und unterhält sich mit einer Gruppe Personen, während sein Blick ebenso umherwandert wie meiner. Bevor unsere Blicke sich erneut treffen können, wende ich mich ab.

Etwas unschlüssig, gehe ich zu Mara rüber. »Und wie gefällt dir die Party?«

»Gut, gut, großartig«, antwortet sie einen Hauch zu eifrig. Dann dreht sie ihr Glas leicht hin und her. »Hast du …

habt ihr … Jan auch eingeladen, hm? Ich wusste gar nicht, dass er kommt.«

»Ich auch nicht«, sage ich gequält.

Mara schaut mich überrascht an. »Nicht?«

Ich schüttele den Kopf.

»Hm«, sagt sie und schaut mit zusammengepressten Lippen geradeaus.

»Wieso …«, setze ich an, weiß aber dann nicht genau, wie ich weitermachen soll. Ich will sie fragen, was genau *sie* dagegen hat, dass Jan uneingeladen hier aufgetaucht ist. Ich zermartere mir das Gehirn, aber mir will keine einleuchtende Erklärung für ihr seltsames Verhalten einfallen.

»Habt ihr euch irgendwie gestritten, nachdem ich weg war? Also damals? Als ich gegangen bin, war noch alles okay zwischen euch … oder?«, frage ich vorsichtig.

Mara wirft mir einen komischen Blick zu. Angesiedelt irgendwo zwischen zweifelnd und resigniert. Dann werden ihre Augen groß. Ohne ein weiteres Wort dreht sie sich um und verschwindet zur Scheunentür hinaus.

Ich will ihr gerade hinterherlaufen, als sich eine Hand auf meine Schulter legt. Sofort versteifen sich meine Muskeln. Noch bevor ich zum ersten Mal seit so langer Zeit wieder seine Stimme höre, die sich kaum verändert hat. Ebenso wenig wie ihr Besitzer selbst.

»Danke für die Einladung.«

Ironie tropft Jan aus jeder Pore, während ich mich umdrehe und ihm einen finsteren Blick zuwerfe.

»Du hast keine bekommen«, knurre ich.

»Von dir vielleicht nicht«, sagt er und lässt sich mit gehobenen Augenbrauen gegen die Scheunenwand fallen. Mein Blick springt zu Chris. Das kurze Zucken bleibt Jan nicht verborgen.

»Keine Sorge, von ihm natürlich auch nicht.«

Bilde ich mir das ein, oder klingt er bitter? »Glücklicherweise hatte ich neben unserer illustren kleinen Runde noch andere Leute an der Schule. Ansonsten wäre mir der ganze Spaß hier entgangen.«

Er macht eine ausholende Geste, die den gesamten Raum einschließt. Als ich der Bewegung seines Arms folge, fällt mein Blick auf Chris, der seinen Redefluss in der Zwischenzeit unterbrochen hat und stattdessen immer wieder düstere Blicke in unsere Richtung wirft. Weil ich nicht weiß, was ich sonst tun soll, nehme ich einen großen Schluck aus meinem Weinglas. Das ist immer angebracht, oder?

»Ja, da können wir wirklich von Glück reden«, murmele ich.

Jan verlagert sein Gewicht, sodass er jetzt genau vor mir steht und meine Sicht in den Rest der Tenne versperrt. Er hat sich wirklich kaum verändert. Vielleicht am wenigsten von uns allen. Sein Haar ist noch genauso dunkel und voll wie damals in der Schule, und er trägt es auch ähnlich. Relativ kurz, aber nicht militärisch, sodass die Dichte betont wird. Sein Dreitagebart ist etwas prominenter geworden, und er hat seine Chucks und zerrissene Jeans gegen eine Hose ohne Löcher und Schuhe ohne Eigennamen getauscht. Aber sonst …

»Was mich allerdings wirklich interessiert, ist, wieso ich über *fucking* Johannes von der Party hier erfahren musste?«, raunt er. Mein Herz schmettert gegen meine Brust. Meine Handflächen sind mittlerweile so feucht, dass ich spüre, wie das Glas darin zu rutschen beginnt. Hastig fasse ich nach. Eine Antwort bleibe ich ihm schuldig. Stattdessen versuche ich, alles mit meinem abweisenden Blick zu sagen.

Jan schüttelt den Kopf. »Ausgerechnet von dir hätte ich mehr erwartet, Freya.«

»Ach ja? Und wieso genau ist das so?«, frage ich mit vorgerecktem Kinn.

»Weil ich dein Geheimnis immer bewahrt habe. Egal, was es mich gekostet hat. Und das war beschissen viel.«

Meine Gedanken rasen, überschlagen sich, fallen über die Klippe und zerschellen am Boden.

»Und du bist einfach *verschwunden*! Vom Erdboden verschluckt. Ich meine – fuck – das war echt das Mieseste, was du jemals getan hast. Du …«

Da meine Gedanken tot sind, besteht auch kein Grund mehr, mein Gehirn zu bemühen.

»Nicht hier«, zische ich.

Ich packe Jan am Handgelenk und zerre ihn hinter mir her. Die Durchgangstür zu den Ställen liegt im Schatten. Schnell, bevor jemand unseren Abgang bemerkt, öffne ich sie, husche mit Jan hindurch und werfe sie hinter mir zu. Die Musik nebenan schluckt hoffentlich das Geräusch.

Erschöpft lasse ich mich dagegenfallen. Jan ist nur ein Schemen in der dunklen Stallgasse. Das einzige Licht kommt von den Lichterketten, die ich im Hof angebracht habe und deren schwacher Schein durch die Fenster und die geöffnete Tür weiter hinten fällt.

»Wieso konntest du nicht einfach wegbleiben?«, frage ich müde.

»Ich sehe keinen Grund dafür«, sagt er schlicht.

»Vielleicht hätte dir der Fakt, dass du keine Einladung bekommen hast, ja Grund genug sein können«, sage ich schroff und stoße mich von der Tür ab.

Jan hebt die Hände. »Ich will keinen Stress machen, Freya. Du glaubst mir das vielleicht nicht. Aber das wollte ich nie. Auch damals nicht.« Seine Stimme ist leise, fast vorsichtig.

»Hmhm«, sage ich nur, während es in mir nagt und rotiert. Natürlich war er nicht schuld an dem, was damals passiert ist. Vermutlich tue ich ihm unrecht. Nicht nur jetzt, auch damals. Aber er ist für mich so unverbrüchlich mit meiner Flucht aus Werne verbunden, dass ich nicht mehr Jan sehe, wenn ich ihn anschaue. Sondern nur falsche Entscheidungen, Schmerz und Verlust.

»Du hast vorhin gesagt, dass du auch viel verloren hast wegen dem … wegen damals. Was meinst du damit?«

Jan atmet schwer aus. »Ich habe meinen besten Freund verloren, reicht dir das? Und vielleicht … aber das ist jetzt eh egal.«

»Aber wieso?«

»Weil ich ihm schlecht die verdammte Wahrheit sagen konnte, oder Freya?! Und du hast dich ja einfach verpisst. Damit warst du fein raus, und ich konnte mich hier … ich konnte deinen Scheiß hier aufräumen.«

Jedes seiner Worte trifft mich wie ein Faustschlag.

»Und jetzt kriege ich nicht einmal eine Einladung zu deiner verdammten Happy-Revival-Party. Ein bisschen lächerlich, oder? Wieso schmeißt du überhaupt eine Party, um die Vergangenheit zu feiern?! Weißt du nicht mehr, wie abgefuckt du damals warst? Wir alle?!«

Selbst in dem spärlichen Licht sehe ich, wie sich Jans Brust heftig hebt und senkt. In all meinen Erinnerungen und Sorgen habe ich immer nur an Chris gedacht. Und an mich, um ehrlich zu sein. Es ist mir nie in den Sinn gekommen, dass ich auch Jans Leben damals nachhaltig vom Kurs abgebracht habe.

»Es tut mir leid«, sage ich leise.

Er schnauft. »Bisschen spät dafür.«

Ich nicke und zucke gleichzeitig mit den Schultern. Jan macht einen unentschlossenen Schritt auf mich zu und hält sofort wieder inne. »Und jetzt bist du zurück.«

Es ist keine Frage, es ist ein Vorwurf.

»Sieht so aus, oder?«, gebe ich matt zurück.

»Und du bist *wieder* mit Wenning zusammen?«

Ich habe es schon immer gehasst. Diese Marotte, sich nur bei den Nachnamen zu nennen. Als würde es das Sprachzentrum überfordern, den Vornamen hervorzukramen.

»Und wenn es so wäre?«

In mir pulsiert die Angst. Ich will nicht darüber reden. Ich kann nicht darüber reden. Nicht über Chris. Nicht über das, was damals passiert ist.

Jan fährt sich durch die Haare. Er scheint eine Sekunde zu zögern, und ich bete, dass dieses Zögern unendlich sein möge. Ist es nicht.

»Also hast du es ihm endlich gesagt?«

Er sieht mich ernst und eindringlich an. Genau wie damals. Ich weiß, ich bin zurückgekommen, um mich noch einmal so zu fühlen wie die achtzehnjährige Frau, die alles unter Kontrolle hatte. Und genau deswegen hasse ich das Gefühl, das sich jetzt in mir breitmacht wie eine hässliche fette Kröte. Denn es ist das Gegenteil von Kontrolle. Es ist komplette unwiderrufliche Hilflosigkeit. Es ist alles, vor dem ich weggerannt bin. Vor dem ich vielleicht immer noch wegrenne. Ich wollte die Zeit zurück, bevor Jan angefangen hat, mich so anzusehen, wie er mich jetzt ansieht.

Er deutet meinen Blick komplett richtig. Zu meinem großen Entsetzen.

»Du weißt, dass ihr zwei niemals eine Chance haben werdet, wenn du es ihm nicht sagst.«

Wieder einmal: keine Frage.

»Und genau da liegst du falsch.«

Chris' gequältes Gesicht taucht wieder vor mir auf. All der Schmerz, den er bereits in sich trägt. All das Vergangene, das ihn bereits belastet. »Wir werden niemals eine Chance haben, wenn ich es ihm sage.«

Jan macht einen Schritt auf mich zu.

»Freya, mach nicht denselben Fehler wie damals«, sagt er leise und mit solchem Nachdruck, dass ich spüre, wie selbst die kleinsten Atome in meinem Körper noch schrumpfen. Damals ... früher ... vorher ... vor ...

Plötzlich merke ich den Alkohol. Oder die ganze absurde Situation. Auf jeden Fall scheint sich alles um mich herum zu drehen. Halt suchend taste ich um mich. Aber da ist nur

Luft. Das Weinglas rutscht mir endgültig durch die Finger und zerschellt auf den Steinen.

Bevor ich komplett zur Seite wegsacken kann, ist Jan da und fängt mich auf. So wie er mich damals aufgefangen hat. Für einen winzigen Moment bin ich ihm wieder nah.

Und genau in diesem Moment wird die Tür aufgerissen. Ein greller Lichtstrahl dringt ins Halbdunkel. Jan springt erschrocken zurück. Ohne seinen Halt taumele ich gefährlich. In der hell erleuchteten Tür kann ich gerade noch zwei Gesichter ausmachen. Eins vor Wut verzerrt und eins vor Enttäuschung. Dann wird die Tür ins Schloss geschmissen.

33

Er hebt beim zweiten Klingeln ab. Das ist ein Fortschritt. Die letzten 200 Male habe ich mit der Voicemail-Ansage gesprochen. Die Frau ist mir unsympathisch.

»Was willst du, Freya?«

Chris klingt abweisend, müde und immer noch wütend. Ich klinge nur verzweifelt. Und ein wenig betrunken.

»Nur mit dir reden. Bitte sprich einfach mit mir!«

Ich nicke einer Frau zu, die Richtung Toilettenwagen torkelt, und wende mich ab.

»Dann sag mir verdammt noch mal, was los ist.«

»Das habe ich doch schon.«

Nachdem Chris und Mara Jan und mich in den Ställen gefunden haben, war die Party beendet. Zumindest für uns vier. Mal wieder. Was mit Mara los war, weiß ich nicht, aber sie war verschwunden, bevor ich danach fragen konnte. Chris hat mich zur Seite genommen und gefragt, was zur Hölle ich mit Jan in den Ställen getrieben habe. Und ich habe ihm die Wahrheit gesagt, auch wenn ich weiß, dass es anders ausgesehen hat, so wie ich in seinen Armen gelegen habe.

»Wir haben nur geredet!«, wiederhole ich mit Nachdruck.

Diese Antwort hat ihm schon vorhin nicht gereicht, denn sie hat dafür gesorgt, dass er sich umgedreht und die Party verlassen hat.

»Worüber?! Worüber könntest du wohl mit Jan reden müssen, nachdem ihr euch elf Jahre nicht gesehen habt?«

Okay, genau die Frage hat er vorhin auch gestellt. Wir drehen uns im Kreis.

»Über ... das Leben.«

»Und dafür musstet ihr in den dunklen Stall gehen und er dich in den Armen halten?« Ich höre, wie schwer er atmet. »Fuck, Freya! Alles, was ich will, ist die Wahrheit!«

»Das ist die Wahrheit!« Ich merke, wie ich laut werde. Weil er mir nicht glaubt. Obwohl es die Wahrheit ist. Nur eben nicht die ganze.

»Sag es ihm.«

Ich bin so in meiner Verzweiflung versunken, dass ich Jan nicht habe kommen hören. Erschrocken fahre ich herum. Er sieht mich ernst an und nickt auffordernd in Richtung meines Handys. »Sag es ihm endlich. Du musst.«

»Ist er das?«, dröhnt es blechern aus dem Lautsprecher.

Ich schüttele meinen Kopf in Richtung Jan.

»Ja ... nein ... das ist ...«, stammele ich ins Handy. In diesem Moment vibriert es, und das Display zeigt mir einen zweiten Anrufer an: Mara.

Ich beiße mir auf die Lippen. Jetzt, wo ich Chris endlich in der Leitung habe, will ich nicht einfach auflegen oder ihn on hold packen. Aber vielleicht verrät Mara mir, was zum

Teufel eigentlich bei ihr los und wohin sie so schnell verschwunden ist.

»Mara ruft gerade an. Würdest du zwei Minuten warten? Ich beeile mich. Bitte, Chris, bitte warte!«

»Mach dir keine Umstände.«

Ich höre es klicken. Dann wird mir nur noch Maras Anruf angezeigt. »Scheiße!«

Aus dem Augenwinkel sehe ich, dass Jan resigniert den Kopf schüttelt. Ich würde ihn am liebsten abreißen! Wenn er nicht aufgetaucht wäre, wäre das alles nicht passiert! Warum kann er mich nicht einfach in Ruhe lassen?

Von ihm fortgehend, nehme ich den Anruf meiner Freundin entgegen.

»Mara, was ist los? Wo bist du?«

»Hast du ernsthaft Gras in die Kekse gepackt?!« Ihre Stimme ist schrill. Im Hintergrund höre ich andere Menschen aufgeregt reden.

»Was?« Ich kann nicht ganz folgen.

»In deine komischen Party-Einladungs-Kekse. Du hast echt Gras da reingebacken, oder?! Ich fasse das nicht, Freya! Bist du 15?!«

»Es sollte nur ein Scherz sein. Eine Erinnerung an früher«, erkläre ich verwirrt. Wie kommt sie jetzt auf die Kekse? Was haben die mit ihrem Abgang zu tun? Oder mit irgendwas?

»Toller Scherz! Emma hat die Tupperdose gefunden und die Kekse gegessen!«

Mein Herz stürzt durch meinen gesamten Körper und macht erst halt, als es auf den Boden klatscht.

»Die Babysitterin wusste nicht, was das für Kekse sind. Scheiße, Freya. Ich wusste ja selbst nicht, was das für Kekse sind! Wie kannst du Gras in ein Haus mit Kindern bringen. Bist du völlig bescheuert?! Wann wirst du dich endlich ändern?!«

»Ich habe nur … ich dachte … ich …«

»Verdammt, Freya! Werd endlich erwachsen! Du machst immer die gleiche Scheiße, merkst du das nicht?! Du denkst nur an dich, nur an deinen Spaß. Du wolltest sein wie früher? Herzlichen Glückwunsch! Du bist *genau* wie damals!«

Ihre Worte brechen Stücke aus meinem Herzen. Silbe für Silbe. Wahrheit für Wahrheit.

»Geht es ihr gut?«, frage ich schwach.

»Wir sind unterwegs ins Krankenhaus«, sagt Mara knapp. Wieder höre ich gedämpfte Stimmen aus dem Hintergrund, und mir wird klar, dass sie im Auto sitzt.

»In Werne?«, frage ich und renne bereits Richtung Haus.

»Ja. Aber bitte tu mir einen Gefallen und bleib weg. Ich habe erst mal wieder genug von der Freya-Show.«

»Mara, bitte! Es tut mir so leid! Ich …«

»Ich muss auflegen«, fällt sie mir ins Wort. Eine Sekunde später ist die Leitung tot.

Ich stürme durch die Haustür und die Treppe hoch. Am Rande meiner Wahrnehmung realisiere ich, dass Jan mir folgt. Wo habe ich den Autoschlüssel hingepackt? Seit ich in Werne bin, fahre ich überall mit Mamas Rad hin. Vielleicht sollte ich auch jetzt das Fahrrad nehmen, schießt es mir durch den Kopf. Nein, dauert zu lange!

»Was ist los?«

Jan ist hinter mir in mein Zimmer gekommen und steht unschlüssig in der Tür, während ich mich auf den Futon schmeiße und wahllos irgendwelche Taschen und Jacken zu mir heranziehe.

»Ich habe verkackt, das ist los«, schnauze ich.

»Was verkackt? Wonach suchst du?«

»Alles verkackt. Offenbar. Kannst du einfach ... keine Ahnung ... *gehen?!*«

Als ich die nächste Tasche zu mir heranziehe, fallen die Fotos daraus hervor, die ich vor ein paar Wochen habe entwickeln lassen. Ich habe sie einfach zusammengeschoben und aus meinen Augen verbannt. Nicht einmal mit dem Umschlag habe ich mich aufgehalten. Mit dem Ergebnis, dass sie jetzt wie eine hässliche Sturzflut der Erinnerungen aus der Tasche rieseln.

Meine Hand verharrt mitten in der Bewegung. Ich habe mein Ziel erreicht, wird mir mit schmerzhafter Intensität bewusst. Ich fühle mich genau wie damals! Damals, nach dieser schrecklichen Party. Planlos, hilflos, hoffnungslos – und unendlich wütend auf mich selbst und die Welt.

Damals dachte ich, dass es die Schuld der anderen ist. Chris' Schuld und die Schuld von Werne – eine Kleinstadt, in der Träume nicht fliegen, sondern nur sterben. Ich habe nur an mich gedacht. Meine großartigen Pläne, die mir alle durch die Finger zu gleiten drohten. Und ich habe Entscheidungen getroffen, die für niemanden gut waren. Am wenigsten für mich selbst, obwohl ich die einzige Person war, an die ich damals gedacht habe.

Und jetzt habe ich wieder ... Oh Gott, Mara ... Emma ...

was, wenn ich ... ein Schluchzen befreit sich aus meiner Kehle und zerreißt die Stille im Zimmer.

»Hey«, ich spüre, dass Jan sich neben mich setzt und seine Arme vorsichtig um meine Schultern legt. »Was ist denn passiert?«

»Ich habe Gras-Kekse gebacken«, stammele ich, von Schluchzern geschüttelt. »Für Mara. Als Party-Einladung. Es sollte nur ein Scherz sein. Aber jetzt ... jetzt hat ihre kleine Tochter sie gegessen. Und sie sind auf dem Weg ins Krankenhaus. Und ich habe ... was, wenn ihr was passiert? Nur, weil ich nicht ...«

»Hey, hey.« Jan reibt leicht über meinen nackten Oberarm. »Kinder sind widerstandsfähiger, als man denkt. Ich bin mir sicher, der Kleinen geht es gut.«

»Nicht den Kindern, die mit mir in Kontakt kommen«, sage ich matt und kraftlos. Jans Hand drückt kurz meinen Oberarm.

»Was ist damals passiert? Nachdem du aus Werne weg bist?«, fragt er vorsichtig.

Ich schüttele den Kopf an seiner Schulter. »Ich habe ...«

In dem Moment fällt mein Blick auf das Foto, das obenauf liegt. Jemand – vermutlich ich – hat zwei Mitschüler an einem Stehtisch fotografiert, die in die Kamera strahlen wie die Grinsekatze aus Alice im Wunderland. Das ist es aber nicht, was meine Aufmerksamkeit auf sich zieht. Es sind die zwei Gestalten im Hintergrund. Das Foto ist sträflich überbelichtet, sodass alles außer den lächelnden Gesichtern im Vordergrund fast schwarz ist. Aber da, an etwas gelehnt, das nur ein Balken der Scheune sein kann, sind ganz eindeutig zwei Menschen, die sich küssen. Einer dieser Menschen hat dunkles, glänzendes Haar. Die andere Person trägt einen Hut, der nicht ihr gehört hat.

Ich greife nach dem Foto und rücke von Jan ab. Er wirft mir einen fragenden Blick zu.

»Sind das …?« Ich kann die Frage nicht zu Ende stellen. Plötzlich wird mir alles klar. Ich halte Jan das Foto unter die Nase und beobachte mit Erstaunen, wie sich ein sanftes Lächeln auf sein Gesicht legt.

»Mara und ich, ja.« Er nickt und nimmt mir das Bild aus der Hand. »Die Party hatte ich komplett vergessen. Wir haben uns ständig weggeschlichen, um ungestört rummachen zu können.«

»Mara und du«, flüstere ich und reibe mir über die feuchte Wange. »Wart ihr … ich hatte keine Ahnung.«

Ich hatte von nichts eine Ahnung. Nicht von dem, was bei Chris passiert ist. Nicht von dem, was meine zwei besten Freunde gemacht haben. Ich war nur auf mich fokussiert. Auf meine Probleme. Das, was ich wollte. Das, was ich als wichtig und richtig empfunden habe. Als den einzig wahren Weg. Und trotzdem habe auch ich Dinge geheim gehalten. Den anderen niemals alles von mir gezeigt. Immer nur so viel, wie gerade praktisch, meinem Ruf zuträglich oder angemessen war. Ich habe niemanden ganz in mich hineinblicken lassen und bin umgekehrt davon ausgegangen, dass die Leben der anderen vor mir ausgebreitet sind wie ein offenes Buch. Scham überspült mich. Plötzlich verstehe ich, warum Chris so viel Wert auf Offenheit und Ehrlichkeit legt.

Man lebt sonst ein Leben, das vieles ist, aber mit Sicherheit nicht die Realität.

»Wir haben es auch niemandem gesagt. Es war noch ganz am Anfang. Nicht viel mehr als eine ... ich weiß auch nicht ... heute würde man sagen, eine heiße Affäre.« Jan schnauft. Dann legt er den Kopf schief. »Es hat sich allerdings nach mehr angefühlt. Auch damals schon.«

»Was ist passiert?«, frage ich.

Jan wirft mir einen ironischen Blick zu. »Du. Du bist passiert.«

Ich runzele die Stirn.

»Nachdem du so überstürzt abgehauen bist und wir ... ich vorher so viel Zeit mit dir verbracht hatte, hat jeder angenommen, dass wir was miteinander hatten.«

Meine Augen werden groß, und Jan zieht die Schultern hoch.

»Und da ich dir versprochen hatte, niemandem zu sagen, was wirklich passiert ist ...«

Mein Entsetzen ist grenzenlos. Ich habe nicht nur mir die Chance auf ein Happy End genommen, sondern meinen Freunden ebenfalls. Und ich bin dabei, es wieder zu tun. Weil ich so versessen darauf war, die Vergangenheit zurückzuholen, dass ich übersehen habe, was es auch bedeutet. Wenn sich niemals etwas verändert, kann auch niemals etwas besser werden.

Das endet. Jetzt.

Mein Kopf fühlt sich wesentlich entschlossener an als meine Beine. Wackelig und taumelnd stehe ich auf. Jan sieht zu mir hoch.

»Bist du mit dem Auto hier?«, frage ich.

»Ja, wie sonst? Das U-Bahn-Netz ist in Werne nicht besonders gut ausgebaut.«

Ich übergehe seinen Kommentar, auch wenn ein winziger Teil in mir froh ist, den altbekannten Sarkasmus zu hören. »Los, wir fahren ins Krankenhaus. Zeit für die Wahrheit.«

34

11 Jahre früher (Freya)

Die Kassiererin besitzt die bodenlose Frechheit, mir noch einen schönen Tag zu wünschen. Dabei weiß ich wirklich nicht, wie genau sie darauf kommt, ich hätte einen schönen Tag. Oder auch nur einen mittelmäßigen. Ich habe einen verdammt beschissenen Tag, und dabei ist es nicht einmal kurz nach acht.

Ich nehme die zwei Sachen vom Band und haste aus dem Laden, bevor ich ihr aus purer Verzweiflung an die Kehle gehe. Meine Wut ist fehlgeleitet. Das weiß ich auch. Die arme Supermarktangestellte kann vermutlich am allerwenigsten dafür, dass ich den Tag meiner letzten schriftlichen Abiprüfung damit beginne, genau zwei Artikel in einem Supermarkt zu kaufen, die niemals irgendwo zusammen gekauft werden sollten.

Bio. Meine letzte Prüfung ist ausgerechnet Bio.

Andererseits legt die Kombination der zwei Artikel zusammen mit meinem in Schock verzerrten Gesicht auch nahe, dass ich sehr weit von einem schönen Tag entfernt bin. Und deswegen ist sie eben doch schuld. Daran, dass ich mich jetzt noch beschissener fühle und das Abitur in meinem Kopf ungefähr so viel Raum einnimmt wie ein E.Coli-Bakterium im Weltall. Siehst du, Freya, Ökologie läuft doch. Kein Grund zur Sorge. Mit Ausnahme des sehr offensichtlichen Grundes natürlich.

Kaum vom Parkplatz runter, reiße ich die Cellophan-Folie von den Zigaretten, ziehe eine raus und zünde sie an. Das ist der erste Artikel, den ich erstanden habe. Der zweite wird warten müssen, bis ich an der Schule bin.

Bereits nach zwei Zügen wird mir schlecht. Könnte daran liegen, dass ich gleichzeitig rauche und Fahrrad fahre. Mit einem angewiderten Würgen schnipse ich die Kippe fort und hoffe halb, dass ich einen Waldbrand entfache. Dann würde sich das Außen wenigstens meinem Innenleben anpassen.

Ich rase um die nächste Kurve, ignoriere die Ampel, an der eh niemand steht, und strampele weiter. Als die Schule in Sichtweite kommt, atme ich kurz durch. Mein Plan ist halb aufgegangen. Alle Schüler aus den unteren Stufen sind schon drin, weil die erste Stunde angefangen hat. Und von den anderen, die heute eine Klausur schreiben, ist noch niemand da, weil die Prüfung erst in einer Dreiviertelstunde beginnt. Der Schulhof ist gähnend leer.

Ich nehme mir nicht einmal die Zeit, mein Rad in den Fahrradkeller zu bringen – oder abzuschließen. Stattdessen lehne ich es gegen den grünen Zaun, der den Schulhof von der Straße trennt. Sollen sie es klauen, mir egal. Wer »sie« sind, ist mir übrigens ebenfalls latte.

Während ich über den verlassenen Platz haste, frage ich mich plötzlich, woher dieses drängende Gefühl in mir kommt. Und ich habe keine Antwort darauf. Immerhin habe ich diesen nagenden Verdacht in mir die letzten Tage auch ganz gut verdrängen können, obwohl mir schon seit der Scheunenparty klar ist, dass irgendwas nicht stimmt. Dass etwas fehlt ...

Ich weiß nur, dass ich es jetzt wissen muss. Heute. Vor der Klausur. Vor der letzten Abiprüfung. Bevor mein neues Leben losgeht, muss ich es wissen.

Ich ziehe die Tür zu den Mädchentoiletten auf und steuere direkt die erste Kabine an. Nie kam mir das Orange der Plastikkabinen aufdringlicher und abstoßender vor. Nie habe ich mich so vor der kalten Porzellanschüssel ohne Deckel und mit schwarzer Brille – damit man Spritzer nicht so sieht – geekelt wie jetzt. Nie habe ich mich mehr allein gefühlt als in diesem Moment. Aber das ist gut! Ich wollte allein sein hierfür. Musste allein sein. Natürlich wäre es schöner gewesen, es zu Hause hinter mich zu bringen. Aber was dann? Und »schön« ist eh relativ. Ein Misthaufen mit Schleife dran ist immer noch ein Misthaufen.

Meine Hände sind so feucht, dass ich die Verpackung erst beim zweiten Anlauf öffnen kann. Sie ist in Pink und Blau gehalten. Perfekt, so deckt sie direkt beide Geschlechter-Klischees ab. Wird keiner benachteiligt.

Und netterweise haben sie auch zwei Tests reingepackt. Das ist gut, falls ich beim ersten Mal danebenpinkle. Momentan ist die Gefahr aber eher, dass ich gar nicht pinkle. Weder auf den ersten noch den zweiten Test. Es ist, als hätte sich sämtlicher Urin aus purem Horror zurück in meinen Körper verzogen.

So hocke ich da, über der schwarzen Brille, mit einer Hand, die ein weißes Stäbchen zwischen meine Beine hält, und warte. Und verzweifle noch mehr. Und mehr. Es muss vor circa drei Wochen passiert sein. Chris und ich schlafen nicht mehr oft miteinander, aber es ist fast das Einzige, was wir überhaupt noch hin und wieder miteinander tun. Als würden unsere Körper noch krampfhaft an etwas festhalten, das unsere Seelen schon losgelassen haben. Im April hatte ich meine Periode noch. Und seitdem ... nichts mehr. Seit einer Woche bin ich überfällig.

Das muss nichts heißen, rede ich mir selbst zu. Du hattest viel Stress mit dem Lernen und mit Chris und mit ... Oh Gott, Chris! Ein Wimmern entfährt mir. Eine Schwangerschaft ist das Letzte, was ich jetzt brauche. Ich bin mir ja nicht einmal sicher, ob ich noch einen Freund habe. Und ich glaube, bei diesen Dingen ist es nicht gut, das eine durch das andere zu ersetzen. Er ist so abwesend, so distanziert, so ... er ist eigentlich schon weg ... und zwar nicht mit mir in Hamburg. Ich kann es fühlen. Ich kann es sehen. Ich kann kein Kind bekommen! Nicht jetzt! Ich weiß ja nicht einmal, ob ich jemals Kinder will! Das wäre das Ende von allem. Ich darf nicht schwanger sein, befehle ich mir.

In diesem Moment fühle ich den warmen Urin aus mir herausfließen und den leichten Widerstand, als er auf das Stäbchen trifft. Es ist nicht besonders viel. Zwei Tests – dass ich nicht lache. Ich hoffe, es reicht überhaupt für den einen.

Schnell ziehe ich meine Hose hoch, lege das Stäbchen auf den runden Toilettenpapierhalter und krame eine weitere Zigarette hervor. Might as well.

In diesem Moment höre ich die Tür aufgehen. Unwillkürlich verkrampfe ich mich und unterdrücke den Impuls, mich in der Kabine verstecken zu wollen. Wo sollte ich auch hingehen? Die verdammten Toiletten haben keine Deckel! Und bei meinem Glück rutsche ich von der Brille und stecke dann auch noch im wahrsten Sinne des Wortes in der Scheiße.

»Ist da jemand?«, ertönt eine Stimme von draußen. Eine tiefe Stimme. Jan. Fuck! Was zur Hölle macht der schon wieder hier?!

»Ich kann wieder gehen, wenn du willst, aber es sieht aus, als wärst du auch nur zum Rauchen hier«, sagt er, und ich höre die Belustigung in seiner Stimme.

Die Kippe! Die habe ich ganz vergessen! Ich werfe einen gehetzten Blick zu den verräterischen Rauchschwaden, die sich über meiner Kabine kringeln. Schnell schmeiße ich sie ins Klo und wedele mit der Hand, obwohl das jetzt natürlich nichts mehr bringt.

»Äh, ich bin's nur«, sage ich und bin schockiert von der Piepsigkeit meiner Stimme.

»Freya?«

»Mhm, ja, ich, äh, bin gleich fertig.«

»Mit Rauchen?«

»Genau.«

»Rauch doch hier draußen. Gott, ich brauche echt eine. Meine Mutter hat mich schon um acht hierhin geschleppt, weil sie heute zur ersten Stunde hatte. Seitdem habe ich Zeit, mich bekloppt zu machen.«

Wohin mit mir? Wohin mit dem Test?! Ins Klo? Ich habe

ja noch einen zweiten! Zur Not mach ich ihn einfach noch mal. Ich will nach dem Test greifen, der wie eine kleine Wippe auf dem runden Metallkanister liegt. In meiner Eile kriege ich ihn nicht richtig zu packen und stoße ihn stattdessen von der Ablage. Mit absolutem Grauen beobachte ich, wie der Test kippt, herunterrutscht, ein paar Zentimeter über den Boden schlittert und dann unter der Tür verschwindet.

Es läuft in Slow Motion ab. Als müsste dieser bestialische Moment noch weiter hinausgezögert werden. Genau auf halbem Weg zwischen mir und der anderen Seite der Kabine kommt er zum Liegen.

»Was zum …«, höre ich Jan sagen.

Ich springe vor, bücke mich, will gerade nach dem Stäbchen greifen, da sehe ich eine andere Hand, die schneller ist.

Und dann Stille.

Das einzige Geräusch ist das Hämmern meines eigenen Herzens und das Rauschen meines Blutes.

Mehr Stille.

Ich weiß es, bevor Jan es sagt.

Die Stille ist meine Antwort.

»Freya?« Seine Stimme klingt belegt.

Ich schließe die Kabinentür auf. Jede Bewegung ist plötzlich dreimal so anstrengend. Als wäre ich unter Wasser. Und bereits ertrunken. Aber hätte das Sterben dabei vergessen. Das kommt jetzt.

Jans Gesicht schwankt zwischen Unverständnis, Schock und Verwirrtheit, während er mir den Test entgegenhält.

Zwei Striche.

Positiv.

Ich sehe es. Registriere die Bedeutung und tue es gleichzeitig nicht. Mein Körper und mein Geist sind betäubt. Ich kann den Test nicht einmal entgegennehmen. Kann das Ding nicht anfassen, das mir das Ende all meiner Träume und Pläne prophezeit wie ein krankes Plastik-Horoskop. Im Bruchteil einer Sekunde weiß ich, wenn ich jetzt nachgebe, einknicke und meinen Gefühlen erlaube, die Oberhand zu gewinnen, gibt es kein Zurück mehr. Dann bin ich ein Wrack. Nicht mehr fähig, die Entscheidungen zu treffen, die jetzt getroffen werden müssen. Nicht mehr in der Lage, in zwanzig Minuten diese Prüfung zu schreiben. Nicht mehr in der Lage ... zu gehen. Also verschließe ich meine Gefühle. Ich versiegele sie unter der Oberfläche, weit weg von allem, vor allem von mir. An einem Ort, wo sie mir nicht wehtun können. Damit ich weitermachen kann.

»Wenn du es jemandem erzählst, ist mein Leben vorbei. Sag es niemandem. Auch nicht Chris. Vor allem nicht Chris.« Meine Stimme ist beängstigend ruhig. »Versprichst du mir das?«

Jan blinzelt. Er sieht aus, als würde er etwas sagen wollen, aber dann nickt er nur.

»Gut.«

Mit den Worten drehe ich mich um und gehe aus der Tür. Und als sie hinter mir ins Schloss fällt, bleibt ein Teil von mir zurück. Für immer eingesperrt mit den orangen Kabinen und kalten Fliesen.

35

Jetzt

Mit Krankenhäusern ist es ähnlich wie mit Kirchen. Eine seltsame Ehrfurcht krabbelt einem die Wirbelsäule entlang, während man durch die Gänge schreitet. Und das hat nichts damit zu tun, ob man selbst schon mal in einem gelegen hat. Ich war auch noch nie Gott. Trotzdem werden meine Schritte bewusster, sanfter, wenn ich in einer Kirche bin. Und sie sind es auch jetzt, während ich auf den Wartebereich zugehe. Ich habe Jan gebeten, erst einmal im Auto zu bleiben, während ich mit Mara spreche.

Ihren Wuschelkopf mache ich schon von Weitem aus. Sie trägt immer noch das Kleid, das sie vorhin auf der Party anhatte. Auf dem Hartschalen-Plastikstuhl neben ihr sitzt ein etwa 16-jähriges Mädchen, das aussieht, als bräuchte es ebenfalls dringend ärztlichen Beistand. Das muss die Babysitterin sein. Sie ist so blass um die Nase, dass sie fast mit der weißen Wand verschwimmt. Wenn jemand aus Versehen eins der zuhauf herumhängenden kubistischen Wandbilder in ihre Stirn statt in die Raufasertapete genagelt hätte, ich hätte mich nicht gewundert.

Mara sieht gefasster aus. Besorgt, aber nicht hysterisch. Das ändert sich schlagartig, als ihr Blick auf mich fällt.

»Habe ich dir nicht deutlich gesagt, dass du wegbleiben sollst?«

»Was für eine Freundin wäre ich, wenn ich in dem Moment auf dich gehört hätte?«, sage ich und setze mich neben sie.

»Hat dich in der Vergangenheit ja auch nicht gestört.«

Ich nicke, schlucke. Gleich. Zuerst das Wichtige. »Wie geht es Emma?«

Mara zuckt ruppig mit den Schultern. »Sie schläft. Deswegen bin ich kurz raus.«

Ich knete meine Hände im Schoß. »Mara, es tut mir so leid. Ich kann gar nicht sagen, wie leid. Ich dachte, es wäre ein lustiger Joke. Eine Anekdote ... wegen früher. Ich dachte, du würdest die Box aufmachen und dir ... keine Ahnung, einen schönen Abend damit machen. Oder die Kekse wegschmeißen oder so was. Ich habe gar nicht darüber nachgedacht, dass deine Kinder ... dass Emma an die Dose gehen könnte.«

»Natürlich nicht! Weil du nie über die Konsequenzen deiner Taten nachdenkst«, schnappt Mara. »Außerdem hast du keine Kinder. Woher sollst du also wissen, dass die *überall* drangehen?!«

Der Kloß in meinem Hals wird dicker, wie ein Schneeball, der sich zu einer Lawine entwickelt. Nein ... ich habe keine Kinder. Urplötzlich schießt ein stechender Schmerz durch meine Augen. Meine Nase beginnt zu kribbeln.

Maras Blick wird weicher, und bei ihren nächsten Worten klingt sie etwas weniger gereizt: »Wirklich. Ü-ber-all. Die sind schlimmer als Mehlmotten.«

»Tut mir leid. Tut mir so leid. Die arme Emma«, sage ich mit zitternden Lippen.

Mara seufzt. Dann tätschelt sie das Knie des Mädchens zu ihrer Rechten. »Ich habe es Schneewittchen hier gerade auch schon gesagt. Emma schläft ihren Rausch aus, und alles wird wieder gut. Der Arzt meinte, dass alles soweit okay ist.« Mara wirft mir einen Seitenblick zu. »Anscheinend haben deine Kekse ihr nicht geschmeckt. Deswegen hat sie nach einem aufgehört.«

Das Gewicht eines ganzen Misthaufens fällt von meinen Schultern. »Oh Gott. Ein Glück! Ich war noch nie so froh, dass ich scheiße im Backen bin«, rufe ich vor lauter Erleichterung viel zu laut und entlocke selbst Mara ein angedeutetes Lächeln.

»Also ist alles gut?«, frage ich leiser und mit immer noch schwacher Stimme.

Mara sieht mich abschätzig an. »Mit Emma? Ich denke schon. Sie darf viel O-Saft trinken. Sie wollen sie über Nacht zur Beobachtung hierbehalten. Ich warte noch auf Infos, ob ich auch hierbleiben und Matthis bei meinem Vater bleiben kann. Und ich hoffe natürlich, dass die Ärzte mir glauben, was wirklich passiert ist, und dass ich ansonsten nicht der Typ bin, der Drogen in Reichweite seiner Kinder herumliegen lässt.« Ihr Blick wird schneidender. »Und mit uns? Keine Ahnung, Freya. Ich bin immer noch sauer auf dich. Aber vielleicht ist das auch unfair. Chaos und Verzweiflung scheinen dir einfach zu folgen, wohin du gehst. Du kannst nicht anders. Vielleicht kannst du deshalb auch nichts dafür.«

Jedes ihrer Worte trifft mich mit der Wucht eines Bulldozers. Ich raffe mich auf, versuche mich zusammenzureißen. Ich *muss* es ihr erzählen. Und ich muss es jetzt tun. Bevor der Mut mich wieder verlässt und ich weglaufe.

»Es … gibt da noch etwas, das du nicht weißt«, beginne ich, »von damals. Bevor ich weggegangen bin. Eigentlich … der Grund, warum ich weggegangen bin.«

Ich sehe Maras Blick an, dass sie denkt zu wissen, was – oder eher gesagt, *wer* – dieser Grund war. Ich wünschte, es wäre so, wie alle glauben.

Mein Blick fällt auf das Mädchen neben Mara. Sie sieht zwar nicht aus, als würde sie irgendetwas mitbekommen, aber trotzdem ist das, was ich zu sagen habe, nur für ein Paar ganz bestimmte Ohren gedacht. Und selbst zu denen fällt es mir schon schwer zu sprechen.

»Kannst du … ähm … können wir …?« Ich deute zu dem apathisch dreinblickenden Mädchen, und Mara schaltet sofort.

»Wir gehen uns einen Kaffee holen. Möchtest du auch was, Isa? Einen Kakao? Du kannst auch nach Hause fahren, das habe ich dir vorhin schon gesagt. Es ist alles gut.«

Isa schüttelt den Kopf. Dann nickt sie.

»Kakao ja, nach Hause nein?«, übersetzt Mara.

Erneutes Nicken.

»Wie du meinst«, seufzt sie.

Mara steht auf und bedeutet mir, ihr zu folgen. Ein paar Schritte lang gehen wir schweigend nebeneinanderher. Die sowieso eher dürftig ausgestattete Kantine des Krankenhauses ist schon lange geschlossen. Bliebe der Automat am Ende des Ganges. Aber ich will sowieso nichts trinken. Es sei denn, die haben seit Neuestem Tequila im Angebot.

Während Mara in ihrer Handtasche nach Kleingeld kramt, lasse ich mich auf die Bank neben dem Automaten fallen.

»Also?« Mara steht vor der Maschine und wirft mir unter hochgezogenen Augenbrauen einen Blick zu. »Dann schieß mal los.«

Ich atme tief durch. Noch nie habe ich darüber gesprochen. Mit niemandem. Ich weiß nicht einmal, ob meine Stimmbänder in der Lage sind, die richtigen Töne zu finden, oder ob meine Zunge die passenden Worte formen kann. Aber es gibt nur einen Weg, das herauszufinden.

»Es war kurz vor unserem Abi. Mit Chris und mir war es längst nicht mehr rosig, und ich wusste, dass er wegwollte aus Werne, vermutlich auch von mir ... Ich wusste, dass ihm irgendwas hier wehtut. Nicht körperlich, mehr ... seelisch, aber ich wusste nicht, was. Und so, wie ich halt damals war – egoistisch, eingebildet, dumm –, dachte ich, dass es an mir liegen muss.

Also habe ich den Trotzschalter umgelegt. Ich dachte, nein, ich war besessen von dem Gedanken, trotzdem meinen Weg zu gehen. Ihn erst recht zu gehen. Erfolgreicher und besser zu werden. Immerhin war ich ja eins von den ›coolen‹ Kids, oder?« Ich schüttele den Kopf, ein bitteres Lächeln auf den Lippen. »Was heißt das überhaupt?! ›Coole‹ Kids. So ein Schwachsinn. Wenn es irgendein Adjektiv gibt, das uns damals beschreibt, dann wohl naiv oder verantwortungslos ... zumindest in Bezug auf mich.«

Ich nehme einen tiefen Atemzug. Den brauche ich, denn die Worte, die jetzt folgen, habe ich nicht nur noch nie ausgesprochen. Lange Zeit habe ich mir sogar verboten, sie zu denken. Ich habe mich lieber abgelenkt. Immer Neuem zugewendet.

»Ich weiß bis heute nicht, wie es passieren konnte. Wir waren immer vorsichtig, dachte ich zumindest. Jan hat es herausgefunden. Er hat ja immer in den Mädchenklos rumgehangen, um zu rauchen ... Deswegen hat er mich auch erwischt, als ich den Test gemacht habe.«

Mara zieht scharf die Luft ein. Am Rande nehme ich wahr, dass sie mittlerweile neben mir sitzt, zwei dampfende braune Plastikbecher in den Händen. Ich weiß beim besten Willen nicht, wann sie sich dahin gesetzt hat, aber irgendwie ist es tröstlich, einen anderen Körper neben mir zu spüren.

»Ich habe ihn schwören lassen, es niemandem zu sagen. Vor allem nicht Chris. Ich wollte nicht, dass er nur deswegen bei mir bleibt. Wegen eines ...« Traurig schüttele ich den Kopf. »Jan hat mich bedrängt, Chris reinen Wein einzuschenken. Erinnerst du dich an den einen Abend in der Kneipe, nachdem wir unsere Abinoten bekommen hatten? Der Abend, an dem Jan dich und mich auf den Toiletten abgefangen hat?«

Ich warte nicht auf Maras Antwort, aber registriere ihr Nicken aus dem Augenwinkel.

»Ich habe mich nicht übergeben, weil ich betrunken war.

Jedes Mal, wenn ich eine Runde bestellt habe, habe ich vorher mit dem Barkeeper vereinbart, dass er nur Wasser in mein Shotglas füllt. Und in meinem Drink war auch kein Whisky-Cola, sondern nur normale schlichte Cola. Jan hat mich den ganzen Abend beobachtet, wie ich so getan habe, als hätte ich eine gute Zeit mit euch. Wie ich euch alle belogen habe. Größtenteils Chris natürlich. Und mich.

Dann hat Jan mich vor der Toilette abgefangen und bekniet, mit Chris zu reden. Er war so ... er hat einfach nicht lockergelassen. Bis ich ihm gesagt habe, dass es keinen Grund gebe, Chris davon zu erzählen, weil ich es wegmachen lassen würde. Mir war es bis zu dem Zeitpunkt nicht klar, aber dieser Plan hatte sich schon länger in meinem Kopf geformt.«

Der sterile Linoleumboden bildet einen harten Kontrast zu meinen ineinander verschlungenen Händen, die vom vielen Kneten rot und fleckig sind.

»Ich wollte früher nach Hamburg gehen und es da machen lassen. Keine ... Zeugen oder so, schätze ich. Wo hätte ich hier in Werne auch hingehen sollen? Am Ende hätte es doch jemand mitgekriegt und dann ... Jedenfalls bin ich deswegen schon zwei Monate eher umgezogen als geplant, bevor *irgendwas* zu sehen war. Ich weiß gar nicht mehr, was ich meinen Eltern erzählt habe. Vermutlich, dass ich es hier nicht mehr aushalte. Was die Wahrheit war. Aber es muss ihnen trotzdem das Herz gebrochen haben.« Mein nächster Atemzug schüttelt mich so heftig, dass ich gegen Mara stoße. Sie weicht nicht zurück. »Und dann war der ganze Stress umsonst.«

»Umsonst?«, fragt Mara sanft. Es ist das erste Mal seit meiner Beichte, dass sie spricht, und ihre Stimme ist leise und zart. Ganz anders als die, die ich von ihr kenne.

Die Tränen, die ich eben noch zurückhalten konnte, quellen jetzt heiß aus meinen Augen. Ein freudloses Lachen entfährt mir. »Ich habe es verloren. Am Ende der 10. Woche. Es war mein zweiter Besuch beim Frauenarzt. Mein erster bei dem neuen Arzt in Hamburg. Ich weiß noch, wie freudig und erwartungsvoll sein Gesicht war. Und wie ich ihn dafür gehasst habe. Und dann hat er mir diesen kalten Ultraschall-Stab reingeschoben und … dann nichts mehr. Da war einfach nichts mehr. Keine Herztöne. Ich habe es nicht einmal gemerkt.«

Die Schuld boxt mir mit einer Heftigkeit in den Magen, dass mir schlecht wird und ich mich nach vorne beuge. So wie damals. »Kein Grund mehr für eine Abtreibung … meine Gedanken haben anscheinend schon gereicht«, würge ich hervor. »Und ich hätte doch froh sein sollen, oder? Immerhin war ich diejenige, die das Kind nicht wollte. Nie. Aber als es dann weg war, habe ich einfach …«

Erinnerungen, die ich so lange verschlossen gehalten habe, strömen zurück in meinen Kopf. Der Moment, in dem ich aus der Praxis getreten bin und mich gefragt habe, ob alles Einbildung war. Ob mir das gar nicht wirklich passiert ist. Und dann dieser ekelhafte Moment der Freude, weil ich eine Sekunde, nur einen Augenblick dachte, dass es jetzt so werden könnte wie vorher.

»Ich wusste, dass ich nicht mehr zurückkonnte. Hierhin. Nach Werne. Der Gedanke, Chris unter die Augen zu treten, war unerträglich. Wie hätte ich ihm sagen sollen, dass ich sein Kind umgebracht habe?

Danach war für mich alles anders. Und es ist irgendwie nie wieder richtig gut geworden. Nie wieder so, wie es vorher war. Wie ich vorher war. Ich habe Chris verloren, und dich und … das Kind.«

Ich atme tief aus, in die Stille, die mir ohrenbetäubend vorkommt. »Ich bin zurückgekommen, weil ich dachte, dass ich mich hier noch einmal fühlen kann wie früher. Wie vorher. Aber jetzt weiß ich, dass ich nicht zurückkann. Nur, nach vorne kann ich auch nicht.« Hilflos hebe ich die Schultern. »Ich bin einfach … stecken geblieben.«

Erst jetzt fällt mir auf, dass Mara meine Hände mit ihren umschlossen hat. Den Kakao hat sie auf dem Boden abgestellt. Ich schaue auf, und in ihrem Blick liegt nichts mehr außer Mitgefühl.

»Zuerst: Du bist *nicht* schuld an dem, was dir passiert ist«, sie sagt es mit so viel Nachdruck, dass ich ihr fast glauben möchte. Aber nur fast.

Mara schüttelt den Kopf. »Fehlgeburten sind schrecklich und fühlen sich an, als würde einem das Herz direkt mit ausbluten. Aber es ist nicht deine Schuld!«

Meine Augen werden größer, und Mara nickt. »Nach Emma, als wir ein zweites Kind wollten, hatte ich auch eine Fehlgeburt. Und ich weiß noch, wie fertig ich damals war. Emma war nicht geplant … und dann, als wir es wirklich wollten …«

»Oh, Mara, ich hatte keine Ahnung«, sage ich erstickt.

»Es ist kein Thema, das die Leute wirklich bereit sind

zu hören«, sagt sie und lächelt mich traurig an. »Aber es ist wichtig, darüber zu reden. Damit wir wissen, dass wir nicht allein sind. *Du* bist nicht allein, okay? Und vor allem: Du bist nicht schuld!« Sie unterstreicht jedes ihrer letzten Worte mit einem leichten Klaps auf meine Hand, als würde sie das Gesagte direkt in meinen Körper hineinhämmern wollen. »Mit einer Fehlgeburt umzugehen – egal, wann sie auftritt – ist schon schwer genug. Laste dir nicht auch noch diese Schuldfrage auf.«

Ich nicke, weil ich weiß, dass sie das von mir erwartet, aber in mir drin bin ich weit weg von überzeugt. Das spüre ich. Aber allein das ist schon etwas Neues. Ich spüre wieder etwas. An diesem speziellen Ort in meinem Herzen, den ich so lange zugemauert und verschlossen gehalten habe. Plötzlich ist da wieder Raum. Nur ein winziger. Aber er ist da.

»Du wärst übrigens auch nicht schuld, wenn du dich zu einer Abtreibung entschlossen hättest. Wenn du sie tatsächlich hättest machen lassen«, fährt Mara sanft fort. »Du warst so jung damals und selbst wenn nicht. Selbst wenn du 150 gewesen wärst. Es ist dein Körper, deine Entscheidung …«

Ich nicke und falle ihr leise ins Wort. »Ich weiß, ich weiß. Und ich stimme dir komplett zu. Vollkommen. Aber es zu wissen und es zu fühlen, das sind zwei unterschiedliche Dinge.«

»Scheiß Genetik«, murmelt Mara.

»Darauf könnte ich glatt einen trinken.«

Sie hält mir einen Becher unter die Nase. »Glaub mir, du hast ihn nötiger als Isabell.«

Ich nehme einen Schluck von der lauwarmen Brühe, die

zu meinem eigenen Erstaunen gar nicht so widerlich schmeckt. Genug Zucker täuscht anscheinend selbst über die Tatsache hinweg, dass in diesem Kakao so viel Schokolade steckt wie in einem Ziegelstein.

Eine Weile sitzen Mara und ich einfach nebeneinander, halten uns an den Händen und spüren die Nähe der anderen. Dass da jemand ist, der einen versteht. Der für einen da ist.

»Und ... wirst du es ihm sagen? Chris?«, fragt sie schließlich leise.

Plötzlich bin ich sehr froh, dass mein Magen mit dem Kakao beschäftigt ist. So hat er keine Zeit, sich noch mehr zu verknoten.

»Ich weiß nicht ... Das würde voraussetzen, dass er wieder mit mir redet. Und seit der Party sieht es leider nicht danach aus.«

Plötzlich wird mir bewusst, dass diese Party erst heute Abend war. Dass sie vielleicht noch läuft. Jetzt in diesem Moment. Ich bin so überstürzt aufgebrochen, dass keine Zeit blieb, den Abend zu beenden. Und ehrlich gesagt war das auch das Letzte, woran ich gedacht habe.

»Aber er spricht nicht mit dir, weil er denkt, dass du was mit Jan hattest ... hast ... vielleicht. Das dachte ich auch eine lange Zeit«, sagt Mara.

Ich zucke mit den Schultern. »Vielleicht ist es besser so. Einfacher. Für ihn.«

Mara schüttelt den Kopf. »Du solltest es ihm sagen. Nicht, um dich zu rechtfertigen. Sondern für dich. Damit du endlich zu deinem Leben zurückkehren kannst. Wie auch immer das dann aussieht.«

Ich nicke gedankenverloren. Wie auch immer es dann aussieht …

Ein Schatten fällt auf das Linoleum. Ich schaue auf und sehe Jan, der ein paar Schritte entfernt im Gang steht und aus fragenden Augen zu uns hinüberblickt.

Seufzend fahre ich mir mit den Händen über das Gesicht. »Ach ja, ich habe da noch wen mitgebracht … Und anscheinend reagiert er wie die Bloody Mary darauf, wenn man dreimal seinen Namen sagt.«

Mara neben mir ist erstarrt. Ihr Blick komplett auf Jan fixiert.

Mit schweren Knochen erhebe ich mich. »Ich glaube, ihr zwei habt auch ein paar Dinge zu besprechen, wenn ich das richtig verstanden habe.«

Mara reißt ihren Blick von Jan los, sieht zu mir und umgehend wieder zurück zu ihm.

»Er ließ sich nicht umstimmen. Und ich brauchte einen Fahrer«, sage ich grinsend.

Mit großen Augen – noch größer als gewöhnlich – steht sie ebenfalls auf und schüttelt die Starre ab. Dann greift sie noch einmal nach meinen Händen. Ihre gesamte Aufmerksamkeit ruht jetzt wieder auf mir. »Danke, dass du mir heute die Wahrheit gesagt hast.«

Ich nicke und lächele. »Danke, dass du mir zugehört hast. Und dass du … für mich da warst. Heute … und auch früher. Immer.«

»Heute, und auch früher … und auch in Zukunft, wenn

du willst. Wenn du darüber reden möchtest … oder einfach zusammen schweigen.«

Ich kann nichts dagegen tun, dass sich noch eine letzte Träne aus meinem Auge schleicht. »Das fände ich wirklich schön.«

36

Obwohl mein ganzer Körper nach Schlaf schreit – mit vollster Unterstützung von meinem erschöpften Geist –, gehe ich nicht nach Hause. Wenn ich mit Chris darüber reden will, was damals passiert ist, dann muss es heute Abend sein. Das ist so ziemlich das Einzige, was ich momentan mit Sicherheit weiß. Mich hat ein Gefühl von Dringlichkeit überfallen. So als ob ich jetzt, wo ich diese Schublade endlich geöffnet habe, auch alles, was jahrelang darin geschlummert hat, hervorholen muss. Bevor sich die Motten und der Geruch auch in den anderen Schubladen einnisten und das Gesamtkonstrukt zum Einsturz bringen können.

Schließen kann ich die Schublade nicht mehr. Irgendein alter Fetzen hat sich in den Schienen verheddert und sorgt dafür, dass sie weit offen steht.

Während ich dem Gehweg mitten durch die mondbeschienenen Felder folge, der vom Krankenhaus Richtung Bahnhof führt, überfallen mich die Erinnerungen an damals stroboskoplichtartig. Jedes Mal, wenn das Licht aufflackert, verspanne ich mich kurz. Denn die Erinnerungen haben

Freunde mitgebracht: Gefühle. Und zwar größtenteils negative.

Da ist eine Menge Reue. Nicht zwingend, was meine Entscheidung von damals angeht. Ich *war* nicht bereit für ein Kind, das hat mein Verhalten mehr als deutlich gezeigt. Und das ist das, was ich am meisten bereue. Dieses Kind hatte mehr verdient. Meine Freunde auch. Mehr als eine Frau, die so stoisch an ihren eigenen Plänen und Vorstellungen vom perfekten Leben festhält, dass sie alles andere mit der Dampfwalze niedermetert. Dass kein Raum mehr bleibt für Veränderung. Und damit für Heilung. Sie hätten es verdient gehabt, dass ich mich mit meinen Gefühlen auseinandersetze. Mit der gesamten Situation. Fuck, *ich* hätte das verdient gehabt.

Und da ist Angst. Angst vor Zurückweisung und Ausgrenzung. Angst vor einem Leben, das ich so nicht für mich gesehen habe. Wie wenig ich meinen Freunden und mir selbst vertraut habe.

Wut und Schuld kommen auch kurz zum Plausch vorbei.

Den krönenden Abschluss der Parade bildet Trauer. Ich habe nie wirklich um mein Kind getrauert. Habe es mir nicht zugestanden. Ich wollte das Kind nicht, also hatte ich auch kein Recht, traurig zu sein, nachdem ich es verloren hatte. An dem Morgen, nachdem der Frauenarzt die Fehlgeburt festgestellt hatte, bin ich ins Krankenhaus gefahren. Für eine Ausschabung. Weil es nach der zehnten Woche bereits so viel »organisches Material« gibt, dass man es entfernen lassen sollte. So haben die Ärzte es damals genannt. Organisches Material. Und das war es doch für mich, oder?

Organisches Material, das mir die Zukunft hätte versauen können. Nur, dass ich jetzt weiß, dass das nicht stimmt. Es hätte meine Zukunft nur verändert. Aber dafür war ich nicht bereit.

In den Augen der Ärztin, die den Eingriff vorgenommen hat, habe ich gesehen, was sie eigentlich noch gerne hätte hinzufügen wollen: »Sei doch froh. So ein junges Mädchen. Unvorsichtig! Verantwortungslos! Gerade mit der Schule fertig. So jemand sollte kein Kind bekommen.«

Sie hatte recht, oder? Jemand wie ich sollte kein Kind bekommen. Jemand, der sich nicht einmal für einen Mann entscheiden kann. Jemand, der seine Karriere über seine Freunde stellt.

Also habe ich mich zusammengerissen. Trauer durch Ehrgeiz ersetzt, Familie und alte Freunde durch Karriere und neue Freunde. Nichts, was mich an damals erinnert. Nichts, das mich runterziehen kann. Ich war frei und ungebunden und endlich weg von allem, was einen Schatten auf mein Leben hätte werfen können. Außer von mir selbst. Nur fotografiert habe ich seitdem nicht mehr. Nur noch auf Hochzeiten. Nicht mehr zum Spaß. Ein kleines Opfer.

Ich komme vor Chris' Wohnhaus zum Stehen. Ein glattes, charakterloses Mehrfamilienhaus, von denen es hier einige gibt. Als ich an der Fassade emporblicke, sehe ich nur ein Fenster, aus dem noch Licht dringt, und obwohl ich noch nie bei ihm war, weiß ich, dass das seine Wohnung sein muss. Mit pochendem Herzen gehe ich die letzten Meter bis zur Haustür und suche seinen Namen unter den Klingelschildern.

Wenning.

Mein Finger schwebt schon über dem Knopf, als ich noch einmal zögere. Er wird wissen, dass ich es bin. Wer sonst sollte mitten in der Nacht – mitten in dieser Nacht – bei ihm vor der Tür stehen?! Ich weiß nicht, wie ich damit umgehe, wenn er mich jetzt abweist. Könnte ich den Mut aufbringen, es morgen noch einmal zu probieren? Oder übermorgen? Oder den Tag danach?

Ich drücke den Knopf. Einige Sekunden lang passiert nichts. Nur mein Herz pocht gegen meinen Rippenbogen, als würde es alle noch verbleibenden Schläge in die nächsten zwei Minuten quetschen wollen. Er macht nicht auf. Nervös schaue ich zu dem Fenster hoch. Das Licht ist noch an. Wenn es jetzt ausgeht, war's das. Dann ist nicht nur das Licht in seiner Wohnung aus, sondern auch in mir.

Nach weiteren fünf Sekunden gebe ich auf. Gerade als ich mich abwenden will, ertönt der Türsummer.

Das Treppenhaus liegt dunkel vor mir, aber als ich den Lichtschalter drücke, werde ich von dem kalten Licht fast geblendet. Warum ist das im Leben oft so? Immer zu dunkel oder zu hell? Warum haben wir nicht zu jedem Zeitpunkt unsere eigenen kleinen Lavalampen dabei, die es einfach immer angenehm halten?

Chris wohnt im zweiten Stock. Er steht mit verschränkten Armen in der Tür und blickt mir finster entgegen. Statt einer Begrüßung presst er die Lippen zusammen, dreht sich um und geht zurück in die Wohnung. Ich folge ihm mit einem unguten Gefühl im Magen in die Küche. Ein schlauchförmiger Raum, der vor einem zur Straße zeigenden Fenster endet. Das muss das Fenster sein, das ich von unten gesehen habe. Auf dem mattweißen, ausklappbaren Küchentisch steht ein halb leeres Glas mit goldener Flüssigkeit. Wobei Whisky-Gläser ja immer nur zwei Fingerbreit gefüllt werden. Eine Marotte, die nur darin resultiert, dass man alle fünfzehn Minuten nachschenken muss. Unnötiger Aufwand.

Während Chris sich mit dem Rücken zu mir wieder vor seinem Glas niederlässt, werfe ich einen Blick durch die Küche. Sie ist schlicht. IKEAs not so finest. Vielleicht sogar vom Vormieter übernommen. Als Fußballtrainer bekommt er nur eine Aufwandsentschädigung, die kaum der Rede wert ist. Da steigt der Lohn proportional zu den Menschen, die sich für die Mannschaft interessieren, und nicht zur Leistung. Er bräuchte dringend wieder einen Job. Einen richtigen. Wenn er etwas aus sich machen will, und ... ich beiße mir auf meine gedankliche Zunge. Ich tue es schon wieder. Als würden nur der Job und die Wohnung zeigen, ob ein Mensch etwas aus sich gemacht hat.

Befangen setze ich mich auf den freien Stuhl Chris gegenüber. Obwohl er ihn mir nicht angeboten hat. Aber er hat mir auch nicht angeboten, bei ihm vorbei- oder in die Wohnung zu kommen. Und trotzdem bin ich jetzt hier.

Chris nippt an seinem Glas, ohne mich eines Blickes zu würdigen. Alles an ihm ist verspannt. Von der gerunzelten Stirn bis hin zu dem zu gerade durchgestreckten Rücken. Es ist das genaue Gegenteil von der Körpersprache, die ich in den letzten Tagen und Wochen an ihm gesehen habe, als er mit jedem Gespräch und Kuss gelöster wurde. Lockerer. Sicherer. Das ist alles wie weggewischt.

»Ich habe keine Affäre mit Jan, falls du das denkst. Jetzt nicht. Und damals auch nicht.«

Chris lässt sein Glas gerade so weit sinken, dass er mich über den Rand hinweg ansehen kann. »Aha.«

Er klingt so kalt. So abweisend. Mein Mut schwindet zunehmend.

Er seufzt. »Freya, du hast auch vorhin schon gesagt, dass es nicht so ist, wie es aussieht. Auch wenn es relativ eindeutig aussah. Und manchmal, wenn etwas aussieht wie eine Ente und quakt wie eine Ente ... dann ist es vielleicht einfach eine Ente. Und keine Nachtigall.«

Enten? Nachtigallen? Plötzlich wird mir heiß. Er versteht gar nichts! »Ich versuche, dir hier etwas Wichtiges zu sagen, und du redest von Vögeln?«, begehre ich auf.

»Dann sag es doch einfach, Freya! Sag es mir!«, antwortet Chris. »Damals ... okay, es lief nicht mehr gut zwischen uns. Eigentlich war es sowieso schon vorbei. Aber jetzt? Heute? Ich dachte, wir haben etwas Besonderes. Und ich dachte, du willst das auch! Standest du die ganze Zeit mit ihm in Kontakt? Hast du ihn *eingeladen*?« Das letzte Wort spuckt er mir förmlich vor die Brust.

»Was? Hier geht es doch überhaupt nicht um Jan! Du hast keine Ahnung!«

Er schüttelt den Kopf. »Wie auch? Wie soll ich eine Ahnung haben, wenn du mir nicht sagst, was Sache ist?!«

Er leert den Rest des Glases in einem Zug. »Ich habe dir alles von mir preisgegeben, dir alles gesagt. Das mit meiner

Ehe. Verdammt, das mit meinem Vater! Und jetzt sitzt du hier vor mir, und es ist ... Fuck! Ich habe das Gefühl, dass ich dich gar nicht kenne. Ich schaue dich an und ...«

Der Blick aus seinen Augen bohrt sich einen Herzschlag lang in meinen, bevor er sich abwendet, aufsteht und zur Arbeitsplatte hinübergeht, um sein Glas wieder aufzufüllen.

Chris und ich waren immer so gut mit Blicken. Ich darf das nicht verlieren!

Aber ich bin drauf und dran, genau das zu tun. Alles andere habe ich schon versucht. Es bleibt nur noch die Wahrheit.

Ich wünschte, ich hätte auch ein Glas oder irgendetwas, das meine Hände beschäftigt halten würde.

»Chris ... ich ...«

Plötzlich tauchen Bilder vor meinem inneren Auge auf. Bilder davon, wie es eigentlich sein sollte – sein könnte –, wenn man dem Freund sagt, dass man schwanger ist. Wie es bei Mara vermutlich war. Oder bei Elisa. Wie es damals vielleicht auch bei mir hätte sein können. Bei uns.

Ich schlage meine Fingernägel in das Fleisch meiner Handballen.

»Ich war schwanger.«

Chris' Mund öffnet sich leicht. Sein Blick wird starr. Hätte ich vorhin bereits gesagt, dass er angespannt ist, dann steht er jetzt kurz vor dem Zerreißen.

»Schwanger?« Seine Stimme ist nur ein Flüstern. Trotzdem höre ich die Verunsicherung. Sein Gehirn hat die Information aufgenommen, aber noch nicht eingeordnet. Kann sie vielleicht noch nicht einordnen. Ich hatte elf Jahre und bin immer noch dabei.

Ich nicke. Zu den nächsten Worten muss ich mich zwingen, weil ich weiß, dass sie gesagt werden müssen. Aber ich fürchte mich vor ihnen. Mehr als jemals zuvor vor irgendetwas. »Von dir. Jan hat es herausgefunden und mich bekniet, es dir zu sagen. Verstehst du? Jan war dir immer ein guter Freund. Zu jedem Zeitpunkt. Und ich hatte einfach nur Angst. Angst davor, was du sagen würdest. Angst, dass du mich zurückweisen würdest. Aber, wenn ich ganz ehrlich bin, hatte ich am meisten Angst davor, was ein Kind für mich bedeuten würde. Für mein Leben und meine Pläne. Und deshalb ... habe ich dir nie etwas davon erzählt.«

Chris stellt sein Glas mit einem dumpfen Geräusch zur Seite. Seine Hände krampfen sich um die Arbeitsplatte, lösen sich wieder, er stößt sich ab und bleibt schließlich mitten im Raum stehen, eine Hand an den Kopf gelegt, die andere kraftlos herabhängend. »Was ist passiert? Ich meine ... habe ich ein Kind, Freya?«

Ich schließe die Augen und schüttele den Kopf. »Nein. Ich habe es verloren.«

Ohne es zu sehen, höre ich, wie Chris sich bewegt, das Rascheln seiner Kleidung. Als ich die Augen wieder öffne, ist er an den Küchenschränken hinab auf den Boden gerutscht. Sein Gesicht liegt in seinen Händen verborgen. Die Sekunden ticken vorüber. Jedes Ticken der kleinen weißen Wanduhr laut wie ein Blitzeinschlag. Es ist der einzige Beweis, den ich dafür habe, dass die Zeit weiterläuft und nicht komplett eingefroren ist. So wie Chris und ich.

Trotzdem weiß ich nicht, wie viel Zeit wirklich vergangen ist, als Chris schließlich aufsieht. Zögerlich streckt er eine Hand nach mir aus, die ich ebenso langsam ergreife. Ich lasse mich von ihm auf den Boden ziehen, bis ich neben ihm sitze und in seinen Armen liege.

»Erzähl mir davon. Erzähl mir alles«, sagt er mit rauer Stimme.

Und in dem Moment kommen alle Tränen, die ich vor elf Jahren weggesperrt habe. Der Staudamm ist endgültig gebrochen.

Wir sitzen so lange nebeneinander auf dem harten Fliesenboden, bis ich meinen Hintern nicht mehr spüre. Ich bin ausgetrocknet vom Weinen, leer vom Reden und müde vom ... einfach müde. Nachdem die Tränen versiegt sind, habe ich Chris alles erzählt. Vom Schwangerschaftstest über Jan bis hin zu der geplanten Abtreibung und meinem Leben, nachdem ich das Kind verloren hatte. Und obwohl seine Hand zu keinem Zeitpunkt aufgehört hat, über mein Bein zu streicheln, habe ich gemerkt, wie Chris sich von mir entfernt hat. Mit jedem Wort ein bisschen mehr. Jetzt fühlt es sich so an, wie es sich vor ein paar Wochen bei unserem ersten Wiedersehen im Wald vermutlich hätte anfühlen sollen: als ob all die Jahre wie eine Trennwand zwischen uns stehen. Weil es eben nicht einfach möglich ist, an die Vergangenheit anzuknüpfen. Weil dazwischen das Leben passiert ist, und das Leben verändert Menschen genauso, wie Menschen ihr Leben verändern. Und nur so ist es richtig. Nur so kann es nach vorne gehen.

»Warum hast du mir das alles nicht eher erzählt?«, fragt Chris in die Stille hinein, die nur vom Ticken seiner Küchenuhr unterbrochen wird. »Ich meine nicht einmal damals vor elf Jahren. Aber warum hast du es mir *jetzt* nicht erzählt? Irgendwann in den letzten Wochen?«

Ich atme tief durch. Ich könnte all die schönen Ausreden auspacken, mit denen ich mich selbst immer wieder beruhigt habe: Weil ich dich mit dieser Information nicht zusätzlich belasten wollte. Weil es eh nichts mehr ändern kann. Weil es Vergangenheit ist und keine Bedeutung mehr hat.

Stattdessen entscheide ich mich für die Wahrheit. »Weil ich nicht bereit war. Auch nach elf Jahren noch nicht. Ich dachte, ich könnte zurückkommen, und alles würde wieder so werden wie vorher. Ich könnte mich noch ein letztes Mal so fühlen wie damals, als ich alles unter Kontrolle hatte, keine großen, lebensverändernden Entscheidungen treffen musste und das Leben einfach gut war.«

Chris nickt. Jetzt zieht er seine Hand doch zurück, und ohne die Berührung fühle ich mich haltlos.

»Das verstehe ich«, sagt er nur. Dann zieht er sich mit einer Hand an der Arbeitsfläche hoch.

Vorsichtig bewege ich meine Beine, um den Blutfluss wieder anzuregen, dann tue ich es ihm gleich.

Eine Weile stehen wir einfach voreinander, ohne uns anzusehen. Ich starre auf meine Füße. Chris blickt zur Seite. In mir bebt es. Ich weiß, dass die nächsten Worte alles verändern können. Oder die Veränderung, die bereits passiert ist, besiegeln. Trotzdem halte ich es nicht mehr länger aus.

»Wie geht es jetzt weiter? Mit uns?«, frage ich leise.

Chris verlagert sein Gewicht von einem Fuß auf den anderen. »Wie stellst du es dir denn vor?«, fragt er.

»Ich …«, beginne ich und breche sofort wieder ab. Meine alten Dämonen recken grinsend ihre Köpfe. Schön zu sehen, wie zäh sie sind. Wenigstens etwas. Sie flüstern, dass wir doch einfach weitermachen können wie bisher. Wie vorher. Einfach vergessen und nach vorne blicken. Neue Pläne schmieden und umsetzen. Nie anhalten. »Ich weiß nicht.«

»Was du auf dem Friedhof zu mir gesagt hast«, sagt Chris leise, »dass ich mich fragen soll, ob ich für mich dort hingehe oder für alle anderen … Wenn wir jetzt einfach weitermachen, wäre das nicht richtig. Nicht gut. Für mich. Oder für dich. Ich fühle mich schrecklich, weil ich damals nicht für dich da sein konnte. Aber das kann ich nicht einfach ausradieren, indem ich mich jetzt in eine Beziehung stürze und alles andere beiseiteschiebe.«

Er greift nach meiner Hand und sieht mich endlich an. In seinen Augen schimmern die gleichen Tränen wie in meinen. Und dabei dachte ich, der Wasservorrat in mir wäre erschöpft.

»Ich habe mich verändert, Freya. Und du hast dich auch verändert, ob du willst oder nicht. Ich bin nicht mehr derselbe Typ von damals. Zum Glück bin ich das nicht. Sonst hätte ich dir jetzt eine Menge Vorwürfe gemacht. Dass du unser Kind – mein Kind – vor mir verheimlicht hast. Dass deine Pläne dir wichtiger waren als die Menschen um dich herum. Dass du mir selbst jetzt nichts davon erzählen wolltest. Und ich glaube, ein Teil von mir spürt diese Vorwürfe, diese Verletzung auch heute noch. Auch wenn ich das nicht will. Aber manche Dinge brauchen Zeit … um sie loszulassen, um zu heilen, wie du gesagt hast. Um Platz für etwas Neues zu schaffen.«

Als er traurig den Kopf schüttelt, entfährt mir ein Schluchzer.

»Du hattest elf Jahre, um die Sachen zu verarbeiten. Auch wenn ich glaube, dass du vielleicht gerade erst damit anfängst. Gib mir auch etwas Zeit, okay?« Er schenkt mir ein Lächeln, und ich nicke durch meinen Tränenschleier.

»Ich hatte ein Jobangebot in Hamburg«, sage ich leise.

»Hatte?«

Ich nicke. »Ich habe es ausgeschlagen. Für dich. Für uns.«

»Warum?« Er klingt ehrlich erstaunt.

Ich blicke auf. »Weil ich bei dir bleiben wollte. Weil ich mich für dich entschieden habe. Weil ich nicht glaube, dass mein Glück in Hamburg wartet. Weil ich mit dem Teil meines Lebens abschließen wollte. So wie alle gesagt haben.«

Chris sieht mich lange an. »Man kann nicht einfach beschließen, dass etwas abgeschlossen ist, Freya. Ebenso wenig wie man etwas Abgeschlossenes wieder zurückholen kann. Es ist ein natürlicher Prozess.« Dann streicht er mir über die Wange. Nur ein einziges Mal. »Ich würde niemals verlangen, dass du dich gegen dich entscheidest, nur um dich für mich zu entscheiden.«

Wenig später trete ich aus Chris' Haustür und stelle erstaunt fest, dass die Sonne gerade aufgeht. Ein neuer Tag hat begonnen. Das heißt nicht, dass der letzte Tag schlecht war. Nur, dass er vorbei ist. Und er wird nie wiederkommen.

37

3 Monate später

»Ich fasse es nicht, wie verdammt schwanger du bist! Wehe, du presst dieses Kind aus dir raus, während ich weg bin!«

Ich stehe mit meinen Koffern am Bahnsteig und drücke Elisa an mich, die mittlerweile so rund ist, dass ich einen seltsamen Entenhintern machen muss, um an ihren Oberkörper zu kommen.

»Hattest du geplant, das Kind im Kreißsaal selbst aus mir rauszuzerren?«, fragt sie lachend.

»Wenn deine Tochter auch nur ansatzweise nach dir kommt, würde es reichen, ein Weinglas und die neueste *Vogue* vor deine Vagina zu halten, und sie kommt von allein rausgehüpft. Pro-Tipp. Darfst du deiner Hebamme gerne so weitergeben.«

»Gott, ich vermisse Wein.«

Sieben Monate Schwangerschaft haben selbst die Super-Schwangere Elisa zermürbt. Von wegen keine Lust mehr auf Alkohol und ungesunde Ernährung. Vorgestern habe ich ganz genau mitbekommen, wie sie sich um vier Uhr morgens an den Kühlschrank geschlichen hat, um eine Tafel

Schokolade im Alleingang zu vernichten. Zugegeben, es war Zartbitter. Trotzdem.

Derartige Beobachtungen sind relativ einfach zu machen, wenn man auf der Couch schläft. So, wie ich das bei Elisa und Christoph die letzten drei Monate getan habe. Vom Futon zu einer dunkelbraunen Wildleder-Couch – die Verbesserungen kommen. Und sie beziehen sich (zum Glück!) nicht nur auf meine Schlafstatt. Denn die ist trotz überraschend guter Polsterung natürlich noch meilenweit vom Kingsize-Boxspringbett entfernt, das ich mir manchmal – insbesondere während Elisas nächtlicher Ausflüge nach Kalorienland – in schillerndsten Farben ausmale.

»Noch einmal danke! Dass ihr mich so spontan bei euch aufgenommen habt. Und sag Christoph, dass es mir leidtut, wie sehr ich seine Grauburgunder-Vorräte geschmälert habe. Ich mach es wieder gut. Erwartet eine Weinlieferung von Form und Ausmaß eines Cargo-Containers, sobald ich mich ein wenig eingelebt und zurechtgefunden habe.«

Elisa winkt ab. »Irgendwer muss es ja tun, jetzt wo ich schon seit Monaten ausfalle«, grinst sie und streicht liebevoll über ihren Bauch. Ich folge ihrer Hand mit meinem Blick und spüre den mittlerweile vertrauten Gefühlsmix aus Wärme und Nervosität. Elisa fängt meinen Blick auf und legt ihre Hand auf meinen Oberarm. »Wirst du zurechtkommen?«

Ich schlucke, nicke und lächele. In der Reihenfolge. Schön nacheinander. Weil alles zusammen manchmal doch noch etwas viel ist. Elisa spiegelt meinen Gesichtsausdruck.

»Ich finde es wahnsinnig mutig, was du tust. Wie du

dich deiner Vergangenheit stellst«, sagt sie. »Ich kann immer noch nicht glauben, dass du das alles so lange für dich behalten hast. Ich wünschte, ich hätte schon eher für dich da sein können.«

Als ich vor drei Monaten zurück nach Hamburg gekommen bin, war ich leer. Nicht einmal am Boden zerstört oder tieftraurig. Einfach leer. Ausgehöhlt. Als hätte ich alles getan, was ich hätte tun können, und alles probiert, um mein Leben zurück auf den richtigen Pfad zu hieven, und wäre gescheitert. Und es bliebe nichts mehr übrig. Ich wollte nicht zurück in Thorstens und meine Wohnung, auch wenn er mir angeboten hat, dass ich übergangsweise bleiben kann, bis ich etwas Neues gefunden habe. Also bin ich zu Elisa gegangen. Und langsam, Stück für Stück, habe ich versucht, diese Leere mit neuen Dingen zu füllen.

Das erste dieser Dinge war ehrlich gesagt eine Kiste Wein. Aber direkt im Anschluss kam eine Selbsthilfegruppe für Frauen, die eine oder mehrere Fehlgeburten erlebt haben, dazu. Bevor ich das erste Mal hingegangen bin, hatte ich ein mulmiges Gefühl. Als hätte ich meine Chance verpasst, da es bei mir schon so lange zurückliegt. Als hätte ich kein Recht mehr, dort zu sein, zwischen all den Frauen, deren Wunden noch so frisch sind. Zum Glück lag ich falsch. Die Frauen in der Gruppe sind großartig. Nicht nur, weil sie mich, ohne zu hinterfragen, aufgenommen haben, sondern auch, weil sie vielschichtig, sensibel und trotzdem fröhlich sind. Sie verstecken sich nicht vor ihrer Trauer, aber sie helfen sich auch dabei, sich nicht darüber zu definieren. Ich dachte, es wäre Stärke, alles einfach zu verdrängen und mit meinem Leben weiterzumachen, als wäre nichts passiert. Aber echte Stärke hat mir aus den Gesichtern entgegengeschaut, die sich Woche für Woche in dem kleinen Raum der VHS versammeln. Stärke, Gefühle zuzulassen, damit umzugehen und in jedem Ende auch einen Anfang zu sehen.

Es tut weh, dass ich die Gruppe nach so kurzer Zeit wieder verlassen muss, aber ich bin mir sicher, dass es in Werne oder Umgebung ein ähnliches Angebot geben wird.

»Du bist jetzt für mich da«, sage ich und merke, wie mir die Tränen kommen. Nachdem ich Elisa von der Fehlgeburt erzählt hatte, konnte ich mich aus erster Hand davon überzeugen, dass sie eine großartige Mutter sein wird. Sie hat die Selbsthilfegruppe für mich gefunden und ist sogar zum ersten Treffen mitgekommen. Zumindest bis zur Tür, alles andere wäre uns mit ihrem doch sehr kugeligen Bauch rücksichtlos vorgekommen. Und sie besitzt bereits diese magische mütterliche Fähigkeit, grundsätzlich genau die Dinge in der Handtasche dabeizuhaben, die man gerade braucht. Egal, ob das ein Taschentuch, ein Bonbon oder ein Notfall-Chardonnay samt Korkenzieher ist.

Elisa nickt und deutet auf den weißen ICE hinter mir: »Wenn du nicht bald einsteigst, musst du mit der Regionalbahn nach Werne fahren.«

Gott, ich vermisse meinen Toyota. Ich habe ihn zusammen mit dem Großteil meiner Klamotten verkauft, um an Geld zu kommen. Geld, das mir, das uns in den letzten Monaten gut geholfen hat. Ich habe sogar mein *Vogue*-Abo gekündigt. Aber in diesem Moment wünschte ich, ich wäre nicht abhängig von irgendwelchen Zugfahrplänen. Was ist schon ein 50-Kilometer-Stau am Bremer Kreuz, verglichen mit dem Horror, vier Stunden mit anderen Menschen in einer Blechbüchse gefangen zu sein? Spätestens nach 30 Minuten packt irgendwer seine Aldi-Frikadellen aus, und mindestens einer wird schlechten Deutsch-Rap über sein Handy laufen lassen. Die Krankenkassen sollten Noise-Cancelling-Headphones als Standard-Leistung übernehmen. Ohne die hätte ich schon längst Bluthochdruck.

»Ich weiß, ich weiß. Ich hol meine restlichen Klamotten bald ab, ja? Sobald ich mir von irgendwem ein Auto leihen kann … oder einen Trecker mit Anhänger.«

Es ist erstaunlich, wie viel Zeug man ansammeln kann. Ich habe alles verkauft – von meinen Pumps und Blusen über diverse Kommoden und Teppiche bis hin zu meinen Vintage-*Vogues* –, und trotzdem steht Elisas und Christophs Kinderzimmer voll mit meinen Kartons und Taschen. Es sieht momentan eher aus wie ein Secondhandladen drei Monate vor der Neueröffnung.

»Du hast noch zwei Monate. Anders als jetzt. Jetzt hast du nur noch …« Sie schaut auf die große Bahnhofsuhr, »drei Minuten.«

Ein letztes Mal drücke ich sie an mich, dann wuchte ich nacheinander meine beiden großen Rollkoffer in den Zug und mache mich, begleitet von vielen Remplern und Entschuldigungen, auf die Suche nach meinem Platz. Die Platzreservierung im ICE ist das Business-Class-Ticket des kleinen Mannes. Oder in diesem Fall, der Frau mit Übergepäck. Man gönnt sich ja sonst nichts.

Zwei Stunden später habe ich alle halbwegs bequemen Positionen durchgesessen, meine heruntergeladenen Folgen von *Working Moms* auf Netflix durchgeschaut und bereits zweimal den inneren Kampf ausgefochten, ob ich mich jetzt im wackeligen Zug zu den Toiletten durchkämpfen möchte oder nicht. Die letzte Runde habe ich verloren.

Ich rücke meine Kopfhörer zurecht, krame aus meiner Handtasche die Vitalkekse hervor, die Elisa mir zugesteckt hat (zusammen mit weiteren zwei Flaschen Wein, aber die sind für später), und entsperre mein Handy. Außer Netflix gibt es hier eigentlich nicht mehr viel zu sehen.

Meine privaten Social-Media-Profile habe ich gelöscht. Zu groß war die Versuchung – und die Zeitverschwendung –, auf Chris' Facebook-Seite herumzulungern. Ich habe versprochen, ihm Zeit zu geben, und das habe ich getan. Drei Monate keine Anrufe, keine Nachrichten und natürlich keine Treffen. Dabei wollte ich ihm ständig irgendwas erzählen. Am Anfang haben mich selbst die gewöhnlichsten Dinge fast einbrechen lassen: Irgendein Fußballspiel im Fernsehen – ob er das gerade schaut? Jason Derulo im Radio – wie kitschig wäre es, ihm den Songtext zu schicken? Sauerstoff – Chris muss auch atmen.

Je mehr Zeit verstrichen ist, desto mehr habe ich verstanden, wieso der Abstand nötig ist. Nicht nur für ihn. Auch für mich. Damit ich wieder atmen kann. Ganz allein. Trotzdem läuft die eine Frage in meinem Unterbewusstsein auf Dauerschleife: Wenn wir alles hinter uns lassen, was wir mal gewesen sind, all die Geheimnisse und das Toxische, aber auch das Schöne – wenn wir die Menschen hinter uns lassen, die wir mal gewesen sind, haben wir dann noch eine Chance?

Als mein Handy klingelt und der Ton – noch auf Netflix-Lautstärke – durch meine Kopfhörer schmettert, schmeiße ich das Ding vor Schreck fast von mir. Hastig drehe ich die Lautstärke runter und hebe ab.

»Ja, ich fahre immer noch nach Werne. Nein, ich habe meine Entscheidung noch nicht bereut«, sage ich statt einer Begrüßung.

Ich höre ein Seufzen am anderen Ende und dann das Ratschen eines Feuerzeugs. »Was jemand wie du in diesem Kuhkaff will, werde ich nie verstehen. Aber wenigstens das mit der Erreichbarkeit scheint ja zu klappen.«

Celine klingt wie immer. Leicht genervt, leicht überdreht, leicht so, als hätte sie das Bett in der letzten Nacht nur von Weitem gesehen.

»Habe ich dir doch gesagt. Remote-Arbeit ist kein Problem mehr dank der ›neuen‹ Technologien.«

Ich betone das »neuen« extra so, dass meiner Chefin klar wird, wie alt sie ist. Necken und Piesacken gehören ebenso zu meinem neuen Arbeitsalltag wie ein vernünftiges Gehalt, der ständige Kampf, unkonventionelle Marketingideen von Celine absegnen zu lassen, und eine neue Kamera. Das Einzige, wofür ich in den letzten Monaten wirklich Geld in die Hand genommen habe. Denn zu meinen Aufgaben als neue Marketing-Managerin bei *Hamilton* Hamburg gehört auch, dass ich die professionellen Fotografen für Events und Kampagnen in ihrer Arbeit unterstützen darf. Weggefallen sind dafür Club-Mate und alte Besprechungskekse. Gleich geblieben ist die Zahl der Überstunden, aber im Gegensatz zu früher sind sie jetzt bezahlt. Und ich mache sie gerne. Denn mein Antrieb dahinter ist nicht mehr das ständige Streben nach Anerkennung, Beförderung und Legitimation, sondern eigentlich recht simpel: Ich will eine gute Arbeit machen. Nicht nur, weil Celine mir nach meinem ganzen Hin und Her trotzdem den Job gegeben hat, sondern auch, weil ich über meinen ganzen Stress im Privaten und in der Agentur einen wichtigen Faktor komplett vergessen hatte: dass ich meine Arbeit liebe.

»Jaja, soll ich mir euren Hof dann auch lieber remote anschauen?«

Ich grinse in mich hinein. »Celine, du weißt, dass du darauf brennst, den Hof zu sehen, und ich weiß das auch. Hör auf, mich zu verarschen.«

»Deswegen ruf ich an. Wie passt es dir morgen?«

Ich verschlucke mich an meinem Keks und muss dermaßen husten, dass ein Schwall gezuckerter Cerealien-Stücke gegen die Rückenlehne des Vordersitzes schießt. Von wegen vital. Letal-Kekse wäre passender.

»Lass mich doch erst einmal selbst ankommen«, röchele ich. »Ich würde mir gerne zuerst selbst ein Bild machen. Außerdem habe ich die ganze Woche Urlaub.«

»Ich komme ja auch nicht als deine Chefin, sondern als deine Freundin«, schnappt Celine.

»Hmhm, und mit Sicherheit bringst du keine neuen Broschüren-Proofs oder ›klitzekleine Arbeiten für zwischendurch‹ mit?«, frage ich sarkastisch.

»Ach, leck mich, Thun. Als du noch bei der Agentur gearbeitet hast, warst du weniger anstrengend.«

»Ich vermisse dich auch schon, Celine.«

Grinsend lege ich auf und lasse meinen Blick auf der vorbeifliegenden Landschaft ruhen. Die nordische Kargheit ist längst gewichen und hat Platz gemacht für die westfälische. Mit viel Fingerspitzengefühl und etwas Unterstützung der Beharrlichkeit, die Vergangenheits-Freya ausgezeichnet hat, konnte ich noch etwas durchsetzen: Wenn ich meine drei Monate Probearbeitszeit erfolgreich hinter mich bringe, darf ich drei Viertel der Zeit remote arbeiten. In meinem Fall bedeutet das, drei Wochen Werne, eine Woche Hamburg im Monat. Beginnend: ab sofort.

Ich schicke Mara einen kurzen Text, in dem ich ihr mitteile, wann ich ankomme, dass ich sie morgen zum Kaffee besuchen werde, dass sie ihre Kinder nicht mehr vor mir verstecken muss und dass ich mich freue. Und das tue ich. Auf alles! Aber vor allem auf den letzten Plan, den ich noch in die Tat umsetzen muss, bevor ich komplett mit dem Flow gehen kann. Chris hatte recht. Es ist ein Prozess.

38

Ich habe unseren Hof noch nie so aufgeräumt gesehen. Irgendwie sieht man ihm bereits von außen an, dass innen etwas anders ist. Seit einer Woche bin ich zurück. In meinem alten Zimmer, das jetzt mein neues Zimmer ist. Zumindest, bis ich eine Wohnung gefunden habe. Denn bei aller Liebe zu diesem Hof und der Zeit, die ich hier verbracht habe – die eigene Mutter abends zur Zigarette danach auf der Veranda zu treffen, das hält die stärkste Frau nicht aus.

Ich trete aus der Haustür und schlendere langsam hinüber zur Tenne. Es sind die Details, die einem flüchtigen Betrachter vielleicht gar nicht auffallen würden. Die allein für sich nicht viel bewirken, aber in der Gesamtheit überragend sind. Der Rasen vor dem Wohnhaus ist neu ausgerollt und so satt und grün, dass ich am liebsten reinbeißen würde. Ich bringe ein ganz neues Verständnis für Kühe und Pferde auf.

Und der Schotter ist geharkt. Geharkt. Erinnert mich an Buddhas Sandkasten neben meinem Futon. Sämtliche Spinnweben unter den Dachgiebeln sind verschwunden. Der alte Hundezwinger in der Ecke zwischen Wohnhaus und Tenne, der sowieso schon seit Jahren verwaist ist, ist weg und hat einer kleinen Sitzecke Platz gemacht, die rundherum von Hochbeeten eingeschlossen wird.

Unser Hof strahlt nach außen, weil er eine neue überraschende Wende miterlebt. Er sieht aus wie jemand, der gerade einen Heiratsantrag bekommen hat und dem man das Glück einfach ansieht. Unser Hof ist verlobt.

Und das trotz der Tatsache, dass unser Hof eigentlich gar kein Hof mehr ist. Uns gehören nur noch das Wohnhaus und die Tenne. Die umliegenden Wiesen und Felder sind verkauft, auch wenn man es momentan noch nicht sehen kann, denn die Bauarbeiten werden erst im nächsten Frühjahr beginnen. Genug Vorlauf, um uns eine Möglichkeit zur Etablierung zu geben, bevor der Baulärm einsetzt ... hoffentlich.

Ich straffe meine Schultern und öffne die Tür zur Tenne. Auch die ist neu. Gemeinsam mit dem gesamten riesigen Scheunentor, das jetzt nicht nur schön aussieht, sondern auch isoliert ist. So wie der Rest der Scheune.

Das muss klappen. *Nein!* Kein starres Festhalten mehr an irgendwelchen Plänen, erinnerst du dich, Freya?! Aber irgendetwas in meinem Herzen sagt mir: Es *wird* klappen. Weil so viele wundervolle Menschen an diesem Projekt beteiligt sind, und deren Herzblut ist überall zu erkennen.

Ein breites Strahlen legt sich auf mein Gesicht, als ich mich in der Scheune umsehe. Habe ich bei der Come-as-you-were-Party gedacht, dass unsere Tenne kaum wiederzuerkennen ist, dann werde ich jetzt noch einmal eines Besseren belehrt. Auch hier ist es wie draußen, obwohl vieles geblieben ist — die Theke, die gemütlichen Holzbalken, meine

Fotografien an den Wänden, die riesigen Palmen –, ist die Veränderung überall spürbar. Neben meinen Bildern hängt jetzt auch der Wandteppich aus meinem Zimmer an einer der Wände. Die Tür zu den Ställen ist zugemauert. Sie sind erst später gebaut worden, zusätzlich zu Tenne und Wohnhaus, und stehen deshalb nicht unter Denkmalschutz. Früher oder später werden sie also abgerissen.

Während im vorderen Teil des Raums der Steinboden geblieben ist, ist der hintere jetzt ausgelegt mit 1 × 1 Meter großen Schutzmatten in dunkler Holzoptik, die gut mit den Balken harmoniert. An der Wand gestapelt finden sich Yogamatten und kleine rechteckige Yogablöcke.

Natürlich hätten wir das für den heutigen Anlass auch alles wegräumen können, aber Sibylle und ich waren uns einig, dass es so aussehen sollte, wie es auch ab nächster Woche sein wird.

Die Fensterfront hinter den Matten gibt mittlerweile den Blick auf eine raumgreifende Veranda frei, ebenfalls von Beeten eingerahmt, in denen extra für heute Fackellichter stecken. Neben der Veranda ist ein kleines Loch im Boden, und als mein Blick darauf fällt, macht mein Herz einen aufgeregten Hüpfer. Hoffentlich klappt später alles.

Staunend drehe ich mich noch einmal im Kreis. Wahnsinn, was man alles in drei Monaten erreichen kann, wenn man nicht nur einen Plan, sondern auch Freunde und Spaß hat.

Die Idee ist mir am Abend der Come-as-you-were-Party gekommen. Nach Sibylles Kommentar dazu, dass keine Ruhe mehr für ihre Meditation bliebe, wenn hier ständig irgendwelche Events stattfinden würden. Aber es hat noch ein paar Tage gedauert, bis mein Kopf wieder klar genug war, um selbst zu realisieren, dass er diese Idee hatte. Ja, es ist unzuverlässig, dieses Ding, das auf meinem Hals sitzt.

Sibylle zu überzeugen war nicht besonders schwer. Eigentlich war sie schon überzeugt, bevor ich die Idee zu Ende ausgesprochen hatte. Und weil Sibylle überzeugt war – und es eine wirklich gute Idee ist – war auch Papa schließlich an Bord. Unter der Voraussetzung, dass er von jeglichen Hunden – heraufschauend, herabschauend oder lebend – verschont bleiben wird.

Gemeinsam mit den beiden, Mara und einem Haufen freiwilliger und bezahlter Helfer haben wir den Hof in den letzten Wochen transformiert. Ich an den Wochenenden von hier und unter der Woche von Hamburg aus, wo ich meine Ideen über das Handy kommuniziert habe, nachdem ich Sibylle in die wunderbare Welt der Videotelefonie eingeführt hatte. Es ist noch nicht alles fertig, aber wir sind auf einem guten Weg. Der Einzige, der nicht beteiligt war, war Chris …

»Na, bewunderst du dein Werk?«

Sibylle sieht wie immer auf ihre eigene Art umwerfend aus. Heute hat ihre eigene Art eine Menge von der eines Cowboys, der mit einem Hovercraft durch einen Vogelschwarm gebrettert ist. Sie trägt braune kniehohe Stiefel, dazu ein weißes Kleid mit Federn an Ärmeln und Ausschnitt, und auf dem Kopf einen Sonnenhut aus Naturstroh. Ich bin etwas gemäßigter unterwegs in meinem marineblauen Maxikleid und den hellbraunen Wedges. Aber heute geht es auch nicht um mich.

»Unser Werk«, betone ich und lege ihr einen Arm um die Schultern. Die Arbeit am Hof hat nicht nur diverse Fugen an den Wänden, sondern auch uns näher zusammengebracht.

»Ohne dich wäre ich nie auf die Idee gekommen«, sagt sie.

Ich sehe sie zweifelnd an. »Schwachsinn. Du bist doch auf die Idee gekommen. Ich habe euch lediglich dahin gebracht, die Idee größer zu denken.«

»Wesentlich größer«, sagt sie und sieht sich lächelnd in der Scheune um, bevor sie wieder zu mir schaut. »Wann kommt deine Chefin, um sich die Zimmer und alles andere anzuschauen?«

»Sie wollte heute Abend zur Party kommen. Aber bei Celine weiß man nie so genau. Vielleicht sitzt sie auch bereits auf deiner Veranda und raucht dir das Gras weg.«

Sibylle prustet. Dann macht sie sich von mir los und greift nach einer großen Rolle, die auf der Theke steht.

»Dann müssen wir uns nur noch hierum kümmern. Zusammen?«

Ich grinse und nicke, während sie das Banner entrollt und zur Scheunentür geht, wo wir es anbringen werden. Vor einem stilisierten Buddha steht in großen geschwungenen Lettern: *Come as you are, leave as your best.*

Und das tun sie. Alle sind gekommen. Unsere Tenne sieht ein bisschen so aus, als hätte man das Publikum eines Toto-Konzerts genommen, zu der Stammkundschaft des Bio-Feinkostladens gekippt, einmal kräftig geschüttelt und zum Schluss eine Prise Coachella drübergestreut. Von Frau Körber über unseren Bankberater, der seit Jahren über Rückenschmerzen klagt, bis hin zur kompletten weiblichen Belegschaft der aktuellen Abschlussklasse sind alle hier. Auch Jan ist gekommen und hat mich vorhin besonders lange und fest umarmt. Und ich war ihm besonders dankbar dafür. Seit dem Abend der Party sind wir lose in Kontakt geblieben, und tatsächlich waren seine ironischen und ehrlichen Nachrichten in den letzten Wochen oft das Highlight meiner Tage.

Natürlich ist auch Mara dabei, und nachdem ich ihr versichert habe, dass weder offene Strom- noch Feuerquellen noch irgendwelche »lustigen Kekse« frei zugänglich sind, hat sie sogar ihre Kinder mitgebracht. Direkt im nächsten Satz musste ich ihr übrigens versichern, dass die Weinquellen sehr wohl offen zugänglich sind. Zumindest für Erwachsene. Heuchlerin.

Nur einer fehlt. Aber er muss kommen. Er *wird* kommen. Seine Mutter hat es mir versprochen. Zusammen mit Mama laufe ich von Grüppchen zu Grüppchen, verteile die Flyer mit dem Frühbucherrabatt, beantworte Fragen und nehme Glückwünsche entgegen, die ich stets umgehend an Sibylle weiterreiche.

Als sich die Dämmerung langsam herabsenkt und Papa die Fackeln in den Beeten und die tausend Lichterketten im Inneren der Scheune entzündet, werde ich langsam nervös. Immer wieder wandert mein Blick zum Handy, um direkt darauf zur Tür zu springen. Sicherlich hätte Frau Wenning mir Bescheid gegeben, wenn etwas schiefgelaufen wäre. Hätte sie doch, oder?

Ich schaue zu dem steinernen Buddha, der in einer Ecke der Scheune sitzt. Der große Bruder von dem in meinem Zimmer und genauso stumm.

»Ich verspreche dir 100 Sonnengrüße, wenn du ihn vorbeischickst«, zische ich ihm zu.

In diesem Moment geht ein Windhauch durch die Scheune, und ein mir sehr gut bekannter Mann tritt durch das Tor. Hinter ihm kommt eine kleine, eher unauffällige Frau in den Raum.

»Bestechung, ja? Merk ich mir!«, raune ich der unbeeindruckten Statue zu.

Dann habe ich nur noch Augen für ihn. Er sieht ... gut aus. Nicht auf eine Gott-er-ist-attraktiv-Art, sondern auf eine Er-sieht-entspannt-und-zufrieden-aus-Art. Plötzlich überfallen mich Zweifel an meinem Vorhaben. Sollte ich ihn vielleicht einfach in Ruhe lassen? Zweimal habe ich sein Leben bereits aus den Angeln gehoben. Habe ich meinen Kredit aufgebraucht?

Als sein Blick auf meinen trifft, steht die Zeit still. Die Gespräche um mich herum verblassen. Meine Zweifel ebenfalls. In seinen grünen Augen lese ich Überraschung und ... Freude. Neugier. Ich bin mir nicht sicher, ob da auch Vergebung ist. Vielleicht ist es dafür zu früh. Aber das Band zwischen uns ist noch da, stelle ich mit unendlicher Erleichterung fest. Es hat ein paar Risse und Löcher, aber es ist noch da. Und wenn ich es nicht bis zum Zerreißen spanne – und Sibylle mir beibringt, wie man näht –, kann ich es flicken.

Es ist kurios, wie sehr diese Situation dem Abend ähnelt, an dem Jan durch genau diese Tür gekommen ist. Auch damals stand die Welt still. Aber meine Gefühlswelt war eine ganz andere. Jetzt spüre ich keinen Schrecken mehr, keine Angst, dass irgendwer mir irgendwas wegnehmen und meine sorgsam gebackene heile Welt zum Einsturz bringen könnte. Weil sie eh nie heile war. Aber wenn ich in Chris' Augen blicke, ist sie zumindest nicht ganz kaputt.

Während die Geräusche um mich herum langsam zu mir zurückkehren, wende ich mich ab und gehe nach hinten durch. Unterwegs schnappe ich mir eins der bereits gefüllten Weingläser von der Theke, dann stelle ich mich vor die Fenster, durch die der flackernde Schein der Fackeln dringt. Ich habe zwar kein Messer oder Ähnliches, aber lange Fingernägel. Und die sind erstaunlich vielseitig. Geräuschvoll schlage ich damit gegen das Weinglas.

»Entschuldigung? Entschuldigung, darf ich kurz um eure Aufmerksamkeit bitten?«

Ich räuspere mich und lächele strahlend in die Runde, deren Gesichter sich mir eins nach dem anderen zuwenden.

»Hi«, sage ich atemlos und ernte ein paar leise Lacher und viel wohlwollendes Nicken. »Zuerst möchte ich mich bei euch allen dafür bedanken, dass ihr heute gekommen seid. Ich weiß, das wird bei solchen Anlässen immer gesagt, aber ich meine es echt ernst.«

Ich sehe, wie Mara die Augen verdreht und mir zugrinst.

»Ich erzähle euch gleich etwas dazu, warum ich das so ernst meine, aber zunächst muss ich mich bei einer ganz besonderen Person dafür bedanken, dass sie heute gekommen ist. Denn ohne es zu wissen, hat dieser Mann den Umbau und dieses ganze Projekt in Gang gesetzt.«

Ich nicke Chris zu, falls es noch irgendwelche Zweifel daran gab, wen ich meine. Langsam bahnt er sich einen Weg durch die Menschen und bleibt schließlich in der zweiten Reihe stehen, den Blick unverwandt auf mich gerichtet.

Ich komme aus dem Takt. Eigentlich hatte ich eine Rede vorbereitet. So wie man das macht. Einleitung, Hauptteil, Schluss. Zwischendurch Pausen für Applaus oder ein paar Lacher. Eigentlich wollte ich etwas zu dem Yoga Retreat erzählen, das wir hier in den letzten Wochen aufgebaut haben. Eigentlich ... Jetzt, wo ich in seine Augen sehe, kann ich mich plötzlich an keins meiner geplanten und so schön vorgefertigten Worte mehr erinnern. Stattdessen lasse ich mich gefangen nehmen.

»Du hattest recht«, sage ich. »Ich habe mich nach der Vergangenheit nicht nur gesehnt, sondern mich daran festgehalten. Du sagst, dass du ein Feigling warst, aber der eigentliche Feigling bin ich. Oder war ich ... bis du, bis jeder hier mir die Augen geöffnet hat. Ich habe mich an allem festgehalten, was ich schon kannte. Jobs, Beziehungen, Kunden ... und ich weiß jetzt, dass das falsch war. Dass älter nicht immer besser heißt.« Auf Chris' Gesicht zeichnet sich ein vorsichtiges Lächeln ab.

»Außer vielleicht bei Wein«, sage ich, einem spontanen Gedanken folgend, und nehme zur Untermalung einen beherzten Schluck. Ein wenig flüssiger Mut. »Du fragst dich vielleicht, warum du hier bist, und ich komme dazu ... gleich. Aber zuerst möchte ich erklären, warum ich so besessen davon war, an Vergangenem festzuhalten. Jeder hat ein Bild von sich selbst im Kopf. Es formt sich schon, wenn man noch jung ist, denke ich, und ... es ist ein Märchen. Aber wie alle Märchen hat es auch diese Anziehungskraft, diese bestimmte Art der Magie, die einen einfach nicht loslässt. Man stellt sich vor, dass man diese großartige Person sein wird, wenn man erst einmal erwachsen ist. Dass man dieses tun oder jenes sein würde. Und je älter man wird, desto mehr versucht man wieder, jung zu sein. Denn wenn man jung ist, immer noch dabei, erwachsen zu werden, noch nicht ganz da, dann ist dieses Märchen auch noch in greifbarer Nähe. Man ist noch nicht gescheitert, man ist nur noch nicht angekommen. Man muss noch nicht zugeben, dass vielleicht, nur ganz vielleicht, die Person, die man sich mit 19 vorgestellt hat, nicht die Person ist, die man wirklich ist.

Aber es ist okay, dass es nicht so ist. Und sobald man das realisiert hat, realisiert man auch, dass es Zeit wird, nicht nur das Mädchen, sondern auch das Märchen loszulassen. Damit man die Magie nicht verpasst, die in jedem Moment direkt unter unseren Nasen geschieht.«

Ich löse meinen Blick zum ersten Mal von Chris und sehe mich suchend im Raum um. »So wie Mara, die zwei wundervolle Kinder großzieht. Oder meine Mama, die immer noch ihrem Herzen folgt. Oder wie mein Vater, der seine Magie, glaube ich, schon sehr früh gefunden hat. In Form einer überdrehten Hippie-Braut.«

Leises Gelächter rieselt durch die weiche Abendluft.

»Für mich hieß das, die Dinge loszulassen, von denen

ich dachte, dass ich ohne sie nicht leben kann, damit ich meine Augen endlich für die Dinge öffnen kann, ohne die ein Leben wirklich beschissen wäre. Als ich vor einigen Monaten nach Werne zurückgekommen bin und gehört habe, dass meine Eltern den Hof verkaufen wollen, war ich seltsam verletzt und wütend. Aber ich wusste nicht, warum. Bis es mir vor ein paar Wochen klar geworden ist. Die Vergangenheit einfach wegzuwerfen und zu ignorieren bringt genauso wenig, wie krampfhaft an ihr festzuhalten. Stattdessen wollte ich aus einem Ort, der ebenso wundervolle wie schmerzhafte Erinnerungen birgt, etwas Neues schaffen. Etwas, an dem neue Erinnerungen entstehen können, ohne die alten zu vergessen.«

Bei den letzten Worten hat sich Chris' Blick erneut in meinen gebrannt, und ich weiß, dass er es versteht. Versteht, dass es hier nicht nur um den Hof geht, sondern um alles. Um ihn. Um mich, um seinen Vater, um uns. Versteht, dass ich verstanden habe. Er nickt mir zu, und ich hebe ganz leicht meine Mundwinkel.

In der Scheune ist es komplett still geworden. Die anderen Gäste haben nichts von dem stummen Austausch mitbekommen, den Chris und ich über unsere Augen geführt haben. Sie warten auf das Finale.

Mit fast übermenschlicher Anstrengung löse ich meinen Blick ein weiteres Mal und lasse ihn über die anderen Gäste gleiten. »Und deswegen freue ich mich wirklich und bin euch *echt* dankbar, dass ihr heute da seid, um die Eröffnung des *Memory Yoga Retreats* zu feiern. Unser Motto habt ihr ja bereits über dem Eingang gesehen: *Come as you are, leave as your best*. Weil das genau das ist, was mir hier passiert ist und was wir, was vor allem Sibylle, an euch alle weitergeben will. Neben diesem einzigartigen Yoga-Raum und der Veranda draußen – wenn es in Deutschland ausnahmsweise mal weder zu heiß noch zu kalt ist – erwarten euch auch fünf liebevoll gestaltete Zimmer drüben im Bauernhaus, die tage- oder wochenweise gemietet werden können.« Ich werfe einen schnellen Blick zu Celine, die neben meiner Mutter steht. »Ähm, sobald sie fertig sind. Also voraussichtlich in ein bis zwei Monaten.«

Dann weiß ich nicht mehr, was ich sagen soll, und da die Menge mich immer noch erwartungsvoll anstarrt, weiche ich auf die eine Sache aus, die immer funktioniert, und hebe mein Glas: »Prost!«

Auf meine Ansprache folgen weitere Glückwünsche und Fragen. Ich bedanke mich höflich, kann aber nicht verhindern, dass mein Blick immer wieder auf Wanderschaft geht. Chris ist vorhin nach draußen gegangen, und ich kann dem Drang, zu ihm zu gehen, kaum noch widerstehen. Nach zehn Minuten mache ich einen Cut und verweise alle weiteren Gäste höflich an meine Mutter. Dann schlüpfe ich hinaus.

Es ist mittlerweile September, und während die Tage noch angenehm warm sind, wird es abends, sobald die Sonne weg ist, empfindlich kühl. Fröstelnd reibe ich mir über die Arme. Aber die Kälte ist nicht das Einzige, was mir eine Gänsehaut auf die Haut zaubert.

Chris steht auf der Veranda zwischen den Fackeln und

schaut über die tiefschwarzen Felder. Als ich mich nähere, dreht er sich zu mir um, und wie bereits so oft zuvor fehlen mir im ersten Moment die passenden Worte. Stattdessen lächele ich. Als er es erwidert, schmilzt ein bisschen der Anspannung dahin.

»Hey«, sagt er leise.

»Hey.« Sein Gesicht ist neutral. Nicht abweisend, aber auch nicht offen. »Also, wieder einmal bist du zurück in Werne, hm?«

Ich nicke. »Aber diesmal weiß ich für wie lange.«

Er hebt eine Augenbraue.

»Und ich laufe nicht vor etwas weg«, füge ich an, »sondern auf etwas zu. Hoffe ich.«

»Und was wäre das?«

»Du«, sage ich. »So wie du jetzt bist, nicht so, wie du damals warst, oder so, wie ich dich versucht habe, zu sehen und zu formen, als ich das letzte Mal hier war, sondern einfach ... du. Mit all deinen Fehlern. Vorausgesetzt, du willst mich ... mit all meinen Fehlern. Denn deswegen bin ich auch hier. Für mich. Und für das alles hier.«

Die Kälte kriecht an meinen Armen entlang und den Rest meines Körpers hinab, als er nicht antwortet, sondern mich einfach nur mustert.

Dann macht er einen Schritt auf mich zu. »Für dich und mich also?« Noch einen Schritt. »Mit allen Fehlern?« Ein letzter Schritt, und er steht direkt vor mir. Im unsteten Licht der Fackeln sehen seine Augen aus wie das Grün des Dschungels. »Mit Vergangenheit?«

»Und Zukunft«, sage ich bestimmt. »Was sagst du?«

Chris antwortet, indem er auch die letzten Zentimeter Luft zwischen uns verdrängt, mich in die Arme schließt und seine Lippen auf meine legt.

Ein Räuspern hinter mir bringt mich dazu, mich widerwillig von ihm zu lösen. Als ich mich umdrehe, entfährt mir ein peinlich berührtes Kichern. Vor der Veranda stehen Mara, Jan und Frau Wenning, die eine kleine silberne Kiste in den Händen hält.

Chris greift nach meiner Hand, als müsse er sich irgendwo festhalten. »Ich stehe normalerweise nicht so auf Publikum.«

»Dann gebe ich dir den Tipp, nicht direkt vor einer enormen Glasscheibe herumzumachen. Es gibt niemanden dadrin, der euch nicht gesehen hat«, grinst Jan.

Chris sieht entgegen seiner Aussage nicht so aus, als würde ihn dieser Gedanke stören.

Ich drehe mich zu ihm um und greife nach seiner anderen Hand. »Eine Überraschung hätte ich da noch für dich.« Ich deute auf die Box in den Händen seiner Mutter. »Für uns alle eigentlich. Vielleicht ist es bescheuert, aber ich wollte irgendetwas Symbolisches tun. Deswegen habe ich in den letzten Tagen mit deiner Mutter und den anderen gesprochen, und wir haben uns überlegt, eine Zeitkapsel zu kreieren.«

Gespannt warte ich auf Chris' Reaktion, die genauso ausfällt wie erhofft. Halb belustigt, halb gerührt, halb überfordert. Typisch Chris.

»Von uns allen sind schon Gegenstände drin. Mara hat

ihr altes Glätteisen reingepackt, Jan – aus welchen Gründen auch immer – einen Collegeblock, und ich habe meine Tiara vom Abschlussball dazugelegt. Alles Dinge, die wir nicht für immer vergessen, aber loslassen wollen. Und ich dachte …« Ich deute auf sein Handgelenk, an dem eine breite silberne Uhr blitzt. »Na ja, deine Mutter hat gesagt, die hat dein Vater dir gegeben. Ich verstehe es total, wenn du sie behalten willst, aber ich dachte …«

Bevor ich den Satz zu Ende gesprochen habe, lässt Chris meine Hände los und streift die Uhr vom Handgelenk. Dann geht er zu seiner Mutter hinüber und lässt sie in die kleine Kiste fallen, bevor er ihr einen Kuss auf die Wange drückt. In ihren Augen glitzert es verdächtig.

Während die anderen zu dem kleinen ausgebuddelten Loch neben der Veranda gehen, bleibe ich mit Chris ein paar Schritte zurück.

»Ist das wirklich okay für dich?«, frage ich behutsam.

Er lächelt, nickt und streichelt mir mit dem Daumen über den Wangenknochen. »Mehr als okay. Nicht nur das.«

Dann geht auch er hinter den anderen her, und ich bleibe eine Minute allein zurück und werfe einen Blick auf meine Freunde, die sich weiter hinten um die Schaufel streiten. Danach gleitet er weiter zu den hell erleuchteten Fenstern und den Menschen im Inneren.

Wann ist der perfekte Moment, um seine gesamten Lebensentscheidungen infrage zu stellen? Vielleicht in jedem Moment. Vielleicht nie. Vielleicht müssen wir aufhören, unser Leben an einzelnen Entscheidungen, Punkten und Momenten festzumachen, und stattdessen die feinen Linien genießen, die diese Momente miteinander verbinden. Aber wenn es einen perfekten Moment gibt, nicht um etwas infrage zu stellen, sondern um einfach zu genießen, dann ist er jetzt.

ENDE

Danksagung

Immer wenn ich an diesen Punkt komme – okay, zugegeben, sooo oft war ich noch nicht an diesem Punkt, aber wenn ich dann mal dahin komme –, nehme ich mir vor, beim nächsten Buch direkt während der Arbeit am Manuskript all die Personen zu notieren, die mir geholfen haben. Denn es sind einfach so viele, und die Angst, jemanden zu vergessen, klebt mir im Nacken wie ein zu straffer Neckholder-BH. Aber ich gebe mein Bestes … ebenfalls wie besagter BH:

Zunächst geht ein riesiger Dank an das Ullstein-Team und ganz besonders an meine Lektorin Claudia, die diese Geschichte von Anfang an so sehr geliebt hat, dass ich sie dadurch vielleicht auch noch ein wenig mehr liebe – und die maßgeblich dazu beigetragen hat, dass es jetzt eine Geschichte ist, die auch viele andere lieben können und auf die ich stolz sein darf. Danke, dass du mit mir über »dötschig« und »matschig« diskutiert hast und dafür, dass du siehst, wenn ein Charakter einen unfreiwilligen Outfitwechsel in einer Szene hinlegt – und für so vieles mehr.

Ein besonderer Dank gilt auch meiner fabelhaften und klugen Agentin Kathrin, die sich unermüdlich für Freya, Chris und mich eingesetzt hat und ohne die diese Geschichte kein so wundervolles Verlagszuhause gefunden hätte. Du hast mich meinem großen Traum einen riesigen Schritt näher gebracht – und ich danke den zwei Gläsern Wein, die damals dazu geführt haben, dass ich den Mut hatte, die erste E-Mail an Schlück zu schreiben.

Danke, Grüße, ein paar Biere und ein paar alkoholfreie Weine gehen raus an die wunderbaren Menschen des »Prinzessinnenreichs« und aus »Lulus Mutter unterrichtet«. Ohne euch – und das ist keine Phrase oder Worthülse – hätte es diese Geschichte niemals gegeben. Ihr wart die Inspiration für das »Damals« ebenso wie für das »Heute« und ich hoffe, ihr werdet es für das »Morgen« bleiben.

Ich danke meiner Familie für ihren unermüdlichen Rückhalt, für ihre Freude und Unterstützung, und dafür, dass sie jedem – gefragt oder ungefragt – meine Bücher um die Ohren hauen. Ich weiß das zu schätzen. Ferner: Prüft bitte die Deckungssumme eurer Haftpflicht- und Rechtschutzversicherung.

Danke an meine wunderbaren Testleserinnen Mary, Sandra und Jennifer, die das Buch durch ihren – wahnsinnig schnellen – Input um so vieles besser und mich klüger gemacht haben. Ich weiß jetzt beispielsweise, was Assietten sind und dass es »Schippe« und nicht »Schüppe« heißt. #goals

Außerdem danke ich April Wynter für ihren Input zu Milchbetrieben, der an vielen Stellen unheimlich wertvoll war, und Romina Uhrlau für ihre Insights zur Fotografie – und die tollen Autorinnenfotos.

Ein besonders inniger Dank geht auch an die Frauen, die mir, im persönlichen Gespräch, schriftlich oder durch ihre Artikel und Blogbeiträge, dabei geholfen haben, das Thema Fehlgeburt richtig darzustellen. Sofern es hier ein richtig geben kann … Um es mit Maras Worten zu sagen: Ihr seid nicht allein! Und ihr seid so unglaublich stark und mutig, und von beidem wünsche ich euch von Herzen einen unerschöpflichen Vorrat.

Und ich danke dir, liebe Leserin, vielleicht ja sogar lieber Leser(?)! Denn ohne dich, ohne euch, würde diese Geschichte im Nichts verhallen. Erst durch euch, in euren Köpfen, wird sie lebendig. Und nur wegen euch darf ich das tun, was ich mehr als alles andere auf der Welt liebe. Schokolade und Corgis selbstverständlich ausgenommen.

Die schönste Liebesgeschichte seit es Onlinedating gibt

Vor drei Jahren stand Marlene vor dem Nichts: Freund weg, Haus weg, Job weg. Seitdem hat sie aus einer Idee, die aus Verzweiflung und einer Menge Cocktails geboren wurde, ein eigenes Unternehmen gemacht: die Onlinedating-Agentur Wolke Sieben. Sie selbst will sich ganz sicher nie wieder verlieben. Lieber spielt sie für andere den Amor. Doch das Schicksal hat eigene Pläne: Der berühmte Sänger Basket, sein rüpelhafter Manager Bruno und ein Spontantrip nach Sardinien bringen Marlenes geordnetes Leben ganz schön durcheinander. Bald merkt sie, dass sie die Liebe nicht so einfach aus ihrem Herzen räumen kann, und vielleicht landet sie dieses Mal ja sogar selbst auf Wolke Sieben …

Franziska Jebens

Suche Platz auf Wolke Sieben

Roman

Klappenbroschur

Auch als E-Book erhältlich

www.ullstein.de

Dreißig Tage bis zum Dreißigsten. Dreißig Dates, um den Einen zu finden.

Bella Edwards' Leben ist ein einziges Chaos. Während ihre Freundinnen auf Facebook ihr ach so erfüllendes Leben feiern, ist Bella nicht mal ansatzweise da, wo sie mit fast dreißig sein wollte. Vor allem der Mann fürs Leben fehlt noch. Hals über Kopf fliegt sie von London nach New York zu ihrer Freundin Esther. Die hat die rettende (oder völlig absurde?) Idee: dreißig Dates in dreißig Tagen. So macht Bella sich auf einen verrückten Trip von New York bis nach San Francisco mit dem Ziel: den Einen finden. Zwischen diversen Blind Dates, charmanten und weniger charmanten Typen, findet Bella zwar nicht den Mann fürs Leben, aber tatsächlich das Eine, was sie glücklich macht. Und vielleicht, nur vielleicht, gibt es ja doch noch Hoffnung auf den Einen ...

Christina Bradley

Thirty

Roman

Aus dem Englischen von Sybille Uplegger

Klappenbroschur

Auch als E-Book erhältlich

www.ullstein.de

ullstein